本书受到国家社会科学基金项目资助、2020 年度云南省哲学社会科学学术著作出版专项经费资助出版

布小继 著

中国现代
汉英双语作家研究

RESEARCH ON CHINESE-ENGLISH BILINGUAL WRITERS OF
MODERN CHINA

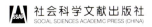
社会科学文献出版社
SOCIAL SCIENCES ACADEMIC PRESS (CHINA)

┃目　录┃

引　言

中国现代汉英双语作家①与现代汉日双语作家如陶晶孙、吴浊流、杨逵②等一样，在中国现代文学史上是一个独特的存在。囿于各种原因，他们并没有得到学界充分的注意和重视，其独特性可以从三个方面进行说明。

第一，对现代文学创作思维多样性和创作实践多元化的贡献。双语作家和多语作家同时或在不同创作阶段运用汉英两种语言进行创作，并且都取得了令人赞许的创作实绩，这是其创作思维多样化和创作实践多元化的一个重要表现，意味着中国文学不仅可以通过翻译等手段成功地达成"请进来"

---

① 中国现代汉英双语作家，指能够同时运用汉语和英语两种语言进行创作的中国现代作家。他们通常具有汉语和英语两种文化思维能力，有不同语种的作品面世并得到受众认可，其影响力或主要在汉语受众圈，或主要在英语受众圈，或二者兼有。林语堂是被公认的第一个获得巨大成功的中国现代汉英双语作家，由于相关研究者较多且研究比较充分，故本书仅以其为参照而非重点进行论述。另外，为了论述方便，本书把熊式一、萧乾、蒋彝、叶君健、凌叔华、杨刚、张爱玲作为中国现代文学史上一种特别的文学现象和跨文化传播意义上的文学群体来看待，将他们可能具有的其他身份如翻译家、批评家等也考量在内。

② 陶晶孙（1897～1952），江苏无锡人，创造社发起人之一，曾于1944年出版《晶孙日文集》，1953年日本创元社出版了其随笔集《给日本的遗书》。吴浊流（1900～1976），台湾新竹人，早年用日文创作了小说《くウげ》（《水月》）、《ベンの雫》（《笔尖的水滴》）和《どぶの鲋鲤》（《泥沼中的金鲤鱼》）及《自然へ归れ》（《归兮自然》）等，后来以《亚细亚的孤儿》等作品名世。杨逵（1905～1985），台湾台南人，早年有《无医村》、《泥娃娃》、《鹅妈妈出嫁》和《送报夫》等日文小说，后来以《春光关不住》（《压不扁的玫瑰花》）等中文小说名世。

的目标，也已经借助非汉语（非母语）的创作，实现了"走出去"的理想。尽管这一作家群体人数还不够多，影响多呈现偶发性、个别性、间断性的特点，容易湮没在时间的长河里，但回到其原初状态来看，这恰好可以清晰地反映出"走出去"远比"请进来"复杂得多。

第二，构成了中国现代文学的一个旁亲支系，是中国现代文学世界影响的重要佐证。以往国内的现代文学研究过于注重其在以大陆为主导的海峡两岸华文世界发生、发展和变迁过程的讨论，却忽视了中心和重心之外的研究，尤其是忽视了对近现代西方文学的重镇——英国、美国、法国、德国、俄国、日本等国的中国籍（中国裔）作家非母语创作的研究。但这些创作又在事实上构成了中国现代文学的旁亲支系，丰富了中国现代文学的内涵，充实了中国现代文学的"库存"，扩大了中国现代文学的影响。

第三，形成了中国作家由零散型到群体型的异域创作景观，能够通过相对较为集中的共时性创作为中国现代文学、中国文化的海外传播提供现成的、有力的和可资当下作家参考的创作范本，为我国以文化自信和文化自信力建设为主要内容的文化软实力建设提供有益的参照和不可或缺的借鉴。

基于此，本书将围绕中国现代汉英双语作家展开论述。事实上，作家研究必然离不开作品，没有作品的作家是不存在的。本书研究框架如下。

第一，作家本体论。对中国现代汉英双语作家群体中每一位作家的双语作品全貌进行描述，对他们各自的代表性作品展开细致的分析，并将其放在中西文化交流和融合的大背景下来看待；鉴于林语堂的双语作品研究①展开较为充分，故不再以单节作家作品论的方式进行论析。对于其他七位作家则依次进行分析论述。需要特别指出的是，中国现代汉英双语作家群体远不止

---

① 这方面有诸多著作可资参考，如王兆胜、施建伟的"林语堂研究"系列著作，冯智强的《中国智慧的跨文化传播——林语堂英文著译研究》（中国海洋大学出版社，2011）、施萍的《林语堂：文化转型的人格符号》（北京大学出版社，2005）等。

这七位作家，还应包括胡适①、陈衡哲②、黎锦扬③、温源宁④等。此外，如外语教学与研究出版社出版了"博雅双语名家名作"（2012 年），计有汪荣祖《追寻失落的圆明园》、费孝通《江村经济》《中国士绅》、冰心《关于女人》、顾毓琇《中国禅宗史》等 27 本著作，可谓宽泛意义上的双语作家作品。不过，从他们的汉英双语文学成就及其国内外影响力综合衡量取舍，本书不再做专门章节讨论，但会在必要的地方述及。本部分由于篇幅较长，为了研究的方便，分为两章共七节。这两章的内容可以视为作家个体研究，作为整个研究的基础。

第二，创作思维论。汉英双语作家创作在思维方式、特征和内涵上与汉语作家（单语作家）差异较大，而且思维差异也关系到不同语种的创作在文化心态、文化观念和主体精神上的区别，与作家的整个创作历程和创作成就有着具体而微的关联。围绕该问题进行讨论，有助于厘清双语作家创作机制发生的规律。故此，本书以第三章共三节的篇幅进行了有关文化思维的集中论述。

以上三章可以视为对中国现代汉英双语作家作品的内部研究。

第三，中国形象论。汉英双语作家的创作在客观上建构了中国形象，改写了近现代以来西方人笔下中国形象被丑化被抹黑的历史。本书结合作家具体作品的主题、主观设定和客观效应，从爱国主义、文化融合、文化改写三

---

① 周质平编《胡适英文文存》（全三册），外语教学与研究出版社，2012。内中收录了 1920 ~ 1960 年代胡适的英文作品和演讲稿。该书第一册《文学与社会》收有 8 篇文学方面的英文作品（演讲稿）。

② 陈衡哲（1890 ~ 1976），江苏武进人，英文名 Sophia Hung - Che Chen。1920 年毕业于芝加哥大学。1935 年在北平印行了英文传记 *Autobiography of A Chinese Young Girl*（《陈衡哲早年自传》）。

③ 黎锦扬（1915 ~ 2018），湖南湘潭人，英文名 C. Y. Lee。1947 年毕业于耶鲁大学。其英文名作《花鼓歌》（1956）成为美国畅销书，并被百老汇改编成音乐剧风靡欧美，又被好莱坞拍成歌舞片流传至今，被 Joseph（*Fields*）改编后影响甚广。其他作品还有：《情人角》（*Lover's Point*）、《处女市》（*The Virgin Market*）和《金山姑娘》（*The Land of the Golden Mountain*）等。参见 http://hunan. voc. com. cn/article/201811/20181117082924494. html。

④ 温源宁（1899 ~ 1984），广东陆丰人。毕业于英国剑桥大学，曾任北京大学、清华大学教授。著有随笔集 *Imperfect Understanding*（《不够知己》）。

个方面进行分析论述，以考察他们的作品在中西方尤其是西方语境中的中国形象建构是如何改造了西方作家和受众的中国想象，进而在何种程度和层面上形塑了受众的。

第四，中西文学互动交流论。汉英双语作家客观上还具有沟通中西文化与文学往来、促进二者互动交流的桥梁和纽带作用。鉴于中西方文化、文学交流源远流长，本章在回溯和勾勒中西文化、文学交流史的前提下，来描述、探讨中国现代汉英双语作家的文学交流活动及其影响与意义。

以上两章可以视为对中国现代汉英双语作家作品的外部研究。

第五，文学价值论。作为中国现代文学史上一个比较独特的作家群体，他们的文学创作、文学理论思考及其价值历来被关注不够、论述零散，有必要把他们放置在中国现代文学史的框架内进行充分的研讨。本章就是在这个意义上对他们的创作理论思考和创作成就进行价值重估的，也是对整个研究的一个总结。

此外，要加以说明的是，由于部分作家如林语堂、蒋彝等人的作品有不少是以文学形式讲述文化故事或者传播中西文化，又加之在追溯中西文化、文学交流时，一些作品既是文化作品也是文学作品，甚至呈现彼此缠夹之势，故而无法对文学作品和文化作品做出严格的、泾渭分明的区隔性论述，而是放在"大文学"的范畴下来进行分析和展开。

为了达到预期目标，本研究主要运用了文献资料法、文本细读法和中西文学比较法。就是以具体作品为研究依据和出发点，通过对创作全貌的宏观、整体把握和对代表性作品的具体分析，寻绎出他们创作的来龙去脉，剥离出同一题材汉英语种作品或不同题材汉英语种作品的基本创作特征，进而考察分析作家的创作思维、创作行为和创作路径。结合文艺学理论、跨语际创作理论、跨文化传播理论、比较文学理论和文学史、文论史的相关论述，联系中国现代文学在发展过程中所受到的西方文学与中国古代文学的影响，兼及部分作品的版本（包括改写改译的版本）比较。其中，作品创作与生产、作品传播与接受和受众反应与评价是三个比较重要的参考依据。以此为基础，本研究进行了深入系统的文学分析和理论探究，期望得出合乎历史与逻辑的结论。

本书主要研究了以下几个问题。

第一，中国现代汉英双语作家各自的创作实绩及其特点。众所周知，中国现代汉英双语作家群体中的大多数人是以汉语写作为创作出发点的，他们各自留下了数量不一、在海内外知名度高低不一的双语作品，而且双语作品的影响力也不一样。但作为一个群体来说，他们的创作实绩既有别于前辈作家，也不同于后来者，因而有必要厘清他们的创作状况，并归纳概括出各自的创作特点。

第二，中国现代汉英双语作家的文化思维、文学思维与单语作家（汉语作家）的异同。由于文化思维直接影响甚至决定着作家的文化选择、文化偏好和创作路径，故此需要在文化思维的大前提下弄清他们的文学思维尤其是小说思维的基本状况，以便弄清他们与以汉语为创作语言的单语作家的基本区别。

第三，中国现代汉英双语作家是如何建构中国形象的？并且是建构了什么样的中国形象以消解西方的中国想象的？中国形象问题是外在的他者认识中国、书写中国时首先会遭遇到的问题，中国现代汉英双语作家在西方语境中书写和传播中国文化也同样无法回避。讨论中国形象就是讨论他们笔下的中国形象与此前或同时期西方作家笔下的中国形象的异同——他们是如何建构的？从哪些维度、什么层次和何种意义上进行建构的？他们所做的努力如何消解了西方作家和受众的中国想象？

第四，中国现代汉英双语作家作品与同时期西方作家作品之间的互动与关联。由于中国现代汉英双语作家作品本身所具有的无可替代的桥梁和纽带作用，有必要深入考察他们与同时期西方作家作品之间的互动与关联。在勾勒出自1250年以来中西文化交往历史的前提下，来探讨近现代以来的中外作家尤其是中国现代汉英双语作家与同时期欧美英语作家之间的互动与关联，既有助于厘清文化、文学交往对中国现代文学发展所做出的重要贡献，也有助于人们进一步认识中国现代文学史上的作家个体是如何借助个人创作去巩固这种贡献、深化这一影响的；同时还可以帮助人们认识到另外的一个重要特点，即中国现代文学不仅有"输入型"的文学要素，还有"输出型"的文学要素，并在一定程度上构成对西方文学的"反哺"。显然，这对提升当今的文学自信力和文化自信力也是极有助益的。

第五，如何在文学史尤其是中国现代文学史的视野下来评价他们的创作行为及理论思考。当前国内主流的中国现代文学史，对中国现代汉英双语作家的评价支离破碎、零乱散漫，缺少整体性眼光，未将这一群体性的创作行为纳入文学史视野进行评价。影响较大的几种西方文学史完全忽视了他们的存在。其实，中国现代汉英双语作家群体除了文学作品，还有不少关于双语创作的理论思考，这些理论思考同样有助于中国现代文学理论的形成和理论格局的构建，重新评估他们双语创作的贡献和价值势在必行，这一重估还可以丰富中国现代文学史和中国现代文论史的整体论述，从长远看，亦会产生良好的效应。

第一章

双语作家创作论（一）

1938 年，赛珍珠的小说 *The Good Earth*（《大地》）获得了诺贝尔文学奖，其本人也成为美国第二位获得诺贝尔奖的作家、第一位获得诺贝尔奖的美国女作家。《大地》这部以农村"中国题材"取胜的作品在相当长的一段时间内占据了美国畅销书排行榜的前列。借助该书，中国农村的情形、中国农民的形象以前所未有过的姿态出现在欧美受众面前。赛珍珠以美国人的身份来言说中国，并且获得了世界性的声誉和成功，按照一些专家的说法，其小说"登上了西方关于中国或中国所激发的创作高潮的顶峰：'赛珍珠的中国农民，他们那坚忍的尊严、不懈的耐力、内在的现实精神和他们与无情的自然不断的斗争，深深地打动了美国人民的心灵'"①。即是说，《大地》是凭借其小说中所塑造的农民形象及其精神打动了普通人、赢得美国和世界受众的，出版当年就售出 180 万册，第二年获得了普利策奖②。但据学者研究，赛珍珠的《大地》系列作品实际上是恩扶主义话语的产物。"恩扶主义就其英语本义来说，表达了由父亲主导的父子关系。如果父亲所控制的子女和顺乖巧，恩扶主义话语就表现得亲善，尤其当父亲看到在自己的权力调控

---

① Jonathan D. Spence, *The Search for Modern China*, New York：W. W. Norton & Company, 1990. p. 387. 转引自朱骅《美国东方主义的"中国话语"——赛珍珠中美跨国书写研究》，复旦大学出版社，2012，第 88 页。

② 郝志刚：《赛珍珠传》，时代文艺出版社，2012，第 124 页。

下，子女长得越来越像自己，这种'欣赏之情'就会溢于言表。杰斯普森在其研究中发现，从 20 世纪 30 年代起，美国媒体常使用类比法生产关于中国的恩扶主义话语，譬如将上海称为中国的纽约、南京为'中国的华盛顿特区'、北京为中国的波士顿、武汉为中国的芝加哥等。以美国人所熟知与理解的形象，使美国民众相信美国化的中国可能带来的好处，改造中国始终被看作是美国国家成功的象征。作为美国在华利益的分享者，不管赛珍珠主观上是否愿意，客观上，她是这一恩扶主义话语流水线上的生产者之一。"①也就是说，赛珍珠中国题材的作品有意无意之间成为美国对中国意识形态美国化改造成功的一个象征与标志。它背后所折射出的，其实是两种或多种文化话语在族际和国家间的争夺战。

此前，林语堂的《吾国吾民》和《生活的艺术》在美国出版，前者能够出版的一个重要原因就是赛珍珠和其丈夫、出版商理查德·沃尔什的全力支持，该书最终在其夫妇主持的约翰·戴维出版社出版。后者的出版则是因为理查德根据调查得知，"美国读者对《吾国吾民》最后一章《生活的艺术》最感兴趣，劝说林语堂写一本反映中国人生活习惯和文化休闲的书"②，以弥补《大地》系列对中国中上阶层人士文化生活表现的不足。《生活的艺术》揭示了向来不为美国人所理解的中国智慧中的"现实主义精神"、"与现实主义紧密相连的幽默感"和"中国智慧中的生活的艺术"。③ 1939 年出版的小说 Moment in Peking（《京华烟云》），以北平为背景，讲述了曾家、姚家和牛家三个家族自 1901 年起到抗日战争期间的爱恨情仇，并把这一阶段中国大地上所发生的各种重大历史事件放入其中，因而带有了极强的"史诗"性质。1941 年出版的 A Leaf in the Storm（《风声鹤唳》）讲述的是1940 年代战争背景下江南丝绸大家公子姚博雅和张丹妮之间的爱情故事，

---

① 朱骅：《美国东方主义的"中国话语"——赛珍珠中美跨国书写研究》，复旦大学出版社，2012，第 269 页。
② 郝志刚：《赛珍珠传》，时代文艺出版社，2012，第 86~87 页。
③ 冯智强：《中国智慧的跨文化传播——林语堂英文著译研究》，中国海洋大学出版社，2011，第 49 页。

被《纽约时报》评为"中国版的《飘》"。1942 年，他出版了《中国的智慧》一书，把中国文化的特征归结为人文主义、非宗教和非神秘主义。① 稍后，他又陆续出版了 *The Wisdom of China and India*（《中国和印度的智慧》，1942 年）、*Between Tears & Laughter*（《啼笑皆非》，1943 年）、*The Wisdom of Laotse*（《老子的智慧》，1948 年）等多部作品，较为系统地介绍了中国文化的多个方面，奠定了林语堂中国文化海外传播第一人的地位。有学者认为，"林语堂是将东西文化作为建构世界文化的元素看待的。他希望各国文化取长补短，依人类的理想来融合出一个全新的文化。因此，林语堂很少孤立谈论中国文化，往往总是将它放在世界理想文化的坐标中，与其他各国文化进行比较，试图在人类共通的价值原则下，看到其独特性和价值意义。"② 这一说法无疑道出了林语堂著译及其海外传播的文化理想和精要所在，值得重视。

综合考虑作家汉英双语创作的开始时间及章节篇幅容量的关系，本章围绕中国现代汉英双语作家群体中的熊式一、萧乾、蒋彝和叶君健的双语创作展开论述。

第一节　熊式一：中国题材话剧走向国际的第一人

熊式一（1902～1991），江西南昌人，笔名熊适逸，英文名 S. I. HSIUNG。他于 1932 年赴英到伦敦大学留学，开始了文学创作。总起来看，熊式一的创作高峰是在 1930～1940 年代，其创作情况主要如下。

一　改编（改写改译）。主要是把一些中国文学经典改编为英文作品，包括通俗文学（戏曲）经典和高雅文学经典，使英语读者能够从不同层面认识和理解中国文学。《王宝川》属于前者，《西厢记》属于后者。

Lady Precious Stream（《王宝川》）改编自京剧《红鬃烈马》。他在出国

① 冯智强：《中国智慧的跨文化传播——林语堂英文著译研究》，中国海洋大学出版社，2011，第 50 页。
② 王兆胜：《林语堂的中国文化观》，《东岳论丛》2009 年第 7 期。

前翻译了众多英国作家的作品，凭借《巴蕾戏剧全集》的译稿稿费自费出洋，和萧伯纳、巴蕾等人交情匪浅。据熊式一的好友谭旦冏说，熊出国前特意在江西定制了一批瓷器，上面精绘萧伯纳、巴蕾等人肖像及赞美之辞，到英国后，以中文译者名义，登门馈赠，由此和大作家们建立了联系。谭旦冏说："不能不说他（熊式一）是有计划的，至少是心机很灵活的一个人。"①不妨认为，熊式一在写作之前的充分准备——独幕剧 Mencius Was a Bad Boy（《顽童孟子》）1934 年由伦敦 Lovau，Dickson & Thompson 公司出版发行，该英文版本又发表于 1935 年 5 月出版的英文杂志 People's Tribune 第 9 卷第 3 期②。他通过对英国戏剧的实地考察，加深了对英国文化的感受，特别是对舞台剧的理解。他大胆采用了"空舞台"的形式——对服装、道具等舞台要素简略化处理，把唱腔一律改为对白，男女演员采用英式表演，实际上已经完成了对京剧《红鬃烈马》的英国式改造——话剧《王宝川》不仅在剧作名称、女主人公名字、剧中如"吻手礼"等不少细节上下足功夫，而且在女性意识、语言技巧③等方面也大加改动，以期达到较好的舞台效果。该剧在英美的连番演出也可以视为是对正统中国舞台剧的正向传播。

此前，在美国舞台上演出的诸如《中国蜜月》（Chinese Honeymoon，1902）、《青青》（Chin-Chin，1914）、《中国之玫瑰》（The Rose of China，1919）、《灯之女》（Lady of the Lamp，1920）、《距离的弥合》（Bridge of Distance，1925）、《上海姿态》（Shanghai Gestures，1926）、《马可百万》（Marco Millions，1928）、《中国的奥尼尔》（Chinese O'Neill，1929）等，其票房收入普遍不错，但其所牵涉的都是一个西方人和一个中国人的爱情故事，往往是一个西方人追求一个幻想中的中国姑娘，结果总是中国女子爱上了西方男人。④ 这些带有明显"东方主义"色彩的殖民话语，其衍生之原点

---

① 唐山：《熊式一：走向了世界，却失去了故乡》，《北京晚报》2016 年 3 月 4 日，第 42 版。
② 都文伟：《百老汇的中国题材与中国戏曲》，上海三联书店，2002，第 209 页。
③ 肖开容：《从京剧到话剧：熊式一英译〈王宝川〉与中国戏剧西传》，《西南大学学报》（社会科学版）2011 年第 3 期。在文中，作者认为该剧的成功得力于几个改写，即故事情节的改写、戏剧形式与主题内容的改写和语言技巧的归化等因素。
④ 都文伟：《百老汇的中国题材与中国戏曲》，上海三联书店，2002，第 30 ~ 31 页。

就在于西方人自法国大革命前后日益滋长出来并渐趋浓厚的"西方（自我）中心主义"；与以工业革命和工业化作为腾飞翅膀相伴生的是人性的复苏和个人主义、人道主义的觉醒，这种以"现代性"为表征的文化发生发展的体系，使西方欧美各国获得了跨越式发展的充足动力。在经济和文化上强大了的欧美国家通过军事手段捞取了足够资本，迫使包括中国在内的东方国家臣服，牢牢地掌握了文化上的话语权，借此进行文化输出和文化殖民。这令其在相当长的时间内都不需要正视而是俯视中国和中国人，同时也迫使东方仰视西方发达国家。"东方主义"就是西方借助自己的话语权对东方进行想象性改造的理论总结。"东方主义"见于萨义德的《东方学》，认为西方对东方有着若干信条，包括"其一是理性、发达、人道、高级的西方，与离经叛道、不发达、低级的东方之间绝对的、系统的差异。另一信条是，对东方的抽象概括，特别是那些以代表着'古典'东方文明的文本为基础的概括，总是比来自现代东方社会的直接经验更有效。第三个信条是，东方永恒如一，始终不变，没有能力界定自己；因此人们假定，一套从西方的角度描述东方的高度概括和系统的词汇必不可少，甚至有着科学的'客观性'。第四个信条是，归根到底，东方要么是给西方带来威胁（黄祸，蒙古游民，棕色危险），要么是为西方所控制（绥靖，研究和开发，可能时直接占领）"①。西方看待东方的眼光在事实上决定了西方身份人士文艺创作上的普遍态度，即东方是他者，是异己的存在。这也可以解释为什么前述有关中国的美国话剧总是在对中国进行女性化的强势叙述。

另外，"东方主义"话语还有着为西方霸权服务的"正当性"，它最重要的特征就是把东方确立为邪恶的、低下的和卑劣的存在，需要用西方的精神和技术去改造，从道德和文化的角度消解了东方几千年的文明优越感，这种从"对立思维"和"人是万物之灵"理念出发的文化理解，无疑把东方推向了与西方隔离和完全对抗的境地。以此来看，《王宝川》的热演，确实

---

① 〔美〕爱德华·W. 萨义德：《东方学》，王宇根译，生活·读书·新知三联书店，2007，第385～386 页。又参见 Edward W. Said, *Orientalism*, London：Pantheon Books, pp. 300－301.

是对西方文化语境中"中国形象"的一次重塑，其不仅向英美受众传达了中国的文化文明礼仪、思维方式和历史传统，而且也用英国化（西方化）的表述来证明中国男女的优秀品质——男刚女秀、家国并重的个人美德和爱国热情完整地统一于一体，从英美文化内部对其进行了"实质性"的颠覆，其连演不衰更是证明了（被改造后的）中国文化和西方文化是可以相通的，进而又证明了这种相通在受众层面上是具有合法性和合理性的——受众需要而且欢迎。

1935 年，熊式一将王实甫的《西厢记》改写改译为诗剧 *The Romance of The Western Chamber*。《西厢记》是中国元曲甚至是中国文学的精华，诚如王伯良所说，"《西厢》妙处，不当以字句求之。其联络顾盼，斐亹映发，如长河之流，率然之蛇，是一部片段好文字，他曲莫及"。① 它在戏剧结构、戏剧冲突和戏剧唱腔、对白等方面的设计都代表了中国元曲作品的高峰，是一部被不断加工创作的、集聚了个人智慧与集体智慧的复写式的经典。从中唐元稹的《莺莺传》中张生对莺莺始乱终弃的悲剧故事，到金代董解元《西厢记诸宫调》中二人对封建家长制的反抗和团圆结局，再到王实甫的《西厢记》，其间还有晚唐温庭筠的《干𦠿子·华州参军》和宋代赵令畤〔商调蝶恋花〕鼓子词直接或间接影响了该剧的创造。② 熊式一处理这出在中国几乎家喻户晓的元曲时，有意保留了其说白、对话和唱腔，并且尽量使其能够忠实于原文。比如原文第四本第三折，莺莺出场：

"〔旦云〕今日送张生上朝取应，早是离人伤感，况值那暮秋天气，好烦恼人也呵！悲欢聚散一杯酒，南北东西万里程。

【正宫】【端正好】碧云天，黄花地，西风紧，北雁南飞。晓来谁染霜林醉？总是离人泪。"③

---

① 张燕瑾：《前言》，见王实甫《西厢记》，人民文学出版社，1995，第 2 页。
② 王实甫：《西厢记》，人民文学出版社，1995，第 3 ~ 4 页。
③ 王实甫《西厢记》，人民文学出版社，1995，第 190 ~ 191 页。

熊式一改写改译为：

YING – YING, *with* HUNG NIANG, *enters, and says*：

To-day, we are going to see him off. To say goodbye at any time is very sad, but how much more painful is it when the time is late autumn!

MR. CHANG *enters, and says*：

Last night Madam said I must go to the capital to attend the highest examination, and if I return having obtained office, she will then give me her daughter in marriage. There is nothing for it but for me to go, as she directed. I now start first for the Pavilion of Farewell to wait there for the Young Lady so that I may bid her farewell.

Exit.

YING – YING *says*：

Whether there be joy at meeting or sorrow at parting, a glass of wine is drunk;

To the four corners of the world, man, mounted on his horse, is always on the move.

She *sings*：

Grey are the clouds in the sky and faded are the leaves on the ground,

Bitter is the west wind as the wild geese fly from the north to the south.

How is it that in the morning the white-frosted trees are dyed as red as a wine-flushed face?

It must have been caused by the tears of those who are about to be separated. ①

---

① S. I. HSIUNG, *The Romance of the Western Chamber*, London: Methurn & Co. Ltd., 1935, pp. 190 – 191.

"但不得不把《西厢记》尽我之所能，每日孜孜不倦的继续在十一个月之中，把这本十三世纪的元曲巨著，逐句甚至于逐字译为英文，以示我国文艺精品之与一般通俗剧本之差别。"① 于此可见，熊式一的英文版本非单纯的翻译。他在上述译文中加入了张生的旁白，讲述了他受命于老夫人将要赴京赶考、获取功名才能迎娶莺莺的一段，属于典型的交代，主要是方便受众理解其动机，之后再退场。其实，在舞台说明、唱腔、对白、台词等方面，熊式一是做了不少的努力的，尽可能不失原文韵味又不深涩难懂地传达出剧本的精髓来。除了对曲牌名称的翻译简化或忽略处理外，他还对原文表达的微妙处进行了意译。进一步看，*The Romance of The Western Chamber* 不再以完全合乎英语读者口味的方式来讲述故事，而是把比较复杂的中国故事进行完整化、还原性的讲述，对比较拗口、有历史感的专有名词注意简化，其改写改译的变通性和灵活性可见一斑。当然，这种处理并非完美，中国古典诗歌意象特有的感情基调和色彩会受到损耗，无法再度还原了，这就是翻译者和受众必然要面对的意义流失问题。萧伯纳对《西厢记》评价极高："我非常之喜欢《西厢记》，比之喜欢《王宝川》多多了！《王宝川》不过是一出普普通通的传奇剧，《西厢记》却是一篇可喜的戏剧诗！可以和我们中古时代戏剧并驾齐驱。却只有中国十三世纪才能产生这种艺术，把它发挥出来。"② 该书不及《王宝川》畅销，可见普通英语受众对中国文化深层次内涵的隔膜。其商演的效果也不及前剧，这在一定程度上影响了它的接受和传播。

二　以小说和剧本的形式比较完整地勾勒出自戊戌变法经辛亥革命到抗日战争中国社会的基本历史线索。这以《大学教授》和《天桥》为代表。

1939 年，三幕话剧 *The Professor from Peking*（《大学教授》）上演，该剧通过某大学张教授在 1919 年五四运动后参与营救爱国学生，1927 年"大革命"期间以似右实"左"的立场介入党派之争，抗战开始后尽力照顾各方

---

① 熊式一：《大学教授》，台北中国文化大学出版部，1989，第 3 页。
② 熊式一：《作者的话·大学教授》，台北中国文化大学出版部，1989，第 1 页。

面关系，为国家、民众生存而奔走联络等事迹，来表现社会变迁的剧烈和人物在剧烈的社会变动中的沉浮。该剧同样带有理想化、浪漫化的色彩，张教授还被塑造成一位既具有强烈家国情怀又有些恋家好色的文人。

关于该剧，熊式一在《作者的话》中做了比较详细的说明，"恰好整整半个世纪——民国二十八年（一九三九）八月八日，我用英文创作，以我国近代历史为背景的三幕三景话剧《大学教授》，在英国避暑名胜之地摩尔温山举行的世界性文艺戏剧节上演。这实在是我引以为殊荣的生平第一快事！因为同台演出的又是当代大文豪萧伯纳晚年杰作《查理二世快乐的时代》剧！当时欧美佳宾云集的文艺戏剧节，只演萧翁一个人的创作……我顺便要说明，那时萧翁年将九十，而我才三十几岁！这事我虽然认为我很替我国争了大面子，国内却从来没有过半字的报道，五十年以来，很少有人提起过这件事，戏剧界好像不知道我写过这一本发乎爱国性的剧本！"① 他又在《后语》中说道："远在八年之前，那时我还在北平一所大学教书的时候，我就开始准备写这部《大学教授》。在事实上我虽然也是一位教授，但这出戏绝无一点点自传的性质……三番四次不停的修改我这一部戏，每幕都大大的改了许多，尤其是最后一幕……我看过多多少少欧美人士托名为翻译自中国诗、中国故事，全都是他们独出心裁的创作，奇文谬论……最令人注意的是你们都相信他可以完完全全控制他的情感，无论他最痛苦也好，他最快乐也好，他总是脸上无一点表情，永远仿若无事……照好莱坞的恐怖影片看起来，最可怕的杀手，大都是吸鸦片的中国人……当初我真不明白，他们为了什么总不肯相信我的解释，三十多年以来，我们再也没有蓄辫子……一直到了最近，我为我几个小孩子选几册英文教科书的时候，我才知道这种谬误的观念早已种在西方人心中，根深蒂固了，绝非我几句话可以解除的了。"② 这些说辞透露出几点：第一、《大学教授》是一出作家引以为豪、为国争光的爱国剧作，因为它能够同萧伯纳的剧作同台演出，

---

① 熊式一：《八十回忆》，海豚出版社，2010，第1页。
② 熊式一：《后语·大学教授》，台北中国文化大学出版部，1989，第169～172页。

具有里程碑式的意义；第二、《大学教授》是一出表现中国当下的新生活、新气象的新话剧，其目的是让欧美人士熟悉中国人和中国社会；第三、《大学教授》是一出力图改写西方的中国人形象和纠偏的话剧，因为西方人士对中国和中国人的认识偏颇太多、错谬太多，但这些偏颇与错谬实已根深蒂固。该剧生不逢时，上演场次不多，加之欧战的发生，形势紧迫，使命达成艰难。

从前述引文中还不难发现，中国人形象被矮化、丑化甚至妖魔化的过程就是中国的国际地位在西方国家的强势崛起面前而不断跌落的过程，也是中国不断遭受屈辱、备受侵略和欺凌而逐步半殖民地化的过程。熊式一自身的体验可谓是刻骨铭心的，他借助文学创作修补中国形象的企图在当时具有很强的现实意义。

"《泰晤士报》认为《大学教授》一剧冒着强化中国人种族主义观念的危险，和狡猾、神秘莫测的强权恶棍一样，通过吴先生和傅满楚这样的人物，在欧美人士的想象中成为了一个陈词滥调，'虽然我们可以想像得到，地道的地域颜色的丰富是为了纠正欧洲人普遍的错误观念，即认为中国人是吴先生的那个种族，"教授"的角色并没有得到更深入的研究'，因为他精心创造（的角色）而导致的这个挑战，熊（式一）受到攻击。"[1]《大学教授》一剧的纠偏和化解欧美人士对中国的谬见之努力是得到了《泰晤士报》承认的，但还不足以就此改变欧美时人的看法。也有人对如 Timperley 不太认可其所起到的宣传作用，也不认为它会在（中国）国内得到欢迎。但出于对国情的判断和由于拳拳爱国心的支配，它的出版有对国家前途命运的现实考量和个人的原因，这确乎使熊式一有了不同于其他双语作家的特别之处。

1943 年，长篇小说 *The Bridge of Heaven*（《天桥》）由伦敦的 Peter Davies 出版社出版发行，英国桂冠诗人梅施菲尔德（John Masefield）为其作

---

[1] Diana Yeh, *The Happy Hsiungs—Performing China and the Struggle for Modemity*，香港大学出版社，2014，p. 96.

了序言，该书的出版是熊式一的又一次创作高峰。

《天桥》通过李大同从一个被地主李明购买抚养的穷苦农民之子在风云变幻的大时代中成长为一个具有坚定的信仰并付诸实践的革命者的故事，力图揭示中国革命所具有的强烈的进步性和它与世界民主革命潮流所具有的同一性。熊式一把中国近现代史上的两大历史事件——戊戌变法和辛亥革命进行了系统的描述，并且把李大同的成长过程与这两大事件的发生过程进行深度融合；主人公在一系列的重大历史事件中得以不断成长，是亲历者与见证人。借助这一视角，小说成功地勾勒出一系列重大历史事件之间的因果关系——清廷的腐败无能、贪污浪费直接导致了中国在甲午海战中的溃败，以制度自救为主旨的戊戌变法的失败和保守派（后党）戊戌政变的胜利从根本上证明了制度改良是一条走不通的死路，这使孙中山等革命者愈发看清了革命要取得胜利非采取暴力手段不可，于是，一系列的暴动和武装起义就轰轰烈烈地展开了。辛亥革命最后的成功和袁世凯的篡位也在之前就埋下了伏笔，小说结尾李大同重修天桥，尽管该桥远胜当年李明所造之桥，但革命却未真正成功，革命大潮依然风起云涌，正当年的李大同夫妇是否会另有一番作为，这正是该书令人回味的地方之一。

从故事设置来说，《天桥》所论述和遵循的是典型的进化史观。这表现在两个方面：第一，李大同的成长与历史事件发生发展进程的同步性；第二，中国社会由乱世走向治世、由分裂走向统一的可能性与现实性。清朝末年，社会乱象丛生，民不聊生、普通百姓灾难深重。上层阶级挥霍享乐、我行我素。外国势力虎视眈眈，妄想一而再、再而三地宰制和分裂中国。这些都构成了小说的历史背景。而小说主人公李大同自离开家庭外出求学开始，就一直处在反抗——再反抗之中。譬如，幼年时期对养父李明的反抗，少年时期对南昌城中教会学校里的制度代表王先生和马克劳校长的反抗，与莲芬一起逃婚私奔所表征的对家庭的反抗，到北京后参与变法对慈禧太后、袁世凯等各方势力的反抗，乃至到香港参加革命对清廷的反抗。他通过一次次的反抗，来证明自身存在的必要性；而他反抗的失败又加深了作品的悲剧性。所以，反抗与再反抗就构成了小说叙述的主轴，并成为故事——历史进程的推动力量。进而不难发现，熊式一在《天桥》中加入了李提摩太、马克劳校长等英国人和香港这一英国殖民地等元素，使小说不再单纯地叙述中国故事，也与英国有了千丝万缕的关联。譬如《天桥》第十三章的开头部分：

> 英国到海外来殖民的一班先进，都有一种最伟大的特性：有我无人！只因他们有了这一种可贵的特性，更建立了伟大的大英帝国。他们的英国人，说英国话，穿英国衣服，吃英国菜，奉行英国法律，尊重英国习惯，其他的人要和他们一样才行。你们要是能说英国话，懂得英国法律习惯，他们就认为你好；若不然，就不理你。在他们眼中，世界上分为两种人：一种是英国人以及和英人的思想相同的人，其他一种都是不足道哉的人！①

如果说其他章节对英国政府当局和英国市民的涉及还比较少的话，那么，该章起始就比较多地涉及了英国的海外政策和其国民的内容了。把叙述视点挪移到了英国人的角度，力图说清楚英国对香港的苦心经营背后的事实。这似乎有点为英国辩护的味道，与英文版相关段落比较一下会更清楚。

> The British colonial pioneers in the East had one great quality: their self-centredness, in the broad and narrow sense of the word. It was this engaging quality of theirs that built the British Empire. They were what they were, and all the people of other races must take them as they were. On the other hand, those who could speak their language, wear their dress, believe in their religion and understand their politics, were worth while for them to know. To them, there were only two kinds of people, those who could think and live

---

① 熊式一：《天桥》，外语教学与研究出版社，2012，第 238 页。

the English way, and those who could not think at all and did not know how to live. ①

再如，英文版第四章的题记，如"How short is a man's life! Like a drop of dew, his time is over, while the day is yet new!"② 就与中文版第四章的题记、引用曹操《短歌行》中的"对酒当歌，人生几何？譬如朝露，去日苦多"③ 较为接近，或者说前者是后者的意译。其他章节也有类似情况。又如该章中李刚劝李明不要再吃草药而应去城里请名医来诊断的建议，李明的反应是"With trembling hands he managed to scrawl indistinctly the words 'no use' again and again."④ 中文版中没有这一细节。

以上所述，至少有三点值得注意。第一，两种版本的比对问题。英文版中的意思更加直接显豁，比如对港岛地形的描述；中文版里增加了一些解说性、夸饰性的内容；对英国殖民者海外习惯的描述也有这样的特点。甚至该章（第十三章）的引子（相当于序诗，起着引出下文、揭示本章主旨的作用）"*It is easy to fire a fine shot. The difficulty lies in selecting a good target.*"与"射人先射马，擒贼先擒王"在语义上也有较大的差别。部分原因是中文版出版晚于英文版——最早的中文版是 1960 年由香港高原出版社推出的，后来又陆续有了台湾版（2003 年）和大陆版（2012 年）。作家对 *The Bridge of Heaven* 的翻译已经不再是纯粹的翻译，而是改写改译——带有再创作的意味。对部分内容和语句进行调整以适应中文读者，显然是熊式一创作时考虑的一个核心问题。也就是说，他在改写改译为中文版时，需要考虑到中文读者的接受问题。尤其是那些较为敏感的政治性议题，如何妥善处理才能使各方都能接受。所以，英文版里那些看起来是替英国人辩护的词句在中文版里就必须削减和删改，以免让民族主义者抓到把柄来确保政治正确。第二，英

---

① S. I. HSIUNG, *The Bridge of Heaven*，外语教学与研究出版社，2013，第 273~274 页。
② S. I. HSIUNG, *The Bridge of Heaven*，外语教学与研究出版社，2013，第 72 页。
③ 熊式一：《天桥》，外语教学与研究出版社，2012，第 68 页。
④ S. I. HSIUNG, *The Bridge of Heaven*，外语教学与研究出版社，2013，第 73 页。

文版中对一些看起来不太好理解的部分进行补充，对英国的诸种做法，只提其看起来正面的东西，而不说其借助殖民地香港获得的巨大收益，既有规避检查风险的意味，也有类似《王宝川》一剧的"野史俗说""寓庄于谐"的味道，从而使该小说对读者产生类似于 H. G. 威尔斯《世界史纲》那样近于戏谑且有吸引力的效果。第三，从语义角度来看，题记部分的表达对应，也存在一个语义转换的问题。即英语中的意思带有明显的汉语特征，或者说先有汉语的对应表达，再转为英语。譬如"*fire a fine shot*"（射中准星）与"先射马"，"*selecting a good target*"（选好目标）与"先擒王"，以及"easy"与"difficulty"的对比句，很难形成一种准确的语言对应关系，反而构成了某种程度上的游移，也就是说，汉英双语之间无法实现完全的语义对等转换，英语译文只能在表达上以近似或者比较近似的语句来实现对汉语中的经典名句乃至部分专业名词的表述。但在一定程度上，又会构成一种新的阅读障碍。

另外，据熊式一自己在《香港版序》中所说，《天桥》的写作还有一些外部动因。"我从前觉得西洋出版关于中国的东西，不外两种人写的：一种是曾经到过中国一两个星期，甚至四五十年，或终生生长在中国的洋人——商贾、退职官员或教士——统称之为'支那通'，一种是可以用英文写点东西的中国人。后者少之又少，前者则比比皆是。他们共同的目的，无非是把中国说成一个稀奇古怪的国家，把中国人写了成荒谬绝伦的民族，好来骗骗外国读者的钱……还有那位女作家，她也到四处去讲演，好让人家鉴赏鉴赏姨太太女儿的丰彩！所以我决定了要写一本以历史事实、社会背景为重的小说，把中国人表现得入情入理，大家都是完完全全有理性的动物，虽然其中有智有愚，有贤有不肖的，这也和世界各国的人一样。因此我一定要找两个西洋人，放在里边……我便把李提摩太写成书中的洋主角，帮助中国的正主角李大同求学，做事，救国，反衬一位标准心地狭窄的传教士马克劳。"①这里所说到的主要有两点。第一，近代以来，西方作家多多少少都有对中国

---

① 熊式一：《天桥》，外语教学与研究出版社，2012，第14页。

进行矮化、蔑视和展示丑陋一面以赢得读者的考量，所以他们尽其所能甚至拿着"放大镜"与"显微镜"去寻找中国大地上看起来是"邪恶""愚昧""麻木""野蛮"的和各种不健康、不理性的生活方式和文化习俗。他们对中国人自身和这个民族身上所具有的种种良好品质视而不见、听而不闻，用选择性失忆的方式和被歪曲的事实来告知本国民众他们所理解的中国和中国社会。第二，就是中国作家①也有迎合西方前述"歪风邪气"者，他们不遗余力展览、表现这些属于民族陋习、劣根性的方面，在熊式一看来这是对中国人、中国文化的极不负责任，也极容易让我们自己一再地被西方人藐视而难以翻身，从而丧失文化自信和民族自信。他写《天桥》目的之一就是针对第一点力求"去蔽"与纠偏。

尽管台湾学者蔡永琪认为熊式一的《天桥》有明显的中译英痕迹②，但不可否认的是该书为熊式一赢得了比较广泛的赞誉，获得中外人士的称许。比如史学大师陈寅恪用绝句两首和律诗一首来表达其"读后"（听后。陈寅恪那时已经双目失明，到伦敦治眼疾期间由旁人读知）感受。绝句其一为：海外林熊各擅场，卢前王后费评量，北都旧俗非吾识，爱听天桥话故乡。③显然，陈寅恪把该书的价值提到了一个相当的高度。虽然就小说的特质来看，它更像是一部历史小说，而且所叙述的历史故事近乎"七分真实、三分虚构"，与传统意义上的小说在叙述方式、叙述节奏等方面有明显区别。它最主要的特点就是站在历史发展的高度上，以进化史观来观照晚清末年的这一段历史，把不屈服的反抗精神贯穿全篇，揭示出中国人民深层次的血性和对自身文化进行反省的精髓。

---

① 据比对，熊式一所言的中国女作家应该是凌叔华。她在 Ancient Melodies（《古韵》）中所写的内容，基本上符合熊式一所说的几个特征。凌叔华的回忆，"因王宝钏剧本一举成名的作者熊某对我们这样作者，他写文章介绍时，都是酸溜溜的——说'居然出了书'及'居然也开了画展'，是可忍孰不可忍！！"亦可佐证。参见孙连五《凌叔华致夏志清书信六封辑注》，《中国现代文学研究丛刊》2020 年第 5 期。

② 参见唐山《熊式一：走向了世界，却失去了故乡》，《北京晚报》2016 年 3 月 4 日，第 42 版。

③ 熊式一：《天桥》，外语教学与研究出版社，2012，《香港版序》，第 12 页。

英国作家威尔斯（H. G. Wells）评论道："我觉得熊式一的《天桥》是一本比任何关于目前中国趋势的论著式报告更启发的小说，从前他写了《王宝川》使全伦敦的人士为之一快，但是这本书却是绝不相同的一种戏剧，是一幅完整的、动人心弦的、呼之欲出的图画，描述一个大国家的革命过程。"① 该评论对《天桥》的赞许集中在它描写场面的宏大和革命过程的完整性上。这种写法在事实上与赛珍珠等人从底层民众的一生来映射历史变迁（几乎一成不变）形成了鲜明的对比。或许可以说，这种海外中国文化的"熊式论述"，构成了熊式一独特的海外传播之文化景观。

此外，熊式一还创作了一部人物传记 *The Life of CHIANG KAI - SHEK*（《蒋介石传》，1948 年伦敦 Peter Davies 出版社出版），试图以对其时的"伟大人物"的书写来赢得英美人士对中国和中国人的尊重，但战争形势的变化使他的这一计划部分地落了空。

第二节　萧乾：欧洲宣讲中国现代文学的第一人

萧乾（1910～1999），北京人，蒙古族，常用英文名为 Hsiao Ch'ien。

1939 年 10 月，萧乾到伦敦大学东方学院任讲师，兼《大公报》驻英特派记者，报道战时伦敦及欧洲大陆的新闻，同时还有演讲等各种活动任务。旅英 7 年间，他一共创作（翻译）出版了五部作品，回国后还有不少著述。

一　借助演讲和著作，对中国现代文学的发展历程进行了广泛而有重点的宣传，以唤起受众的注意与支持。同时，把中国现代文学作为抗战的一个重要组成部分，把文学事业与国家民族的命运紧密相连。这以《苦难时代的蚀刻》《龙须与蓝图》为代表。

Etching of a Tormented Age（《苦难时代的蚀刻》）是作为国际笔会丛刊之一于 1942 年由乔治·艾伦与恩德公司出版的。在扉页上首先注明了"献给爱·摩·福斯特和亚瑟·魏理"的字样。该书包括六个部分，比较系统

---

① 熊式一：《天桥》，外语教学与研究出版社，2012，《香港版序》，第 11 页。

地向西方世界的英语读者介绍了中国自新文学运动以来所取得的系列文学成就，也不讳言其中存在的问题。在第一部分，萧乾把使用文言文写作及其所处的社会环境喻作"老古玩店"，形象地诠释了文言文在文学变革之初所处的位置和作用。又把中国现代文学比喻为一棵成长中的幼树，借助新文化运动的倡导者胡适、陈独秀的主张来说明该运动的目的、意义和对中国新文学的影响，为后面分门别类的描述做好铺垫。

小说家之所以被描述为改革者，主要在于他们"要努力改进一个腐败的社会"①，把小说创作视为最大的文学收获。以鲁迅创作《阿Q正传》为例，证实中国现代小说所具有的讽刺性。又以草明、艾芜等为例，说明底层社会素材的丰富。在萧乾看来，乡土经常性地成为作家笔下主人公的生活背景，而两性关系、家庭压迫等不可避免地成为创作的主要议题和对象，因此涌现了不少优秀的作家，如沈从文、郁达夫、冰心、巴金。文学与政治的关系造就了小说家更大的视野，茅盾的"蚀"三部曲《幻灭》《动摇》《追求》以及《子夜》就是如此。"左联"的出现，使小说的评判标准偏向于意识形态。"总的来说，战争对中国文学尤其小说称得上祸中得福。抗战前，中国作家身上大多存在着两种令人惋惜的症状：他们或者缺乏对现实生活的坚实基础，或者所用辞藻离人民太远。战事把作家赶到生活中去了……最重要的是他们跟人民——居住在远离沿海、完全不曾欧化过的人民，有了直接接触。此外，他们还经历着战争，目睹战争的残酷以及人们在战时所表现出的英勇。因此，我们可以寄厚望于战后的中国小说家。"② 萧乾对中国现代小说的发展表现出了充分的信心，尤其看重小说家们在战时融入生活的切身体验对创作的巨大影响。这种乐观主义的态度对中国现代文学的发展当然是极具价值的。

在对诗歌的论述中，他从"形式"切入，指出"形式"的有无对白话

---

① 萧乾：《龙须与蓝图——中国现代文学论集》，文洁若编，外语教学与研究出版社，2014，第11页。
② 萧乾：《龙须与蓝图——中国现代文学论集》，文洁若编，外语教学与研究出版社，2014，第25页。

诗歌创作同样是一个问题。之后，依次介绍了胡适、徐志摩等新月社诗人，郭沫若等创造社诗人和李金发等象征派诗人各自的诗歌特点。受到西方诗歌影响的新的诗人、流派对形式的反叛和对书写内容的拓展延伸，不止一次地让诗歌处于"十字路口"，但最终都起到了推动诗歌发展的作用。"战争毁掉了大量的内省文学，但也拓宽了文学的范围，带来富有泥土气息的鲜活生命力。"① 在对戏剧的讨论中，他追本溯源到1907年《茶花女》和《黑奴吁天录》的上演。并指出，"把年轻的中国戏剧家引上社会改革大道的，是易卜生的戏剧"，② 因为"中国作家从这位挪威戏剧家身上学到了戏剧的最高使命在于揭露现行社会的弊端和荒谬"。③ 说戏剧在发端期（1907～1915）还处在十字路口，是因为对中国传统戏剧进行捍卫的"国剧派"和主张进行改革引进西洋话剧"文明戏"的反对派以及主张调和二者矛盾的中间派三股力量的较量，使得戏剧一时间面临着何去何从、难以决断的问题。之后，戏剧教育的逐渐跟进，舞台演出限制的放宽、洪深等人改编剧上演的成功，以及郭沫若、田汉、陈白尘、曹禺等人反映中国现实的自创剧作不断涌现，使中国话剧逐渐步入正轨。同时，戏剧在思想解放运动和战争年代都不止一次地充当过"扩音喇叭"。在萧乾看来，"最接近中国文学传统的是散文"。④ 中国的两类散文家：隐士散文家把手中的笔用作雕刻家手中的"雕刀"，"常常是以自我为中心和多愁善感的，在感情深处大概就是一个纳克索斯"；"而对斗士散文家来说，一篇散文只是一个简单的媒介，是刺向近敌的利剑和掷向远敌的投枪"。⑤ 前一类的代表是周作人，后一类是鲁迅。

---

① 萧乾：《龙须与蓝图——中国现代文学论集》，文洁若编，外语教学与研究出版社，2014，第33页。

② 萧乾：《龙须与蓝图——中国现代文学论集》，文洁若编，外语教学与研究出版社，2014，第35页。

③ 萧乾：《龙须与蓝图——中国现代文学论集》，文洁若编，外语教学与研究出版社，2014，第35页。

④ 萧乾：《龙须与蓝图——中国现代文学论集》，文洁若编，外语教学与研究出版社，2014，第47页。

⑤ 萧乾：《龙须与蓝图——中国现代文学论集》，文洁若编，外语教学与研究出版社，2014，第49页。

散文作家的分类有基于自然描写的，如叶绍钧、朱自清、徐志摩等，也有超自然主义的，如何其芳。但何其芳的战场经历促使其文风得以转变，"是日本侵华对中国现代文学影响的深刻表征"。① 翻译则被视为"一项至关重要的工作"，"除了英国文学自身的影响，英语在中国无可比拟的受欢迎程度也使其大受裨益。许多欧洲其他语种的文学名著，中国的翻译家不易得到，像易卜生和安徒生，就都是从英文本转译过来的"。② 他从林纾说起，大体上勾勒了一条翻译西方文学、文化名著的线索。

该书用欧美英语受众易于接受的方式比较清楚地阐述中国现代文学 20 多年的发展情况，具有较强的感染力和针对性。它厘清了中国现代文学的来龙去脉，按照文体发展概略揭示了现代文学的创作规律，找到了中国现代文学和西方文学的共通点——在观念、方法、技巧和结构形式上的共通点，从而获得了二者的共同经验范围，以此为基础来寻得理解和支持。该书适时地提到了中国社会所面临的艰难的战争处境，以及在该处境中中国军民和作家的关系，尤其是作家对生活的理解和对生活领悟的加深。这种超越党派、客观公正的立场所传达出的中国现代文学的声音是极为宝贵的，它一方面是该时期为数不多的为中国文学发声的作品，敞开了主动沟通中西文学的胸怀，显现了中国作家、中国文学古已有之的开放气度；另一方面又借助其描述获得了对接西方、学习西方、再次出发的契机，对抗战之后中国文学的发展保持着乐观自信。在强势话语的场域中彰显了中国文学的主体意识和自我革新、追求进步与变化超越的精神，是努力从文化、文学中自圆其说的一次尝试。

Etching of a Tormented Age 出版后引起了英国出版界的普遍重视。《泰晤士报文艺副刊》《新政治家与民族》《观察家》《论坛》《听众》都载文推荐，认为该书包罗宏富、立论严谨，文风明晰简洁，不但使那些对中国当代

---

① 萧乾：《龙须与蓝图——中国现代文学论集》，文洁若编，外语教学与研究出版社，2014，第 55 页。
② 萧乾：《龙须与蓝图——中国现代文学论集》，文洁若编，外语教学与研究出版社，2014，第 57 页。

文学蒙昧无知的读者大开眼界，而且使他们深受教益。使他们懂得，由于战争和社会的震荡，中国文学已经成为革命的宣传武器。在生死攸关的现实面前，作家与人民密不可分的关系在西方文艺界是很难看到的。1942 年 3 月 21 日，英国《泰晤士报》文学副刊上刊发了一篇无名作者的书评——《评〈苦难时代的蚀刻〉》，其中说道："萧乾先生对新中国的小说、诗歌、戏剧、小品文的简明评论——每一项都用了专章——对一个几乎完全不了解的国家来说，是个有益的指引，同时满足了探索者们的欲望。"① 因此"凡是有兴趣研究东西方关系的人，都应该仔细读萧乾这本写得内容既精辟，文笔又优美的书"。② 换句话说，萧乾已经把发展中的中国现（当）代文学与战争中的中国的宣传事业紧密地联系起来观察，使其成为后者的一个有机组成部分。

1942 年 10 月，英国伦敦引导出版社（The Pilot Press）出版了 *China But Not Cathay*（《中国并非华夏》）一书，集中介绍了中国历史状况、地理形式、抗战情况特别是国共合作坚持抗战的情形，并附有 80 余幅照片和 1 幅地图。在第六章，萧乾对中国现代文学的发展历程做了简单的回顾，从文学革命的缘起一直叙述到 1938 年中国"文协"在汉口成立。尤其突出了新时代的新特征，即作家下乡、作家入伍等。选择了胡适、丁玲、鲁迅的半身照片作为插图。第十章对与滇缅公路相关的抗战事迹也有述及。

1944 年 5 月，伦敦引导出版社（The Pilot Press）推出了 *The Dragon Beards Versus the Blueprints*（《龙须与蓝图——战后文化的思考》），全书共四个部分（多为演说词）。在伦敦中国学会所做的演讲（第一部分）中，萧乾从作家与机器的对立关系谈起，说及英美人对机器的不同态度，由此回到英国作家所关注的机器对人类社会生活所造成的影响。从塞缪尔·巴特勒的《埃瑞洪》对机器的指责，言及机器支持者与反对者之间的战争。之后，又列举了 H. G. 威尔斯的科幻小说、爱·摩·福斯特的《霍华德别业》和

---

① 鲍霁：《萧乾研究资料》，北京十月文艺出版社，1988，第 546 ~ 547 页。
② 鲍霁：《萧乾研究资料》，北京十月文艺出版社，1988，第 268 页。

《机器休止》中主人公对机器的勇敢反叛、弗吉尼亚·伍尔夫在《奥兰多》中对现代机器文明的厌弃、劳伦斯对机器役使人的工业主义的憎恨、奥尔德斯·赫胥黎在《美妙新世界》中对工业化世界的警惕，进而说明作家们对机器世界的逃避显然是无用的。联系中国实际，不难看到，中国在某种程度上得益于机器带来的好处而避免了遭受它的麻烦，同时，不少有识之士为引进机器改变国家面貌和人们的思想观念而不懈努力过。尽管中国的知识分子之间为此发生了不少的争议，但对机器的科学态度正促使人们改变看法。第二部分先从易卜生在中国引起的反叛性反应说起，对 1917～1921 年易卜生所带来的"问题剧""问题小说"和易卜生主义在作家们身上所产生的回响进行了梳理，比如郭沫若创作的历史剧《卓文君》上演后在社会上引起的不同反应。但问题剧的一个主要错误在于其忽略了作品的娱乐功能。作为易卜生的"门徒"之一，萧伯纳是现代剧作家中极为成功的一位，但他的作品包括《华伦夫人的职业》在内，在中国的上演却没有引起多少反响，这和中国的业界人士偏重于剧作的思想介绍而非剧作艺术有关。第三部分是作家在伦敦华莱士藏画馆所做的演讲。该文从 19 世纪中叶的中国开始讲述，侧重于中国与西方之间的沟通交流情况。作家将世界比作一间教室而把中国喻为一位（受到枪炮驱赶）被推进教室准备取得毕业资格的大男孩，他用过时的毛笔顺手一画就有"龙须"般的线条，这却是获得"毕业证书"所不需要的，所以他只能在嘲笑与诅咒中去学习"现代化"这样枯燥乏味的课程，同时设计了自己幸福生活的"蓝图"。就是这样的场域中，诞生出了中国现代文学。其中不少作品都是对处于剧烈变革时期中国民众生活的忠实记录。进而，萧乾从语言（白话文）、形式（各种体裁）、内容（创作题材）和写作动机（倾诉和表达的需要）几个方面，来描述中国现代文学的发展历程。第四部分是萧乾在美国期间所写的对印度广播的一份稿件。主要从文学与大众关系的角度来描述中国现代文学的成就，包括作家、作品和文学流派等诸要素与环节，意在唤起和赢得同为被压迫者的印度普通受众的理解。

　　从该书的内容上看，不难知悉，萧乾力图通过演讲等方式，让英语受众知晓中国现代以来的文化、文学概况,这与其前一部书的主题是一脉相承的。同时,作为当面交流的内容,他注意到了以下几点。第一,趣味性。力图使演说或广播稿不流于说教而是可以亲近、易于理解的,因而有针对性地结合听众特点,由一个比较宏观或专业的话题入手,通过趣味性的讲述,把话题与主题结合起来,使受众认可。第二,贯通性。萧乾借助介绍自己熟稔的英国作家作品,切入其对中国文学的影响、二者之间的关系这样一些看起来具有深度和值得探究的问题,不仅为中国现代文学找到了一个极为重要的源头,也自然而然地拉近了两国文学之间的关系,使其关联度建立在"亲密和缘分"的基础之上,这在学理上是周密而严谨的论说,在情感上也极具力量。同时,他列举出了中国的优秀作家作品以证明中国文学不仅人才辈出、潜力巨大,而且富有创意又合乎"普适性"的文学理解,是世界文学大观园中极为重要的一分子。第三,贴切性。萧乾的论说总是扣紧英语受众的思维,从具象入手、以理性收笔这样的表达习惯贴近受众,让受众在获得新的知识的同时又为其循循善诱所感染。结尾处适时联系中国国内的抗战实际,或呼吁、或请求、或自信地言说,体现出其一腔爱国热忱。与前述《中国并非华夏》中对中国文学的介绍相比,该部分更多是结合具体作家作品的案例来表述其对中国现代文学20多年发展的看法。

从更为宏阔的角度来看,萧乾对中国现代文学发展的论述有着鲜明的报人和作家的特点。一方面,他对自身所处阶段的文学发展脉络掌握得很清晰,这和他是现代文学发展的亲历者及《大公报·文艺》副刊的编辑—记者身份分不开,其中所涉及的相当一部分知识分子与他有过交集,因而他可以当事人的眼光来看待,使用丰富的第一手资料,觉察其中存在的问题、发展的可能性及其走向。同时,他曾受命到前线采访,又有流亡经历,对中国抗日战争的战场情况有着较为完整的感受,能够适时且毫不牵强地联系二者,博得受众同情与支持,丰富了文化交往的层次和内涵。另一方面,他的作家身份也具有说服力,作为一位创作势头比较劲猛的年轻作家,他旅英之前已经有不少作品问世,包括散文、小说、特写、随笔、书评等。此外,该书还有如下论述值得注意。

第一，与工业化的西方社会更早地发现了工业文明对人自身进行戕害、恶化人际关系、毒化社会氛围、扭曲人格，最终导致了人的异化不同，中国起步于晚清的工业化进程不时被外来侵略打断，造成了时断时续的状况。由于自身力量孱弱而失去了对对象世界的控制权和解释能力，譬如西方作家在深深担忧机器文明对世界的未来会产生种种负效应之时，中国正为摆脱农耕时代僵死文明的束缚以进入前现代社会而进行殊死的斗争，导致各类社会问题纷纭复杂，中国作家对这些问题的表现切合了时代的需要。第二，西方文学及文学家给中国带来的文化和文学思想是基于"人的发现"的人道主义和个人主义。西方作家论述的重点在于个人如何在工业化的社会中保持自我的本性而不被泯灭，是个性化的人而非社会化的人。中国作家关注的则是个人如何从农业社会专制思想的桎梏中获得解放，认识到自我的存在并推己及人、推己及物。之后，中国文学深入解剖社会的病象，呼唤健全的人，祛除人们灵魂上的怯懦、自私和卑下的品性。是揭露、批判、抨击而非褒扬式的作品接通了中国与西方文学尤其是 19 世纪法国和俄罗斯批判现实主义文学内在的精神联系。第三，对中国现代文学的整体把握及其论述策略。该书与《苦难时代的蚀刻》相比，横截面或片段性的性质更加明显。它的每一个单篇都旗帜鲜明地指向一个主题，阐述中国现代文学发展中的一个侧面，但这恰好可以使它获得必要的深度和敞开论述的可能。所采用的基本论述策略就是由表及里、由外到内、由浅入深，既便于受众接受，也利于作家自身优势的发挥。

二　通过文选和著作，沟通中西文化，宣扬中国文学和文化发展的实绩。传达了中国底层民众的现状及发生的改变，善尽了一位有良知的现代知识分子的职责。这以《蚕》《土地回老家》为代表。

萧乾主编的《千弦琴》（*A Harp with a Thousand Strings*）作为其五本著作之一，1944 年由伦敦引导出版社出版。该书汇集了众多中西方文化人和知识分子自 13 世纪以来从不同角度、不同层面和不同理念出发描述中国的文章。亚瑟·韦利（即亚瑟·魏理）在《序》中说道："这是一篇有关中国的文选的序言。中国作为一本文选的主题是合适的，因为中国是一个产生了无数选集的大陆。或许没有其他任何国度有过如此之多、跨越时间如此之长的（一本选集）。"① 此说确有道理。

同年，萧乾自选自译的散文小说集《蚕》（*Spinners of Silk*）由伦敦艾伦·恩德出版社出版，收了《雨夕》（*A Rainy Evening*）、《蚕》（*The Spinners of Silk*）、《篱下》（*Under the Fence*）、《雁荡行》（*Scenes from the Yentang Mountain*）及《破车上》（*The Ramshackle Car*）等12篇文章。该集的部分小说发表在1933~1937年的《大公报·文艺》《水星月刊》《文季月刊》等报刊上，后来分别收录于《篱下集》《栗子》这两部文集。

散文《雁荡行》原题为《雁荡天台探胜记》，原载于1937年5月20~30日香港《大公报》②，后收入良友图书公司1937年初版的《落日》一书。其标题几经改易，由原题改为《雁荡山》（山水通讯），最后改为此题。③原文分为七个部分，前两部分从离开南海边的一个码头写起，叙述了一路上的所见所闻；第三部分至第七部分集中笔力来叙写雁荡山之风光。全文长度约为25000字，英文版被作者压缩为原文的十分之一左右，重点放在了对雁荡山几个景点如梅雨瀑、灵岩寺的介绍上，人情风物、行程见闻全被略过不提。《破车上》记述了一段乘坐炭烧汽车的行程，着重刻画了路上的景色和同车的司机、囚犯、警察各色人等。英文版中同样对风景、对话、人物心理活动等省略较多。余下的十篇小说可以分为三类。第一类：以儿童（少年）视角来书写日常生活的文章，如《俘虏》《雨夕》《花子与老黄》《矮檐》；第二类：表现弱小人物命运的文章，如《蚕》《篱下》《印子车的命运》《皈依》；第三类：表现爱国主义情怀的文章，如《栗子》《邮票》。

从所选译文章的角度来看，萧乾主要书写了两个方面的内容：第一，中国平民百姓之生活状况和生活情趣，展现出他们之间巨大的生活差距和不同

---

① Hsiao Ch'ien, *A Harp with a Thousand Strings*, London Pilot Press, Ltd. , 1944, p. xii.
② 该说法出自《萧乾全集 第四卷》（散文卷），湖北人民出版社，2005，第70页。笔者在查阅《大公报》数据库核对时，发现该说法有误。应为天津版的《大公报》和上海版的《大公报》几乎同时发表了该文。
③ 萧乾：《萧乾全集 第四卷》（散文卷），湖北人民出版社，2005，第47页。

的生活态度，是对中国社会的写真；第二，人道主义和爱国主义，民众发自本能的觉悟，对被损害、被侮辱的愤怒与反抗。

就内容来看，涉及改写改译的不少。比如文章标题，英文版中就有以故事情节核心意涵为题目的，如《印子车的命运》译为 *Galloping Legs*（《飞毛腿》），《邮票》译为 *The Philatelist*（《集邮家》），《花子与老黄》译为 *Epidemic*（《传染病》），其中的故事情节也做了适当调整。为一些俗语、成语加了脚注。

试举一例。对 *Under The Fence*（《篱下》）就解释为 "A traditional expression meaning ' to live under another's roof ' "，突出其居住而非路过的内涵。再如：

> "睡罢，环哥！"妈低声说。
>
> "妈，妈，姨家后院那棵枣树结的是长的还是圆的？比咱——"
>
> "你管哪！可不准在这儿撒野。这不比咱家。这儿是城里。又是别人家。瞧，你昨儿把表弟胡带，惹祸哪！"
>
> "去河边玩玩算啥？妈你平常还让我去窖坑里摸螃蟹呢！"
>
> "要命鬼！这不比平常了。这是别人家！"
>
> "不比平常"，"别人家"，环哥似乎听懂了而又不真懂。横竖，若在家里，这时鸡就该叫了。环哥躺不住。他要看那肥肥的龙睛鱼去。他要起来。
>
> "给我睡下，小鬼。"
>
> "干么，平常这时我不已经该去拾粪了吗？"
>
> "又说平常。这是城里。人家还没起呢！你不能胡闹！"①

英文为：

---

① 文洁若编《萧乾作品精选》，北京语言文化大学出版社，2001，第20～21页。

"Go on sleeping, my darling," the woman whispered, but Huange was already moving restlessly in his blankets, and in a moment he sat up.

"Tell me, Mamma, what are the dates like on the tree in the back-yard? Are they oval or round?"

"You mind your own business. You can't run wild here. This isn't our home. And listen to me; you're not to go off with your cousin like you did yesterday."

"But we only went along the river bank. What's wrong about that? You used to let me catch crabs in the pool."

"You're a hopeless creature," the woman said impatiently. "Don't you see that things aren't the same as usual? We're in someone else's house. . . . "

Huange could not understand it at all. Not as usual? Someone else's house? In any case, if they had been at home, the cock would have crowed. Huange couldn't bear to stay in bed a moment longer. He wanted to see the goldfish.

"You lie down, you imp," his mother ordered.

"But why, mother? Haven't I usually gone off sweeping dung by now?"

"Oh, you stupid!" the woman screamed. "Usually, indeed! Don't you realise you're in a town now? You've just got to behave yourself."[①]

英文作品中，作家有意突出了三点：其一，环哥的活泼好动、懵懵懂懂又若有所思以及母亲压抑不住的悲伤和强烈的不安全感；其二，母亲对孩子发自内心的、真诚的爱与无奈；其三，中文版里，"篱下"容易令人联想到"寄人篱下"和"人在屋檐下，不得不低头"等意义，双关含义明显。在英文版里，这一点并不显豁，所以母亲对环哥说"You can't run wild here"（别在这里撒野），说他"You're a hopeless creature"（你是个没家教的野种）

---

① 文洁若编《萧乾作品精选》，北京语言文化大学出版社，2001，第31页。

和 imp、stupid 等，带有明显的辱骂、责怪语气，这些超出了英语受众的认知范围——约束小孩的天性，母子间缺少平等、公平的对话态度和环境，这对孩子的成长明显不利。而作家本意却是以此来凸显母子生活的艰难。

该书出版后引起了不小的反响。有论者在 1944 年的英国杂志《今日之生活与文学》上撰文指出："在眼前这本书里，萧乾正在一个短短的篇幅里进行写作实验……他的标题小说蕴藏着无限激情，因为那正是他从中寻找鼓舞力量的极大勇气与同情……在作品中，我们经常意识到人类并非十分合情合理，他们常受本能和感情的支配，本能和感情是形成人类性格的多种因素，它们能立即化为生活的诗歌以及生活中的同情的怜悯。"[①] 这一说法不乏误读的成分，但萧乾的这些作品确实是有感染力的。

1951 年，萧乾创作了特写 How the Tillers Win Back Their Land（《土地回老家》），该书是他就任英文刊物《人民中国》副主编期间，参加了湖南省岳阳县箅口乡土地改革，与农民同吃同住十多天，根据对外宣传的需要写就。该书连载于《人民中国》第 3 卷第 8 期至第 4 卷第 3 期，北京外文出版社出版了该书的英文单行本，同年 11 月，萧乾把它译为中文由平明出版社出版。先后有日语、俄语、德语、法语、印尼语、缅甸语等 11 种译本。[②] 该书对回龙乡新炉村的土改状况进行了绘声绘形的描写，塑造了翻身做主人的农民土改积极分子彭新五、彭福全、春杏等人的形象。述说了他们在党的发动下，勇敢地与地主彭荫庭、彭二虎做斗争，从弱小变得强大的过程。此外，作品也尽力刻画了土改干部、中共党员卢扬和赵浩民刚正不阿、坚持原则、吃苦在前、脚踏实地的形象。

把该书的中英文版本两相比较，不难发现以下差异。

第一，对部分内容的改写改译。譬如，在"新的风景线"这一节中，在述及主要人物彭新五时，英文版有这样的交代（例 1）：

---

① 〔印〕穆尔克·拉甲拉南：《评〈吐丝者〉》，鲍霁编《萧乾研究资料》，北京十月文艺出版社，1988，第 548 页。

② 文洁若：《序》，文洁若编《萧乾〈龙须与蓝图〉》，外语教学与研究出版社，2014，第 5 页。

But ever since Peng Hsin-wu came back from the army a year ago, he had taken an active interest in all the goings-on in the village. This ceaseless activity on his part more or less explained why he had been elected the head of the local Small Group.

He had been forcedly drafted into the KMT army together with Teh-ming, Crazy Grandma's son, and he knew Teh-ming was killed. Hence, upon hearing that Teh-ming's young sister was going to be married to a consumptive weakling, he took it upon himself to go over to Big House Lo in order to discuss calling the marriage off. The Lo family's airy answer was: "Sure, you can call it off, but not until you've paid us back the amount we've spent feeding her these last five years." There the matter had rested. [1]

这里，作家详细地交代了彭新五退役回家后的想法和做法，展现了他的革命斗志被再次激发的过程。

中文版里，相应的部分是这样描述的：

从去年复原回来，彭新五专好管村里的事，他因此被选做小组长。他是和'疯媛妮'的儿子德明同一回被抓的丁，他知道德明打死了，听说德明的妹子要嫁一个痨病鬼，就硬要去大屋罗阻止。男家对新五说：婚姻打消也可以，只要退我们五年的伙食！[2]

描述事实简练。类似处理在其他部分也有体现。又如（例2）：

History: This *hsiang* was under Japanese occupation during the War of Resistance and suffered a lot of damage. The whole street near the Seven Star

---

① Hsiao Ch'ien, *How the Tillers Win Back Their Land*, Foreign Language Press, 1951, p. 11.
② 萧乾:《土地回老家》，平明出版社，1951，第 83 页。

Slope was burnt down. Many peasants killed. ①

回龙乡在抗日战争时期，曾经沦陷在日本人手里，所以，全乡遭受了残酷的蹂躏。七星岗街上完全烧光了。很多农民遭到屠杀，接着是国民党的血腥统治。②

在上述二例中，例 1 中萧乾对部分内容的改写改译是把英文里交代繁复、需要清楚说明的内容在中文里做了简化处理，有需要合乎不同文化语境受众的接受习惯、思维习惯和理解水平等诸方面的考量。例 2 的中文版对一些英文版里未曾涉及的内容进行了增删处理，使之适应受众需要。

第二，对一些习语、俗语和专有名词的处理。比如使用威妥玛式的音标标注、对一些难以对应的词语（成语）使用音译和直译、简称等。如"根深蒂固"为"The Roots Go Deep"、"国民党"为"KGT"、作为计量单位的"石"为"tan"、"乡"为"hsiang"。③

第三，英文版注重对"土地改革"这一事件过程的完整传达，努力让国外英语受众借助个别案例弄清楚该事件的来龙去脉，有一个基于事实的了解；中文版更加注重挖掘"土改"事件本身的内涵，让普通老百姓清楚这一事件所具有的历史意义。

萧乾有意识地突出了农民在解放前所受到的包括地主压迫在内的各种不公平待遇，表现他们生活之悲惨、命运之无助，与地主优越的生活条件形成鲜明的对比，进而把"土地改革"这件堪称农民生活中空前绝后的大事加以渲染，展现出农民生活所得到的实惠以及条件改善后的结果。就此而言，萧乾是在为新中国的"土地改革"作传和宣传，这是利用他所处的岗位与海外文化影响力帮助国家赢得同情和理解，同时又需要以类似的文化宣传作为一个突破口，改善新中国受到包围的状况，缓解周边外交压力。

---

① Hsiao Ch'ien, *How the Tillers Win Back Their Land*, Foreign Language Press, 1951, p. 36.

② 萧乾：《土地回老家》，平明出版社，1951，第 109 页。

③ Hsiao Ch'ien, *How the Tillers Win Back Their Land*, Foreign Language Press, 1951, p. 36.

　　当然，在萧乾看来，该书不是文学作品而是通讯特写。"《土地回老家》的意图，是通过农村几个典型人物和几件典型事件，来说明土地改革的基本过程。它不是文艺作品，因为在这里创作必须服从报道，人物发展必须服从过程环节。这只是土地改革文件的一种例证。"① 但基于以下几个因素，不妨认为它是一部文学性强的通讯作品或者说是小说性质的通讯特写。第一，故事情节的虚构性。萧乾在该作品中并未使用真实的地名，人名的真实性也存疑。第二，故事结构设计。该作品以树立电话杆（村庄将连通电话）为起点，以新炉村农民用集体名义写信向毛主席汇报生活情况结束。包括了联系群众——发动群众——群众起来斗争——划分阶级成分——打倒地主、分配田产及生产生活用具——农民生活质量得到一定程度改善等，涉及农村土地改革的过程、意义和结局的内容。全书结构完整，人物形象较为立体，人物对话个性鲜明。第三，故事内容上的丰富性。该作品涉及农村生活的许多方面，包括历时性的内容和共时性的内容，而且不局限于一个村庄，放眼天下大势，在写实之中不乏革命乐观主义的豪迈情怀和时代特有的积极乐观向上的精神特质，可以看作一部具有跨文体性质的互文性文本。

　　该作和其他有关"土改"问题的文学作品——譬如周立波的《暴风骤雨》（1948 年）、丁玲的《太阳照在桑干河上》（1948 年），无疑构成了一种紧张的"对峙"关系，联系柳青的《创业史》（第一部）（1959 年），它的加入是对该类作品文学秩序的"重新洗牌"。《暴风骤雨》《太阳照在桑干河上》这些作品，按照严家炎的说法，"都不可能是一个单纯得只由作家个人独立为之的纯文学行为"②，他们的生产过程经由不少部门、领导和宣传机构之手。萧乾的作品也经历了类似的过程，但当时作为特写发表，更注重的是新闻和外宣价值。

---

① 萧乾：《土地回老家》，平明出版社，1951，第 223～224 页。
② 严家炎：《二十世纪中国文学史》（中册），高等教育出版社，2010，第 361 页。

第三节 蒋彝：善用诗书画等中华文化元素书写的"哑行者"

蒋彝（1903～1977），江西九江人。1933 年 5 月，他远赴英伦，开始了负笈求学——著述谋生的海外旅居生涯。1955 年，他迁居美国。他的作品，除了第一部《蒋仲雅诗集》（1935 年）外，基本上是以 Chiang Yee 为笔名用英文写就，13 部"哑行者画记"出版情况见表 1 – 1。

表 1 – 1 蒋彝的 13 部"哑行者画记"出版情况

英文书名	中文书名	出版年份	出版社
The Silent Traveler in Lakeland	《湖区画记》	1937 年	伦敦乡村出版公司
The Silent Traveler in London	《伦敦画记》	1938 年	伦敦乡村出版公司
The Silent Traveler in Wartime	《战时画记》	1939 年	伦敦乡村出版公司
The Silent Traveler in Yorkshire Dales	《约克郡画记》	1940 年	伦敦乡村出版公司
The Silent Traveler in Oxford	《牛津画记》	1944 年	伦敦梅修恩出版公司
The Silent Traveler in Edinburgh	《爱丁堡画记》	1948 年	伦敦梅修恩出版公司
The Silent Traveler in New York	《纽约画记》	1950 年	伦敦梅修恩出版公司/纽约约翰迪出版社
The Silent Traveler in Dublin	《都柏林画记》	1953 年	伦敦梅修恩出版公司
The Silent Traveler in Paris	《巴黎画记》	1956 年	伦敦梅修恩出版公司
The Silent Traveler in Boston	《波士顿画记》	1959 年	纽约诺顿出版公司
The Silent Traveler in San Francisco	《旧金山画记》	1964 年	纽约诺顿出版公司
The Silent Traveler in Japan	《日本画记》	1972 年	纽约诺顿出版公司
China Revisited after Forty-two Years	遗著《重访中国》	1977 年	纽约诺顿出版公司

此外，他还著有：1. 文化普及类和回忆类作品，*The Chinese Eye*（《中国绘画》，1935 年，伦敦梅修恩出版公司）、*Chinese Calligraphy*（《中国书法》，1938 年，伦敦梅修恩出版公司）、*A Chinese Childhood*（《儿时琐忆》，1940 年，伦敦梅修恩出版公司）；2. 小说，*The Man of the Burma Road*（《罗

铁民》，1942 年，伦敦梅修恩公司）；3. 儿童文学作品，*Chin Pao at the Zoo*
（《金宝游动物园》，1941 年，伦敦麦勋书局）。

为了论述方便，本节把蒋彝的创作分为两期，即前期——英国时期，后
期——美国时期；在此基础上，围绕重点作品展开分析。

**一　立足地方风物的艺术刻画，旨在阐扬西方文化与中国文化的共同之
处，搭建具有相通性、共同性的文化桥梁和对话平台。这以前期作品《湖区
画记》《牛津画记》和后期作品《波士顿画记》为代表。**

《湖区画记》是蒋彝赴英后所创作的第一部"哑行者"画记系列作品，
该书的创作是在其《中国绘画》完成并热销的情形下进行的。《中国绘画》
本来是应伦敦柏灵顿画院筹备的、计划于 1935 年 11 月 28 日开幕的"国际
中国艺术展览会"之邀约而写的介绍中国艺术史的作品，其初版一个月之
内就售罄，很快又发行了第二版，这一意外的成功给了蒋彝信心和勇气。

在《湖区画记》的《引言》中，蒋彝如此交代他的写作动因："每年有
不少与旅游及风景相关的文章付梓成书，有些从地理学的特殊角度书写，有
些详论民族异同，当中也有纯粹描写出色的风景或该处的浪漫传奇。然而我
要写的内容与以上全然不同！"① 显见，蒋彝自认为是从一个比较特殊的角
度来处理他笔下的湖区风景的，这和《中国绘画》一书的基本创作手法有
一脉相承之处。他先点出了湖区带给自己的快乐："最近三年以来，我一直
住在伦敦的雾里，随着时间的流逝，十分清楚自己已苍老许多，相形之下湖
区岁月为我带来许多欢乐。在我的回忆中，也许那里的湖光山色已镀上浪漫
主义的光辉。而在这本小书里，湖畔的景致不同于一般描述，乃出自一名思
乡东方人的观点。"② 在与自己故乡名胜庐山做了一个简要比较后，他指出
"哑行"实乃迫不得已："我实在很难找到朋友既能与我同行，又能在我沉
默的时候自得其乐……既然我已到过那儿，我就放任自己不断以想像重返湖
区。"③ 这就是自号"哑行者"的外在原因——志同道合者难寻，静默合乎

① 蒋彝：《湖区画记》，朱凤莲译，上海人民出版社，2010，第 24 页。
② 蒋彝：《湖区画记》，朱凤莲译，上海人民出版社，2010，第 26~27 页。
③ 蒋彝：《湖区画记》，朱凤莲译，上海人民出版社，2010，第 31 页。

内心要求，但其内在原因并未明确——语言表达能力有限、对"宁静致远""平和中庸"的古训和文化传统的谨守与移用，也与蒋彝本人矜持坚韧的性格习惯相关联。[①]

《湖区画记》依照游历的顺序描写了五大湖区。蒋彝日记体的叙述带有强烈的自说自话的性质，隐含读者首先是他自己，先介绍风景和风土人情，讲述中国文化（故事），在中英风土人情、风俗和文化的比较中求同存异，以期获得打动或感染人心的力量。他在《瓦斯特湖》开头写道："我对湖区的第一印象，正是来自瓦斯特湖。首先我得说，我并不尽然知道湖区将会是何等风貌，在这之前，我总以为异国的风景与故乡总有些许不同，而且通常面海。"[②] 表明自己是怀着好奇心而来的，阐明其采用文化比较的书写策略。接下来采取了绵密叙述、细节交代的方式，不间断地叙述路上的哪怕细小的情景，以时间、地点为线索进行提示，如"尤思顿车站"、"锡斯凯尔"站牌、火车站小屋、房东太太的各种招待及表现等，重点还是对湖景的描绘。"我再三凝视平静的湖水，在天空的映衬下，大陆岩山的轮廓分明。此地勾起我的画兴，即第 33 页所见之画，虽然那实际上是日后在室内所完成的。"[③] 画作《晨雾中的瓦斯特湖》以虚实相生的中国传统山水画笔法，勾勒出了瓦斯特湖的山形、地貌、风景，尤其是层次分明的山峰在晨雾中若隐若现，岸边的树、草、花各具特点，各种景致惟妙惟肖，具有文字难以言说的力量。另外三幅画作——《大陆岩山对面云雾缭绕的岩坡》、《雨中上教

[①] 蒋彝自述其幼时所接受的教育和规训，"（私塾中）老师的教学方法和内容依据学生的年龄和智力而异，有两本书是男女共用的，即《三字经》和《百家姓》。这两本书是中国儿童的识字启蒙书……接着便开始读'四书'。第一本是《论语》。熟读第一本才能开始读第二本……读完'四书'，便读《四书集注》……'四书'之后便读'十三经'、历史，均属儒家思想范畴。私塾只能读经、习字"。又说，"我是个孤儿，我没有忘记，当我的那些堂兄弟们在他们父母面前任性撒娇时，我所感到的孤独。我觉得自己是个羞怯的、坚忍的、缺乏勇气的孩子，孑然一身。回想起来，那时的生活还带着苦涩的甜蜜，我照样过得很快活。"参见蒋彝《儿时琐忆》，宋景超、宋卉之译，百花洲文艺出版社，2005，第 47 页、第 1 页。

[②] 蒋彝：《湖区画记》，朱凤莲译，上海人民出版社，2010，第 32 页。

[③] 蒋彝：《湖区画记》，朱凤莲译，上海人民出版社，2010，第 39 页。

堂，沃思谷山岬》和《瓦斯特湖畔的宜人午后》，分别表现了瓦斯特湖畔不同时段的不同景致。在克里斯托弗·诺斯诗歌的启发下，他完成了两首即兴描述风景的五言诗，第一首用毛笔行书完成，特别彰显出该游记的不同之处——把对英国湖区的记录书写与中国传统的诗、书、画有机地结合为一体，堪称一绝，亦为独创。在写景中亦有机缘，即与中国风景、中国文化关联起来，引出一段相关描述。如，"想像着我在此漫步，聆听瀑布自高山飞泻而下，看着羊群这儿那儿地四处吃草，那真是再美妙不过了……眼前这一切使我相当尽兴，再一次以为自己真的已经返回中国。"① 他对自己作画的方式，也进行了交代，"我以全然中国的方式，运用中国的画具——毛笔、水墨与宣纸——作画……我可保证，任何仔细用心观赏过此处胜地的人，必能在我的画内认出它来！中国绘画很少以色彩来令画面生动，多以留白点出水和天空，读者不妨细看！"② 这一描述于不知不觉间就完成了对中国绘画的简要解说，确实可以看作"浸润式"的跨文化创作手法，也是蒋彝区别于熊式一、萧乾、叶君健等汉英双语作家的标出性特征。

这一特征在《德韵特湖》部分也有明确的表现："中文说得好，'领略'，这词很能反映人们享受大自然时的心境。'领'的意思是'洞察或留下印象'，'略'意谓'概要'，两字衍生为另一层意思，指'领受进而体会'，我很难找出一个精准恰当的英文字来对应……我想此时的我，已能'领略'瓦斯特湖的美。"③ 蒋彝细致解释"领略"一词的本来意涵，不仅简洁地诠释了中国人有对美的判断力、感悟力和鉴赏能力，还含蓄地表达了中国文化自成系统、有着自身的精深和高致且能为外人道之处。

描写湖区的桥，他采用"回到中国/故乡记忆"④ 的方式来凸显其特征。"不久我来到湖顶一处名为格兰奇（Grang）的小地方，这儿的石桥酷似我

① 蒋彝：《湖区画记》，朱凤莲译，上海人民出版社，2010，第38页。
② 蒋彝：《湖区画记》，朱凤莲译，上海人民出版社，2010，第39～40页。
③ 蒋彝：《湖区画记》，朱凤莲译，上海人民出版社，2010，第62～63页。
④ 笔者认为，不少旅居欧美（国外）的中国现代作家在创作时，都会有一种国家/故乡回溯的精神体验，他们或者以故乡回忆为题材进行创作，或者在涉外题材的作品中回到故乡，或者把故乡情结化，这或许源于中国文化的向心力和中国作家思维方式的趋一性。

在中国老家山脚下的那一座，除了建筑物与停在路边的车子之外，连周围也有相似的气味。童年和邻居一同在桥上玩耍的模样我记忆犹新。"① 作家回忆中童年的故乡温馨和谐，而且富于动感，又特别突出了无拘无束快乐的一面，用"有所不同"来巧妙地终止了过多的联想与回忆，重新回到现实当中。既不至于离题太远，又可以不断地横生波澜，意味益然。

《牛津画记》围绕着他在牛津镇的所见所闻而展开，记述的内容是自己几次访问并居住牛津的经历。全书共有 29 节（篇），结构安排上显得较为随意，但大体仍然秉持着时间上先后造访的顺序和对象上的轻重缓急来安排内容的结构原则。譬如首篇《第一次鞠躬》就是作家初到牛津时对这个城市的问候和致敬，文末还特别发出感慨："任何人于某时某地所拥有的经验，必然是独特的，必定有些方面与众不同，难道我就不该以只字片语纪念短暂生命中的某段时光？即使飞鸟也会在雪地上留下爪痕，愿我这短短数年的牛津印象能长久留存。"②《百感交集》一节则是对牛津最大的特色——各种书店的描绘，重点是逛书店的人，由亲眼见到的《伦敦画记》的读者引出了他的感悟，"虚荣是人性之瘤，但我也只是想要感受到我的书吸引了某位读者，不管他喜不喜欢。当然，店里的人们不会对我的想法感兴趣，而且无论如何，他们也不知道我是那本微薄小书的卑微作者"。③ 在《象牙微雕》一节中，由雪莱的诗歌起首，联想到齐景公卖裘开仓之事，再述及路上看到的景色和知更鸟、雪地钓客、《雪渔图》，最后回到中国情景中，把白雪覆盖下的牛津街景与中国微雕做一类比，并吟诗作结。

该书的议论性、评述性段落明显较前书为多，这大概与作家身处战争环境有着密切的关系。比如"英国和中国古典艺术的概念是多么相近啊！而在往后的世纪里，那些追求名利的野心家，竟使得两个民族的文化之间越加分歧、复杂与对立。"④ 又如，"我想起家乡的杨柳……清明时节，祭拜祖先

① 蒋彝:《湖区画记》，朱凤莲译，上海人民出版社，2010，第83~84页。
② 蒋彝:《牛津画记》，罗丽如、罗漪文译，上海人民出版社，2010，第9页。
③ 蒋彝:《牛津画记》，罗丽如、罗漪文译，上海人民出版社，2010，第34页。
④ 蒋彝:《牛津画记》，罗丽如、罗漪文译，上海人民出版社，2010，第52页。

坟墓之时，我们会折下一些柳树的嫩枝回家，挂在门口作为春天的记号。古时候，和亲友离别时，我们也会挥动柳枝以象征彼此坚固的情谊，因为细长柳条在风中扬起，仿佛想附在远行的人身上，阻止他们离去。"① 无论是古典艺术的、民俗的还是动物的内容，都贯串着蒋彝体察入微的热情和可以随手拈来的丰富知识。不能不说，蒋彝游记在内涵上的独到之处就在于他察见了别人习焉不察之处，理解了他人无意、无力也无法去理解的那一面。议论精到而不油滑、中肯而不流于表象。

蒋彝在文章标题的设计上也下了功夫，使之更合乎英国受众的口味，如专写牛津雨天的《天上之酒》，写探访野猪丘中动植物的《和谐的激狂》，写理发过程中遇到空袭警报的《头发袭击》等，读来让人兴味盎然，回味无穷；该书也显示了老少咸宜的文化品格，使不同层次的受众既能感受到作家热爱生活、热爱生命的特点，也能领悟到作家不同寻常的构思和创作方式——在广博而无垠的大自然中，发现人类自身的伟大与渺小、有识与无知，从而更好地珍视生命，友好地对待每一个生灵。这或许与梭罗的作品《瓦尔登湖》的独自沉思有些相似。但值得注意的是，梭罗是通过静走和沉思默想的方式来感悟人生、世界乃至宇宙万物，把它们在自己心中激起的回响通过串联古今的方式有效地表达出来，显得深刻真诚，内涵博大；蒋彝则是借助"哑行"这一手段，在喧嚣的市镇或幽僻的小道上静思默想，以"隐者"的身份观察世间，即便看到不齿事、看到乱象、看到歧视偏见和傲慢，也能一笑置之。以异邦的文字述说着中国的故事、中国的文化，有时候看到了宽容和理解，有时候遭遇了苟且和无知，但总体上是叙小节以见大端、述一事以见机变。在与自己心灵对话之时也有意地让两种文化、两大民族之间进行对话，以便获得共同性、共通性和交流平台。

在《波士顿画记》中，蒋彝以19章的篇幅来描述波士顿。《前言》用三个人（符号）——一个爱尔兰人、一个意大利人和一个中国人的对话来代替。对波士顿城市风貌的细节场景从历史、文化、科技、社会的精神气

---

① 蒋彝：《牛津画记》，罗丽如、罗漪文译，上海人民出版社，2010，第103页。

质、独特品质等诸方面进行具体刻画。内容丰富，写作轻松自然。第一章开宗明义，蒋彝点明了自己一贯的写作立场和思路：

> 在我的旅行中，我高兴的看到了人们之间的相似性而非差异性。我很少去做一个活动计划；我更愿意随心所欲地行走。然而，在波士顿，我有了立即去发现一个典型的波士顿人像什么的奇妙念头。受此鼓励，我从两个不同的场合来看波士顿的鼻子。①

他围绕各章标题，发挥自己善于从细小景致、物事出发去展开、勾勒的"本事"，移步换景，逐渐点染，以之为辐射圈或者射线点生发延展开去，再与其他物事勾连，形成了一个足以支撑起整个城市风貌的骨架与脉络。对中国文化的介绍也尽量不再采用强行植入式的方法，而使其显得自然，文气贯通，不易中断。比如，在谈到一个雅典娜神庙图书馆的游客把乔治·华盛顿的日记刻写在自己皮肤上的相关问题时，他立即展开相关的陈述：

> I don't remember reading or seeing any book bound in human skin in either the Bodleian Library, Oxford, or the Bibliothèque Nationale, Paries. I looked at Walter and said that Chinese are safer, for Chinese books have always been bound in paper or silk, not yet in longer-lasting leather, though China is the country that first invented printing. ②

这既结合了自己四处游历的经历来印证，又可以不动声色地言说中国。在介绍圣诞节习俗时，把它与自己家乡的春节习俗相比较，也和英国习俗做一比照。在写到波士顿的雪时，详细交代了自己参观 Globe Room 的情形，美国新闻出版业的发达程度由此可见一斑。在听说 The Hidden Forest on

---

① Chiang Yee, *The SILENT Traveller in Boston*, W. W. Norton & Company, 1959, p. 3.
② Chiang Yee, *The SILENT Traveller in Boston*, W. W. Norton & Company, 1959, p. 5.

Nantucket 的故事时，他不禁联想到陶渊明及其《桃花源记》，全文翻译后与之类比。在《波士顿精神》一章中，他先细述了自己两度去参观普利茅斯石（Plymouth Rock）的过程，然后对"五月花"号轮船上的 the Pilgrims' spirit——共享、毫无私心，进行了适当阐发。联系《水浒传》中的"义"，进行对照反思。对中国历史上的专制暴虐（如乾隆时期"文字狱"株连九族政策）加以反省，认为北美原初移民的优秀品质早年没有能够被远东国家所认识到："I wish we Chinese could now study the Pilgrims' spirit and be inspired to combine all our efforts for the common good of man instead of just trying to pull down one dynasty after another."① 显然，美国人的男女平等和博爱精神在普通百姓身上的体现是有其历史渊源的——妇女们也做出了不少于男子的贡献，波士顿精神在很多地方体现为美国精神。他对美国深入人心的法制精神在波士顿的表现也做了介绍，认为"波士顿精神"就是热爱普遍的自由。

该书中的诗作和书法作品比重进一步减少，画作数量没有明显的变化，但整页（彩色）插图 16 幅和若干幅人物肖像画，比起前几部有了增加，可读性明显得以强化。当年的一篇书评如此说道：

> 关于这本书不寻常和最有趣的事情之一就是它不断参考作者的祖国。例如，谈到波士顿鼻子，就从早期共和时代的无变化，或者在路易斯堡广场上的圣诞节欢唱（开始），他总是准备好了一些显示中国智慧的词句或哲学家的言论，或一些中国的习俗或传说。这在波士顿是不合适的，正如他所说，用中国艺术的兴趣来引领世界……他对哈佛大桥上秋天景象的描述是多么的迷人啊……到目前为止，我还没有发现另一个城市也能散发出如此壮丽的金色魅力。②

---

① Chiang Yee, *The Silent Traveller in Boston*, New York: W. W. Norton & Company Inc., 1959, p. 269.

② Van Wyck Brooks, Book Reviews, *The New England Quarterly*, 33.3 (1960), pp. 401 – 403.

该评论确实也指出了蒋彝此书的一些特点，如创作上中国文化艺术中的问题融入，对波士顿城市景色的诗意想象和发现，以及善于捕捉细节等。

结合他的游记及诗、书和画不难发现，蒋彝在文本中至少贯穿着两种创作思路：一是"晚明小品文式书写"，一是"陌生化"。

先说第一点。晚明小品文是指晚明时期以"三袁"（袁宗道、袁中道、袁宏道）为首的"公安派"和以钟惺、谭元春为首的"竟陵派"以及张岱等人，主张文学创作个性化，反对模仿古人，以"独抒性灵，不拘格套，非从自己胸臆流出，不肯下笔"为指导原则而创作出的一系列小品文①。有学者认为，"除了周作人、林语堂外，上世纪二三十年代受晚明小品影响的作家还有梁遇春、俞平伯、钟敬文、许地山、郁达夫、施蛰存、废名等等。他们或发表理论文章，或编纂各种晚明选本，或身体力行进行创作，以此来打造他们心目中理想的现代小品文。正是在这批有心人的不懈努力下，中国现代小品文才取得了如此高的成就，甚至在 1930 年代掀起了一股'晚明小品热'"。② 一段时间内处于这一潮流之中的蒋彝，在系列游记中吸收了晚明小品文的部分创作技法和理念，诸如情随笔至、个性鲜明、情感自然、引人深思等，不拘成法，兼收并蓄，以达到感人心、化物情之效果。

把情感体验和景区、城市、山水有机地融合起来，注重从细节处挖掘出与中华民族精神和人类智慧相关联的内容，阐扬不同山水风景给作家带来的心理感触和文化思考，在看似毫无目的的观赏游览和漫步闲逛中，以点的发现和面的勾连重新生发出了一个个新的"个人化"的景观。譬如，《湖区画记》中对"领略"一词的重新发现，对西班牙内战新闻所引发的"战争与和平"以及人性的再思考；《伦敦画记》中对伦敦雾的色彩变换和雾中景致的观察与发现，对英国人人名、街名的观察研究；《牛津画记》中对三株小樱桃树、小鸟、雕像乃至雨水的重新感悟，无不充满着乐趣和生机。

---

① 转引自李进立《晚明小品文述略》，《河南师范大学学报》（哲学社会科学版）2005 年第 2 期。

② 陈剑晖：《散文文体的传承与创新——比较晚明与现代小品之异同》，《学术研究》2014 年第 6 期。

当然，蒋彝在创作心态和创作思路上与前人明显不同。晚明作家的小品文作为一种可以实现自身短暂的超越而与时代对话的文体及文人士子"独高其趣""放荡身心"的有效手段，是作家们普遍带着游山玩水、寄情于物、闲适自娱、个性自觉的末世感伤心态，以"我"为主、突出自我的前商品经济时代人性觉醒的产物，文中时常充满了类似探险、寻奇、独游或众人娱乐的欢畅场面。

蒋彝"晚明小品文式书写"具体表现为在风景的流连忘返中不期然地流露自己真实、真诚和与人为善的一面，表现为对周围景、物、事和人的和谐共处，他的不做作、不刻意雕琢的文风往往给人以平实率真的感受。对真实自我的展示与对地方风情文化的理解较好地交融起来，成为作家对真善美追求的一部分，也成为他诠释中国文化精神、表现中国文化魅力的基础。作为在所处语境中文化弱势的一方，对自己的民族文化还有着强大的自信，实属难能可贵。当然，这一手法也随着写作情势而不断变化。后文还将论及。

再看第二点。苏联文论家斯克洛夫斯基在《作为程序的艺术》一文中认为，"事物的'反常化'程序及增加了感觉的难度与范围的高难形式的程序，这就是艺术的程序。"[1] 这里的"反常化"就是现在通常所说的"陌生化"。作者举了列夫·托尔斯泰的例子说，"反常化手法在于，他不用事物的名字来称呼事物，而是象第一次看到它一样对它加以描述，而偶然性——像第一次发生的那样，并且他在描述事物时，使用的不是已被接受的那一部分的名称，而是像在其他事物中称呼适当的部分那样来对其命名。"[2] 又评述道，"……陀思妥耶夫斯基没有把反常化程序加以专门化或固定下来，我对陀思妥耶夫斯基纯粹实际地考虑素材加以描述，完全因为这一素材是众所周知的。现在，我们阐明这一程序的性质，是为了力求准确地确定其运用的

---

① 〔苏联〕什克洛夫斯基：《作为程序的艺术》，方珊译，载伍蠡甫主编《西方文艺理论名著选编（下卷）》，北京大学出版社，1987，第384页。

② 〔苏联〕什克洛夫斯基：《作为程序的艺术》，方珊译，载伍蠡甫主编《西方文艺理论名著选编（下卷）》，北京大学出版社，1987，第385页。

范围。我个人认为，反常化是几乎到处都存在，只要那儿有形象。"① 由此可知，列夫·托尔斯泰和陀思妥耶夫斯基的"陌生化"手法分别体现在对事物进行陌生化的观察和贴切到位的命名及对众所周知的题材进行合乎客观实际的描述上。这需要观察事物眼光的"陌生化"和贴合客观实际的角度。

蒋彝作品中的"陌生化"首先是思维视角的陌生化。初次看待异国他乡的风景人情时，一切都是陌生的，没有熟悉的事物。这可谓"陌生的纯粹化"；当他以中华文化的眼光常年游走在异国他乡的景观物事中、遇到以前熟悉的事物时，陌生会转换成熟悉。这可谓"陌生的熟悉化"；当他从熟悉中又看到陌生时，又有了"熟悉的陌生化"。蒋彝的作品就是在这几个维度间不断转换。譬如当他初次看到德韵特湖畔的泰勒吉尔瀑布时不由自主地拿它与几年前在北威尔士看到的燕子大瀑布相比较，进而想象自己是远古的中国将军，身后的榆树就是随从手持的旄旗，瀑布的轰鸣恰似被指挥的千军万马发出的巨大声响。转念一想，自己又似马远《对月图》中的画中人，只是所对的乃是瀑布。蒋彝的游走伴随着思维视角异常迅速而剧烈地转换，甚至成为一种无意识的条件反射。他不断地在两种文化中进行思考，以中国笔法写英国景物、叙述英国故事、穿插中国文化、抒发中国情怀。

其次是创作技法和创作语言上的陌生化。蒋彝把中华文化经典如"四大名著"和民国时期连环画中诗文配画的表现手法用于系列游记作品中以丰富其内容，既在体式上与以往作品区别开来，又增加了鲜明的中国元素。抒情的诗与叙事的画交替出现，极大地增强了文本的新鲜感、吸引力和可读性。他还把中国书法创造性地搬到作品之中，以行书、楷书等各种书体呈现其诗，充分展示了中国方块汉字的魅力，诗书画的共同使用为阅读平添了不少乐趣。

同时，他的创作语言随着游历行程、范围和时间的推移而有所变化，依

---

① 〔苏联〕什克洛夫斯基：《作为程序的艺术》，方珊译，载伍蠡甫主编《西方文艺理论名著选编（下卷）》，北京大学出版社，1987，第385页。

靠好奇心、感悟力和想象力把熟悉的事物描写得陌生，又依靠发自内心的热爱、亲近感和真诚把陌生的事物描写得熟悉，语言成为重构心中图景的主要手段。于是，《湖区画记》中的马成了他的新朋友，在《伦敦画记》中他用诗向鸽子发出挑战，在《牛津画记》中他把雨水喻为"天上之酒"，当然，这样的表述也招来了批评的声音。①

可以说，蒋彝正是借助上述的创作理念，时刻不忘记自己的"中国人"身份，建构起"哑行者——中国文化人——跨文化的中国文化人"的标识。

二 推己及人，从对个人处境与国家命运的悲悯中，生发出强烈的反战意识和家国情怀。这以前期的《战时小记》《罗铁民》为代表。

蒋彝当初以留学生的身份赴英时，原定留学三年。到期后，江西省国民政府主席熊式辉下令停止经费供给。蒋彝开始了卖文生涯。出国前辗转三地担任县长的经历，以及当时国内政治斗争形势的复杂化、白热化，促使其下定决心到英国后不再参与任何与政治有关的讨论或活动。但个人境遇及国内国际形势的剧烈变化，使得蒋彝无法置身事外，这是《战时小记》《罗铁民》的一个创作前提。

《战时小记》具有急就章的性质，以战争时期在伦敦周边的所见所闻为中心，比较集中地叙写了德国对英国开战后的感受，包含《引言》和《结论》共计23节。该书以写信给已亡故的兄长大川的信作为《引言》，交代了自己对兄长的思念之情，表达了对日本侵略中国和德国侵占波兰的愤怒。之后，以时间为序，逐一描述了战争开始（伦敦遭受大轰炸）后的见闻，其间不断书写着自己对战争的思考和反战的情绪。比如，在"The Prado Exhibition"一节中，他在火车上见到的：

In the compartment there were some businessmen and workers who smiled at me good-naturedly. They talked without pause. One of them tried to

---

① 其时的资深作家 S. P. B. 梅斯在《牛津邮报》上刊文批评《牛津画记》中的部分描写，认为其所绘绝非真实，有夸大感受之辞。参见郑达《西行画记——蒋彝传》，商务印书馆，2012，第 200~201 页。

draw me into the conversation, but I answered in English, and they could not understand, so we all burst out laughing. They each had a bottle of wine which they uncorked from time to time and put to their lips. They offered their bottles to me too, and though I did not accept, I thanked them with all my heart, and thought how precious was good fellowship between human beings. How could anyone prepare to kill his fellowmen! [1]

这是作家在开战前所见到的普通人之间其乐融融的画面，恰好可以与战争血腥的场景形成对比。在 "The Saddest Day" 一节中，起首就说，"It was a day of greatest sadness: the third of September 1939." [2] 然后，以当天的几个时间点为顺序描述：他上午 9 点从无线电中预感到有大事发生——首相将于 11 点发布讲话；10：50 熊式一等人前来其寓所一起听广播。他想要是张伯伦首相能够化作中国古代传说中持伞的瘟疫鼻祖吕岳该多好，这样就能把瘟疫种子投放到敌国的魁首那里。作者还把其他重要的大臣如 Kingsley Wood 变身为能够呼风唤雨的雷震子、Leslie Hore‑Belisha 变身为指挥若定的三国将领周瑜、John Anderson 和 Anthony Eden 分别变身为左右门神，并以简笔画出。在 "Struggle for Darkness" 一节中，他详细地描写了伦敦人如何在大轰炸后的黑暗中苦苦支撑，以突出人们不屈的反抗意志和困苦中求生存的精神品格。

不少章节描述了战争的残酷和带给普通人的灾难，如 "Sleeping in a Gas‑Mask"，人们上街、在家都要随时带上防毒面具；在 "Neutrality" 中，他先从逛伦敦动物园说起，具体描述了猴山上猴群争斗的情形，感慨动物世界弱肉强食的"丛林法则"对普通百姓权利的无情碾压和践踏——老百姓无辜地成了战争的牺牲品，因而真正的中立是不可能的。在 "Silver Fish" 中，他对英国人民的智慧加以赞赏："I remarked that we were all safe because

---

[1] Chiang Yee, *The Silent Traveller in War Time*, London, Country Life, 1939, p. 7.
[2] Chiang Yee, *The Silent Traveller in War Time*, London, Country Life, 1939, p. 20.

we were lying directly under so many balloons. Finally, I declared that we were actually in an aquarium. By people of another planet who were gazing at the balloon fishes we might have been mistaken for small grains of sand. The white clouds looked like the foam of the sea."① 但即便如此，要想抵御密集的空袭也非易事。对于未来，蒋彝无法未卜先知，他仅能在《结论》部分——写给其兄长的另一封信中表达自己会在战争中坚强地活下去的决心和勇气。

值得说明的是，《战时小记》中的许多内容被蒋彝以中文稿件的形式寄回大陆，以《现在的欧洲——欧洲特约通信》为系列标题，在北京《沙漠画报》1941 年第 4 卷第 10、11、12、13 号上连续刊登。文章内容与英文版基本相符，可谓《战时小记》的改写改译本，配有少量照片。

《战时小记》是蒋彝对战争时期个人与群体、个人与民族、个人与社会命运的一次集中关注。它充分展示了蒋彝在特殊时期表现出来的对人类的内部斗争、大行其道的"丛林法则"和战争始作俑者的唾弃。他在作品中关注小动物、关注卑微者、关注战争的受害者，比如对捷克、波兰等国家遭遇的同情，以"唇齿相依"的历史故事和人类古往今来的事例来预言那些率先出卖他国利益的政府也必将为自己的愚蠢行为付出惨重的代价。这种博爱的胸怀和包容性的眼光恰好体现了中华文化中至高至大的一面——绝不以邻为壑、损人利己。在写法上，《战时小记》明显削弱了诗画的比重，书法在文中几近消失，绘画内容加大了戏谑的分量；更为注重对日常生活细节的观察分析和寻觅普通人面对残酷无情的战争时的表现。如果说《战时小记》比较集中真实地记录了英国人的战时生活和精神状态的话，那么《罗铁民》则是以小说的形式来表现作家对中国抗战的想象，同样具有特别的价值。

在扉页上，他表达了对记者萧乾以及在滇缅公路修建过程中献出了生命的人由衷的敬意。该小说共有 8 节，附有 9 幅大型插图（各占 1 页版面）和 1 幅滇缅公路的地图，小型插图（人物肖像画等）多幅。小说以抗战开始后老罗、老李的偶遇开篇。因为需要支援抗战，修建滇缅公路，云南省政府派

---

① Chiang Yee, *The Silent Traveller in War Time*, London, Country Life, 1939, pp. 110 - 111.

人在昆明文庙召开了动员会，之后筑路工程轰轰烈烈地展开了。作家着重刻画了两代人，讲述了围绕罗铁民父子和李小梅父女在修建滇缅公路这一浩大工程中发生的各种事情，包括罗父的思想转变——一开始不愿意出让自留地给政府修路，后来受到形势变化尤其是"南京大屠杀"和其长子英勇牺牲的影响，加剧了对日本侵略者的仇恨、加深了对国家命运的理解而主动认错，出让土地并率领家人加入筑路大军，夫妇俩在筑路过程中光荣牺牲。李小梅父亲也倒在了筑路的工作岗位上，罗铁民和李小梅从中学生成长起来，在筑路队伍中承担了力所能及的工作，后来罗铁民还成为汽车兵，被誉为"滇缅路上的小英雄"，李小梅做护士工作也非常投入。最后，作家借李小梅写给罗铁民的信来表达对英美盟国的信心、对侵略者的愤恨、对自身杀敌报国使命的确认和对和平幸福未来的向往等情感。

据记载，《罗铁民》一书是蒋彝根据萧乾的转述、结合想象完成的。萧乾曾任《大公报》记者，1939年春到中缅边境采访，并发表了《血肉筑成的滇缅路》一文。为躲避1940年的一次空袭，萧乾等人在蒋彝寓所借宿过几日，他们一起谈到过书中所述的问题。① 其实，萧乾的文章作为通讯特写，给蒋彝的小说不少启发。比如，蒋彝对老罗在悬崖边上打炮眼工作的描述，就和萧乾文章对承担打炮眼工作的一对来自金塘子的夫妇的遭遇描写类似。老罗妻子感染疟疾死去，又与萧文对瘴毒的描写有相近之处。再如对筑路工程之浩大和牺牲人员之惨状以及工人们无怨无悔精神的描写，在很大程度上受到萧文的影响。此外，蒋彝小说注重对故事情节的完整描绘，把人物思想和行动的转变与国际国内抗战的形势紧密结合起来，又塑造了以罗铁民为代表的新一代青年形象，使小说比萧乾的文章更有可读性。但该小说的叙事流畅性弱一些，而且偏于描写，纪实的成分有一定比例，罗铁民的形象甚至不如其父老罗那样鲜明而令人回味，较为板滞。对艰苦的筑路生活中儿女情长的表现也并非蒋彝所擅长。

蒋彝借助该小说来表现他对故国的怀念以及迸发的爱国激情——通过对

① 郑达：《西行画记——蒋彝传》，商务印书馆，2012，第188页。

国内民众抗战热情的高涨、修筑滇缅公路热火朝天的场面的描写，来讴歌中国军民的团结一致，表达了中国人殊死抗战、击败侵略者的决心。小说中还虚构了两个西方人——《大伦敦日报》的远东特派记者弗兰克·伍德和《纽约报》的远东特派记者唐纳德·卡沃德，他们各自别有用心地编写了《老罗的生活》的故事在伦敦、纽约出版，他们称主角是 "A faithful Confucianist who was sometimes cleverer than Confucius"①。蒋彝创作该小说也有还原真相的意图。小说中还有不少插图表现了边疆地区人们的服饰、习俗和劳作及筑路场景。

《战时小记》和《罗铁民》是蒋彝反战作品中比较好的例子。从中国文学的传统来看，自《诗经》《古诗十九首》一直到杜甫、白居易等人的诗歌都有明显的反战意识。但近代以降，西方文学中反战思想愈发浓厚，尤其是"一战"之后，这方面比较有名的作品如美国作家薇拉·凯瑟的小说《我们的一员》（1923 年），日本作家芥川龙之介的《将军》（1922 年）和小林多喜二的《蟹工船》（1929 年），以及美国作家海明威《太阳照常升起》（1926 年）、《永别了，武器》（1929 年）和《战地钟声》（1940 年）。但这些作家作品中所表现的反战态度又是不同的。比如《我们的一员》就具有反讽性质，"事实上，凯瑟从未对战争抱有幻想，而是从一开始就持十分强烈的否定态度"②；而 "《将军》着力描写了日军敢死队精神上的盲目、无奈和疯狂，对照表现出中国抗日志士的镇定从容、大义凛然和视死如归，辛辣讽刺了侵华日军'持枪盗贼'的本质，它的批判矛头直刺当年日军偶像乃木希典"③；至于海明威的作品，其思想则是由"迷惘"到"反战"再到追求和强调战争的正义性，反对不义之战。和以上作家相比较，蒋彝更加注重对战争的性质、缘由及其后果的分析，同时在涉及中国的抗日战争时，其

---

① Chiang Yee, *The Men of The Burma Road*, London: Methuen & Co. Ltd., 1942, p. 52.

② 李公昭：《文本与潜文本的对话——重读薇拉·凯瑟〈我们的一员〉》，《外国文学评论》2007 年第 1 期。

③ 陆晓光：《日本现代文学偶像的反战先声——读芥川龙之介小说〈将军〉》，《华东师范大学学报》（哲学社会科学版）2006 年第 1 期。

支持是无条件的。蒋彝在其作品中还多次从人类文明发展历程和人性的角度进行了深入的思考。

譬如，用捍卫人民和国家利益以免于战争祸患的"战神"（武圣）关羽来喻指英国首相丘吉尔，以中国谚语"善有善报，恶有恶报"来预测法西斯德国对捷克和波兰的残暴行径不会有好下场。他说：

I firmly believe that no one country can really suppress the other for long. This may have occurred in early history, but it is impossible now. I also firmly believe that those who have been the suppressed for decades and centuries will rise again. ①

那些受欺压的国家和民族终究会起来，打倒压迫者。同样，蒋彝还大声质问，为什么那些高呼国家、种族、英雄和爱国主义的人不去想一想，同类为什么要相残呢？人们可以联合起来共同对付那些意图杀害别人的人。

I am inclined to think that the great obstacles in our human life are the boundaries of nations, the classifications of races, the encouragement of heroes and the false definitions of patriots. And, in addition, the inclination of human nature towards self-interest, though we all shout loudly enough for truth and justice. Individuals meeting individuals are usually friendly and kind, but once they begin to think and act as a nation or a race there is often a forced friendship rather than a natural friendly feeling. What do you think, my dear brother?②

上述观点，在《罗铁民》中表现为对侵略者的毫不屈服的反抗和对正

---

① Chiang Yee, *The Silent Traveller in War Time*, London: Country Life, 1939, pp. 61-62.
② Chiang Yee, *The Silent Traveller in War Time*, London: Country Life, 1939, pp. 125-126.

义必胜的信心——在不到两年的时间内，缺少大型现代化机械、完全依靠人力畜力修筑成功、被誉为"世界奇迹"的滇缅公路，本身就是抗战时期一件具有决定意义的、值得大书特书的大事。

三 深刻的现代文明和文化体验，力求让中国文化与西方文化和谐共处，形成独特的文化融合视角。这以前期的《爱丁堡画记》《都柏林画记》为代表。

《爱丁堡画记》是作者于 1943 年 8 月到爱丁堡游历后完成的，该书共有 18 节，最大的特点在于作家的视野更为开阔，着力于寻求跨文化、跨国界、跨种族和跨时空的人类共性、文化共性，以共性来证明个性的不可或缺又无处不在。譬如：

> 我发现苏格兰人和中国人之间有许多相似之处……有时，我们还被描述得如同猿猴！……一旦我们中国人想笑的时候，就会像此刻这爱丁堡老人和我，全心全意地放声大笑。①

> 我相信，苏格兰人在适应战时的各项管制时，一定不会太困难。这点苏格兰人和中国人颇相似，我们也了解节俭的重要。②

> 中国只占地球的一小部分。我发现，苏格兰的天然景色非常类似我的祖国。也许正因如此，中国人与苏格兰人本质上有许多相似之处。③

> 中国历史动乱不断，她的子民一向以容忍和哲理的态度面对各种环境，她也就以婉转微笑来表达幽默感了。虽然没有中国严重，苏格兰的历史也动乱不断，苏格兰人从来没有英格兰人顺遂……可无论英格兰人和苏格兰人之间的矛盾有多尖锐，一旦遭遇足以危害两地的危机，他们

---

① 蒋彝：《爱丁堡画记》，阮叔梅译，上海人民出版社，2010，第 36 页。
② 蒋彝：《爱丁堡画记》，阮叔梅译，上海人民出版社，2010，第 39 页。
③ 蒋彝：《爱丁堡画记》，阮叔梅译，上海人民出版社，2010，第 143 页。

一定会联合起来，共同抵抗。《诗经》上说：'兄弟阋于墙，外御其侮。'可今日我的同胞却缺乏这种精神。我佩服苏格兰人的友爱精神，并希望这精神能够扩展至全世界，使战争在世上绝迹。①

以上所引片段说明以下几点。第一，蒋彝在游历走访中对苏格兰人及其品性有了初步的认识和思考，并且以之来和中国人比较，发现在类似环境中生存的两个种族、类型的人，有着许多的共同点，包括真诚、友善、节俭等。当然也发现了在团结精神和互助品质上的差距。第二，中华民族历史上是领先于世界上许多民族的，但其近代以来的落后也是事实，要以广阔的胸怀来接受近现代文明，以图改变。第三，中国因为近代的落后而不断受到西方的贬斥，但总体上看，中华文明、中国文化、中国人与世界上其他的文明、文化和种族相比是毫不逊色的，不必自卑。外国人也大可不必自傲。第四，人性上深刻的共通性远大于其分歧和差别。

尽管有些感悟在今天看来是常识，但不可否认，蒋彝道出了当时的不少作家包括中国作家所未道或不能道给西方受众的话语，其言说方式确是有特别之处。

在《都柏林画记》中，蒋彝改变了原先的叙述风格，采用疑问句"HOW I"的形式来作为每一节的标题，全书共有19节，从标题上难以直接看出作家究竟在写什么；设计别致，有较强的吸引力；篇幅与前书相当。这显然是更适合西方读者的言说方式，能够较好地抓住受众。但该书因定价过高而不如两年前出版的《纽约画记》好卖。②

在该书中，蒋彝对待创作的态度是一贯的、认真的，也不断地尝试改变。在惯用的诗、书、画三位一体的写法上，他仅保留了水墨（简笔）画。事实上，诗、书的比例在《纽约画记》中已经有较为明显的减少，据笔者

---

① 蒋彝：《爱丁堡画记》，阮叔梅译，上海人民出版社，2010，第249页。
② 据考证，《都柏林画记》在出版推向市场前有《纽约时报》等10多家报刊刊载书评，大力推介。但其在美国市场上仅仅卖掉几千本，版税比起《纽约画记》大幅减少。参见郑达《西行画记——蒋彝传》，商务印书馆，2012，第255～256页。

统计，全书中的中国诗歌属于作者创作的仅在 10 首左右，这和高峰期的《牛津画记》等著作是无法相比的。

在该书中，作家把中国文化的融入方式做了适当的调整。比如写桥，"Seeing a number of bridges in one glance had a special attraction for me. It recalled the bridges over Soochow Creek, which runs through the city of Shanghai."① 接下来，作家对苏州河和上海的情况进行了介绍。又如，在介绍了 *The Book of Kells* 一书后，又把古代爱尔兰描述艺术的书籍与描述中国古代艺术的书籍进行了比较，指出它们在具体操作上的一些共同点，比如配色技巧和画面图案的单一颜色使用上都不喜欢寻常的做法，并进一步介绍了中国文人的传统美学观念。又如，中国人的语言习惯和融入西方社会的问题：

Many Chinese live in California and one of them was summoned as a witness to the stand of the county court. The act of summoning fell to an Irishman newly appointed to the job of crier. The command was: "call for Ah Song!" Many of the Chinese in California are from South China and most of their surnames, in their vernacular fashion of addressing one another, are prefixed with "Ah" ……The newly appointed crier did not know this, and puzzled for a moment, he gave the judge a shy look and then called to the spectators: "Gentlemen, would any of you favour his honour with a song?"②

中西语言习惯和理解上的差异很容易导致双方沟通的困难和交流的失败。蒋彝尽管是把它作为笑话提出来说，但他对中国人在西方生存状态的关注是以前的作品中极少出现的，有着不同寻常的意义。也即是说，在承认中西文化共同性的同时，也要承认中国移民在西方生活的过程中有着许多的文化隔阂。一方面，文化固然可以沟通，可以借助交流来减少甚至消除隔阂；另一

---

① Chiang Yee, *The Silent Traveler in Dublin*, Methuen & Co. Ltd., 1954, p. 18.
② Chiang Yee, *The Silent Traveler in Dublin*, Methuen & Co. Ltd., 1954, p. 74.

方面，文化的隔阂又是天然地存在的，这也是蒋彝后期作品关注的一个中心。

比如他在看了名为《一位西方世界的花花公子》的演出后，借机阐释孔夫子的伦理思想，试图说明孔夫子的教义中含有很多今天看来都是颠扑不破的真理，比如孝道。一个人从幼时起就接受教导要感恩父母，要为父母尽孝，能够为长辈做事而毫不埋怨等。五年后，蒋彝又接触到了同名作品，他开始认真思考西方人为何可以接受"不孝之子"的问题。他在第三次接触到该问题时，从剧作家、导演和观众的戏剧观念等方面做了深入的思考，理解了西方人和西方社会的不少思想。

可以说，在《都柏林画记》中，蒋彝已经摒弃了《湖区画记》《伦敦画记》等早期作品中游山玩水的印象式书写，而是以某一件事或某一感受为触媒，进行了深层思考甚至是观念碰撞的思辨。显然，"哑行者"已经转型为思考者，其基本的人生状态也变成了行走并深入思考着。在当时的英美等国，蒋彝"哑行者画记"之所以能够畅销就在于他借助细腻深入的观察、准确清晰的描述和恰如其分的思考弥补了他语言（口头表达）能力的不足。这也是他可以"哑行"的重要原因吧。

第四节　叶君健："成为英国文学史上的一个章节"

叶君健（1914～1999），英文名 Chun - Chan Yeh，湖北黄安（今红安）人。1945 年起陆续有多部中英文作品（作品集）出版，如表 1 - 2 所示。

表 1 - 2

中文作品	英文名称	出版社	出版年份	作品类型
《冬天狂想曲》	*Winter Fantasy*	Reader's Digest London	1945	小说集
《无知的和被遗忘的》	*The Ignorant and the Forgotten*	Sylvan Press London	1946	文集
《〈农村三部曲〉及其他》	*Three Seasons and Other Stories*	New York Tornto Staples Press Limited/ Cavendish Place London	1946	译文集
《山村》	*The Mountain Village*	Sylvan Press London	1947	长篇小说

续表

中文作品	英文名称	出版社	出版年份	作品类型
《雁南飞》《蓝蓝的低山区》	*They Fly South The Blue Valley*	Sylvan Press London	1948	长篇童话
《山村》		上海潮锋出版社	1950	
《安徒生童话全集》		平明出版社	1954	翻译
〔美〕赫布·丹克《四十九经度》		光明书局	1954	翻译
《远行集》		作家出版社	1958	散文集
《开垦者的命运》		中国青年出版社	1964	中篇小说
《新同学》		人民文学出版社	1979	短篇小说集
《火花》		人民文学出版社	1979	长篇小说，"土地"三部曲之一
《自由》《曙光》		人民文学出版社	1980	长篇小说，"土地"三部曲之二、三
《西楼集》		江西人民出版社	1981	散文集
《重返剑桥》		生活·读书·新知三联书店	1983	散文集
《红叶集》		江西人民出版社	1983	散文集
《叶君健小说选》		江苏人民出版社	1983	作品集
《山村》《旷野》《远程》	（英文版）	伦敦费伯出版社	1988	长篇小说，"寂静的群山"三部曲
	（中文版）	开明出版社	1993	
《白霞》		华文出版社	1994	长篇小说
《欧陆回望》		九州出版社	1997	散文集
《叶君健文集》（十卷本）		浙江文艺出版社	1998	
《叶君健儿童文学作品集》（十卷本）		中国妇女出版社	1999	
《叶君健全集》（二十卷本）		清华大学出版社	2010	

客观地说，叶君健创造了中国现代文学史上的几个"极少"：是中国现代作家中为数极少同时懂汉语、英语、世界语等几门语言并用它们进行创作的作家和评论家之一；是为数极少能够使用英语、世界语、德语、西班牙

语、法语、丹麦语、意大利语等多门语言从事翻译的翻译家之一；是为数极少多体兼备且擅长的作家之一，在小说（长篇、中篇、短篇）、散文、剧本、儿童文学等领域均有建树；是为数极少进行双（多）向度翻译的翻译家之一，不仅把外文译为中文，也把中文译为外文，不仅翻译他人的作品（译他），也翻译自己的作品（自译、改写改译）。此外，中华人民共和国成立后他还担任过《中国文学》英文版的副主编，也是一位编辑家。

本部分将从叶君健的"中情西说""西情中说"两个方面进行论述，厘清他作为一位多语（主要是汉英双语）作家是如何进行文学（故事）讲述和文化交流的，进而探讨他创作历程的嬗变、文化思维的转换及双语创作何以成为可能等相关问题。

一　中情西说

阐述中国革命与中国社会的发展史，言说中国人的斗争尤其是农民的艰辛困苦，正面地、形象地论述了中国近代以来一系列反抗斗争的意义。这以"寂静的群山"三部曲（《山村》《旷野》《远程》）、"土地"三部曲（《火花》《自由》《曙光》）等作品为代表。

1940 年代，叶君健的多部作品先后出版，完成了中华人民共和国成立前对中国社会现状和中国革命的言说。

其一，对底层人物的关注和对他们生存状态的思考，尤其是对他所熟悉的东北农村、湖北农村的赤贫农民在地方政府、地主劣绅、外来侵略者等多重势力层层盘剥下恶劣的生存状态的关注，凸显中国百姓"忍无可忍"的源自内心的反抗怒火。

他对中国社会底层民众进行了精细的观察和翔实的描写，力图把底层人物的挣扎与苦难、奋斗与挫折、生的坚强与死的悲壮，甚至是自发的、原生的反抗精神有效地进行表达，清楚地言说了人物内在的抗争品质被逐步激活的过程，进而发现中国人坚韧生存的密码。

小说集 *The Ignorant and The Forgotten* 中的 9 篇小说，除了 Manchurain Night（《满洲之夜》）外，其他都被作家改写改译后收入 1983 年江苏人民出版社出版的《叶君健小说选》和 2010 年清华大学出版社出版的《叶君健全集》。其他还有 The Dream（《梦》）、Eventful Days（《多事的日子》）以及 Winter Fantasy（《冬日狂想曲》）等 9 篇小说，3 篇一组，分别归在 The Wishful、The Ignorant 和 The Forgotten 的名下。其中《梦》以"我"为主人公，描述了其在逃难途中所见到的从东北流落到华中的三父女之遭遇。在日寇步步紧逼的乡间，他们空有音乐表演才能，不仅无法谋生，甚至只能承受骨肉分离的苦楚。"我"由此悟出逃避"国难"的无用而毅然投身军旅报效国家。中篇《多事的日子》叙述了老刘和村民们是如何在受到深重压迫的情况下起来暴动的。从小说集来看，该书的基本主题是民族反抗和个体的生存斗争，它把笔力聚焦于"九一八"事变后东北沦陷和"七七事变"后华北华中大片土地被敌人侵占的背景下，作为个体的中国人逐渐觉醒并起来反抗的基本过程。个体根本无法在这样的情势下逃避或者偷生，唯有像《我的伯父和他的黄牛》中的"伯父"一样，拿起武器反抗，这样死也值得。这也是"驼子""长青"这些小说主人公能够慷慨赴死的重要原因吧。同一时期，该书被英国书会列为"推荐书"。① "我这部《无知的和被遗忘的》竟然被选为'推荐书'之一。它立刻引起了评论界的注意。英国所有的重要报刊都纷纷发表有关它的评论，认为它的题材充满了生活气息，写法表现出中国文化独特的艺术趣味，给英文的创作界吹进了一股新风。就这样，我也就无形地进入了英国作家的行列，因为作品是用英国人的语言所写成的。"②

《瀛寰星象学家》是叶君健 1947 年发表的另一篇英文小说。主人公泰山因为与代理收税员方治打架而逃离家乡，35 年后孑然一身回到家乡靠为人算命谋生，遇到方治，一通计谋上的较量后，两人姑且安于自己眼前的生活。

不难发现，叶君健的以上作品对底层人民的关注有两个特点。第一，对遭受重重苦难的底层农民怀着深厚的人道主义情感，有时甚至把自己当作其中的一员，尽量以贴近人物和生活的姿态来进行叙述，对他们的淳朴、善

① 叶君健：《叶君健全集·第二十卷散文卷（五）》，清华大学出版社，2010，第 532 页。
② 叶君健：《在一个古老的大学城——剑桥》，《新文学史料》1992 年第 2 期。

良、真诚、勤劳等各种优点表现起来毫不吝啬，对他们的自私、愚昧、目光短浅等缺点也毫不讳言，对他们为了生存而发自内心的反抗进行了合乎事理的刻画。第二，对包括日本侵略者在内的压迫在民众身上的各种邪恶进行了揭露。作家花了不少的笔墨来表现敌人的残暴、贪婪、野蛮和无耻，这些邪恶势力的存在恰是普通民众需要被武装起来的理由和抗争合法性之所在。

《山村》通过生活在湖北山村的"我"之视角，叙述了在 20 世纪 20 年代中国革命风起云涌的背景下，山村发生的一系列变化。先是地主的剥削加剧，使得更多的农民生存艰难，生活难以为继，被迫流离失所。受到革命的影响，"我家"的长工潘大叔、童养媳阿兰、村中的老单身汉道士本情、说书人老刘等加入农会，与地主储敏及其走狗王狮子等人进行你死我活的斗争。当然，由于农会干部缺少经验，也由于敌我力量悬殊，第一次斗争以我方的失败而告终。但这样的斗争教育了广大农民，使他们清醒过来，认识到了斗争的残酷性和艰巨性，也认识到对敌人不能够存有任何幻想，必须借助革命武装来对抗反革命的武装。于是，就有了小说结尾处的这些描写：

Many days passed. We began to hear now and then rumblings of cannons from the mountains in the distance. It was rumoured that battles were engaged frequently between the revolutionary Peasant Volunteer Brigade and Wang the Lion's troops up in the west. Sometimes in the depth of the night we were wakened by the explosion of balls. My mother would start and couldnot sleep any more. Then she would stare at the window till it grew opaque outside and then bright, and finally the sun rose.

The village gradually began to get active and nervous. Sometimes our villagers would throw away their bowls during meals and rush out of the village and climb up hills and listen hysterically to the mysterious explosions, of which no one knew the source. No one could guess how far away they might be. But everybody was afraid. The clouds above seemed to hang low as if they would fall at any moment, crushing the village as well as the people. Sometimes when a sudden big explosion sounded somewhere in the west, the cows would jump up and our villagers would dash helter-skelter like a host of mice at the fall of a brick. The earth was boiling. Our village was boiling, too. ①

    作家用平实的笔触，叙写了山村面临着的剧变，村民们被有意无意地推到了历史的潮头，成为这段历史的见证者和参与者。"听话人为了猜测出说话人的真实意图，必须依赖具体语境及句子与句子之间的各种关系，其中一种关系即为蕴涵……"② 上面两段话中，作家对敌我双方的殊死较量以炮声及沸腾的土地和村庄做结，无人（作者除外）知道最终结局如何，这一借助蕴涵来实现的伏笔恰成书中高明的地方之一。同时，该篇的结局也为后文的发展埋下了伏笔，促使作家完成的冲动一直持续，于是有了40年后的《旷野》《远程》。

    按照叶君健本人的说法，该书主要赢在风格。因为"说实在的，我所用的语言并不是纯正的地道的英语。我的句子的结构与习惯的英语行文颇有距离，那是根据逻辑式的语法规律（多少还采用了一些世界语所反映出的拉丁语系和日尔曼语系的语法规律）组成的……此外，就创作本身而言，表

---

① Chun – Chan Yeh, *The Mountain Village*, Joint Publishing HongKong, 1984, pp. 223 –224. 与该段对应的作家改写改译的中文表述为："许多天过去了，我们开始可以听到隆隆的炮声不时从远方的山里飘来。有许多传闻开始在乡下扩散开来，说在西边山里农民自卫队和王狮子的部队战斗得非常激烈。我们有时在深夜被炮弹的爆炸声惊醒。我的母亲一听见就跳下床来，再也睡不着。这时她只有望着窗子，等待外面的天色发白，然后发亮，直到最后太阳升起。

    村人逐渐变得不安和神经质起来。有时他们在吃饭的时候就忽然放下碗筷，跑出村子，爬到山上，歇斯底里地听那些我们不知来自何方的、神秘的爆炸声。谁也猜测不出来，爆炸的地方离这里有多远。不过大家都很害怕。上面的云块似乎垂得很低，好像天随时都可以塌下来，把村子和村人统统都压得粉碎。有时，当一声巨响忽然在西边爆炸的时候，我们的耕牛就要跳起来，我们的村人也都东跑西窜，像墙塌时成群避难的耗子一样。土地在沸腾，我们的村子也在沸腾。"〔叶君健：《叶君健全集·第七卷长篇小说（四）》，清华大学出版社，2010，第180页。〕两相对照，可以看出，中文版在英文版的基础上适当加工，但主体意思并未偏离。从翻译学的观点来看，"目的语"与"源语言"（母语）之间的距离较近，几乎可以视为贴近的点对点的翻译（改写改译）。从出版时间来看，1950年上海潮锋出版社出版的作家自译的《山村》是该书最早的中文译本。由此可见其双语思维之间的距离是相对小的。可参见本书的相关论述。

② Jean Stilwell Peccei, *Pragmatics*（《语用学》），外语教学与研究出版社，2000，第16页。

现地方特色和人物性格也不一定就非通过某个地区习惯语或方言不可。我用英文写的第一部长篇小说《山村》，以大别山区一九二六——一九二七年的大革命为内容。其主要人物都是农民。我所用的文字当然不可能是方言俚语，只能是合乎英语语法规律通用的英文。但地方色彩和人物特点并没有因此而受到影响。"① 以此来看，叶君健所采用的 20 世纪 40 年代的英语②述说的中国故事能够感染人心，获得赞誉，本身就意味着他"中情西说"的成功。其原因相对复杂，但重要一点在于他对中国革命的讲述带给西方受众很不一样的阅读感受和生活体验。

有国外评论家认为，"《山村》再次显得更加微妙自然，它重点关注了那些以文盲为主的农民在生活中小小的欢乐与伤悲……最值得注意的是，故事讲述者老刘，从乡村流氓蜕变为革命宣传家的过程，代表着被剥削农民政治意识的觉醒。"③ 该评论比较清楚地揭示了《山村》一书的基本特点及其吸引受众的部分缘由。此外，叶君健以英文完成了他的第一部长篇小说（长篇处女作）仍然有其特别的价值。

首先，《山村》对底层民众的关注和地域描写的关联性。自鲁迅开创"乡土小说"及其流派以来，很多作家都把笔触集中于此，王鲁彦、蹇先艾、叶圣陶、废名、茅盾、柔石、叶紫、周文、沈从文、赵树理等以各具特色的作品赢得了受众，但他们关注的是某一点，比如对民众不觉悟的描述（《星》《烟苗季》），对戕害心灵、荼毒民众的丑陋罪恶习俗的书写（《水葬》《柚子》《为奴隶的母亲》），对横行于乡村的地主、土匪、军阀、恶霸等层层压榨农民的书写（《春蚕》《丰收》《多收了三五斗》），对乡土文明和乡村生活的歌颂

---

① 参见叶君健《学习外语和我的文学创作》，《新文学史料》1986 年第 4 期。
② 据叶君健回忆，"一九八二年我赴英国参加在伦敦召开的国际笔会时，伦敦的《观察家报》（The Observer）特派它的著名记者买斯基（Mirsky）来访问我。在他的访问中，谈到他对我的印象时，他一开头就特别点出我讲的英语。他说：'他以四十年代的英语，侃侃而谈他在新中国过去三十多年的感受。'无疑，言外之意，他是说我与外面世界隔绝了多年，不使用英语，所以我讲的英语也过时了"。参见叶君健《学习外语和我的文学创作》，《新文学史料》1986 年第 4 期。
③ Aamer Hussein, "Simple Martyrs and Unsung Heroes", *Third World Quarterly*, 11.2 (1989).

（废名、沈从文等人的作品），以及对农民、农村在新的形势下所产生的系列变革的表现（赵树理、李季、阮章竞等人的作品）。这些作品的深度也集中在某一点及对该点的开掘上，从而缺少了对于面（农民群体及其反抗）集中的、全景式的描写——这在梁斌《红旗谱》等作品里有比较完整的呈现，而这一农民群体正是推动中国社会不断前进的动力源泉。

其次，作品所展示的地域文化——华中地区民情风俗、人情世故等，与民众渐进式的觉醒和反抗之勾连也是极为动人的。它所展示的是一幅革命深入到远离中心城市的偏僻农村后，愚昧落后的农民与其他小生产者生活的民情画，尤其注重描述农民对美好生活的向往，以及自身变革的要求如何一步步被唤醒、被激发，并转化为实际行动的过程。叶君健正是借助这样的表述，使小说中的农民能够逐渐地昂起首、挺起胸，进而为国外受众所认识的。

另外，叶君健作品的语言风格也值得注意。他以"我"这一限制叙事视角来讲述，其间又糅合进了老刘、道士本情、潘大叔的视角，使故事进程以一种平缓但又不可抑制的方式推进，犹如石子投到湖中心，水波一圈一圈地向四周扩散开去，其吸引力在于讲述者的即视感，把农民反抗者的意志由星星之火转为燎原之势的过程交代得异常清楚和准确。同时又把故事的波峰和波谷有效而清晰地结合起来，形成了叙述的相对完整性。我们不妨把这种面向英语受众的中国故事叙述方式命名为"中情西说"，即对西方受众讲述他们本来无法获知的中国底层民众生存与反抗的故事。如果说个体的力量不能够联合起来其反抗就是有限的、低烈度的话，那么，要向反动统治者宣战，就必须有组织、有步骤地去做。《山村》描写了农民系列抗争如何走向深入的过程。后续的两部书延续了《山村》中的故事主线索，但又不断强化了革命与反革命之间剧烈斗争的主题。一方面，"我"和"我"周围的人在革命党的影响下快速进步和成熟起来，积极加入了反抗斗争的行列，甚至潘大叔、红苕等人还成为革命队伍中的骨干力量；另一方面，革命力量的强大（占领了若干县城）也使反革命分子异常紧张，因而各种规模的战斗非常多，有些非常惨烈。甚至革命力量还以落后的装备缴获了敌人的一架飞机，就在敌人节节败退、我军士气高涨的时候，因为内部政治运动的消耗，队伍的战斗力被削弱，革命不得不走上曲折的道路。

当然，小说中有不少写实的地方，形象化地总结了红军为什么能够不断地取得胜利：

> 他（注：罗同德）带我同行。我听他跟士兵们谈话，询问他们伏击的经验和在反'围剿'斗争中的感受，也听士兵们对他的回答和在回答中所表示出的自信。不知怎的，我联想起了我过去生活在他们中间的那些日子：他们原不过是种田的土老粗或山上打柴的樵夫，穷得连衣服都穿不上，为了改变自己的命运，他们开始斗争。当时他们只不过拿着菜刀、耙子和古老的刀、枪、剑、戟与保安队，与县警备队，与小股的国民党军周旋；但现在他们居然用起新式装备，包围起蒋介石的嫡系正规军来！一想到这里，我不禁觉得这有点像是童话，特别是当我看到这些红军战士在他们隐蔽的地点扳弄那些他们亲手缴获得来的德国、捷克、日本造的步枪的时候，我的这种童话感更被他们穿的那身衣服加深了：他们仍然穿着他们收获粮食和打柴时穿的破衣。唯一能说明他们是红军标志的是，他们的臂上系有一条红带。只有由国民党俘虏转化过来的士兵看上去还有点像军人，因为他们还穿着制服，只是原来的帽徽被摘掉罢了。更具有童话意味的是，这些原国民党军居然服服帖帖地听从像贾洪才那样的打柴人出身的"军官"的指挥。
>
> "因为他对我们真正是像朋友一样，不像国民党军官那样喜欢打人和骂人。他的脑子灵，办法多，比国民党军官不知要聪明多少倍！"贾洪才部下的一位由原国民党俘虏改造过来的排长对我们说。"当初他把我们一营兵引上山，把我们拖得团团转，拖得我们晕头转向，他的红军回过来当头打我们几棒，打得我们走投无路，只好缴械投降！跟他一道只会打胜仗——当兵的自然希望打胜仗，特别是打剥削和欺骗他们的敌人。"这位排长讲的话也像一个童话。①

---

① 叶君健：《叶君健全集·第八卷长篇小说卷（五）》，清华大学出版社，2010，第189～190页。其中的着重号为论者所加。

这里点出了红军将士普遍出身低微，但英勇善战、能够从困境中闯出一条生路来的根本缘由。引文中多次出现的"童话"一词尤其值得注意。

"童话"主要是为少年儿童讲述的故事，具有幻想和美化意味，它以对未来的美好憧憬和皆大欢喜的结局来赢得受众。以成人的眼光来看，许多童话所讲述的都是当下现实中不太可能发生的事情。故此，作家在叙述红军的从无到有、从小到大、从胜利不断走向胜利的历程时显然是充满惊叹的。他多次用"童话"一词来表现自己的惊叹和由衷钦佩之情。在Stephen Hallett 翻译的同名英文版中，译者分别用"fairy-tale"、"the sense of the miraculous"、"a miracle"和"the ring of the miraculous"来指称"童话"。① 姑且不论这一译法是否还可商榷，但它也较好地传达出了原意。从语义学的角度看，译者运用不同词语来指称同一个中文词语，除了中文一词多义、言简义丰的原因之外，英语词语生成速度之快、词汇量积累之多也值得注意。诚如有的论者所指出的那样，"与汉语的稳定性相比，英语的词汇变化非常快，不断地增加新的词语而淘汰旧的词语，这大大增加了语言学习的负担。更重要的是，英语要求的词量非常大，韩少功说：'把全世界各种英语的单词加起来，大约五十万……《纽约时报》统计，最近每年都有一至两万英语新单词出现……一个人若是不记住三万英语单词，《时代》周刊就读不顺，更不要说去读文学作品了。'"②

值得注意的还有间隔了 41 年的"三部曲"创作问题。叶君健曾回忆 *The Mountain Village* 出版之后的创作思考："我本想继续写下去，但是一接触到农民展开武装斗争后的一连串的大规模战役和错综复杂的政治斗争，我就感到有些无从下笔了。我想我只有留到回国、进行了充分调研之后再写。"③

这一写法一方面使得《山村》与《旷野》《远程》中语言艺术风格不

---

① 参见 Chun-Chan Yeh. *A Distant Journey*, translated by Stephen Hallett, Faber and Faber, 1988, pp. 276 - 277。

② 高玉：《语言优势与中国当代文学大国图景》，《中国现代文学研究丛刊》2016 年第 10 期。

③ 叶君健：《〈寂静的群山〉后记》，《叶君健全集·第八卷长篇小说卷（五）》，清华大学出版社，2010，第 218 页。

统一，显然前者更加西化（包括基于少年儿童的视角），在语言表达、心理描写、叙事进程及节奏的掌握上更加倾向于照顾西方受众的感受，比较内敛，内部张力大；后两部着力进行了大规模的革命历史叙事描写和军事领导人物的刻画①，从而使该三部曲的内涵得以拓展，外延则受到了相应的限制。主题表达上的相对统一则使小说第二、三部在"传记化"的同时，又呈现宏大叙事的特征。这在叙事言说和语体风格上构成了对第一部的"反叛性超越"，即叙事上由有限度的、低烈度的武装起义转向大规模的、高烈度的军事斗争，自发性、局部性的抗争被大范围、地区性的抗争所取代，言说的方式也发生了偏移和转向——由局外人向局内人、由少年向青年、由单一线索向多头线索、由普通人物向特定人物全面演进。

"土地"三部曲的革命历史叙述被选在了辛亥革命前到五四运动这一特定的历史时期——农民备受压榨、各种反抗活动此起彼伏又多以失败告终，被农民视为"命根子"的土地在土豪乡绅的手中死死地攥着，"耕者有其田"只是一个空洞的口号而无法得到落实。军阀混战，日、美等帝国主义国家的入侵加剧了中国国内形势的复杂化，于是一波波的围绕"土地所有权"的斗争就无可避免地上演了。

对于该书，作家曾说道："写这个三部曲的想法很简单，那就是把从中国最后一个王朝的崩溃到一九二一年中国共产党成立前夕爆发的五四运动这段历史时期中的中国社会大动乱，描出一个简要的轮廓。为即将到来的一个新的斗争（即"寂静的群山"三部曲中所刻绘的）提供一个背景画面。两个三部曲的故事情节都是从大别山区一个贫穷落后的小县——即产生了二百四十多位将军的红安县——展开。随着事态的发展，叙述面就扩大到了全中

---

① 据记载，叶君健为了完成以《山村》开篇的华中地区革命史的写作，曾于1985年5月到北京徐向前元帅家，了解当年红军在红安的情况，并与徐帅合影留念。本拟写一本有关红安游击斗争的小说，后因徐帅逝世，未能详谈而未写成。参见叶念先、叶念伦《叶君健生平年表》，叶君健《叶君健全集·第二十卷散文卷（五）》，清华大学出版社，2010，第540页。

国，以至第一次世界大战的欧洲战场。"①

叶君健"土地"三部曲所表现的历史场域具有独特性。

首先，"土地"成为这一历史阶段各类型抗争的主要目标指向。被压迫的底层民众如何把个体的反抗意志变为集体的反抗意志、把个人的命运与群体的命运紧密相连，从而爆发出了巨大的、颠覆国家统治机器的力量？针对这些问题，作家善于从细微的、看似不起眼的地方入手，去刻画那些隐而不显的"星星之火"如何发展而呈现"燎原之势"的。在"土地"的联结下，一切都有了明确的目标，即农村地主可以变换各种名目、以各种方式来使农民倾家荡产；城市中的工人同样深受工厂老板及其背后的外国人的欺凌压榨。甚至到号称"自由民主"的英国帮助英国人搬运军用物资，刘长寿等"华工"依然遭受各种歧视和侮辱。也就是说，与"土地"相关的各种矛盾的总和是清末民初很多国内社会矛盾的总根源。

其次，底层民众尤其是农民的抗争所经历的是一个波浪式起伏和螺旋式上升的过程。农民的觉醒不具有先发的性质，他们需要一个又一个的事实教训，但又是迟早会发生的事实；他们能够从自发的状态走向自觉的状态。但这些还不足以令他们真正走上自我解放的道路，他们还需要一个用先进理论武装起来的政党——中国共产党的领导。当然，中国共产党也同样是在经历了各种挫折和国内外、党内外现实斗争的考验后才成长起来的。

再次，作家的革命历史场域是地域性叙述和底层叙述的叠加。一方面是紧扣"洪羊县"和"光元县"（红安、麻城）的地理条件展开——山区、土地贫瘠、可耕地少、封闭落后、与外界隔绝，另一方面又力图挖掘出土生土长的老百姓的内在潜力。他们所怀抱的信条"农民要善待土地"及其信条的破产，激发他们走上反抗地主劣绅的道路。

把叶君健的上述作品与"东北作家群"的作品（如萧红的《生死场》《呼兰河传》，萧军的《八月的乡村》等）进行简单比较，或许更有意味。同样描写底层苦难，"东北作家群"的着眼点大致上在于侵略者带来的苦难和底层民众的不觉醒、愚昧麻木，他们努力挖掘其中存在的国民劣根性；叶君健注重对农民自身缓慢觉醒的深度发掘，以借助外力如被逼走投无路而自发进行反抗的方式展现民众是如何对待苦难的。又如民众觉醒的方式。因为黑暗势力铺天盖地、漫无边际，萧红笔下的民众普遍陷入了无力摆脱的苦难深渊而彻底丧失了判断力和自省力，甘心成为命运的俘虏；萧军笔下的民众即便参加抗日军队也不会因为民族大义而放弃自己的情人，甚至有当逃兵和叛徒的举动。其觉醒显然是被迫的、并非发自内心；叶君健在耐心地展示了民众的几无立锥之地、无生存之资的同时，写出了他们的显著变化——不甘心成为命运的奴隶，必须起来斗争。再如小说中有关民众反抗结局的处理。萧红等人笔下总是悲摧和令人难以承受的，因为主人公或英雄最后无可避免地或从肉体上被消灭，或从精神上被击垮。叶君健笔下的主人公很少有类似的情况，他多半能够全身而退甚至功成名就。如"寂静的群山"三部曲中的"我"，"土地"三部曲中的刘氏三兄弟。

总起来说，这和叶君健当年创作时的心境、整个社会斗争、民族斗争的情势以及作家设计的作品（潜在）受众有关。

另外，"土地"三部曲的英文版1988年列入中国文学出版社的"熊猫丛书"①

---

① 关于"熊猫丛书"。1981 年，中国外文出版发行事业局（外文局）推出"熊猫丛书"（Panda Books），先以英、法，后增加少量德、日语言，意图通过翻译将中国文学和文化（重点是现、当代文学）译介至西方主要国家，在 80 年代中后期中国当代文学掀起"走向世界"热潮的几年前，投入以文学沟通中外的实践，以扩大中国文学在世界的影响。丛书由杨宪益主持编译工作。"熊猫丛书"此举可谓吹响了新时期中国现、当代文学"走向世界"的第一声号角，是中国文学在新时期"走向世界"的最早的集体努力。80 年代中期以后，据外文局相关部门的统计，"熊猫丛书"的海外销量良好，经济效益也比较可观。鉴于此，外文局于 1987 年 2 月 6 日专门成立了中国文学出版社负责"熊猫丛书"及《中国文学》杂志的出版工作。然而到 2000 年底，该社因面临种种困境被撤销，《中国文学》杂志停刊，"熊猫丛书"也几乎停止出版。此后"熊猫丛书"由外文出版社接手出版。至 2009 年底，据相关统计，"熊猫丛书"共出版英文版图书 149 种，法文版图书 66 种，日文版图书 2 种，德文版图书 1 种及中、英、法、日四文对照版 1 种，共计 200 余种。转引自耿强《国家机构对外翻译规范研究——以"熊猫丛书"英译中国文学为例》，《上海翻译》2012 年第 1 期。

推出，Ian Ward 翻译了第一部。长篇童话《雁南飞》①《蓝蓝的低山区》也是对中国底层民间社会风俗（民情、民歌、民风）的描绘，传达中国民间文化中的道德伦理传统，形塑底层社会结构，借助童话的方式、儿童的视角深入欧美英语受众的思维，具有建构性的意义。有评论家认为，"他那直率流畅、抒情的笔调，更接近于杰克·伦敦和早期的高尔基，而不像布隆（鲁姆）斯伯里学派的那种下意识的淋漓的描述。他的故事以它们的异国情调和艺术手法抓住了读者。"② 显然，叶君健的"中情西说"通过构建中国底层民俗民间文化和历史文化，为他的创作赢得了可贵的"朋友圈"，把一些真相而非幻象传达出去，进而使中国的社会情形包括人们对共产党发自内心的好感得以传播。

二　西情中说

描述西方的社会现实和民间疾苦，以较为客观的笔触向国内受众交代西方民众的生存状态，展示其社会中不为人知的另一面。同时，把西方的习俗、观念、文化等传播到中国，促进国人对欧美英语世界的深层了解。这以传记《童话作家安徒生》、中篇小说《开垦者的命运》和部分儿童文学作品为代表。

在《童话作家安徒生》（《安徒生传略》）一文中，叶君健对安徒生的一生进行了勾勒，对其整个创作状况尤其是影响其创作的因素——苦难的童年、少年生活及求学生涯做了独到的评介，对其成名后的旅行、人品、文品、思想艺术方面的成就和局限也做了客观的评价。其中有不少理解和同情式的论述，如：

"童话是安徒生的主要创作……在这种作品里，他能充分表现他对生活

---

① 据记载，《雁南飞》还有欧洲大陆版，星星出版社（Star Editions）1948 年出版；巴黎现代出版社（Temps Present）1949 年的法文版，1992 年作者将其译为中文，1994 年海燕出版社出版。参见叶君健《〈雁南飞〉后记》，《叶君健全集·第二卷中篇小说卷（一）》，清华大学出版社，2010，第 282 页。

② 〔英〕迈克尔·斯卡梅尔：《布隆斯伯里学派中的一个中国人》，邵鹏健、李君维译，叶君健《叶君健全集·第十七卷散文卷（二）》，清华大学出版社，2010，第 518 页。

的体验、他的感情和爱憎。"①

"他用充满了爱的美丽的故事鼓励人们向真、善、美追求，也希望他们成为幸福和快乐的人。他提倡民族之间的文化交往和友谊，希望全世界的人可以借此得到幸福与和平。"②

叶君健创作了不少以欧美国家为背景的作品，《开垦者的命运》堪为代表。

小说以从丹麦移民到美国靠种植业为生的"我"和爱力克生伯伯一家的生活遭遇为主线，叙述了他们在租种地主土地过程中所遭受的种种盘剥和不公。尽管两家人都是响应了美国政府的号召前来美国种植垦荒，但他们不仅无法得到普通百姓的各种待遇，享有同等的权利，而且还要缴纳高昂的农业税，开垦出来的土地也常常被所谓的参议员以各种理由收走。显然，他们成了干农活的机器。在多番交涉无果后，儿辈们拿起武器进行反抗，终于把约翰生这一伙敌人赶走。同时，移民们也团结起来了，共同对抗各种威胁，保卫自己的家园。

该小说传达的主要信息和他的译作③有一脉相承之处：既要对美国底层民众苦难生活进行带有国际主义和人道主义色彩的叙述——其中充满了对他们不幸遭遇的同情和怜悯之描写，又是对美国"人间天堂"虚伪童话之揭露——它只是富人的天堂，是穷人和有色人种的地狱；它借助制度、法律、信仰等把在其他国家被砸烂或准备砸烂的枷锁重新拾起来，包装一番，再套到无产者的脖子上去，掠夺和非法占有他们的劳动果实，再无耻地炫耀自己拥有种种保护。而劳动人民唯一能够依靠的就是他们自己的力量——团结起来的力量。该文还有一个大的背景，1961 年，美国肯尼迪政府期间，原本有望缓和的中美关系并没有朝中国领导人预期的方向发展。"肯尼迪在首次

---

① 叶君健：《安徒生传略》，《叶君健全集·第十五卷 安徒生童话（四）》，清华大学出版社，2010，第 266 页。

② 叶君健：《安徒生传略》，《叶君健全集·第十五卷 安徒生童话（四）》，清华大学出版社，2010，第 280 页。

③ 叶君健的译作极多，可以《安徒生童话全集》和译自美国作家赫布·丹克的《四十九经度》为代表。

公开发表对华政策演说时，就明确表示将会延续艾森豪威尔政府时期的政策……先后下令派美国第七舰队开进中国南海，派特种部队进入越南南方，并且对同样毗连中国的老挝进行军事干预……中国政府不得不刻意站在坚决反帝的革命立场上，采取实际行动来帮助周边国家的革命党及其武装斗争……中国对外援助的经费数额逐年增多。1958年为2.76亿元人民币……1963年又增到9.61亿元，1964年则增加到12.16亿元，这一年的外援数已几乎相当于1950～1955年6年外援数的总和了。而外援的逐年增多，再清楚不过地显示出中国介入各国革命的广度和深度也在不断增加。"① 事实上，当年作为《中国文学》杂志社常务副主编的叶君健对国内国际形势是比较清楚的，也能够做出较为准确的判断。该小说有着适应当时文化需要和政策需要的成分，背景清晰，结构脉络清楚，人物形象塑造生动、性格鲜明，作者对美国乡村田园生活熟悉，能够较好地扣住人物身份进行对话描述，这些特点使文章具有了较强的可读性。

1997年，叶君健在补写的《〈开垦者的命运〉后记》中写道："我常去住的是哥本哈根大学一个研究哲学的年轻人的家。这家的邻居是移民到美国去住了几年而又回到本国来的丹麦人。美国素以富饶著称，他一家迁往美国，想在那里发迹。他们在那里办了一个农场，因为主人是农业专家。但土地是租来的，购置农具和建设居屋也是以'分期付款'的方式安排的……最后他们只有变卖一切，返回故土……原来'金元帝国'只是大款们的天堂，劳动人民的日子过得仍很困难。"② 这一说法可以部分解释为什么作家会有这一题材及其灵感，同时也能够说明他对美国底层社会的观感和看法。

自《雁南飞》（《它们飞向南方》）起，叶君健开始进行童话创作。他在该书《后记》中指出，"我在扉页上加了这样一个'作者注'：'这是一部童话作品，我得提醒那些对人类学感兴趣的读者，故事中的所有情节和背

---

① 杨奎松：《中华人民共和国建国史研究2》，江西人民出版社，2009，第224～225页。

② 叶君健：《叶君健全集·第二卷中篇小说卷（一）》，清华大学出版社，2010，第144～145页。

景，完全是出自想象。'我想用同样的话提醒我国的读者。"①

　　1949 年回国后到去世前，他创作的儿童文学作品大概有 43 篇。这些作品可以分为几类。第一类，从幼儿园小朋友或小学生的角度来写的，主要是表现他们的校园生活，包括友谊、情感、师生关系、家庭关系等的作品，目的是阐扬对少儿的"爱"，用爱的阳光沐浴他们，促其茁壮成长。这一类有《母校》《天鹅》《葡萄》等 14 篇。第二类，根据国外旅行见闻所写的写实类作品，包括《小母亲》《新同学》《妈妈》《姐姐洛芭》等 9 篇，倾向于揭露国外社会中存在的各种对少年儿童和女性的不公平、不平等的社会现象。第三类，以国外传说、民间故事为由头点染而成的虚构类作品，包括《戈旦村的聪明人》《王子和渔夫》《真假皇帝》等 20 篇。此类作品一方面倾向于揭露人性中存在的虚伪、贪婪、自私、无耻、愚蠢、软弱、自以为是等种种劣根性，从而警醒人们。另一方面也借助作品告诉受众什么是真善美，什么是假恶丑，应该如何去追求真善美而摒弃假恶丑。

　　从这些儿童文学作品来看，叶君健在创作中基本上秉持了一贯的思路，即揣摩儿童的语气、心态和眼光，尽量提供给他们正能量的精神食粮，为少年儿童的成长创造良好的文学生态环境。所以几乎每个故事的结局都透露出作家作为"叙述者"或"隐含的叙述者"的观念，其中汲取了民间文学的精粹——讲故事；从故事中可以看到《一千零一夜》、格林童话和安徒生童话的影子，也不难发现中国民间史诗或传说的痕迹。寓教于乐，寓理于乐，又成功地嫁接了国外的风情民俗、历史文化，作为"西情中说"的一种特殊形式，其感染和影响的中国受众是不计其数的。

　　冰心曾对叶君健的儿童文学有过高度评价："让我们这些有过海外经历的人，都向叶君健同志看齐，多给孩子们写些引导他们关心海外儿童生活的故事。这对于加强下一代的国际主义教育，对于丰富孩子们的知识，扩大孩子们的眼界，以至于促进儿童文学事业的繁荣，都是大有好处的。"② 叶君

---

① 叶君健：《叶君健全集·第二卷中篇小说卷（一）》，清华大学出版社，2010，第 282 页。
② 阎焕东：《叶君健与中国儿童文学》，《中国文化报》2000 年 10 月 5 日，第 3 版。

健在鲁迅、叶圣陶、冰心、张天翼等作家所开创出来的儿童文学道路上继续前进，其贡献在于他不但拓展了新的创作题材，还在于他更好地借鉴、利用和吸收了翻译对象——安徒生童话中的创作思想和创作技法，为自己的儿童文学创作打开了新的天地，营构了别样的风景，唤起了更多的人对儿童文学的关注并加入到了创作队伍中来。

综上所述，叶君健的"中情西说"和"西情中说"的创作和文学实践行为可以从以下几个方面进行探讨。

首先，叶君健由语言学习发散开去的创作和翻译（再创作）以及由单语创作扩展开去的多语创作之独特性。叶君健由外国文学学习起步，由世界语小说创作发端，在恩师兼朋友朱利安·贝尔的指导和关照下在英国刊物上发表文章，"由山村走向世界"；对姚雪垠《差半车麦秸》等作品的英译和对古希腊悲剧《阿伽门农王》、列夫·托尔斯泰《幸福家庭》等的中译，开阔了视野，深化了对文学创作及其规律的认识。在英国期间系列作品的出版，使叶君健能够熟练地在两种甚至多种语言和文体之间切换，对安徒生童话的完整翻译加深了他对儿童文学作用和意义的认识。之后，即便在国内的艰难岁月里，他依然保持着创作的热情和较高的水准，这既得力于其早期所受的训练，也得力于其故乡情愫、童年记忆和欧美经历。

换而言之，叶君健对故乡的深刻记忆和他多年作为旅行者的经历体验分别成为"中情西说"和"西情中说"的主要对象，在一定程度上体现为一种比较奇异的文学（文化）景观——向西方受众提供、宣扬中国民众的苦难及不屈的抗争精神，向中国受众阐扬西方的人道主义、人性人情和不合理、需要改变的一面，表达了其对社会底层受压迫民众命运的同情，揭示了制度的虚伪性。

进一步看，叶君健早年受"左联"影响放弃科学学习、进行文学创作，之后出版《被遗忘的人们》世界语版，在国民政府军事委员会政治部第三厅任职和担任翻译，与同乡董必武交往，英译毛泽东的《论持久战》《新阶段》（《新民主主义论》），这些都进一步强化了他对中国前途和命运的认识，对中国共产党主张和抗战实践的认同。在英国一年多的有关中国抗战的宣讲，也是广义上的创作行为。它们之间的联系是一贯的，即由自身遭遇出发，推己及人，基于对受压迫者的广泛同情和对加害者的憎恶，从情感上旗帜鲜明地站在了中国共产党、左翼和革命民主主义的立场上，这是他面对苦难激励人们反抗的原因。随着时局的变化和社会变革的剧烈，这样的立场越发得到强化，这也是"寂静的群山"三部曲中第一部与后两部风格差异大的另一个原因。

其次，叶君健创作心态的复杂性。叶君健自踏入文坛开始，就以关注弱者为己任；在之后的文学活动中，包括在剑桥大学研究西方文学期间，也特别留意弱小民族的文学。正如他本人所说，"我在英国各地巡回演讲中及与英国知识分子的接触中，我发现他们对中国正在进行的革命存在着许多误解。他们当然不太知道中国共产党领导的革命的实际情况，因为当时有关这个革命的正确报道及论述几乎是等于零——蒋介石的宣传机构倒是报道了不少，但全是抹黑"①。显然，叶君健创作的一个重要目的就是要去"污名化"，清除国民党政府宣传机构及其代理人在西方"妖魔化"中国共产党的行为的影响，要用事实告诉西方受众，唯有中国共产党才能为老百姓、为劳苦大众着想，实现他们世世代代也难以达成的愿望——耕者有其田，翻身做主人必须依靠自己的努力，依靠广大民众的团结一致。之后，在翻译和创作中他都表现出了同样的趋向。同时，对世界文学名著的广泛接触帮助作家形成了自己的人道主义、民族主义的文学观念。翻译古巴以及东北欧和南欧、非洲等地知名或不知名作家的作品，努力创作儿童文学作品，使他逐步形成了自己的创作理念，即讴歌祖国、讴歌新中国的建设者、勉励底层民众向命运抗争。在"中情西说"方面，他的侧重点在于向西方受众表现中国革命的艰难、底层民众生活的艰辛、抗战及其胜利的不容易，带有强烈的合法性和合理性论证的目的；在"西情中说"方面，他侧重于表现西方社会底层民众的生活状态，展示欧美等发达资本主义国家民主制度的虚伪性，同情弱小者。这样，他一方面构建了中国底层社会的革命历史叙述，另一方面消解

① 叶君健：《在一个古老的大学城——剑桥》，《新文学史料》1992年第3期。

了西方民主制度的优越性，形成了相辅相成的关系，但他在叙述过程中所表现出来的并非都是从容自在、游刃有余的状态，而是内蕴着紧张和焦虑，这就构成了他创作心态上的复杂性。譬如"土地"三部曲后两部中的描述，就无法做到像《雁南飞》中那样优雅和清丽。

再次，双语创作的思维转换问题。叶君健在双语甚至多语创作中的思维转换是有迹可寻的。他说：

> 我写过一点文学作品和搞过一点文学翻译。我所用的语言，由于无形中受了外来的影响，我知道已经不是纯习惯式的中文（Idiomatic Chinese）。这与我学的一些欧洲语言有关，也和我学习这些语言的方法有关，也和我长期使用这些外语、特别是用世界语和英文翻译和写作有关。通过这些实践我逐渐养成了一种用外文思索的习惯，而习惯成自然，因此这又无形在我身上形成一种后天的本能。在我写中文的时候，这种本能也无形发生作用，在我的中文文体中得到明显的反映。这种文体虽然不是欧化，但文字结构却受了欧洲文化的语法规律的影响。所以我写的中文基本上大概都可以按照语法分析，其流畅性及群众性自然远远不及赵树理那样的作家所写的纯粹乡土中文，但是这种写法已成定局，无法改变，我也不为此感到惋惜。①

由此不难发现，叶君健的汉语创作与外语创作相互交织。他习惯了外语思维后，用汉语表达时，在句式、遣词造句上就会有明显的欧化痕迹。这也是 1945 年到 1949 年之间的著作有着较为明显的欧化表达的一个原因。如果往深处分析，还可以发现，他创作上的双语或多语思维与当时他正在进行的翻译工作关系密切。比如《冬天狂想曲》《山村》创作前后，他既已开始翻译安徒生童话中的一些故事，两篇文章在描写上有不少细腻的地方与之类似；其儿童文学作品更是受到安徒生童话创作思维的明显影响。如《真假

---

① 叶君健：《学习外语和我的文学创作》，《新文学史料》1986 年第 4 期。

皇帝》的结构就受到《皇帝的新装》等作品的影响，具体表现为：主人公（皇帝作恶、威风）——因为某事受到惩罚（物极必反）——最终沦为笑柄。这既合乎民间文学中一贯的抑恶扬善的需要——坏人、好人泾渭分明、势同水火，坏人自己作威作福而受到命运的惩罚、上天的谴责，好人借此扭转被压迫的态势而得到解救；也合乎儿童文学读者的心理预期——好玩，好看，好听，好辨。并不复杂的人物和情节能够很好地刻画出主题，给予人们警示和告诫。李保初认为，叶君健对儿童文学的认识成果集中在崇高目的、精品意识、大领域论、读者观念等四个方面，这也与他所取得的卓越成就分不开。①

1981 年 7 月 10 日伦敦《泰晤士报文学增刊》上发表了当时英国很活跃的作家迈克尔·斯卡梅尔（Michael Scamell）的文章《"布鲁姆斯伯里"中的一个中国人》，开头即说："最近在哥本哈根召开的国际笔会代表大会上，英国文学史上的一个片段在叶君健这个人物身上显现出来了。"② 可以认为，这是对叶君健当年作为英语作家贡献的中肯且合乎实际的评价。

---

① 李保初：《日出江花红胜火——论叶君健的创作与翻译》，华文出版社，1997，第 175 ～ 180 页。
② 叶念伦：《叶君健和布鲁斯伯里学派》，《外国文学》2001 年第 5 期。

| 第二章 |

双语作家创作论（二）

本章承袭上一章，对中国现代汉英双语作家群体中的凌叔华、杨刚和张爱玲的双语创作展开论述。

第一节　凌叔华：从家庭到家族的书写者

凌叔华（1900[①]~1990 年），北京人，祖籍广东番禺。英文名 Su Hua。其汉英双语创作可以从两个方面进行分析。

一　关注男女青年爱情、婚姻、家庭生活，开启了"问题小说"之后青年情感书写的新型模式，如《花之寺》《女人》等。这可以分为两种类型：对不如意的家庭和婚姻关系的问题探讨以及对良好的家庭和婚姻关系的分析；对男女青年幽微暧昧（性）心理的深度揭示。

短篇小说集《花之寺》中同名作品《花之寺》，描写了男女主人公借到花之寺赏花的"艳遇"来增进夫妻感情的故事，表明夫妻相处之道在于相互关心，同时也不时需要情感调剂。《酒后》叙写了女主人公在和自己丈夫共同面对另一个男青年时的好奇心理——她想去吻一下酒后熟睡的、俊美的

---

① 关于凌叔华的出生时间，《古韵》（天津人民出版社 2011 年版）扉页上为 1904 年，笔者查阅《高门巨族的兰花——凌叔华的一生》（人民文学出版社 2010 年版）、《家园梦影——凌叔华与凌叔浩》（百花文艺出版社 2008 年版）等资料后，多为 1900 年，即从之。

男子，虽然恳请了丈夫的同意，但在反复的心理斗争后还是放弃了这一看起来不可思议的举动。该文对女性幽微暧昧性心理的描写非常地道，其细腻深切和温婉别致处值得琢磨，无怪乎周作人在《京报副刊》发表署名"平明"的《嚼字》一文，说读《酒后》"觉得非常地好"；1925 年 3 月 2 日，朱自清在致俞平伯的信中也说："《现代评论》中《酒后》及冯文炳之某篇，弟颇爱之。"① 可见该文确有魅力。在《绣枕》一文中，凌叔华借助一个佣人之女小妞儿的经历，刻画出了富家大小姐想出嫁却不得而年华渐逝的悲哀，更重要的是她没日没夜辛辛苦苦缝制出的绣枕，送到男方家中仅一天就因为一个偶然的机缘而沦落为下人家的"奢侈品"，最终又到了小妞儿的手上，再回到富家大小姐的跟前。在偶然和巧合里，蕴含了大小姐的多少伤悲？整体上看，凌叔华笔下的这些女性人物具有如下特点。

首先，小知识分子的人身依附。她们都是小知识分子或具有一定文化层次的人物，他们的思春、伤春、怜春其实就是殷实或小康人家闺阁妇女普遍具有的时代特质。"闺阁"所具有的隐喻意义，一是对身体的禁锢和限制，二是对男尊女卑、男权中心的固化。女性作为家庭中的"他者"而存在。换句话说，年轻的知识女性还无法从千百年来传统文化的桎梏中走出来，无法到社会这一个更加广阔的天地之中去寻找到自己的准确位置，只能期盼遇到一个贤明的丈夫，相夫教子、欢度年月。这种思想上的依附性证明了"男尊女卑"的格局依然未被完全打破，女性的自立自强依然是一个严峻的话题。即便是和谐的家庭生活，也要以女方对男方的迁就、忍让、顺从为前提。那些不和谐甚至破裂的家庭，最主要的原因还是在无法履行好职责甚至主动抛妻弃子的男方身上。

其次，人物的隐秘情感和环境描写的对应关系。凌叔华小说集《花之寺》中的不少描写，已经触及身体语言及其所代表的隐秘情感，从而使其小说具有了明显的现代性特征。《酒后》中少妇采苕对留宿家中的男子子仪

① 参见陈学勇《凌叔华年表》，《高门巨族的兰花——凌叔华的一生》，人民文学出版社，2010，第 304 页。

醉酒状态的心驰神往，《吃茶》中少女芳影对同伴淑贞之兄的爱慕及失落，《等》中阿秋对将要与恋人约会的期待，都是作家深入到女性人物的心理层面所做的细腻描绘。这些隐秘情感的揭示既是对此前小说人物描写普遍偏重外表的突破，又是对传统文学中疏于心理描绘的补白。除了《茶会之后》中花儿怒放时间短暂与女孩青春韶华易逝形成对应外，《花之寺》中诗人幽泉打算与美女约会的迫不及待和对寺院中碧桃树的找寻，《酒后》《吃茶》《等》中女子感情异动与所处的封闭空间（家庭）也形成了一定的对应关系，即相对封闭的家庭环境显然更容易令青年男女生发出与爱情有关的种种联想和幻梦。

夏志清认为，"这本书很巧妙地探究了在社会习俗变换的时期中，比较保守的女孩子们的忧虑和恐惧。这些女孩子们在传统的礼教之中长大，在爱情上没有足够的勇气和技巧来跟那些比较洋化的敌手竞争，因此只好暗暗的受苦……《绣枕》强有力地刻画出旧式女子的困境……是中国第一篇依靠着一个充满戏剧性的讽刺的象征来维持气氛的小说。在它比较狭小的范围里，这个象征与莎剧《奥赛罗》里狄思特梦娜的手帕是可以相媲美的。"①

在小说集《女人》中，凌叔华关注女性问题的视角有了新的变化。不少女性已经不再甘心做鸟笼中的金丝雀——焦急又忧虑地等待男人来照顾自己、把自己领走，而是有了比较鲜明的自我意识、角色意识，比如《小刘》和《转变》。前文中早年敢闯敢为、无所惧怕的学生小刘，嫁人后一改以前泼辣大胆的作风，饱受生活的磨难，成为她以前讨厌的婆婆妈妈、围着男人转的家庭主妇。后文中的大学同学、能干又有胆识的宛珍，迫于生计嫁给一个富家老头做姨太太，而这一制度却是她读书时所极力反对的。《病》中相濡以沫的小夫妻、《疯了的诗人》和《他俩的一日》中彼此恩爱的夫妻，都是年轻人互相欣赏的明证。这也说明了日常家庭生活中，夫妻唯有相互尊重，才会美满幸福。作家一方面注重对女人自我掌控命运的能力进行描绘，另一方面又慨叹女人自身的不争气。

---

① 夏志清：《中国现代小说史》，复旦大学出版社，2005，第57～58页。

《小哥儿俩》中的作品有三类。一是儿童文学和以儿童视角出发创作的作品。这类作品偏向于对社会现实温情又不失清醒的描绘。如《小哥儿俩》中大乖、二乖兄弟对猫的态度较好地表现了童心之纯真和人性本善的特点；《搬家》以孩童视角来看搬家，成为《古韵》的一部分；《凤凰》等几篇小说有童心纯净的乐趣，也有贫富等级的悬殊在孩子们的世界中投下的阴影等，揭示了日常生活的另一个维度。二是书写异邦如日本生活的作品《千代子》《异国》等，展现的是别样的空间和人生状态。其对生活在日本的中国女性因为国家弱小而遭受的歧视和悲哀的书写，与郁达夫小说《沉沦》中的描叙有异曲同工之妙。三是对心理描写的深层开掘和推进，如《无聊》《倪云林》等。

可以看出，凌叔华这一时期的小说和前期相比发生了比较明显的变化。

第一，创作题材对象上，女性主人公由被动转向主动，她们不再是完全待在家庭中消极等待，而是积极走出家门，甚至可以独立思想并按照自己的理解行事。儿童文学和儿童视角的加入，使其作品获得了新的内涵，其中既包含"爱的哲学"，也包含五四文化思潮影响之下不彻底、不完全的女性解放、男女平权之斗争。女性无法做到和男性完全平等，这首先源于经济地位上的不平等，其次是文化上的不平等，之后才是生理上的不平等，这些合起来就会导致心理上的不平等。凌叔华的小说对这些不平等时有触及，也给出了自己的思考。比如《疯了的诗人》中诗人觉生和妻子双成，当双成因为喜欢黑夜和小动物不被周围人理解时，就被家人当成了病人，各种议论纷至沓来。当夫妇二人一起"生病"时，乡邻议论和同情的对象就换成了觉生之母张老太太。其中隐含的台词是耐人寻味的，即女人应该安于本分而不能与众不同，否则就会被视为"异类"。如果夫妇均为"异类"，那么这个家庭就可能面临着各种危险。换句话说，这个家庭的儿子辈一旦与众不同，就会丧失存在的合理性。再如《开瑟琳》中，女儿开瑟琳摔坏了手表的玻璃面又藏到花园中，母亲将这些过错强加到根本不知情的佣人王妈的头上，进而将她无端解雇。一方面，这一行为是"强者愤怒，挥刀向弱者；弱者愤怒，挥刀向更弱者"式的报复和简单粗暴的处理。另一方面，这也是我们民族千百年积淀下来的文化心理，即事实真相如何是次要的，特别是涉及自己的至亲时。重要的是作为下人是否能够保证其服侍和照顾的人不出错，一旦出错，错误就要由下人承担，哪怕他们真的无辜。这些人内心的优越感和位置感让人一览无遗又让人不寒而栗。

另外，小说中的女性经常表现出一种"命定观"，即认为自己的婚姻不幸福、家庭不幸福、地位低下，是因为自己的命不好、运不济，今世不行，寄希望于来世。这种"宿命论"隐含了普通民众、底层民众的愚昧、麻木和对世界的特别看法，是五四新文化启蒙主义者需要注意的地方。同样，底层百姓特别是女性的不觉悟，又隐含了多少的辛酸和无助。如果她们不思进取，不试图通过反抗的手段来改变社会的不合理状态，那么她们是不能够获得男性的尊重的，也无法从根本上改变自己的命运，同样的悲剧还会一代代地上演。

有鉴于此，凌叔华也对那些敢于走出家庭、走向更广阔社会的女性进行了赞颂。如《绮霞》中的主人公，知道自己的天赋在于弹琴，因而不顾一切反对、冲破各种阻力，要为自己真正地活一回，远渡重洋、学成回国之后，担任教师培养下一代。绮霞是当时女性的楷模，经济上的独立意味着人格上的独立，也为自己赢得了尊重，这就给那些还为此问题彷徨无措的女性指出了一条明路——女性，尤其是青年女性，唯有放下家庭负担，去开辟一条新路，走出去，才可能获得新生，摆脱各种不平等。这和茅盾的"蚀"三部曲、《虹》等早期作品中的女性有共同之处。当然，差异也是显而易见的。后者更在乎女性"梦醒后无路可走"的悲哀，不少女性所选择的路是难以走通的，这一点在凌叔华的小说中还没有得到深入的探讨。

第二，创作心态上，凌叔华本着对女性同情的态度，以新旧女性对比、不同层次女性对比的方式来解释她们的命运悲剧。由早期的俯就式、窥探式的疏离描述转换为体谅式、内蕴式的贴切描述，这构成了作家创作上的一大转变。如果说在《花之寺》中，诗人幽泉和妻子燕倩之间的举动是借猎奇以排解无聊和疲惫的话，那么，发生在花之寺中的夫妻相见这一幕，很显然就是妻子精心设计以帮助丈夫回心转意的结果。这既是女性（知识女性）

对自身地位的不确定性和不安全感的折射，又是男女事实上的不平等的反映。但总体上看，这些作品无疑还显得比较"隔"——生硬，想象与现实之间的距离比较大。

　　研读凌叔华的女性写作文本，不难发现，她前期（1929 年以前①）对女性命运悲剧的理解姿态是俯就式和窥探式的。所谓俯就式、窥探式，是指作家放低身段，用同情、怜悯和包容的眼光去看问题，看世相，看人生百态，由于一鳞半爪居多，所以就无法一探究竟，诸如夫妻争吵、女子置气、家庭乱象等表现女性试图冲破旧制度、旧家庭阻碍的内容。因其笔力集中在某一个小的方面，社会生活涉及面狭窄，眼界受限，尽管用力较多，但无法避免思想浅薄、内容单一、开拓不深的问题，有时还会耽于景物（静物）的描写而忽略了事态本真的揭示。在集子《花之寺》中，唯有《绣枕》《说有这么一回事》等篇章比较完整——不仅在结构方面，更在内涵方面；在集子《女人》中，《小刘》《绮霞》等也属于比较完整的一类。其中《小刘》《转变》看起来有作者生活阅历的影子，《开瑟琳》《千代子》《异国》等也有生活实践的影子，书写较为精到，有不少耐人寻味之处。人物个性的彰显来得真切，对世俗氛围的渲染则比较拘谨。

　　鲁迅曾评论说，"凌叔华的小说，却发祥于这一种期刊的，她恰和冯沅君的大胆，敢言不同，大抵很谨慎的，适可而止的描写了旧家庭中的婉顺的女性。即使间有出轨之作，那是为了偶受着文酒之风的吹拂，终于也回复了她的故道了。这是好的，——使我们看见和冯沅君，黎锦明，川岛，汪静之所描写的绝不相同的人物，也就是世态的一角，高门巨族的精魂。"② 该观点多被后世论者所引用。这种俯就式、窥探式的姿态，和她的经历、身份、地位、学养等关系极大。其挚友苏雪林认为凌叔华的小说与曼殊菲儿有不少

---

①　笔者认为，为了研究的方便，对凌叔华的创作有必要进行阶段划分，在内涵开掘方面，其1929 年以前的作品和之后的作品差别较大，反映的社会生活层面也有明显的不同，至 1952年英文版《古韵》出版后，又有一个新的变化。故以 1929 年、1952 年划分为前期、中期和后期。

②　刘运峰编《中国新文学大系导言集 1917～1927》，天津人民出版社，2009，第 88 页。

相似之处，把她比作"中国的曼殊菲儿"。尤其是采用细腻的笔法进行心理描写等方面。并且认为她还是一个画家，描写风景对于颜色的运用特别娴熟，而且处处融人画意，是"文中有画"①。其实，凌叔华的题材范围和描写方式的局限使其前期大多数小说相对于复杂的社会生态显得疏离，它多半无法逃脱 20 世纪 20 年代初期"问题小说"的框架——既给不出有效的解决办法，也无法对问题自身进行深度的描绘和解读。

1929 年开始发表在《新月》、《小说月报》、《大公报》文艺副刊、《文学季刊》等报刊上的作品，出现了与之前不同的景象。尽管也有《搬家》这样被鲁迅批评②的作品，但总体上是有境界上的开拓与创新的。譬如《杨妈》，胡适在"前言"中认为"叔华这一篇自有她的意境与作风"③，其对杨妈的二重性——谦卑的下人和坚韧的母亲——的描述，就由同情、怜悯进入赞赏和佩服的层面。《送车》中借助几位太太谈话中透露出来的鸡零狗碎，较好地揭示了各自的性格：白太太的刻薄寡恩，周太太的刁钻古怪，王小姐的扭捏作态，无不惟妙惟肖、跃然纸上。再如集子《小哥儿俩》中的儿童文学作品，善于结合儿童心性来写出其心理、动作、表情，以儿童眼光来看成人世界，别有一番趣味。茅盾评论说："凌女士这几篇并没有正面的说教的姿态，然而竭力描写着儿童的天真等等，这在小读者方面自会发生好的道德的作用。"④ 她避免了其时不少儿童文学作家作品中常有的毛病，可以说是成功的。对笔下人物体谅式、内蕴式的描述，深入到人物的内心世界和所处环境，充分地展现出人物性格的复杂性，充分地写出事情的丰富性和深刻性，把人物变成可以立起来的对象，有棱有角，锋芒毕露。

---

① 苏雪林：《凌叔华的〈花之寺〉与〈女人〉》，《新北辰》1936 年 2 卷 5 期。
② 在《"硬译"与文学的阶级性》一文中，鲁迅列举了《搬家》（发表于《新月》第 2 卷第 6、7 号合刊）一文中枝儿与四婆有关"蛋与鸡"的一段对话后，评论说，"'文字'是懂得的，也无须伸出手指来寻线索，但我不'等着'了，以为就这一段看，是既不'爽快'，而且和不创作是很少区别的。"见《鲁迅全集》（第四卷），人民文学出版社，2005，第 203 页。
③ 凌叔华：《女人》，天津人民出版社，2016，第 59 页。
④ 茅盾：《再谈儿童文学》，《文学》杂志 1936 年第 6 卷第 1 号。

夏志清认为，"到了三十年代，她为数极少的作品便被当时更重要的作家们的大量作品掩盖住了。但是作为一个敏锐的观察者，观察在一个过渡时期中国妇女的挫折与悲惨遭遇，她却是不亚于任何作家的。整个说起来，她的成就高于冰心。"① 此言不虚。

二　用英文著作和艺术创作为中西方的文学艺术交流和文化往来搭起新的平台，成为20世纪50年代初期英语受众了解中国的一扇精致的窗户。这以 *Ancient Melodies*（《古韵》）为代表。

早在1936年，凌叔华就和朱利安·贝尔把小说《无聊》合译为 *What's The Point of It*? 试看如下两段：

Two or three house away was a small foreign style building; a young couple lived in it. Early every morning the husband went to his office in a rickshaw, not coming home till six or seven at night. About eleven the wife, having dressed and made up, would also take a rickshaw and go out with her small bag on her arm, returning about two or three, always with her rickshaw full of parcels, perhaps material for a dress, or new shoes. Sometimes two or three young men would come back with her, their arms full of parcels. They did not stay long, but would soon all leave again, and the wife would not come back with her husband till midnight. When she was at home she would have visitors, almost always young men, but sometimes one or two smartly dressed women. Sometimes one could hear music and laughter, and the noise of conversation, from the next street. People in the neighbourhood were mystified, and said it was a kind of 'salon', and the sort of thing smart women were doing nowadays.

Looking at the neighbouring households she thought there was a great deal to be said for the scholar who had explained that the word for "home"

---

① 　夏志清：《中国现代小说史》，复旦大学出版社，2005，第61页。

(chia) is the same as that for "chains", and that the character is written as a pig under a roof. ①

　　相较来看，中英文两个版本的意思表述比较相近，只有最后在解释"家"的造字法时，意思有所出入。即英文中没有"不为无理"的对应说法。从语义角度看，"无聊"即空虚，小说主要述说了主人公少妇如璧生活的无所寄托、无所依傍，侧重于其心态描摹；英文标题则指向了故事内容。整体来说，二文内容上的出入不大。之后，二人又合作翻译了《疯了的诗人》为 *A Poet Goes Mad*，凌叔华自译《写信》为 *Writing a Letter*。

　　1938 年，凌叔华开始了英文小说《古韵》的写作。关于此书，应注意以下问题。

　　《古韵》创作的缘起和过程。凌叔华在与弗吉尼亚·伍尔夫的通信中，述说自己的"不快乐"，不断得到伍尔夫的鼓励。魏淑凌在传记中曾对凌叔华"不快乐"的原因做过分析，包括：情人朱利安·贝尔战死于西班牙、家庭生活中的夫妻失和、日本侵略中国带来的巨大恐慌等。② 正是在这样的情形下，凌叔华接受了伍尔夫的建议，将注意力转移到自传的写作上。又在其启发下，不断改进创作计划，调整创作思路，完善创作内容。1950 年 11 月，《古韵》中的部分章节，如《穿红衣服的人》《童年在中国》《我们家的老花匠》《造访皇家花匠》等在英国《观察家》杂志、《乡村生活》杂志上陆续发表。维塔·塞克维尔·韦斯特（Victoria Sackville West）是《观察家》杂志的专栏作家，也是弗吉尼亚·伍尔夫的亲密朋友、一度的恋人，伍尔夫曾经以她为原型创作了著名小说《奥兰多》。20 世纪 50 年代初，通过她，凌叔华和伦纳德·伍尔夫取得了联系。在给伦纳德·伍尔夫的信中，凌叔华说："在西方有许多关于中国的书籍，大部分都是迎合西方读者好奇心的作品。有时候，作者只是通过想象来编造中国人的故事。他们对读者的

---

① 陈学勇编《中国儿女——凌叔华佚作·年谱》，上海书店出版社，2008，第 134～135 页。
② 〔美〕魏淑凌：《家国梦影——凌叔华与凌叔浩》，张林杰译，百花文艺出版社，2008，第 223～224 页。

态度是不诚实的，于是在西方读者眼里，中国人似乎成了半人半鬼的怪物。"① 这一解释也可以视作凌叔华创作《古韵》的动因之一。1952 年 5 月，她完成了全书的写作。"她编辑了早年的章节，又新写了几章，并放进几张线条简单的绘画作为插图。"② 在写给伦纳德·伍尔夫的信中，她又做了说明："写这本书的计划开始于我最初与弗吉尼亚通信的时候。当时，她是第一个，也是唯一一个鼓励我写这本书的人。得悉她去世的消息后，我就无法继续了。如你所知，第二次世界大战的战火席卷了中国，我不得不去应对一切困难，去担负起一个中国人的责任，不得不把写作推迟到战争结束之后。"③

《古韵》的内容及相关评介。《古韵》全书共分为 18 章，记述了"我"（小十）的成长经历。该书对大家庭的复杂关系、家庭生活做了详细的描述，叙写了清末民初中国旧式大家庭在社会转折时期的变化，以及社会变革在大家庭中的种种投影和折射。

我们从该书《搬家》一章来看作家的汉英双语创作思维。

首先，人称和称谓上的变化。中文版中是以第三人称来写的，主人公小女孩叫枝儿；英文版以第一人称来写，主人公小女孩叫小十（Little Tenth）。都以小女孩的眼睛来看世界。

其次，内容设计上的变化。比较明显的是前述"蛋与鸡"一节，英文版中改为：

"Aunt Shih, can you tell me what the colour of the little chickens from these eggs will be? I should like to know whether they will be yellow or black?"

---

① 〔美〕魏淑凌：《家国梦影——凌叔华与凌叔浩》，张林杰译，百花文艺出版社，2008，第 253 页。

② 〔美〕魏淑凌：《家国梦影——凌叔华与凌叔浩》，张林杰译，百花文艺出版社，2008，第 253 页。

③ 〔美〕魏淑凌：《家国梦影——凌叔华与凌叔浩》，张林杰译，百花文艺出版社，2008，第 253 页。

"No, I cannot tell you at present. We shall see when they hatch out."

"Do you think they will grow as big as their mother?" I asked again.

"Yes, they will if they are well fed."①

与 1929 年 9 月在《新月》杂志上发表的部分相比，变化明显。对话简练还在其次，关键是对话不再乏味和无关紧要了，而是更加合乎人物的心理特征。

再次，对部分句式、表达上的调整。如中文里"孩子们打他几下都追不上去还手"②，英文为"When the children came to challenge him to fight, he would not clench his fists even when they tried to beat him."③ 结尾也有明显变化，中文为，"她一路依然呜呜的伏在阿乙姐肩上哭个不迭。阿齐姐她们看着都叹说，'看不出这孩子平常那么乖，也会发这么大脾气！'"④ 英文版为，"I could not understand why Mother did not allow me to go to ask Aunt shih about the hen. When I saw Yee Chien coming to take me home, I could not refuse, but I felt more miserable than ever. I laid my head on Yee Chien's shoulder and wailed ceaselessly."⑤ 前者以他者的眼光来突出描写了小十的哭闹，重点在对哭闹的集中描写；后者从第一人称叙事的角度来展示"我"的情绪变化。这一改写在描述语言上的差异，可以看作人物性格塑造和个性刻画上的不同，中文版尽量表现出其执拗倔强的一面，英文版表现其温柔淑贞。此外，还有少部分的意思重合，总起来看，后者显得更加精炼、整齐，表达清晰。

由此可见，凌叔华的英语创作思维与汉语创作思维相比较，至少体现为两个特点：其一，对表述内容的提炼和净化，试图使细节更加真实，使情节发展更为流畅，对中文不够成熟之处加以改进；其二，努力凸显中国人的文

---

① Su Hua, *Ancient Melodies*, London: The Hogarth Press, 1953, p. 46.

② 凌叔华:《女人》，天津人民出版社，2016，第 17 页。

③ Su Hua. *Ancient Melodies*, London: The Hogarth Press, 1953, p. 36.

④ 凌叔华:《小哥儿俩》，中国国际广播出版社，2013，第 29 页。

⑤ Su Hua, *Ancient Melodies*, The Hogarth Press, London, 1953, p. 50.

化心理，表现出比较强烈的个性意识。

　　该书《英文版序》作者英国文学评论家韦斯特说道："她在信中向我问候，并请我为她作序。我欣然接受，并相信读者会像弗吉尼亚·吴尔芙和我一样，为它着迷心碎。叔华现住在伦敦。她成功了，她以艺术家的灵魂和诗人的敏感呈现出一个被人遗忘的世界……她的文笔自然天成，毫无矫饰，却有一点惆怅……在这部回忆录中，有些章节叙述了北京家庭纷繁懒散的日常生活，很有意思。"① 韦斯特从内容和风格两方面对它做了简要评价，书名《古韵》也是来自韦斯特的建议。"布鲁姆斯伯里集团"（Bloomsbury Group）的重要成员利顿·斯特雷奇（Lytton Strachey）的妹妹玛乔里·斯特雷奇校对了该书。书中还有若干幅凌叔华亲手绘制的插画。

　　该书出版后，出现了不少评论。*Time and Tide*（《时与潮》）周刊 1954 年 1 月 16 日第 35 卷第 3 期发表了题为《中国的童年》的书评，其中说道："书中洋溢着作者对生活的好奇、热爱和孩子般的纯真幻想，有幽默、智慧、不同寻常的容忍以及对生灵的深切同情。"② 1 月 22 日，英国《泰晤士报·文学副刊》第 2717 期发表了哈洛德·阿克顿③未署名的书评《北京的童年》，"叔华平静地、轻松地将我们带进那座隐蔽着古老文明的院落……她向英国读者展示了一个中国人情感的新鲜世界。"④ 2 月 19 日，英国《观察家》杂志第 6556 期发表了《近期的其他书籍》一文，对《古韵》及书中凌叔华的自绘画进行了评价，"书中有几幅作者自画的插图：描绘那个机灵的小女孩同义母一起放风筝；和老花匠去买花；跟贲先生学诗，等等，都非常令人着迷。"⑤ 由于 J. B. 普利斯特里（J. B. Priestley）的提名，《古韵》成功地登上了英国畅销书的排行榜，之后又被译成法、德、俄、瑞典等多种文字出版。值得注意的是，该书可以视为凌叔华海外跨文化传播的成功之

---

① 凌叔华：《古韵》，傅光明译，天津人民出版社，2011，第 185 页。
② 凌叔华：《古韵》，傅光明译，天津人民出版社，2011，第 168 页。
③ 1981 年，在给夏志清的信中，凌叔华坦言自己是 15 年后才知道评论者是谁的。参见孙连五《凌叔华致夏志清书信六封辑注》，《中国现代文学研究丛刊》2020 年第 5 期。
④ 凌叔华：《古韵》，傅光明译，天津人民出版社，2011，第 169 页。
⑤ 凌叔华：《古韵》，傅光明译，天津人民出版社，2011，第 169 页。

作，这与她和朱利安·贝尔、弗吉尼亚·伍尔夫及伦纳德·伍尔夫等布鲁姆斯伯里集团①的成员交往频密有着莫大的关系。凌叔华之后还致信伦纳德·伍尔夫，计划写《古韵》之后的第二部有关"战争与和平"的小说，但终因其驾驭不了战争题材及伦纳德去世等原因而搁浅。

1988 年，《古韵》英文版由美国 Reed Business Information 公司推出后，亚马逊公司在其图书网站做了介绍：

> （凌叔华）是前清直隶布政使的众多女儿之一，这部迷人的回忆录的作者……以精妙的文字，描述了她作为父亲四姨太的女儿舒心的童年……它温和地追忆了一个逝去的世界，暗示了即将到来的社会变化。②

《爱山庐梦影》中收有凌叔华的画作十余幅，题为《凌叔华的画簿》。多为竹兰花鸟和山水图。或灵动，或幽娴，或气势磅礴，或巧设点染。另有游记、演讲和评论文章。简单来说，《爱山庐梦影》的出版，借助其中的国画作品和艺术理解来拓展了跨文化交流的渠道。

国画作品是凌叔华艺术水准的重要体现，证明了作家具有多方面的才能。其绘画对其小说、散文创作有着深远的影响。苏雪林曾评价说，"叔华于写作之外，兼工绘画，幼时曾从西太后画师缪女士学习，长大后，常入故宫遍览名作，每日临摹，孜孜不倦。其画风近郭忠恕，笔墨痕迹淡远欲无，而秀韵入骨，实为文人画之正宗。"③ 这些积累在她的创作中时有表现。善于对景物做描绘，色彩丰富，层次鲜明，多以景物映衬人物心理世

---

① 有关布鲁姆斯伯里集团尤其是朱利安·贝尔和凌叔华的交往，学界研究、描述甚多，比如〔美〕帕特丽卡·劳伦斯：《丽莉布瑞斯珂的中国眼睛》（Lily Briscoe's Chinese Eye），上海书店出版社，2008；俞晓霞：《精神契合与文化对话——布鲁姆斯伯里集团在中国》，博士学位论文，复旦大学，2012；等等。另，赵毅衡《伦敦浪了起来》（人民文学出版社，2002）、《对岸的诱惑》（四川文艺出版社，2013）二书中亦有记载。
② https://www.amazon.com/AncientMelodiesHuaLingChen/ dp/0876637519.
③ 陈学勇编《中国儿女——凌叔华佚作·年谱》，上海书店出版社，2008，第 255 页。

界，融情于景。同时，她还善于用画家的眼睛来透视所处的环境。钱杏邨在评价《花之寺》时指出，"她应用绘画上素描的方法，来表现以上的种种人物，风格朴素，笔致透逸。"[①] 当然，绘画手法、画家眼光和身份气质在跨媒介叙事中的作用和影响如何，值得深入探讨。不可否认，凌叔华、蒋彝、张爱玲等现代汉英双语作家确实具备了多样的文艺才能并且在他们的作品中时有表现。中国画技法中的基本功，描摹、写意、着色等虚实相生、动静结合的手段，呈现在文学作品中，就有诗情画意、镜头感、蒙太奇等效果。

对国画的理解较突出地反映在《我们怎样看中国画》一文中。该文特别指出了解读中国画的要点，包括对中国画中的人物、山水画法的理解，对中国画哲学旨趣、文人趣味的思考，对诗画同源的看法，都是颇有见地的。中国画又可以借助具体可感的形象来抹平语言障碍，构成交流的渠道和桥梁。凌叔华的绘画与蒋彝的绘画不同之处在于，她的绘画与文学作品关系不甚紧密，或者说它们各成一体。只是在某些特定的场合，才会统一起来，比如前述 *Ancient Melodies* 中作家自己的插图绘画，就极好地配合了自传小说情节发展的需要。

第二节　杨刚：为革命鼓与呼的"红色才女"

杨刚（1905～1957），湖北沔阳人，原名杨季徵。

作为一位坚贞的革命志士和优秀的现代汉英双语作家，杨刚的创作可以从两方面进行论述。

一　以底层百姓尤其是女性苦难为创作素材的作品，在揭示封建压迫、剥削和阶级仇恨、性别歧视的过程中，表现出了强烈的爱憎，对包括自身在

---

① 钱杏邨：《关于凌淑（叔）华创作的考察》，载黄人影编《当代中国女作家论》（再版），上海大光书局，1936，第 260 页。

内的苦难大众生活有着痛彻心扉的认识，有着基于人道主义、个性主义的理解感受和基于民族大义的爱国热忱。这以《肉刑》《生长》等写实主义小说及《沸腾的梦》《东南行》等新闻（散文）作品为代表。

短篇《肉刑》以日记体的形式记述了 5 月 24 日至 30 日这 7 天内"我"生产的过程。把每天的身体反应——呕吐、疼痛，外界投来的白眼、吵闹和热闹，以"我"的心理视角，采用独白、转述等手段，进行了极其精细的刻画。"肉刑"可以视为双关，一者是女人怀孕所带来的各种生理痛苦，二者是在面对生理痛苦时所要面对的精神痛苦。尤其是男友青莫名其妙地消失之后，"我"也被当作犯人关进了监狱。该文把女人怀孕时痛彻心扉的苦痛展示出来，具有强烈的震撼力。从中我们还可以看出杨刚在创作起始阶段就具有的艺术禀赋，以及对底层民众的苦难敏捷的感悟力，对阶级压迫、阶级剥削天然的反抗精神，这些正是其日后创作所必需的。

短篇小说《爱香》中侯太太的使女爱香，生活在恐惧和无助之中，"她所见所闻的，都是些生面孔，恶声音；手掌常常无从预防的落在身上，梦境都使她提心吊胆……别的丫头们只受自己直接主人的折磨，爱香却是大家拿来泄愤和开心的工具"[1]。沉重的压迫导致了其任性的反抗——把被老太太虐待的愤怒在一瞬之间转化为对其小孙女的复仇行为，用其渴望已久的豆饼（无意之中）了结其性命。这种复仇方式似乎有其合理性——一个人，哪怕是地位卑微、可以任由别人践踏和支使的下人，也一样拥有自己的尊严和权利；如果这种权利被非法地、野蛮地剥夺，他/她自然会予以反抗。"但是也好，活着吧。倚着这仇恨来活下去，虽然是磨灭自己，但是有眼睛的仇恨，必然会领着自己到底去报复一切该报复的！偏偏要活着，为的仇恨。"[2]所以，爱香的反抗是源自本能的，她发泄愤怒的手段依然遵循丛林法则。

《桓秀外传》中，作家把农家少女桓秀婚前的幻想与婚后的屈辱做了鲜明的对比。在她梦想嫁给那个"胸脯像小土山那么隆起……大腿也是又红

---

[1] 杨刚：《爱香》，见《杨刚文集》，人民文学出版社，1984，第235页。
[2] 杨刚：《爱香》，见《杨刚文集》，人民文学出版社，1984，第240页。

又黑的……两条腿那么一颤一颤的振动……那黑黑的腿面上长满了长毛"①的男人（长工根生）而不成后，生活的悲剧就与她如影随形了。这是宗法制社会中心怀幻想的农村弱女子必然面临的屈辱、迫害、心酸和苦难的共同命运。

1943 年发表于《中原》杂志上的短中篇《生长》，是一篇比较重要、具有承前启后意义的小说，充分显示出了作家驾驭复杂事件的叙述能力。小说以维明和秀梅两个弱女子的"反抗"为主线，有意识地刻画了人物性格中的几个层面，特别是她们内心的波动、她们性格中的刚强和软弱。面对强权，她们反抗过又失败了。显然，这种借助事情的复杂性来写出人物性格发展变化的手法，比起单纯地描写一个片段或一个层面来，更能显示作家创作技巧上的提升和创作思想上的成熟。

把生活的复杂面比较真实或接近真实地展现出来，是作家特别是优秀作家的标志之一。在该小说中，作家围绕事件——维明帮助秀梅出逃，设计了几个节点。1）早晨九点多，维明到秀梅家告知帮助其找到了堕胎医生的消息。2）中午时分，维明被秀梅的丈夫刘正仁调戏。维明反击刘正仁。维明和秀梅二人商量好为后者找到情人朱星祥并私奔。3）晚上七点多，事情败露。4）晚上九点多，维明被宪兵队以"扰乱家庭，散布谣言，危害战时紧急治安法令"的罪名抓走。作家把叙述集中在十几个小时内，她围绕着被汉奸刘正仁强迫成婚的秀梅展开的故事意图说明强权是如何欺凌弱女子的，维明全力协助秀梅的反抗意图说明弱女子也绝非可以任人宰割。所以维明被抓前说的那句"刘正仁，好，你狠，看你狠得过全中国的人"②就具有了非同一般的力量，也可以看作沦陷区受压迫、受奴役人民的共同呼声。这句话借助维明之口说出来，还具有其他的意义。一者在于身为弱女子的她敢于反抗强权，二者在于她对自身乃至女性命运、国家民族命运有着非常深刻的认识。但这种认识和反抗又与前述那些女性的抗争很不一样，维明不是为自

① 杨刚：《桓秀外传》，上海古籍出版社，1999，第 59 页。
② 杨刚：《生长》，见《杨刚文集》，人民文学出版社，1984，第 294 页。

己，也不是出于本能（母爱），而是基于义愤、对秀梅命运的同情和对其丈夫刘正仁的极端厌恶才铤而走险的。这一人物的刻画可以被视为杨刚创作思想逐渐走向成熟的标志。大约写于抗战后期的作品《遗稿》（原文无标题、无创作时间）刻画了抗战形势的变化在几位大学生心中引起的思想波动。

如果说杨刚的小说创作是在用小说这一文体来揭露底层社会中的种种不平等和可恨、可厌的生活以唤起读者，主要是青年人起来抗争的话，那么她的散文（通讯、特写）就是用直白的形象、通俗易懂的语言鼓励人们起来抗争——争人权、争国家民族的生存权。

在散文集《沸腾的梦》的《序》中，杨刚说道："但我却以我生命的真实担保，我见到了一股真切如火样鲜明的大力，象彩虹的长带盘旋不尽的在我民族头上团团转动，它溶入这攘攘熙熙，滔滔不绝的浩大人群里，结成了一颗伟大的创造的心脏。我见这鲜艳心脏登在生命的风轮上拉起全个世界奔掣前进，风轮下飘发着烈烈的火焰。"① 杨刚就是以这种昂扬的斗志和奔腾的心态来完成她的系列散文创作的。

她对整个民族为正义而斗争的命运有着自始至终的关注，如《五月——民族斗争的顶点》《沸腾的梦》《北平呵，我的母亲》等。在这些文章中，杨刚或者讴歌了普通百姓面对入侵日寇的精神觉醒，或者赞美了敢于抵抗残暴凶狠敌人的伟大力量，或者吟咏了那些面对蹂躏与威胁而不屈服的灵魂，或者呼唤人们起来反抗侵略者，要求还我河山、血债血偿。她同时不忘对中华民族力量及其不可战胜的精神进行讴歌，如《北风》《一九三九年第一天的上海》等。她或衷心祝愿中华民族能够从灰烬中涅槃再生，或把中华民族喻为北风并赞美其威力。或把每一个个体喻为星星，"用自己的能力当启示，作为永恒光明的保障"。② 或颂扬为了理想而不屈奋斗的革命者（中国共产党及其所领导的工农红军），或借助对大都市上海的观察来发现其中蕴含着的光明前景。

---

① 杨刚：《沸腾的梦》，见《杨刚文集》，人民文学出版社，1984，第77页。
② 杨刚：《星》，见《杨刚文集》，人民文学出版社，1984，第91页。

通讯报道《东南行》是杨刚与澳大利亚人贝却敌（Wilsred Burchett）以记者身份前往浙江、江西抗战前线和福建战区所做的采访报道，收录有14篇文章。包括《万物无声待雨来——记赣东前线》《请看敌人的"新秩序"》和附录。这些通讯特写既有边走边看、观察记录的性质，又显示了鲜明的永不言败、永不言弃的革命热忱，可以看出作家观察视角的敏锐和独到，以及自信与豪迈之情。

比如，在记述了赣东的战事后，她放眼国内外时局："顿河两岸，莫斯科中原正在紧张，敌人似乎在期待着，我军似乎也是有所期待。飒飒秋风，为时不久。万木屏息，暴雨如何？"① 又如在记述了自发组织战地服务团的中正大学经济系教授姚显微（及几位学生）之死的过程后，她感慨道，"死者是寂寞的；他们在战场上流离转徙，终于不得其用而被害。怅望着一苇可航的赣江，竟不能渡过民族热烈的灵魂。我们对着这些照耀青史的丹心，无宁是负咎更为适当吧。"② 作者对于他们的死，一面是感叹——没有人交给他们战地的防身知识和本领，检讨他们战地遇敌殉难的经过；另一面又指出当前战争教育的缺失。这种夹杂着反省的特写，比一般化的报道更有价值，更能发人深省。《请看敌人的'新秩序'》一文把作者走过的几个地方——崇仁、宜黄、南城——的所见所闻描述下来，构成了实录性质的报道，同时也给出了相应的建议。如文章记述了崇仁县在经过敌人大搞破坏以致疫病流行的情形后，说道："腐尸两周不能掩埋，腐烂的食物，淹死了无数人停尸河中的河水都是病源，加以敌人沿路抢猪、抢牛，只割食一小块，就把余尸丢下井中，井水都中毒。逃难人在热天行路或躲在山中，什么水都喝，以致病人满城。"③ 她以笔为旗，不断呐喊、呼吁，希望让所发现的问题有一个合理的解决。

从通讯《福州行》中我们很能看出作者创作的功力和特点。她先从自己到福州的路上写起，然后介绍了福州的基本情况，从地理、军事角度交代

① 杨刚：《东南行》，桂林文苑出版社，1943，第7页。
② 杨刚：《东南行》，桂林文苑出版社，1943，第25页。
③ 杨刚：《东南行》，桂林文苑出版社，1943，第30~31页。

了福州的地位，又介绍了海盗之患，最后指出军事当局应该尽早剪除该股匪患。《旅行的灾难》以生动的笔触交代了自己与贝却敌二人在采访途中的各种遭遇，历数了种种磨难，但作者依然不忘初心，还在结尾发出感慨："整个战时的旅行使我深深地感觉到我们像一架失枝脱节的巨大机器。念着前方将士碎体流血的艰难，看着后方如此的失枝脱节，霉腐阴沉，一阵阵强烈的火焰焚烧着我的内心。成为民族的生命的人们，请你们用有力的巨掌，抛出雷霆!"① 杨刚一贯的热血心肠和强烈的社会责任感于此表露无遗。

创作于1951年"三八"妇女节的《美国札记·前记》既抨击了美国虚伪的"个人主义"和"自由主义"，为底层人民和被压迫者鸣不平，又高扬年轻的人民共和国的志气。结合中国人民志愿军抗美援朝的英勇壮举褒扬中国人民，作者特别指出，"愈知道敌人的丑恶，就愈会认识自己的优美可爱处。"②

《美国札记》共收有《悼史沫特莱》《死在美国战争政策下的马蒂逊》等14篇，仅有4篇写于美国学习生活期间。这些作品可分为两类。

第一类，对美国政治制度和社会制度不合理处和阴暗面进行不留情面的批判和揭露，以适应其时需要，带有比较明显的意识形态色彩。《悼史沫特莱》是作者对史沫特莱的回忆文章，主要记述了自己与她的几次接触，以及史沫特莱为了人类的正义、进步事业勇敢斗争的过程。并抨击了迫害史沫特莱的美国反共机构和人士。《死在美国战争政策下的马蒂逊》和《在美国的"自由"》深入揭露了美国资产阶级民主传统的式微及其制度的虚伪性。《在美国的侨民》《关于威尔逊总统轮的一个报告》既为中国侨民的遭遇鸣不平，又发出了希望中国早日强大起来的呼号。

第二类，对美国人民生活情况、地理历史形势的介绍和评述。《美国与德国》一文是对两个国家二战后外交关系的分析，专业性、学术性较强。《美国农村生活一角——在明尼苏达》近似于调查报告，描述了走访明尼苏

---

① 杨刚：《东南行》，桂林文苑出版社，1943，第131页。
② 杨刚：《美国札记》，世界知识出版社，1951，第2页。

达州几个乡村的情形，指出当地农村生活便利的同时也介绍了美国民主制度分裂选民的事实真相。整体上看，一方面，《美国札记》中的政论文（调查报告）对美国上层建筑的腐朽进行了批判，指出其阶级压迫、政党政治、经济制度的实质。在今天看来，这些文章依然有不少合理的地方。当然，由于中华人民共和国成立前后杨刚的工作身份和对内宣传动员的需要，这些文章也有不少言辞激烈之处，甚至带有檄文的特点，这也与国内国际形势变化紧密相关。另一方面，杨刚对美国山川风物、内政外交的介绍性文章，又为当时的国内民众提供了了解美国的一扇窗户，有助于国人认识外部世界。

可以说，杨刚的中文创作中一直贯穿着两条主线。一是爱国主义。因为爱国，她自觉地在创作中把人民遭受的苦难作为自己描写的对象，借助文学作品或新闻作品传播出去，让更多的人知晓。她感同身受，"饥寒而悯人饥寒"，因此其作品绝非泛泛而论，而是站到了被压迫、被剥削民众的中间，主动成为他们的代言人，这类作品常常令人感受到痛彻心扉的寒凉和深至骨髓的悲哀。因为认识到只有共产党才能救中国，所以她的小说最后总是给予受众希望，总是让人能够看到隐约出现的光明。散文及新闻作品中对现实的敏感也来得真切而热烈，不断的反抗中蕴含着执着。唯有为国为民真心呐喊的灵魂方能著出不朽的雄文。二是反抗精神。她的系列小说中最常见的主题就是"反抗"，甚至是"绝望中的反抗"，无论主人公地位如何卑微，激于义愤之后总是避免不了反抗。她的诗歌也是如此。反抗各种暴力、强权、压迫、侵略之野蛮行径等外在力量，也反抗命运带来的绝望和内心的懦弱、平庸、世俗、自私等各种内在的力量，进而呼唤和平、呼唤美好而幸福的生活，获得内心的安宁。

二　对所处角色身份及其转变的质疑批判和中国大时代的理解，乃至于对中国社会变革、中国文化传承的思考，起到了向国外介绍中国社会变迁、沟通中外文化的桥梁作用。这以英文小说《一个年轻的中国共产党员的自传》《日记拾遗》《挑战》为代表。

遗作《一个年轻的中国共产党员的自传》通常认为写于1931年。原稿是1979年萧乾访问美国时，在印第安纳大学菲利普·魏斯特教授协助下，从原燕京大学教授包贵思的遗物中发现的。① 该文仅有两节——《童年》和《狱中》，大致交代了自己的家族渊源、家庭历史和成长经历，共包括了求学（私塾——大学）、参加革命、被捕及其狱中磨难等内容。萧乾在《杨刚与包贵思——一场奇特的中美友谊》一文中对杨、包二人保持了二十年左右的，超越了师生、种族、阶级、党派和信仰的感人情谊进行了比较完整的叙述，具有很高的史料价值，是了解中华人民共和国成立前杨刚的文学创作与革命事业紧密交织情况的一篇重要文献。包贵思对杨刚的帮助以及二人围绕各自立场的交流讨论乃至交锋，从中可以见出杨刚对革命事业的执着、忠贞，其革命精神也已经渗入血脉，成为她生命中不可或缺的一部分。因此，讨论该文可以寻绎出杨刚借助英语媒介试图向外传达的主要信息。

这里有几点值得注意。第一，1928 年杨刚进入燕京大学，1931 年正是英文系大学三年级的学生，她参加了"五一"节游行并被捕，受酷刑折磨，最后因为阎锡山的垮台而获释。这与她在《狱中》所写的情况基本吻合。第二，杨刚的革命意志和革命精神。她一生追求真理、追求进步，以笔为枪、以笔为旗，其起点在于年幼时即培养起来的痛恨滥用权力、反抗暴虐、追求真理的精神，而不断斗争的经验也使她愈发意识到自己的责任，意识到共产党主张的正当性和合理性，这也是她最终加入中国共产党、不计较个人得失荣辱并为之奋斗终生的思想根源。

"遗作"与出版物（已发表作品）的不同之处在于，前者在作者生前没有机会被广大受众认识和接受，处于非公开状态（潜在状态），原因大致有二。其一，缺少条件。或者作家认为其创作成熟度不够而不愿其作品被公开；或者囿于时势，作品不能被广大受众所接受；或者囿于严酷的社会环境，作品的出版会为作家本人或亲族带来祸殃。其二，缺少机会。作品无论属于已完成还是处于未完成状态，因为作家离世、迁徙（移居）而弄丢原稿，或作家创作（工作）目标转移后淡忘使作品本身不再被关注，若干年

---

① 该说法可以参见《一个年轻的中国共产党员的自传》脚注，见《杨刚文集》，人民文学出版社，1984，第 509 页。

后成为悬案。一旦有了相关条件，原稿又会被发掘、发表或出版，重新唤起受众对作家的记忆，使学术界对该作家的研究热情复活。文学史上这样的例子屡见不鲜，最著名莫过于司汤达的《红与黑》。遗作是一种文化记忆，同样具有文化传承的功能。从研究的角度看，遗作所具有的功能与非遗作（正作）是同等的，但它因为"横空出世"更容易获得阅读热度和受众效应，一些知名作家的遗作更是如此。它们的出现，会对已经或正在定型的文学秩序形成新的冲击，会唤醒"铁杆粉丝"群体的特定记忆，也会对研究者关于该作家创作风格、创作特征的论说形成影响，产生放大效应，在一定程度上改变了受众的文学认知。其在文学消费环节也有不可忽视的作用。以此而言，"遗作"具有的再认知功能可以被视为对作家文化地位和文化身份的重新确认，其表征的文化意义与文学史意义也可以从中得到说明。中国现代汉英双语作家中，除了杨刚有遗作外，蒋彝、张爱玲等人亦有。

《一个年轻的中国共产党员的自传》可以视为"遗作"*Daughter*（中文本译为《挑战》）的创作预演。两篇文章的类似之处在于自传性——对家族史、个人成长史与革命史的述说，以及写实主义的风格和文化内涵。

Fragment from a Lost Diary 是杨刚受 *Living China —Modern Chinese Short Stories*（《活的中国》）一书的主编、当时的燕京大学教师埃德加·斯诺（Edgar Snow）邀请而创作的短篇小说，与《日记拾遗》比较有不少差别，具体如下。

第一，内容上的改写改译。试举几例。1）对"我"呕吐原因的叙述，英文版为："I know well enough how inconvenient a thing I am. What small regard the female womb has for the 'historic necessities'! It is its own history and its own necessity! It is the dialectic reduced to its simplest statement. What generosity of nature to make me this gift of the 'illness of the rich' at just such a time."① 中文版为："我知道这富贵病，在这样的日子发生，增加了当前的

---

① Edgar Snow, *Living China—Modern Chinese Short Stories*, New York：Reynal & Hitchcock, 1937, p. 302.

情势许多想象不到的麻烦。"① 显然后文要简练得多，删去了不少赘语和议论。2）叙述生活之窘困。"The boy hasn't cleaned our room for several days. Probably this is because we haven't paid the rent（four dollars a month!）since March. The wall-paper is cracked, and a corner of it hangs from the ceiling. Dust and cobwebs drop from it. Rats run back and forth in the bamboo rafters. Sometimes one of them, in a fight, tumbles down to the earthen floor. It has to lie there till Ching returns. I myself cannot get up, however nauseating the sight and smell of the creature may be. Everything in the room is covered with dust, blown in through the open door—open to anyone who wants to gape in from the courtyard. Spiders work back and forth. I look at them, entranced, as they crawl even up to my bed, and spin their silvery threads in the sunlight. They are at least *alive*. They are the only companions I have. They help me to forget the oppressive loneliness and agony of this dreary May day."② 中文版为："我们已经有两个月不能缴纳四元大洋的房租了。伙计早已停止来打扫，整个屋子完全变成个荒废的破土地庙，糊顶棚的白纸掉下一大块来悬挂在半空中，纸上面又吊下许多尘丝；房顶泥块随时掉下来撒下满地的尘泥，老鼠在上面打架，冷不防一摔下地，鼠尸就和泥块滚在一堆，只好让它在屋里被五月的天气蒸得发臭，等晚上青来拖出去。屋子里一切东西都堆上一层尘土，蜘蛛到处布网，在我床上大大方方爬着工作，似乎要把这空屋子用蛛网充实起来；除了我自己的呕吐声外，也仗这蜘蛛和老鼠来刺破这一屋子坚实的寂寞。"③ 3）对人物的描写。英文版为："Lao Li has been here and has brought news of Ching! It is, of course, as I feared. His thick brows were locked under his broad forehead, and I knew before he spoke what had happened. He came in, nodded his head in

---

① 杨刚：《肉刑》，见《杨刚文集》，人民文学出版社，1984，第 215 页。

② Edgar Snow, *Living China—Modern Chinese Short Stories*, New York: Reynal & Hitchcock, 1937, pp. 303 – 304.

③ 杨刚：《肉刑》，见《杨刚文集》，人民文学出版社，1984，第 216 页。

greeting, and simply said,'En!''What is it?''Ching has been arrested.'"①中文版为，"老李那张总是笑笑的红的脸，带来了不好的消息。这个人的宽额和浓眉都皱着，长眼角斜伸入鬓边去。一进门就摸摸肚子，冲着我一点头说：'嗯！'我摇摇头。李！我准备着听你所要报告的消息。一个快要淹死在自己的思虑里的人，见什么都想抓一把！"②类似的改写改译处还有不少。③结尾处，英文版写到五月二十八日搬家前，中文版写到了五月三十日监狱中。英文版的日记体格式有日期、天气状况和对当天事件的补叙，中文版仅有日期。改写改译一方面是要面对不同受众的阅读需求和阅读习惯而做出，另一方面又是对表述思维、技巧、结构和内容上的再次调整。借助这样的二次创作，作家对同一题材的不同思维把握、同一内容的不同语言表述、同一创作思路的不同结构调整多了一次整体的观照，这可以强化作家创作的文化意义。

第二，内涵上的区别。《日记拾遗》对国民党反动派抓捕共产党员的过程和细节有比较丰富的描写。如，"李太太……嫁给这个从事革命工作的丈夫……老李为革命工作忙得不可开交，身上几乎一点钱都没有。他经常被迫撇下妻子，转入地下，一走就是几个星期，甚至几个月之久……就在这当儿，老李和他妻子双双被捕了，娃娃也一道被关进监狱。十天的牢狱生活，任何娃娃都会送命。他们的娃娃也死了。"④《肉刑》则为："最后一次，为了她，老李请假去海滨，他们用尽心力和物力，结果居然胜利的生了一个小宝宝，养到了七个月，长得又白又胖，会笑会叫了。但是就象命运是他们的

---

① Edgar Snow, *Living China—Modern Chinese Short Stories*, New York: Reynal & Hitchcock, 1937, p. 312.

② 杨刚：《肉刑》，见《杨刚文集》，人民文学出版社，1984，第220页。

③ 对本书中的"改写改译"说明如下。一，改写是指作家基于某种原因对自己已经完成或者发表/出版了的作品进行了较大幅度的改动和书写。改译是指作家把其作品从一种通用语言翻译为另一种通用语言（本书中的通用语言指汉语—中文和英语—英文），在内容上有较大幅度的增删转换。二，鉴于同一作家把自己的同一部（篇）作品从一种语言翻译成另一种语言时改写和改译往往同时发生，所以改写改译也经常并列使用。

④ 杨刚：《日记拾遗》，（美）埃德加·斯诺主编《活的中国》，文浩若译，湖南人民出版社，1983，第324~325页。

死敌，正在这白胖好玩的时候，孩子就跟他爸爸妈妈一齐被拉进监牢去，不到十天，这才满七个月的婴儿就死在狱中。"① 凡是有关革命、斗争情况的描写，中文版都比较简略，或者以隐讳手法进行表述。显然，英文版是要让欧美读者直接了解中国的社会情形，所以不仅不需要讳饰，反而要进行清楚的表述——反动派对革命无情的镇压、对革命者及其亲属残酷的迫害，等等。中文版只能是闪烁其词地交代，这既是规避国民党书报检查制度的需要，也与作家的革命意志坚定、思想愈发成熟和革命斗争相较以前更加复杂严酷有关。

总体来说，《日记拾遗》和《肉刑》是杨刚双语创作一次比较成功的尝试，她娴熟地运用两种语言，在其间进行了流畅的切换，同时也赋予两部作品不尽相同的内涵，为之后的双语（非同一题材）创作奠定了基础。

1944 年杨刚创作了长篇小说 *Daughter*②，副标题为 "*An Autobiographical Novel*"，编译者定其名为《挑战》。该书共有八章，主要描述了 1924 – 1927 年黎品生告别私塾到女校读书时遇到了国民革命军北伐、父亲被捕后其设法营救，后与家庭彻底决裂并参加革命的过程。主线是女主人公的成长经历，从两个方面展开，"一方面它以大量篇幅揭示了女主人所出身的豪门望族的兴衰，另一方面则着重地展现男主人公所出身的贫农阶级所遭受的屈辱和苦难"。③ 自然，译者和编者所拟定的全书题目或可商榷，但不能否认该书所具有的价值。对该书的分析主要关注以下两点。

其一，对中国女性个体革命史的书写。不同于以前的革命史书写，杨刚从自我成长的角度来论述和确证了中国革命的艰辛和复杂。在家族政治系统中，个人尤其是女性处于弱势甚至卑微的地位，女性在家族系统内部的挣扎、反抗乃至复仇浓缩了中国女性个体辛酸，或者说在斗争中不屈不挠成长

---

① 杨刚：《肉刑》，见《杨刚文集》，人民文学出版社，1984，第 222 页。

② 该书的打字原稿是杨刚本人交由奥尔加·菲尔德（Olga Field）夫人保存，1978 年菲尔德夫人病逝，其丈夫清理遗物发现此稿，交还给杨刚的女儿郑光迪。全书第四章无标题，总标题也未确定。1987 年《上海文学》全文发表了其英文版本。

③ 杨刚：《挑战》，陈冠商译，人民文学出版社，1988，第 424 页。

的历程。对于生长在封建家族宗法制环境中的任何一位女性来说，个人的意义都是微不足道的，她通常无法获得通向未来理想世界的通行证或钥匙，能做的就是在闺房中待嫁、在家庭中终老，相夫教子，以一定程度的屈辱换取好名声，以个人卑微的人格、性命保存家庭或者家族的荣誉，进而获得家族后世的"赞誉"。

小说中品生的反抗特质尤为突出——她不甘于平庸世俗的生活，对外在世界特别是变动中的大世界的种种思考、好奇和理解，使其获得了探寻未知世界——身外本不应该获知的世界种种变化的动力，不仅勇敢地投身于革命洪流，参加游行示威，而且还对自己家庭的一系列变故进行深沉的反思，把其转化为对自己阶级立场的深刻理解和实践行动，以革命者的姿态获得艰难的蜕变。与巴金长篇小说《家》中的觉新类似，品生从曾先生任教的私塾到林德格伦（Lindgren）教会学校就读，再到与德伯雷教会学校的男生、后来成长为革命者的林宗元恋爱，复到对其父亲的理解、亲近和营救行动，又到自己与家庭的痛苦决裂，其间的每一个行动，无一不是对女主人公的挑战。但不得不说，正是这样的挑战才使她化蛹为蝶、破茧成蚕，该部小说的自传性色彩也才得到真实和准确的体现。推而广之，那些从豪门望族、巨富人家或小康之家走出来，在1920～1930年代走上革命道路的革命者尤其是革命女性的心路历程也可以借助该小说得到印证。毕竟，在1949年以前，类似《挑战》这样直书女性个人成长史的作品并不多见。

其二，跨文化传播。*Daughter* 一书作为"遗作"，其创作的初衷与《一个年轻的中国共产党员的自传》是一样的，即为了让更多的英语受众了解中国、认识中国革命、认识中国共产党的情怀，消除误解、增加互信。据记载，杨刚1945年到美国后，除了从事采访报道外，还积极向美国知识界宣传中国抗战情况，团结广大侨胞和国际友人，争取他们支援中国抗敌御侮的斗争。她还参加了中国共产党留美党员工作组的领导工作和组织中国民主同盟美洲支部的工作，在纽约从事新闻与国际统战工作。[1] 龚普生在写给萧

---

[1]　杨刚:《杨刚文集》，人民文学出版社，1984，第582页。

乾的信中也确认说："杨刚同志当时曾向美国报界、文艺界及一些研究远东问题的专家学者做了大量的宣传工作,揭露美蒋勾结发动内战的罪行,争取他们支持和同情我国人民的斗争。……她工作严肃认真,作为《大公报》的特派员写的许多报道,都是经过深入调查,长期研究的。"① 作为记者和新闻人,她的工作已如前述,成就斐然。遗作 *Daughter* 创作之时,一方面,国内形势在抗战胜利后剧烈变化,中国面临着"两种前途,两条道路"的抉择,国民党反动派的内战图谋及其一系列行动,无疑加深了一直以来积极追求和平、民主与进步的杨刚的忧虑;另一方面,不少抹黑中国共产党的报道在美国大行其道,非常有澄清真相的必要。

从这个意义上看,小说中的 Daughter 不仅是黎家的女儿,更是人民的女儿、党的女儿,告诉受众"女儿"的成长经历、思想变化与一系列事实教训的关系。基督教信仰与革命信仰的对垒,面对倒在枪炮下的血淋淋生命时革命信念的动摇,亲情与革命理想的撕扯,对各种阻碍的克服——尤其是她借助来自内心和外界力量摆脱羁绊后获得的"新生"。凡此种种,无不体现着作家对革命及其革命者的礼赞。故此,可以说,杨刚的 *Daughter* 一书所打算完成但并未完成的跨文化传播,虽然令人遗憾,但亦为她的"红色才女"称谓添上了浓墨重彩的一笔。这不仅体现出其铮铮铁骨的炼就过程,更体现出她柔情和幽静娴熟的一面。

第三节　张爱玲:从红遍上海到流亡异邦

张爱玲(1920~1995),祖籍河北省丰润县,上海人,常用英文名 Eileen Chang。

为论述方便,本书将张爱玲的创作历程划分为早、中、晚三期,分别以 1952 年、1978 年为两个时间节点。即 1952 年以前为早期,1952~1978 年为中期,1978 年后为晚期。其创作可从以下方面进行分析。

---

① 杨刚:《杨刚文集》,人民文学出版社,1984,第 548 页。

一　对都市小人物及其生活环境的精思傅会，对沦陷区上海市民阶层社会心理的深度揭示，从人情、人性和人际关系的角度深刻细腻地书写了他们的悲欢离合；创作重心是小人物、小事件。此方面以《金锁记》为代表，还包括了 *Chinese Life and Fashions* 在内的部分英语作品和《异乡记》等遗作。

1943 年初开始，张爱玲为英文杂志 *The XXth Century*（《二十世纪》）写过多篇文化散文，包括 *Chinese Life and Fashions*、*Still Alive*、*Demons and Fairies* 等。其中 *Chinese Life and Fashions*（附有作家亲手绘制的服装画作 12 幅）集中展现了作家对清朝以来的服装特别是时尚女装变迁史的理解，体现了她良好的美术修养和文化素质。[1] 如果说该文主要属于介绍性质的话，那么其改写改译之作《更衣记》就注重剖析中国文化尤其是中国人性格与服装之间的联系，"时装的日新月异并不一定表现活泼的精神与新颖的思想。恰巧相反，它可以代表呆滞。""我们各人住在各人的衣服里。""人生最可爱的当儿便在那一撒手吧？"[2] 频现的金句足以见其思想之活跃与理解洞见之深刻。

Still Alive（后改写改译为《洋人看京戏及其他》）一文从外国人看京戏引入，介绍性地评述了中国人的国家观念、中国人的性格（国民性）与中国舞台剧（京戏）的关系。在《洋人看京戏及其他》中，她删除了常识性介绍的内容，结合若干京戏曲目进行评议；把 *Demons and Fairies* 改写改译为《中国人的宗教》，彰显了作家在两种思维习惯和表达习惯中的自如游走。英文版多注重介绍和普及中国文化的工作，通过换位思考，把握英语受众最感兴趣的问题来进行细节的勾勒和描绘，不做过多的发挥。中文版则尽量从历史中引出现实问题，加以适当提炼和升华，从细小的问题入手，引导受众在国民性、文化观等诸多方面获得较深的感悟。

---

[1]　学者邵迎建经过细致比对认为，张爱玲的 *Chinese Life and Fashions* 一文与许地山 1939 年 11 月在香港大学所做的演讲《近三百年来底中国女装》一文（包括图片）有不少近似之处，从中可以看出初登文坛的学生张爱玲紧跟老师的步伐。参见邵迎建《女装·时装·更衣记·爱——张爱玲与恩师许地山》，《新文学史料》2011 年第 1 期。

[2]　张爱玲：《更衣记》，《流言》，北京十月文艺出版社，2006，第 62 ~ 66 页。

　　小说集《传奇》初版中收录了《沉香屑 第一炉香》《沉香屑 第二炉香》《茉莉香片》等 10 部小说。一个月后的再版本加入了《传奇·再版的话》，1947 年出《传奇增订本》（上海山河图书公司出版）又加入了《红玫瑰与白玫瑰》等 5 部小说及前言《有几句话同读者说》和跋语《中国的日夜》。《传奇》扉页上的一句话"在普通人中寻找传奇，在传奇中寻找普通人"基本上道出了该书的写作思路。这一思路与她针对迅雨（傅雷）的批评文章《论张爱玲的小说》的答辩文《自己的文章》中提出的观点极为相似："我甚至只是写些男女间的小事情，我的作品里没有战争，也没有革命……而描写战争与革命的作品也往往失败在技术的成分大于艺术的成分……真的革命与革命的战争，在情调上我想应当和恋爱是近亲，和恋爱一样是放恣的渗透于人生的全面，而对于自己是和谐。"① 在张爱玲看来，战争与革命属于"力"的较量一类的作品，虽然是不可或缺的，但也并非非写不可，何况战争与革命正是为了拥有和平美好的生活环境。

　　中篇小说《金锁记》叙述了卖油女出身的曹七巧在姜氏大家庭中生活一辈子的故事。她工于心计，为人刻薄寡恩，逼死儿媳，害得一对儿女染上鸦片瘾而无法过上正常人的生活；她看起来是个"杀人不眨眼"的家庭魔王了，这是"彻底的"。但事实上，作家对她仍然怀有悲悯之情——曹七巧是被封建家族制度"塑造"而成的"这一个"，并非自愿形成的。所以，她的心理压抑和性苦闷之后的发泄，以及分家之后她在自己王国中的种种表现就有了合理的解释。与之相似，《沉香屑 第一炉香》《沉香屑 第二炉香》《茉莉香片》《心经》等 4 部小说都可以看作《金锁记》的"前世"，是女性欲望（性苦闷）的合理或不甚合理的表达（《第二炉香》中愫细看起来不懂性，但她的性欲其实是被约束和禁锢的），其后果就是或者泯灭亲情人伦，或者伤害至亲而陷入情感上的劫难，或者害人终害己。作者对封建宗法制社会中赖以维系国家的支柱——道德系统的糜烂进行了无情的揭示。另外，这些小说中的主人公所追求的生活一开始并不过分，他们无非是要正常

---

　　① 张爱玲：《自己的文章》，《流言》，北京十月文艺出版社，2006，第 15 页。

的、合乎所处时代标准的生活，但在内外环境的共同作用下，他们不可避免地跌落，甚至成为时代、社会的牺牲品。由此，张爱玲揭示了另外一个问题，即处于新旧社会之交的遗老遗少及在华洋杂处社会中生存的市民，不可避免地带有"原罪"——他们的结局就清晰地说明了这一点；同时，张爱玲笔下展现了市民阶层及其相关人物的日常生活故事——琐碎杂乱、平庸无奇，这些故事无外乎喜怒哀乐、生老病死。《红玫瑰与白玫瑰》借助中西文明怪胎、杂交品种佟振保与几位女性的交往揭示了他自以为是、装腔作势的大男子主义的可怕、可恨以及父权制下女性生存境况的悲摧——女人依然只能是有权势男人的玩物，完全无力主宰自身的命运。

《封锁》和《倾城之恋》是比较特别的两篇小说。前者借助一个特别的场景——沦陷区上海时常有的、再正常不过的、突然间的街道封锁，一对年轻人——吕宗桢和吴翠远的萍水相逢，来表现人心的不可通、人类心灵深处的孤独和与生俱来的隔绝，具有形而上的意义；后者借白流苏与范柳原无意之间的相逢，证明了现代文明的荒诞、虚无和感情的不可靠。两篇文章充溢着对人生、人情的深切思考。通过《传奇》，张爱玲建构了两个人物世界——女性人物世界和文化碰撞转型世界。前者书写了女性人物的各种悲戚命运和生存际遇，体现了作家的女性主义精神；后者对传统文化与现代文化、中国文化与西方文化、封建文化与殖民文化杂交下所产生的种种畸变流转做了精细独到的描述，尤其是对其受害者寄予深刻的同情和无奈的悲悯。同时，"张氏风格"的形成对她中晚期的创作有着不小的影响。

散文集《流言》，题名之意为"水上的文字"，大有随水而来、随水而逝之意。其中有张爱玲亲手绘制的插图若干幅，包含了散文《童言无忌》《自己的文章》《烬余录》等20余篇。其中《自己的文章》集中表述了张爱玲的文学观——参差对照的手法、不彻底的人物塑造手法、苍凉的风格、对人生安稳的钟爱；美学观——和谐；哲学观——"被抛弃"感。《烬余录》中注重发掘人在"香港之战"后的特殊体验——吃穿的乐趣，对人性和生死的看法也发生了根本的变化。"清坚决绝的宇宙观，不论是政治上的还是哲学上的,总未免使人嫌烦。人生的所谓'生趣'全在那些不相干的事。"①
"我们只看见自己的脸,苍白,渺小;我们的自私与空虚,我们恬不知耻的
愚蠢——谁都像我们一样,然而我们每人都是孤独的。"② 这些话道出了作
为个体的人、未加约束的人所具有的品性特征。

遗作《异乡记》(未完成稿)记述了"我"(沈太太)1946 年自上海到
温州乡下探望丈夫(胡兰成)的旅行经历,带有明显的写实色彩。其间一
路艰辛坎坷,不断换乘各种交通工具,包括火车、烧炭汽车、轿子等,见闻
了城市、郊区、乡村、山野各色人等的生活状态,对《秧歌》和《小团圆》
的写作具有极其重要的价值。如止庵所言,"笔记本里有修改的痕迹,很明
显可以看出是为《秧歌》改的。给一些人物改的名字,就是后来《秧歌》
里的人物名字……但从《异乡记》我们可以看到,其实张爱玲有丰富的农
村生活经验。从上海到温州这一路上她走了好几个月,沿途在农村留宿,有
的地方一待就是一个月"③。这部原来写在笔记本上、仅有 80 页的作品也被
不少专家看作是张爱玲最为真切的农村生活体验之作,是其"流言体"散
文的继续。

《十八春》(署名梁京)于 1950 年 3 月 25 日至 1951 年 2 月 11 日在上海
《亦报》上连载,之后由亦报社出版了单行本,为张爱玲的第一部长篇小
说。该小说以顾曼桢与沈世钧的爱情悲剧为主要线索,中间插入了顾曼璐、
祝鸿才、张慕瑾、石翠芝等和顾曼桢命运关联度高的人物的故事,以及顾曼
桢恋爱受挫、被强奸幽禁、生育后逃走、到东北解放区等故事,表现了乱世
中的有情人难成眷属、只有在新社会中才会有更好的命运这样的主题。其中
也通过主人公的视角表现了国民党政权的腐败、军队的滥杀无辜和共产党的
政治清明。考虑到张爱玲此前一直小心地远离政治的因素,有论者认为该书

① 张爱玲:《烬余录》,《流言》,北京十月文艺出版社,2006,第 34 页。
② 张爱玲:《烬余录》,《流言》,北京十月文艺出版社,2006,第 46 页。
③ 田志凌:《从〈异乡记〉看张爱玲有丰富的农村生活经验》,《南方都市报》2010 年 9 月
26 日。

带有向新中国试探和靠拢的投机性质①。围绕该书出现了好几篇评论，包括周作人的两篇②。张爱玲到美国后，对《十八春》尤其是结尾（"大团圆式的结局""光明的尾巴"）的处理深感不满，对其进行了改写，易题为《惘然记》，1969 年以《半生缘》为名由台湾皇冠出版社推出。在部分细节上也做了调整，比如叔惠不是去加入红军，而是出国留学；易名为张豫瑾的张慕瑾在六安工作和生活的情况（包括国民党的暴虐之描写）也被精简了，沈世钧也不再说出"我们真是太幸运了"一类的话语。于此可见张爱玲创作心态上的一些变化：在远离中国大陆的美国，她重新回归到内心，回归到自己所需要的创作自由之中。

　　二　张爱玲中后期的创作情况比较复杂，大体上是以历史小说为主，全方位地切入中国历史、革命、政治、战争和意识形态领域，重新回到中国记忆里，书写中国故事，完成中国论述。这包括 The Rice - Sprout Song（《秧歌》）、《色，戒》（The Spyring）、《对照记》等。

　　The Rice-Sprout Song 与《秧歌》属于同一题材的不同语言版本。故事从上海郊区的一户人家——金根和月香夫妇在"土改"中的经历入手，揭示了"土地改革"给包括他们家在内的农民生活带来了巨大的灾难性改变——农民的积怨在缴纳公粮时被引爆，月香放火烧毁粮仓，激发民变，他们的女儿阿招被踩死、金根在被追捕过程中重伤自杀而亡，月香也投河自杀。经过笔者仔细考核比对，并参考了美国学者高全之的看法，曾列出了二者之间的若干不同③。其中最重要的是如下几点。第一，在第十七章开头，中文版少了金花夫妇辨认金根尸体、路遇祭祀以致金花下决心为哥哥举办法

---

① 如金宏达认为，《十八春》的意义，不只是作者当时应时地写了一部通俗社会言情小说，而是标志着作者当时力欲做一次自我否定和上升，甚至是她企图带领旧的小说阵营对新社会做勇敢地投诚和靠拢。参见金宏达《再论〈十八春〉》，《平视张爱玲》，文化艺术出版社，2005，第 182~183 页。
② 周作人在《希特勒们》和《疲劳的小伙子》两篇文章中，或转引、或略评了《十八春》。转引自王进《流亡异邦的中国文学：张爱玲的启示》，博士学位论文，复旦大学中文系，2006，第 244 页。
③ 参见拙著《张爱玲改写改译作品研究》，中国社会科学出版社，2013，第 38~46 页。

事，以及谭大娘为月香上坟在心中祷告的部分，英文则交代详细。第二，重要细节的不同。大概有 20 余处，略举几例。第二章，金花结婚仪式后的"闹洞房"中文版无交代。对农村"妇会"的介绍，中文版略过不述。第三章中交代月香的心理活动："无论是军警、税吏、下乡收租的师爷，反正没有一个不是打他们的主意的。所以无论是谁，问起他们的收成来，哭穷总没错。"① 这也是村民在往常面对各种盘剥时的自然反应，英文版无。第十三章有关民众交纳公粮及民变的叙述，英文版中交代详细，中文版为："带枪的民兵退后几步，扳着枪托子重新装子弹。"② 闹事民众的反应："'妈的，你再放枪，再放枪——老子今天反正不要命了——'许多人乱哄哄叫喊着拥上前来，夺他们的枪。"③ 英文版无。

除了以上差异，张爱玲在给胡适的信中还谈道："最初我也就是因为《秧歌》这故事太平淡，不合我国读者的口味——尤其是东南亚的读者——所以发奋要用英文写它。这对于我是加倍的困难，因为以前从来没有用英文写过东西，所以着实下了一番苦功。写完之后，只有现在的三分之二。寄去给代理人，嫌太短，认为这么短的长篇小说没有人肯出版。所以我又添出第一二两章（原文是从第三章月香回乡开始的），叙王同志过去历史的一章，杀猪的一章。最后一章后来也补写过，译成中文的时候没来得及加进去……"④

短篇小说 Stale Mates（《五四遗事》）发表于 1956 年 9 月 12 日的 The Reporter 双周刊，以受"五四"新思潮影响的知识分子罗文涛在十余年间的恋爱——离婚——结婚——再离婚——再结婚（三美团圆）为故事主线，形象地论述了张爱玲对"五四"新文化运动的观感，在改写改译为中文后有一些新变化。在情节上，英文版注重交代文化差异性比较大的细节，对于复杂的人际关系如家族谱系、人物间的钩心斗角、双关语、深刻的文化蕴涵

---

① 张爱玲：《秧歌》，香港皇冠出版社，2009，第 39 页。
② 张爱玲：《秧歌》，香港皇冠出版社，2009，第 188 页。
③ 张爱玲：《秧歌》，香港皇冠出版社，2009，第 188 页。
④ 张爱玲：《忆胡适之》，《对照记》，北京十月文艺出版社，2007，第 94~96 页。

等就进行了简化处理，力求英语受众能够理解；中文版则注重文化内涵的揭示、文化寓意的生发。《怨女》和 *The Rouge of the North*（《北地胭脂》）同属《金锁记》的衍生品，也是同一题材的不同语言版本，其创作历程比较复杂。在 1956 年至 1968 年的十余年时间内，作者几易其稿、多次更换题目和体式。与中篇小说《金锁记》相比，长篇小说 *The Rouge of the North* 和《怨女》无论在规模、体式还是内容上都有了比较明显的变化。其一，开头、结尾。中篇小说《金锁记》开头的月亮意象及其意境非常精彩，富有诗情画意和想象力，又采用了"话本"小说中"引子"入话的方式，很切合"传奇"的特征；结尾简洁，铺陈少，又给人意犹未尽之感；英文和中文长篇开头都采用了比较平实的写景叙事方式，之后就切入正题，结尾采用了行动和心理描述收官。其二，结构和故事情节。《金锁记》以"分家"为界限分为前后两部分，长篇则用了三章的篇幅来对 Yindi（柴银娣）的婚事及婚后回娘家的情况做了细致描述，又用了四章来写她在姚家分家前的生活状况。对生小孩、满月礼、大家庭破落等状况都有细致描绘。英文长篇和中文长篇相比，在房屋外观、婚丧嫁娶等民情民俗、男女服装及发型发饰、对话和心理描写等诸方面都要更细致一些，解释性内容多。在文化内涵和复杂人际关系的描述上则趋于简单化。其三，文本内容。改写改译后的长篇，除了内容拉长，添加了不少民间文化习俗、生活细节外，在人物设置、性格刻画和女主角的疯狂、故事发展紧凑程度等方面都呈现衰减状态，这也意味着作家创作风格的明显变化——由早期追求的苍凉绚丽风格转为幽眇平淡，语言也由华丽浓艳转向平实素朴。即便如此，柴银娣这种"'眼睛瞄法瞄法，小奸小坏'的人物"[1] 仍然无法获得国外英语受众的喜爱，*The Rouge of the North* 销量依然惨淡。

---

[1]　水晶：《夜访张爱玲补遗》，见《替张爱玲补妆》，山东画报出版社，2004，第 25~26 页。1971 年水晶拜访她时，谈到了 *The Rouge of the North* 的情况，"这本书在英国出版后，引起少数评论，都是反面的居多。有一个书评人，抱怨张女士塑造的银娣，简直令人'作呕'（revolting）！这大概种因于洋人所接触的现代中国小说中的人物，都是可怜虫居多；否则，便是十恶不赦的地主、官僚之类，很少'居间'的，像银娣这种'眼睛瞄法瞄法，小奸小坏'的人物，所以不习惯。"

遗作 *The Young Marshal*（《少帅》）同属未完成稿。仅仅写了少帅陈叔覃（张学良）与周四小姐（赵一荻）1925～1930 年的爱情婚姻生活，其间经历了直奉战争、北伐战争、徐昭亭（徐树铮）被杀、皇姑屯事件、改旗易帜、中原大战等大事，借助少帅的生活来描述历史。起意创作的时间应该是 1961 年，当年 10 月张爱玲在给邝文美的信中说："其实我那两个非看不可的地方，台湾就是一个，我以前曾告诉你想写张学良故事，而他最后是在台。"[1] 未完成稿《少帅》并非严格意义上的历史小说，在七章的篇幅中，有比较多的文字集中在少帅与周四小姐的卿卿我我和性事上面。如其一贯的小说创作风格，前面部分舒徐迂缓，后面部分急管繁弦，冀图在张弛有度中建构人物的自在王国，而不是正面去复原历史。冯晞乾在分析张爱玲给宋淇夫妇的信后认为："张爱玲最初对《少帅》期望甚高，觉得自己时来运到，可以凭它在美国文坛打出名堂；写了大约三分之二，她的出版代理人却大泼冷水，批评小说人名太多，历史混乱，自此张爱玲便热情渐减，把它搁置多年，最后连对男主角的兴趣也没有了，这小说就不得不放弃。"[2]

可见，《少帅》的未完成确有其不得已的原因，但还有一点值得注意，即张爱玲创作《少帅》的 1960 年代，英语世界对中国的文化态度和政治气候具有客观上的不利因素。恰如张爱玲在应约而写的小传中所说的，"Knopf 出版公司有位编辑来信说：我来此地违抗着奇异的文学习尚——近代文学的异数：视中国为口吐金玉良言的儒门哲学家所组成的国度……我最关切两者之间那几十年：荒废、最终的狂闹、混乱以及焦灼不安的个人主义的那些年……现时的趋势是西方采取宽容，甚至尊敬的态度，不予深究这制度内的痛苦。然而那却是中国新文学不遗余力探索的领域，不竭攻击所谓'吃人礼教'，已达鞭挞死马的程度……中国文学的写实传统持续着，因国耻而生的自鄙使写实传统更趋锋利。相较之下，西方的反英雄仍嫌感情用事。我自

---

① 转引自冯晞乾《〈少帅〉的考证与评析》，见张爱玲《少帅》，郑远涛译，台北皇冠文化出版有限公司，2014，第 203 页。
② 转引自冯晞乾《〈少帅〉的考证与评析》，见张爱玲《少帅》，郑远涛译，台北皇冠文化出版有限公司，2014，第 217 页。

己因受中国旧小说的影响较深，直至作品在国外受到与语言隔阂同样严重的跨国理解障碍，受迫去理论化与解释自己，才发觉中国新文学深植于我的心理背景"①。可见，张爱玲的文学理念主要来自中国古典文学传统和新文学传统，她力求继承并发扬光大。但她的这种创作姿态与"二战"后兴起且在 1950～1960 年代盛行的西方文学潮流——反英雄的后现代主义是相悖的，其要求解构英雄和权威、文本、意义、象征、符号，否定进步、价值，消解传统，使原本看似恒常的理念处于不稳定的状态之中。同时，在"马歇尔计划"主导之下，美英政府扶持的反共文化宣传包围圈正在形成；受到世界共产主义运动的影响，各国工人运动此起彼伏，民间人士尤其是青年人对左翼激进主义运动趋之若鹜。二者反映到文化上，就是反共仇共与爱共仰共，并各自形成了相关的宣传文化圈，有着各自截然不同的需要。这也是陈纪滢《荻村传》与韩素音《瑰宝》能够在以上两个文化圈中各自大行其道甚至畅销的缘由。张爱玲不属于以上任何一家，基于她的观察与思考而返回去挖掘"短得可怜"的几十年之间的国家腐败、家庭腐败之根由，拷问其道德伦理基础，使其写作在生前的西方世界变成了真正"寂寞的事业"。

张爱玲的《秧歌》《少帅》等构成了她历史小说的一个系列，形成了她此类小说创作的范式，即以人物日常生活来串联起重大历史事件，主人公的情感纠葛与其所从事的工作相互交缠，以个人命运来观照国家命运。其对政治和意识形态的深度介入，是该时期创作的另一个基本特征。这可以从她的生存经验、文学扩张版图以及文学创作心态变迁等方面进行解释。

遗稿 *The Fall of The Pagoda*（《雷峰塔》）和 *The Book of Change*（《易经》）也是张爱玲 1950～1960 年代完成的，生前未能发表，直至 2010 年才由香港大学出版社（Hong Kong University Press）推出。这两部小说对主人公琵琶 18 岁以前的生活进行了描述，展现了其家族史、家庭史、个人成长史以及中国社会的变迁史，在一定程度上和《小团圆》构成了互文本。

---

① 高全之：《张爱玲的英文自白》，陈子善主编《记忆张爱玲》，山东画报出版社，2006，第 192～194 页。

The Spyring（《色，戒》）全名为 The Spyring, or Ch'ingk'ê! Ch'ingk'ê！早在 1953 年就开始创作，2008 年 3 月作为遗稿在香港《瞄》（Muse）杂志上发表。中文版 1978 年发表于台北《皇冠》杂志第 12 卷第 2 期。其间经历了 25 年的反复锤炼。该小说本质上是一个"反英雄"的故事，美女王佳芝与汪伪政权的特务头子易先生之间本来是暗杀者与被杀者的关系，由于女方在性爱与金钱的诱惑下感情因素的深度介入而完成了反转，暗杀者反被猎杀。

作为同一题材的不同语言版本，二者差异主要体现在对女主人公来路的交代、买珠宝和结尾几个部分。比较来看，英文交代比较细致，对王佳芝身份暴露后的逃跑路线设计周密，王佳芝在整个事件中起着主导作用，身份意识突出；中文更强调情感与金钱的对垒及前者在钻戒面前心理防线的崩溃，心理描写、环境描写而非对话构成了小说的主体，文化蕴涵深。该小说发表后，出现了好几篇评论，张爱玲以《羊毛出在羊身上——谈〈色，戒〉》回应了"域外人"的评论《不吃辣的怎么胡得出辣子？评〈色，戒〉》中的穿凿附会式的解读。

张爱玲曾说，长篇小说（《小团圆》）初稿完成于 1977 年 3 月。之后就处于不断的修改之中，直至去世前。据说她接受了皇冠出版社的劝告，暂时搁置了该小说的出版。小说以盛九莉的成长为主线，包括她的家庭、她的大学生活、与邵之雍的感情婚姻生活、与燕山的爱恋，用穿插藏闪的"红楼"笔法浓墨重彩地书写了自己以前所不愿提及或涉及较少的亲情、爱情、友情等情感纠缠，自传体的意味明显。按照她给宋淇夫妇的信中的说法，这算是对胡兰成《今生今世》中涉及自己的部分的正式回应。① 与《雷峰塔》《易经》不同在于，该书主要是为中国读者写的，在张爱玲看来，只有中国读者最理解她，走得进她的生活。

---

① 1975 年 11 月 6 日，张爱玲给宋淇夫妇的信中说道："《小团圆》是写过去的事，虽然是我一直要写的，胡兰成现在在台湾，让他更得了意，实在不犯着，所以矛盾得厉害，一面补写，别的事上还是心神不属。"参见宋以朗《前言》，张爱玲《小团圆》，北京十月文艺出版社，2009，第 3 页。

　　早期、中期的海外跨文化传播的接连碰壁，促使张爱玲回到"中国语境"中来，先在台湾、香港获得了巨大的成功，之后又延展到华文世界和中国大陆，在"中国记忆"中延续着自己的文学梦想。尽管她无法摆脱上海—香港之"双城记"，特别是自己的文学理想在"冷战"时期无法在英语世界获得认同，但她依然执着，并借助"双城记"系列作品重拾其在中国现代文学史中的位置。另外，系列遗作的发表和出版、以前"遇冷"的作品的再版，也不断掀起张爱玲阅读和研究新的热潮。

| 第三章 |

文化思维论

中国现代汉英双语作家的文学创作不仅仅是一个熟练使用两种语言进行表达和交流的问题，因为语言毕竟只是工具，它的背后是文化，是支撑着他们思考和创作的文化资源和文化思维。本章将对他们在文学创作中因应社会情势、转换文化视角、获取东西方跨文化交流的资源背后的文化思维进行探讨，厘清中国现代汉英双语作家的小说双语创作与单语（汉语）创作的区别，这将有助于揭橥双语创作在文化思维方面质的规定性，可以更深入地思考其特别之处。

第一节　思维、文化思维和小说思维

创作，按其生产过程而言，是思维的运作在起着决定性的作用。在《论语》中，思维过程就被划分为思和虑两个阶段（环节），如，"子夏曰：'博学而笃志，切问而近思，仁在其中矣。'"① "子曰：'人无远虑，必有近忧'。"② 开我国古代将思维过程划分为思和虑两个阶段（环节）的先河。朱熹对此话做了解释和进一步的发挥，"虑是思之重复详审者""虑是思之

---

① 《论语·子张》，《四书五经鉴赏辞典》，上海辞书出版社，2005，第106页。
② 《论语·卫灵公》，《四书五经鉴赏辞典》，上海辞书出版社，2005，第91页。

周密处"①"三思而后行"等也很能体现孔子对思维过程的理解。孟子认为，
"耳目之官不思，而蔽于物。物交物，则引之而已矣。心之官则思，思则得
之，不思则不得也。"② "思"即思考，是把个人对（内外）事物的反应进
行加工的过程。在孟子看来，"耳目"等感官与"心"在作用和功能上具有
不对等性，即"心"是"思"的主体，"心"的活动产生了思维。这从人
本体的角度对思考、意识等给出了明确的出处。或许这一说法仍有不完善
处，但它无疑是后世"心理""心灵"等概念之滥觞。思想家王夫之对此评
价说，"孟子说此一'思'字，是千古未发之藏……"③ 陆机在《文赋》中
说道，"其始也，皆收视反听，耽思旁讯，精骛八极，心游万仞。其致也，
情瞳昽而弥鲜，物昭晰而互进……浮天渊以安流，濯下泉而潜浸……观古今
于须臾，抚四海于一瞬。"④ 提出了"思"——构思时想象作用的问题，特
别点明了艺术想象的基本运作过程和它逐渐清晰地呈现出来的特点。《文心
雕龙·神思第二十六》中，"古人云：'形在江海之上，心在魏阙之下。'神
思之谓也。文之思也，其神远矣。故寂然凝虑，思接千载；悄焉动容，视通
万里；吟咏之间，吐纳珠玉之声；眉睫之前，卷舒风云之色；其思理之致
乎？故思理为妙，神与物游。"⑤ 刘勰从想象入手对创作的内部规律进行了
比较深入的研讨，他用形象化的比喻说明了"神思"的本质。尽管"神"
这一说法是以现象描述为基点的，显得有些神秘化，但其着力点在"文之
思"，沿着"思"的路径，把"神"（想象力）彻底打开，展示出它强劲的
力量，不仅可以打破时间、空间的界限，还可以其丰富性来彰显作品的独特
性和价值。作家想象的翅膀一旦张开，就无拘无束，不受羁绊。刘勰的
"神思"在陆机"思"的基础上特别突出了"神"的巨大作用，并深入到
了作家创作的潜意识层面，在一定程度上解释了作家、诗人的作品中神思飞

---

① （宋）黎靖德编《朱子语类》（第 1 册），王星贤点校，中华书局，1986，第 277~278 页。
② 《孟子》，万丽华、兰旭译注，中华书局，2006，第 258 页。
③ （明）王夫之：《船山全书》（第六册），岳麓书社，1996，第 1093 页。
④ （晋）陆机：《文赋集释》，张少康集释，人民文学出版社，2002，第 36 页。
⑤ 周振甫：《文心雕龙今译》，中华书局，1986，第 246 页。

扬灵动、想象气势磅礴的缘由，具有对作家文艺心理进行探讨的特质，因为"它是一种心理活动。作家、艺术家在创造艺术形象时，必须借助于想象，对自己过去的感触、感知、印象加以回忆并重新认识，在大脑里进行创造性的加工，创造新的完整的艺术形象。"①

"思维"一词最早来源于陆逊的《取珠崖疏》②，"权欲遣偏师取夷州及朱崖，皆以咨逊，逊上疏曰：'臣愚以为四海未定，当须民力，以济时务。今兵兴历年，见众损减，陛下忧劳圣虑，忘寝与食，将远规夷州，以定大事，臣反覆思惟，未见其利……'"③ "思惟"通"思维"，有思考、考量之意。在这个层面上，思维其实就是思考的过程，是对人的整个思考状态的刻画和描述，但其并未包含思考和理解的结果。陆逊对"思维"一词的使用具有不太明确的心理学意义。

在西方，按照约翰·杜威的观点，"思维"（thinking）一词的含义比较丰富，至少有四种：一、我们头脑里有过的任何想法；二、并非直接感受到的事物；三、立足于某种根据的信念；四、用心搜寻证据，确信证据充足所形成的信念。④ 这一定义是从人们所思所想的实际来得出的，它来自经验论传统。经验论即经验主义，它源于古希腊居勒尼学派的哲学家，把感觉作为唯一可以把握的经验实在，后来经过伊壁鸠鲁、亚里士多德等人的发展，基本上确立了感觉与认识、知识之间的联系。R. 培根、司各特等人将其发展为唯名论，18 世纪的法国学派如 D. 狄德罗、P. H. D. 霍尔巴赫等人把感觉作为知识的第一来源。该时期的英国哲学家 G. 巴克莱和 D. 休谟等人认为"存在就是被感知"。进入 20 世纪，以美国的 W. 詹姆斯和约翰·杜威为主要代表的实用主义哲学家对"经验"进行了升级改造，认为它是无所不包、无所不有的存在。"他把经验解释为超出物质和精神对立之外的中性的东

---

① 祖保泉：《文心雕龙选析》，安徽教育出版社，1985，第 154 页。
② 《辞海》（第六版彩图本第 3 册），上海辞书出版社，2009，第 2130 页。
③ （晋）陈寿：《三国志》（上下）（图文珍藏本），（宋）裴松之注，岳麓书社，2005，第906 页。
④ 〔美〕约翰·杜威：《我们如何思维》（第二版），伍中友译，新华出版社，2014，第 3 ~ 7 页。

西，既否定经验是客观对象的主观反映，也反对把经验看作是一种纯粹主观意识。在杜威看来，经验既包含人的情感、意志、思想等一切心理意识的、主观的东西，也包括事物、事件及其特性等一切'客观'的东西。杜威否定思想、概念、理论等等是客观对象的反映，认为它们不具有客观真理的意义，而只能作为有用的假设。它们不过是人们为了达到某种目的而设计的工具，只要他们对实现目的有用或者对有机体适应环境有用，它们便是真理，反之就是谬误。"① 由此可见，杜威的定义与其弟子胡适所提出的"大胆假设，小心求证"的科学研究方法具有内在的一致性。"思维"作为与"存在"相对应的哲学概念，在本质上具有形而上的特点，也就是思维无法脱离感觉、经验的认识范围而孤立地出现。1925 年出版的《经验与自然》是杜威哲学体系的基础，他是在同一性的基础上使用"经验""自然""生活"等系列概念的。在该书中，杜威揭示了：（1）人的"思维"的形成与"思想"的开展事实上得自于"交往"与"对话"的舞台；（2）正是"语言"与"符号"的"工具性"形成了意义的"普遍性"，而"本质"也正是在这层含义上被理解为生存性的事件。② 也就是说，经验源于感觉，感觉的集合构成信念，用足够的证据证明信念的过程或结果就是思维。

　　到了马克思主义这里，"思维"与"存在"的同一性和对立性问题，何者为第一性问题，成为唯物主义与唯心主义的区分标准。通常情况下，"思维"与"意识"是作为同义词被处理和看待的。弗洛伊德从精神病理学的理论角度和精神科临床医生的实践经验入手，以压抑理论为基准，看意识是否有动力学上的意义，将"意识"划分为有意识（显意识）、前意识和潜意识等几个层次。以此为基础，分析出与之相对的"我"的几个情形——自我、本我和超我。其中"自我"派生于身体的感觉，是身体表面的心理投射，可谓"意识到的自我"。与之相对，"本我"就是"被压抑的自我"，"超我"就是"自我理想"，"鉴于自我主要是外部世界的代表，是现实的代

① 〔美〕约翰·杜威：《我们如何思维》（第二版），伍中友译，新华出版社，2014，封底。
② 黄颂杰主编《西方哲学名著提要》，江西人民出版社，2002，第 438～439 页。

表，而超我则和它形成对照，是内部世界的代表、是本我的代表。自我和理想之间的冲突，正如现在我们准备发现的那样，将最终反映真实的东西和心理的东西之间、外部世界和内部世界之间的这种对立。"① 作家、诗人和艺术家把现实生活中受压抑、受制约而无法倾诉的内容借助文学艺术形式来进行表达，以求在自我、本我和超我之间获得平衡或超越，这样就揭示出了思维之中深层次的秘密和文学艺术家创作的奥妙，把人们对思维的理解推到了一个新的高度。

按照思维的指向及特征，可以将其划分为元思维、批判性思维、交际性思维、创新性思维、同一性思维、辩证思维、形象思维、抽象思维和逻辑思维等。按照不同学科中的思维运用情况，又可以将其分为计算思维、统计思维、法律思维、法治思维、心理学思维和文化思维等。不少心理学家和文化学者对这些"思维"的结构、运作方式（模式）和特征等进行过深入的论证和思考。比如林崇德认为，思维是多种学科研究的对象，这些学科包括哲学、逻辑学、语言学、神经科学、控制论和信息论等。思维是智力的核心，思维品质及表现成分包括深刻性、灵活性、独创性、批判性、敏捷性五个方面。思维是一个包含了（外）环境、材料、过程、目的、非智力因素、品质和自我监控的三棱结构。② 这样就把思维的理解和内涵具象化了。"思维与感觉一样，也是人脑对客观现实的反映，但与感觉有所不同，感觉是对事物的直接反映，它所反映的是事物的外部特征和属性；而思维则是对事物的间接、概括的反映，它反映的是事物的本质和规律。思维不仅能够帮助人们把握事物的本质和规律，而且还渗透于人的感性认识之中，使人的感觉远远高明于动物的感觉。人的感觉的产生、形成，与人的思维活动有着紧密的联系，也就是说，人的感觉活动总是伴随着思维活动。"③ 这是从感觉与思维各自的产生过程、功能特征进行区分，指出了它们互伴共生、不可剥离的

---

① 〔奥地利〕弗洛伊德：《弗洛伊德心理哲学》，杨韶刚等译，九州出版社，2006，第27页。
② 林崇德：《思维心理学研究的几点回顾》，《北京师范大学学报》（社会科学版）2006年第5期。
③ 陈金清：《论感觉的形成机制》，《武汉大学学报》（人文科学版）2003年第6期。

特性。

就思维的超越性来说，"对时间的超越，体现了思维的高度；对空间的超越，体现了思维的价值；对事物的超越，体现了思维的广度。对自我的超越，则体现了思维的伟大"①。创造性思维是一切科学技术、发明创造和学术研究不可或缺的，超越性就是跳出事物现象看本质、跳出个别看一般，是获得有距离的审美观照所必不可少的。创造性思维要借助这种超越性来获得思维的不受拘束和牵绊，从而洞开思维创新的大门。一般认为，创造性思维具有独特性、新颖性、多向性等特征，它在众多有成就的人物身上都表现明显。思维模式对文化发展的影响也是不能够忽略的。中国传统文化中，"能构成模式的思维经验总是最有生命力和传承性的，它们是整个传统文化（指狭义的、'观念形态的文化'）中的核心成分"②。

思维模式有若干种，它们也不是一成不变的，会随着时间的推移和空间的转换而不断变化、消亡或新生，甚至会融会贯通形成新的思维模式。有人认为，中国文化"提倡天人合一，崇尚中庸之道……强调辩证思维。以整体性为基点的中国思维方式，把事物作为有机整体进行笼统的直觉综合。重了悟而不重形式论证。在观察事物时，采用散点视思维方式。英语文化崇尚独立，信仰'鸟儿先到先觅食'（Early bird catches the worm）。以个体性为基点的西方思维方式，把复杂的事物分解成简单的要素，逐个地进行研究，因而更多强调逻辑分析。在语言结构上，以自然空间为对象，采用焦点视思维方式"③。还有人认为，人类具有普遍的思维规律和各民族不同的思维模式，比如中国人的思维方式是从整体到个别的具象思维，欧美人的思维方式是从个别开始进入一般的解析思维。

文化思维有广义的与狭义的两种理解。广义的是指一个民族或一种文化传统中的具有概括性、普遍性和确定性的思考偏好，它规定了思考路径、参与建构了思考习惯，成为思维系统中相对稳定和成熟的部分。狭义的是指在

---

①　卞华、罗伟涛：《创造性思维的原理与方法》，国防科技大学出版社，2001，第12页。

②　金开诚、舒年：《思维模式与文化传承》，《文献季刊》2004年第2期。

③　胡超：《文化思维模式差异对跨文化交际的影响》，《外语教学》1998年第2期。

文化的文本、实物流转中体现出来的具有贯通性、深刻性、实在性和相对稳固性的思考习惯和思考定势，具有思考时的自觉性和非自觉性、感性和理性，受制于个人、族群、国家和洲际的视野，包括文学思维、艺术思维、科学思维、技术思维等诸种情形。

当然，也有学者把文化思维作为文学理论的上位概念或者具有包含关系的概念进行使用。① 这种使用把这一概念的处理具体化了。可以对"文化思维"做出如下基本判断。

第一，就民族整体来说，文化思维是民族文化延绵发展、持续传承的过程和结果，是被不断丰富、不断深化的，也是民族文化心理积淀的产物。（强势的）民族文化发展有自足性和非自足性。自足性是指单一民族能够通过文化的发展来充实和丰富民族自身的内涵，建构民族的认同感和核心的凝聚力，同一个民族往往具有相同和趋同的文化思维，这与民族文化教育、民族文化环境、民族文化精神培育等密切相关。一个民族之所以能够屹立于世界民族文化之林，具有强大的文化和复杂的文化思维是非常重要的。非自足性是指民族文化在发展的过程中，不断吸收、引入、接纳外来的文化，最终改造了这些外来的文化，丰富和增强自身文化的内涵。文化思维也会因之具有不断嬗变的特点。

第二，文化思维模式是在长期的文化发展中逐渐形成和定型的，但并非一成不变，它的特征在东方文化与西方文化的比较中更加显豁。文化行为作为文化思维模式的表征，天然地显现出其所具有的民族文化特点。比如作为西方文学艺术源头的《荷马史诗》之"伊利亚特"，它所讲述的城邦战争之根源在于一个金苹果带来的三位女神之妒忌，于是集美女与妖女于一身的海伦出现了，战争爆发了，众神杀得死去活来，若干人为之死去。但当议院众

---

① 譬如学者张大为在《作为文化思维的文学理论》[《天津大学学报》（社会科学版）2009 年第 5 期]及《主体性的"内部"与"外部"——评张旭东的文化理论》(《社会科学论坛》2011 年第 4 期)中，分别强调"（文学）理论是文化意志、文化思维，而不是文化客体、文化产品"，"然而，在文化思维和文化理论中，文化认知（文化批判）和文化认同之间的关系，不是一个或此或彼的'方法论'的外部选择问题，而必须将之结合在一个更加内在的关联性中，或者说，它们本来就有着一种更为内在的相关性。"

长老看到她时，"看，她真美啊"，都是由衷地赞美其姿色而忽略了她是战争导火索的事实。几乎同一时期的美人妲己，因为商朝的灭亡，却要背负"红颜祸水"的千古骂名。但随着时代的迁移，西方在中世纪出现了视女性为邪恶的化身的史诗如《熙德之歌》《尼伯龙根之歌》等，中国唐朝也有赞美女性的《长恨歌》。不同的文化思维模式导致了迥异的结论，其背后是强大的文化政治、文化习俗和文化伦理观念。

第三，文化思维外在表现形式的重要一维为语言。使用不同的语言进行交际（创作也是交际之一种），就意味着同时在运行着与该语言协同一致的文化思维模式。作为思想之物质外壳的语言，其应用方式和运行模式受制于思维。

第四，文化思维的内化。就是把该民族（国家）的文化在思维认知层面上固化、确定化，其前提是熟稔地运用与之对应的语言，熟悉相应的历史文化。文化思维的内化有层级差，这与个体认知者所处的内外部环境密切相关。对于熟练使用本民族语言进行创作的作家、艺术家来说，文化思维已经深入脑髓，它无处不在、无时不有，日常生活和创作中无法抹去其影响。对于非语言文字工作者而言，文化思维对他们并不必然带有制约性，比如科技工作者，更容易按照科学设定的程序和规则来严谨地对待与处理问题。

文化思维深隐于人的内心，必然要通过外在的表现来加以揭示和解释。文化思维的高下并非不证自明，而是要通过文化批判、文学艺术批评等手段来厘清，这也意味着对文化思维的探究可以借助文学艺术家的批评文字。

"新文化运动"时期，小说有新旧之分。关于旧小说，诚如前人所言，"小说与社会之关系……此皆由撰著小说者，无道德，无知识，贸然以迎合社会为宗旨，有以致之也。请得而备言其害：一曰海盗……一曰海淫……一曰长迷信倚赖之习……一曰造作荒诞无稽之语以坏国民之智识也"①。这是从旧小说的功用方面做出的批评。"从前的文学观念与我们现在的文学观念很是不同。他们以为文学的唯一作用只是'载道'。但我们认定文学广大无

---

① 管达如：《论小说》，《小说月报》1912年第三卷第五、第七至十一号。

垠，是批评人生、解释人生的。在他们的旧观念下……最可怜的便是小说，他们……却始终拿消闲的态度来对付小说，以为小说是不能称作正宗文学的。"① 在小说被目为"小道"而不能"载道"的时代，其自然是没有前途的。那么，旧小说又是什么样子的呢？民初旧派小说家（"鸳鸯蝴蝶派"）陈光辉在写给《小说月报》主编恽铁樵的信中说道："……窃谓小说有异乎文学，盖亦通俗教育之一种，断非精微奥妙之文学所可并论也。《小说月报》自先生主持笔政后，文调忽然一变。窥先生之意，似欲引观者渐有高尚文学之思想，以救垂倒之文风于小说之中。意弥苦矣，不知其大谬也。中华文学之颓败，至今已达极点，鼓吹之，提倡之，亦当代士夫之责。然中下社会，则不足以言此。小说者，所以供中下社会者也。如曰中下社会既不足以言文学，则小说又何必斤斤于字句中求去取哉？且既已富于文学之士，必不借此区区说部……然则小说者，但求其用意正当，能足引人兴味者为上。盖观者之心理，本以消闲助兴为主……凡百小说，以有兴味而用意正当者为上，其余均不足取也。"② 不少以迎合受众兴味为准则，在消遣娱乐的噱头下越走越远、越走越偏的旧派小说家，他们不惜以牺牲小说的艺术品质为代价，在古白话小说的章回体、通俗语言形式上嫁接了中下层民众比较有兴趣的各类官场黑幕、情事秘史，从而形成了清末民初绵延不绝的言情传统。但这些小说之初衷未必不当，"旧派小说家通过各种类型的文学作品试图全面描绘种种社会现象，其中黑幕小说最引人注目，它集中揭示了龌龊世界，意在警示世人，以免老百姓坠入形形色色的黑幕。黑幕小说以揭秘为旨归，大肆暴露社会各界内的各种丑恶现象。《中国黑幕大观·编者例言》宣称，'本书据有闻必录之例，秉笔直书，或有传闻异辞，尚望阅者指教'"③。良好的出发点并不能阻止其在发展过程中与其揭露对象——"黑幕"一起滑

---

① 瞿世英：《小说的研究》（上篇），《小说月报》1922 年第 13 卷第 7 号。
② 陈光辉、树珏：《关于小说文体的通信》（节录），陈平原、夏晓红编《二十世纪中国小说理论资料》（第一卷 1897～1916），北京大学出版社，1997，第 563～564 页。
③ 付建舟：《民初旧派小说家的文学观念》，中国近代文学研究三十年回顾与前瞻学术研讨会暨中国近代文学学会第十六届年会，2012。

向堕落。细加探寻不难看出，旧派小说家的思维方式还是在传统的基础上进行演绎的，即在"小道"的圈子中，不断延续其以好奇心和世俗化的凡人琐事吸引读者的路数。表面上是沿袭了《红楼梦》和《水浒传》的传统，实际上仅是得到了其"琐屑美学"、"情爱美学"和"暴力美学"的皮毛。其在一段时间内的畅销不衰，足以反映出中下层民众对小说这一文种的认知和接受程度。旧派小说家所做出的试图劝人向善、劝人远祸惜福、告诫"善恶到头终有报"的人生观念，无外乎对民众的道德劝谕、伦理教育，是在延续自唐传奇以来小说就有的教化认知功能。比如秦瘦鸥的《秋海棠》，名重一时，核心却是围绕艺名为秋海棠的名伶之缠绵悱恻、离奇动人的情感故事而展开的。这和李定夷、吴双热、徐枕亚等人的小说观念基本一致①，情——爱——恨的主题贯穿于各部小说之中。即如晚清之李宝嘉、吴妍人等，曾试图担负起"载道"的责任，无奈他们既陷于当时的语境中无力自拔、缺少超越的眼光，又为惯性思维所左右，其作品终至沦为市民消遣追逐的产物而为上流社会所不齿。当然，这也壮大了通俗文学的队伍，为现当代文学之雅俗并流做了铺垫。

　　鲁迅在《我怎么做起小说来》一文中说道："但我的来做小说，也并非自以为有做小说的才能，只因为那时是住在北京的会馆里的，要做论文罢，没有参考书，要翻译罢，没有底本，就只好做一点小说模样的东西塞责，这

---

① 海绮楼主人在其为李定夷《霣玉怨》所作的序中曾道："予以其书情之挚而怨之深也，弗忍卒读……书中主人，始则相见有素，遇合无缘，吾所谓孤愤之怨也；继则慈母云亡，妖姬工谗，父也不谅，强婚腹贾……终且噩耗横飞，芳心寸断，舍身以殉，魂归恨天，则死别之怨始焉。"（海绮楼主人：《〈霣玉怨〉序》，《霣玉怨》，上海国华书局，1914）李定夷在《小说新报》发刊词中阐明其刊物编辑之主旨之一为"爱情读新装简册，伦理讽旧日文章。借古鉴今，漫等妄言妄听；玩华丧实，是在见智见仁。"（李定夷：《小说新报》1915年第一卷第一期）吴双热明言，"嗟乎！《孽冤镜》胡为乎作哉？予无他，欲普救普天下之多情儿女耳；欲为普天下之多情儿女，向其父母之前乞怜请命耳；欲鼓吹真确的自由结婚，从而淘汰情世界种种之痛苦，消释男女间种种之罪恶耳。"（《〈孽冤镜〉自序》，吴双热：《孽冤镜》，民权出版部1914）徐枕亚在其名作《雪鸿泪史》的序中，也有类似表达："余著是书，意别有在，脑筋中实并未有'小说'二字，深愿阅者勿以小说眼光误余之书。使以小说视此书，则余仅为无聊可怜、随波逐流之小说家，则余能不掷笔长吁，椎心痛哭？"（徐枕亚：《〈雪鸿泪史〉自序》，《雪鸿泪史》，清华书局，1916）

就是《狂人日记》。大约所仰仗的全在先前看过的百来篇外国作品和一点医学上的知识，此外的准备，一点也没有……自然，做起小说来，总不免自己有些主见的。例如，说到'为什么'做小说罢，我仍抱着十多年前的'启蒙主义'，以为必须是'为人生'，而且要改良这人生。我深恶先前的称小说为'闲书'，而且将'为艺术的艺术'，看作不过是'消闲'的新式的别号。所以我的取材，多采自病态社会的不幸的人们中，意思是在揭出病苦，引起疗救的注意。所以我力避行文的唠叨，只要觉得够将意思传给别人了，就宁可什么陪衬拖带也没有。中国旧戏上，没有背景，新年卖给孩子看的花纸上，只有主要的几个人（但现在的花纸却多有背景了），我深信对于我的目的，这方法是适宜的，所以我不去描写风月，对话也决不说到一大篇。"①这里有两点需要注意。第一，作为新派（白话）小说代表的鲁迅小说，其高起点和高标准来自对外国小说营养成分的吸收，这体现在"改良人生""启蒙"社会的担当精神和责任感上。第二，把关注下层民众作为他写作的基本出发点，从而与中国传统士大夫的"为天地立心，为生民立命，为往圣继绝学，为万世开太平"的文化精神产生对接和感应。这比起旧派小说家来，实际上已经完成了世纪之交自梁启超起就一直呼唤的对小说自身的超越和对作家自身局限性的超越——把小说作为深入人心、改造社会和国民性的手段，表现出了强烈的"舍我其谁"的意识，观念的变革必然导致技术手段的更新。当小说家作为一个群体通过其作品表现出了他们干预生活、干预社会的文学责任时，小说的文体地位提高自当不在话下了。也就是说，中国小说思维走出了传统消闲娱乐的"小道"门径和困境，与更广大的民生问题和时代主题相联系，小说和小说家在向内外两方面的突围中获得发展，从而取代了诗歌的"言志""载道"的社会功能。

不妨认为，小说是对民族文化思维进行表达的独特手段之一，它不仅以自身特有的方式诸如想象、虚构、铺陈、细描等艺术方法的推陈出新和其他基于现实的内容来对社会、对世界、对外在与内在的意义进行言说，更重要

---

① 鲁迅：《我怎么做起小说来》，《鲁迅全集》（第四卷），人民文学出版社，2005，第526页。

的是它的言说又是对文化思维的拓展，是作家与自我、与世界进行对话的重要方式。

第二节 中国现代汉英双语作家的小说思维

中国现代汉英双语作家并不是一个严格意义上的作家群体，但由于他们具有汉英双语创作的本领，以及他们以文学作品尤其是小说在东西方进行跨文化传播的事实，因此很有必要对他们的小说思维进行探讨。

熊式一的相关创作，按照其子熊德輗的说法，"《天桥》是继《王宝川》之后又一次轰动全英的作品。假如《王宝川》是以其新鲜、神奇、轻松、带有神话般的故事备受大众青睐，《天桥》则以实取胜。它完全是一部现实小说，以中国近代史为背景，从清末一直写到辛亥革命，许多历史人物，不管是正面的还是反面的，都活灵活现地出现在书中，但《天桥》毕竟是一部小说，是为西方读者写的，但也是为我们没有经历大革命时代的人写的。"[①] 换句话说，熊式一的《王宝川》是向欧美人讲述中国古代历史——极其繁荣的唐代上层社会的男女如何忠于爱情，如何面对考验和挫折，又是如何捍卫理性精神和秉持礼节仪式的；《天桥》是向欧美人讲述中国近现代史——面对腐朽残暴的王朝权力，有志者如何反而抗之，中外人士如何齐心协力，主人公李大同和莲分美妙的爱情如何炼成的，等等。

从剧本到小说，熊式一作品最大的特点就是在历史叙述中忠于但不局限于历史事实，把有限的历史记录拉长拓宽，使之成为可以进行无尽想象的历史时空。这样，历史虚构就可以尽情展开，历史细节之文学填充得以完成，历史的真实面貌合乎大多数人尤其是作者所设定的目标受众群体之预期。小说《天桥》还有一大特点，即把从戊戌变法到辛亥革命中国的重大历史事件与爱情故事、英雄传奇等紧密结合起来，既有中国传统小说中的侠义精

---

① 熊德輗：《台湾版序 为没有经历过大革命时代的人而写》，熊式一《天桥》，外语教学与研究出版社，2012，第9页。

神、家国意识和仿章回体小说标题的影子，也有西洋小说中常见的心理描写、对话描写，体现人物自身的责任感。

再说熊式一塑造人物的态度。"我得了这一次教训之后，对于历史上的人物，以及他们的语言和行为都特别小心，总是先要有了可靠的依据，才肯落笔。这虽是一部小说，有关史实的地方，总不可以任意捏造，使得读者有错误的印象。"① 作者立足于对李大同人生前半段生活和革命经历的刻画，就是次要人物也要尽量较真，糅合史家笔法和小说家的创造，把生活还原为最本真的模样，在细节上多加推敲和琢磨。

再看叶君健。其作品《山村》叙述了"我"所处的闭塞落后的山村的村民们自 1900 年代起如何与命运、与地主、与各种恶势力做殊死抗争的过程。随着"我"的成长，革命和革命者也在不断地发生变化，和"我"一样，这些革命者也不断地走向成熟。它与后两部一起可以看作书写近现代中国农村革命的具有史诗性质的作品。

《山村》不仅在西欧、东欧引起了强烈的反响，甚至在北欧也有回声。"瑞典、挪威、冰岛相继出版了它的译本。这些国家的作家对此书的热情也异乎寻常……他们认为这里面所写的是有关'人'和他们的命运的故事，是一部人道主义的作品。但这部作品却也在无形中引起了他们对中国的革命的兴趣……已故挪威作家协会的主席、剧作家汉斯·海堡（Hans Heiberg）——也是这部小说的挪威文译者，在他所写的关于这本书的序言中说：'……在它的安静的叙述中，充分地表现出对于人和人性的深刻的理解……我一直在想找到那无名的、日常生活中的平凡人……那生活在村子里的人，那代表中国、组成中国这个国家的普通人，我终于找到了他们——在《山村》这部小说中找到了他们。'读完这部小说后，我似乎第一次真正理解了关于中国人的某些真实和诚挚的东西。我开始更好地懂得了他们的过去和现在，他们所度过的日夜和生活……北欧当代著名小说家、诺贝尔文学奖获得者霍尔杜尔·拉克斯奈斯（Halldor Laxness）为冰岛文译本所写的序言

---

① 熊式一：《天桥·香港版序》，外语教学与研究出版社，2012，第 15 页。

中说，'我过去所读过的几本关于中国人的书，从来没有像这本书那样绘出有关革命特点的那么清晰的图画……1981年伦敦《泰晤士报》在它七月十日的《文学增刊》上用了近整版的篇幅介绍了叶君健的情况，还特别谈到了这部作品，可见它仍然活在国外的一些读者的心中。'"① 在西方读者看来，《山村》提供了一个合乎他们生活逻辑和阅读逻辑的、遥远的中国社会和中国人的文本，展现了人性化的、人道主义的、充满温情和力量的变动不居的世界。生活在这个世界中的人并不是不可企及和神秘莫测的，而是与他们一样有着普通人的情感。当然，更重要的是作品中所贯穿的思维方式与西方人的一致性和相通性。

　　这一点，叶君健在创作之初已有所考虑。"用一种外文创作，比起用我的母语来，感觉有些不一样，让中国的农民讲外国语——小说中的对话自然也是用英语，感觉就更不一样了。一想到小说的读者将是不了解中国，特别是中国穷乡僻壤的农民的外国人时，我的感觉就更是很特殊了。这些复杂的感觉就使我观察中国农民的角度和表现他们的方式，与我用中文写作的习惯方式也有些不一样了。这里无法解释，读者只能从作品本身去找说明。但我究竟是个土生土长的中国人，中国人的气质仍然在作品中流露了出来。西方的读者对此感到很新鲜……"② 这里，作家"感觉"的几次变化都与创作语言和受众相关。从"感觉"的不同到写作方式的变化，显然是由作家创作中的思考角度和思维方式决定的。这里有作家意识到的层面——语言工具和受众的不同决定了创作思维的不同；也有作家尚未意识到或尚未明确意识到的层面——小说创作思维的不同还受制于文化背景、创作理念、创作技术路线乃至于创作习惯（惯性）。

　　下列句子就很能反映其特点：

---

① 苑茵：《关于〈山村〉》，《叶君健全集·第七卷长篇小说卷（四）》，清华大学出版社，2010，第187～189页。
② 叶君健：《〈寂静的群山〉后记》，《叶君健全集·第八卷长篇小说卷（五）》，清华大学出版社，2010，第218页。

"Well, let's forget about the war for a moment. Do please tell me how you have been getting on all these years in the big world outside. "

"As usual. And how about you?"[1]

对应的中文表述为：

"唔，此刻我们暂时把战争忘掉吧。请告诉我，你这几年在外面的那个广大世界里混得怎样。"

"一般。你呢?"[2]

这样的表述并不符合中国人尤其是偏远山区农民的思维和表达习惯，甚至也与他们的交谈方式大相径庭，颇有戏谑化的喜剧效果。实际上，出现类似情况的地方还有好多处。抛开语义上的对应和叙述习惯上对西方读者的迁就，我们从中还可以看到中文版里叶君健试图回到现实语境和做出超越的努力。这也和他所处的创作环境相关。当他在 1980 年代初年近 70 岁退休后，他所续写的作为《山村》姊妹篇的后两部作品，"为西方读者而写"的冲动和灵感几乎看不到了，取而代之的就是汉语写作的思维。根据作家在该时期的创作活力和创作水准来看，这不仅是他创作力衰退的结果，也是他自觉地遵守母语创作的规范和习惯的结果。

就上述作家的汉英双语创作来看，其小说双语创作思维有着以下特点。

首先，与"多元文化人"的身份相符合。彼得·阿德勒（Peter Adler）提出了多元文化人的概念，"……一种新人，从社会属性和心理属性上看，他们都是 20 世纪多种文化交织的产物。传播和文化交流是 20 世纪最令人注目的现象"。阿德勒说，这种新人可以被称为国际化、跨文化的人；不过，诸如此类的称谓所界定的都是这样的人物：他们的视野远远超越自己的文

---

① Chun-chan Yeh, *The Mountain Village*, Hongkong: Joint Publishing Co. , 1984, p. 51.
② 叶君健：《叶君健全集·第七卷长篇小说卷（四）》，清华大学出版社，2010，第 42 页。

化。在思想上和情感上，他们都信奉全人类本质上的同一性。与此同时，对不同文化的人之间的基本差异，他们的态度是：承认、认可、接受和欣赏……多元文化人共有的品格是，矢志不移地寻求世界各地人们的基本相似性，同时他们毫不动摇地承认人的千差万别。① 他还指出了这类人所具有的三个区别性特征：第一，他们的心理适应性强；第二，他们总是处在过渡中；第三，这些人维持不明朗的自我边界。他们中许多人成了双文化人和双语人。② "多元文化人"把自己置于这样的情景当中——他们根据自己对多元文化的理解而生存，创作成为他们适应所处（现实的或拟想的）文化语境的一种重要手段。多元文化的身份意味着他们要在不同文化之间穿梭，借助对不同文化的理解和驾驭来展示自己的存在。同时，还要在文化角色变换中获取准确定位，得到适应自身发展的新的文化身份。

中国现代汉英双语作家的文化主体身份首先是中国汉语作家。他们多半是在中国有了文名后到欧美创作来打开文化市场的，熊式一、叶君健、萧乾和杨刚，离开大陆之前就是翻译家、作家，到英美后，其作品也获得盛名。凌叔华的 *Ancient Melodies* 是在她到英国定居后出版的。张爱玲1955年赴美后不断用英文讲述中国故事。只有蒋彝是以中国视角描叙西方风景和故事而被视为特异的表现者。这种先中后西、先汉后英的思维方式也和作家们特别的人生际遇相关。当然，也有作家其后在事实上放弃了"多元文化人"的身份，譬如叶君健、萧乾、杨刚回到国内参与建设，特殊的文化气候不允许；张爱玲在1960年代后由于英文作品得不到好的出版机会，努力并不成功而改用汉语书写中国故事在台湾、香港等地出版。但总体而言，在他们的作品获得西方高评的时代，其"多元文化人"的身份是毋庸置疑的。

其次，与欧美英语小说及其标准相适应。中国现代汉英双语作家的作品

---

① 〔美〕迈克尔·H. 普罗瑟（Michael H. Prosser）：《文化对话跨文化传播导论》，何道宽译，北京大学出版社，2013，第59~60页。

② 〔美〕迈克尔·H. 普罗瑟（Michael H. Prosser）：《文化对话跨文化传播导论》，何道宽译，北京大学出版社，2013，第60页。

普遍合乎 1930 年代以来至"二战"前后西方英语小说的观念。"简·奥斯丁、乔治·艾略特、亨利·詹姆斯、约瑟夫·康拉德——我们且在比较有把握的历史阶段打住——都是英国小说家里堪称大家之人。"① "所谓小说大家，乃是指那些堪与大诗人相比相埒的重要小说家——他们不仅为同行和读者改变了艺术的潜能，而且就其所促发的人性意识——对于生活潜能的意识而言，也具有重大的意义。"② 伊格尔顿认为利维斯夫妇所主持的"细绎"派（Scrutiny）初期还是为着自由派人道主义而战斗的，他们所重视的价值可以归结为"生活"——"你要么感觉到'生活'，要么根本感觉不到。伟大的文学是充满敬畏地向生活开放的，而'生活'的实质则能由伟大的文学表现出来"。③ 在利维斯和特里·伊格尔顿看来，18 世纪以来堪称伟大的经典英语小说家在处理生活与文学、社会道德与文学的关系方面的能力是他们最值得被推崇的地方。即生活的宽度、广度与文学作品具有了高度的一致性，文学作品不仅要展示那些堪称宏大的主题，表现出人生、人类和人性的幽微、暗昧的层面，也要展示出人对自我局限的突破，进而让受众获得更高意义上的生活理想。对社会道德的褒扬和所展现出的担当精神也同样值得赞赏。比如简·奥斯汀的《傲慢与偏见》、乔治·艾略特的《丹尼尔·德龙达》、约瑟夫·康拉德的《黑暗的心》以及亨利·詹姆斯的《波士顿人》，无不透露出作家对人类社会所具有的浓烈的情愫和高尚的社会责任感，正是这些看似普通的东西打动、感染了无数人，成为刻画人类心灵的不朽篇章。换而言之，经典英语小说所具有的这些世界性、普适性的标准可以被推广和应用，并以之为标准衡量那些打入或者准备打入英语世界的小说等文学作品。

---

① 〔英〕利维斯：《伟大的传统》，袁伟译，生活·读书·新知三联书店，2009，第 1 页。
② 〔英〕利维斯：《伟大的传统》，袁伟译，生活·读书·新知三联书店，2009，第 3～4 页。
③ 〔英〕特里·伊格尔顿：《文学原理引论》，刘峰译，文化艺术出版社，1987，第 52～53 页。另，原文中的表达为：Either you felt Life or you did not. Great literature was a literature reverently open to Life, and what Life was could be demonstrated by great literature. Terry Eagleton, *Literary Theory: An Introduction*，外语教学与研究出版社，布莱克韦尔出版社，2004，第 36 页。

在前述所列举的中国现代汉英双语作家的代表性作品中，熊式一的《天桥》、叶君健的《山村》和张爱玲的《秧歌》都是致力于对中国某个特定时期的历史事件进行描绘，提供了关于该时期历史图卷的宏伟篇章。同时，以个人生活际遇来反映社会的重大变革，以小说主人公在与时代的搏斗中展现出来的反抗精神作为打动受众、获得感染力的基础，这恰好与其时西方现实主义所要求的生活作为文学的映照，文学与生活、与人类社会责任、精神担当具有统一性。中国现代汉英双语作家的作品与社会现实的契合度之被宽容和被接纳也是由西方英语文化在"二战"前后对中国及中国文化的"同盟"性质所决定的。

再次，对本民族文化及异邦（异质）文化的深切理解。中国现代汉英双语作家大多受过良好的中式"私塾"教育，对中国传统文化濡染很深，而且勤于钻研，良好的国学功底和对汉语的娴熟使用让他们的中文作品与同时代的作家相比也毫不逊色。在他们的求学生涯中，对英语及其文化用力尤深。譬如熊式一、萧乾、凌叔华、杨刚、叶君健就是学习英语的科班出身，张爱玲在上海圣玛利亚女校和香港大学文科就读期间勤奋运用英语阅读和写作。蒋彝则是创设机会勤奋学习英语并以之为工具。

作家们身处异邦，也寻找时机进入到英语文学圈子。叶君健在用英语进行创作的初期，与英国作家的交往使其对英语写作的思维有着比较深切的理解。据介绍，随着英文小说《梦》（*The Dream*）等的发表，他"给英文带来了异国的'新鲜感'，被认为'丰富了英国文学'，逐渐成为英国有名的英文作家，引起了 20 世纪英国三大文豪之一、矿工出身、作品同样体现劳动人民生活的普里斯特莱（J. B. Priestley）的青睐。他经常邀请叶君健周末到他在英国怀特岛上的家里做客，并亲切地称叶为：'我家庭里的中国成员（the Chinese member of my family）'"[1]。这种扩大英国文学社交圈子的做法，对于作家创作的帮助是显而易见的。这也体现在 1938～1939 年凌叔华

---

[1] 叶念先、叶念伦：《叶君健生平年表》，《叶君健全集·第二十卷散文卷（五）》，清华大学出版社，2010，第 532 页。

与弗吉尼亚·伍尔夫及其家人的通信往来促成了她的 *Ancient Melodies* 的写作和出版，萧乾与爱·摩·福斯特的交往促使他对《龙须与蓝图》一书中的观点进行更加深入和细致的思考。详细论述可见第五章相关部分。

当然，作家们对本民族文化及异邦（异质）文化的深切理解随着旅居（流亡）异国时间的推移尤其是融入英语文学圈子程度的加强而得以加深，并对小说创作的思维方式、构思布局和创作理念产生明显的影响。

第三节　中国现代汉英双语作家文化思维综论

毫无疑问，汉英双语作家与汉语（单语）作家的创作思维是有不同之处的。语言是最重要的思维工具，语言运用的程度决定了思维表达的深度。对于作家来说，能否熟练地运用和驾驭语言工具在如何思维、思维深度和思维层次等几个方面是有决定性的。凌叔华的《古韵》是在弗吉尼亚·伍尔夫、朱利安·贝尔以及伦纳德·伍尔夫等人合力帮助下，从语境、用词、结构和组织等多方面加工润色的结果，具有比较明显的欧化特点。该书一出版就成为畅销书，连续若干星期位列英国畅销书的排行榜。张爱玲的《秧歌》则是得力于她英文的熟练驾驭能力，因而一出版就广受好评，初版在很短时间内就销售一空。但此二位作家最终未能有更优秀的作品持续出版，在英文世界获得更高的文学赞誉，主要原因之一就在于她们未能真正融入英语世界，自己可以转圜的余地不多。比如凌叔华后来专事绘画，张爱玲把受众和销售市场定位在港台。蒋彝则不然，他对语言的"慢热型"，或者说与他人一起较为长期、稳定的合作，使他逐渐从作品的生产中收获了机遇、市场和受众。这不断提升了创作的信心，鼓励着作家不断在游记系列的创作道路上越走越远。也就是说，与凌叔华、张爱玲相比较，蒋彝既有谋生存、求发展的强烈现实需要，也有着传播中国文化的强烈信念，因而在语言驾驭上尽管一开始力有不逮，却能够想方设法、以合作的形式求助于以英语为母语的人士，迎难而上，不断克服诸般困难，以坚强意志为基础的创作心态不断嬗变，在逐渐熟练了英语表达之后，其思维的深度和广度也得以加强，对中国文化与西方文化的比较和阐扬，变得更为西式、切合英语受众的思维特点，适应了英语思维发散型、由点及面的特点，其创作心态也越来越稳健和成熟。《牛津画记》《波士顿画记》可谓代表。

运用单语（汉语或英语）创作时仅使用一种语言进行思维，思维运行路径相对简单，而且由于其面对受众的单一性，常常可以在文本的内涵、深度、思想容量、文化背景、技巧运用等方面各有侧重，而不必虑及文化差异下的内容适应性、思维向度和可读性等问题。在双语创作的环境中，尤其是创作者本人把一种语言文本改写改译为另一种语言文本时，就会遇到诸如可接受性、适应性、语境转换策略、表达习惯约束（惯性）、母语（译出语）和目的语（译入语）的对等等问题。蒋彝在用中文完成其文本时，汉语思维习惯贯串其文本始终，在将文本改写改译为英语时，就需要灵活调整。鉴于此，他在《湖区画记》中日记体的简单结构、移步换景的常用手段和诗书画的频繁使用就是其扬长避短的必要手段。在《伦敦画记》中，他主动采用了较为繁复的方式，不仅源于写作对象不同、主体不同的原因，还在于其汉语思维习惯逐渐被英语思维习惯所置换，而在《牛津画记》中，纯粹小品文的文体形式说明了其思维习惯已经英国化了。也就是说，他已然从汉语思维习惯转换为英语思维习惯了。这一转换过程，普遍存在于现代汉英双语作家的创作中，具体分析如下。

首先，创作语言与创作思想的适应。创作离不开语言。使用汉语创作与使用英语创作存在着很大的思维差异。在表现同一个题材时，中西方"预设读者"和创作思想的不同很自然地决定了创作语言的使用。张爱玲在写给林以亮（宋淇）的一封回信中曾谈到这个问题，她说："写英文时，用英文思想，写中文时，则用中文思想。可是对白却总是用中文想的，抽象思想大都用英文。这种习惯之养成恐怕与平时所读的英文书有关。"[1] 张爱玲至少说到了两个方面的问题：一方面，创作语言必须适应创作思想，有什么样

---

[1] 林以亮：《从张爱玲的〈五四遗事〉谈起》，苏伟贞主编《鱼往雁返——张爱玲的书信因缘》，台北允晨文化，2007，第49页。

的创作思想就要有对应的创作语言；另一方面，对白（对话）设计习惯用中文，这恐怕与她的社交圈子相对狭小和性格孤独自守、与英语文学界人士交往不够有关。抽象思想使用英文，是英语思维直接、由具体到抽象、由微观到宏观的特性。因此，张爱玲的英文小说从对话到人物行事、思想方式较少具有英美人的特点。与之相比较，熊式一在用英文表述时就更加直接简单。《王宝川》中，不少细节如"吻手礼"、人物对白和行为方式带有明显的英国绅士风度；*The Bridge of Heaven* 中李大同的行事方式、说话习惯，行文叙述的连贯性、语气都是按照西方人的思路来设计的。再如前面所分析的叶君健的 *The Mountain Village*。回到中文语境，《天桥》《山村》未能在这些方面及时做出转变以适应中文读者，也是其第一创作语言为英语、创作思想无法及时更新的缘故。

其次，创作方式与受众阅读习惯和市场需要的匹配。张爱玲针对她的小说 *Stale Mates* 和同题材的《五四遗事》有这样的表述，"中文繁，英文简，二篇不同，是因为英文需要加注，而普通英文读者最怕文中加小注。如果不加注，只好在正文里加解释，原来轻轻一语带过，变成郑重解释。轻重与节奏都因此受到影响，文章不能一气呵成，不如删掉，反而接近原意。"[①] 显然，张爱玲对汉英两种语言的差异和对英美读者阅读习惯的了解是比较到位的。中文之繁，是在细节上、在对具体事物之交代上不厌其烦；英文之简，是在叙述过程中的对象描绘上简明扼要。但这种区分也是相对的。比如中文对无关宏旨地方的处理和英文对人物心理的深度开掘就是繁简易位的。张爱玲所说的文中加注，是中国文学经典的处理常规，但英文中绝少此种习惯。熊式一在 *The Bridge of Heaven* 中、叶君健在 *The Mountain Village* 中，都深谙此道，尽量把一些非交代不可的中国官方或民间习俗，用简洁的语言表述清楚。在语义转换上，着重于找到最能传达同一思想内涵的语言表达方式，但也无可避免地出现"词不达意"、辞难达意的情形。创作思想切合了西方人

---

① 林以亮：《从张爱玲的〈五四遗事〉谈起》，苏伟贞主编《鱼往雁返——张爱玲的书信因缘》，台北允晨文化，2007，第48~49页。

所看重的人道主义、个性主义和人本主义的立场，创作方式还要尽量和受众的口味、出版市场或畅销书市场接轨，才能够尽快被接纳。这里所说的创作方式还包括心理描写、对话习惯、环境渲染和蒙太奇、意识流等西方现代小说的技巧等。

回到母语的受众市场上，作者又要对以上方式做出必要的调整，使之与中文读者的阅读习惯相适应。所以，从这个角度上说，张爱玲是比其他作家如熊式一和叶君健都更好地注意到这种读者区隔的作家，因为《天桥》《山村》的中文版和英文版相比，变动没有《秧歌》的中英文版本那么大（具体可以参见第二章第三节）小说思维转换也就没有那么剧烈。

再次，创作题材选择与时代社会热点的契合。小说题材选择历来是小说家创作之初就要考虑的事情。好的、有趣的小说题材可以使作家获得创作的动力，这对高质量作品的问世是非常重要的。读者对小说的接受在一定程度上又会受到题材的左右，这一点在"二战"前后极其明显。中国作家要想让自己的英文作品成功地打入欧美市场，除了上述两点外，很重要的就是选择合适的题材——"二战"期间，作为英美的盟友，中国在战场上成功地抵挡住了日本法西斯的猖狂进攻，打破了其西进北上与德意法西斯会合的图谋，这使远东的中国在欧美国家的宣传机器中和平民世界中变得重要起来，西方亟须了解中国、认识中国而非妖魔化中国。萧乾、叶君健、杨刚等人也正是在这一背景下到达英美宣扬世界反法西斯战争的，熊式一、蒋彝的作品之所以畅销也有这一背景因素。凌叔华的 Ancient Melodies、张爱玲的 The Rice Sprout Song 也是战后英美读者了解中国的热情"余温尚在"时才会有受众市场。另外，1950 年代初中期的"中国历史"、"中国人文"和"中国传统文化"都是社会的热门话题。

如果我们再把视野扩展开去，还可以发现，其时英美的文学出版界对中国题材尤其是抗战题材热衷度很好，比如 1936 年伦敦乔治·G. 哈拉普公司出版了埃德加·斯诺主持编选的《活的中国》（Living China）；叶君健翻译了茅盾的"农村"三部曲，该三部曲以 Three Seasons 之名由伦敦的艾伦·怀特出版社 1941 年出版，1946 年又以 Three Seasons and Other Stories 之名，加入了姚雪垠的《差半车麦秸》、张天翼的《华威先生》、阿垅的《低阶机枪手》和白平阶的《在滇缅公路上》等作品由伦敦斯特普尔斯（Staples）出版社推出。之后，"冷战"幕启，国际关系急剧动荡，这样的题材自然难以再获青睐。也就是说，中国现代汉英双语作家选择的创作题材有意或无意间契合了欧美英语世界主流社会的文化和政治主题，这也为他们创作的成功提供了时代基础和必要条件。

但是，这些作家同一题材的汉语作品，在国内获得的评价、传播情况与国外通常不一致。一则是他们无法在题材选择上兼顾东西方不同受众的口味，特别是专为一方读者写的作品，因指向过于鲜明，限制性显而易见；二则那些先在国外出版的英文作品，翻译为中文在国内传播时，容易受制于政治因素和作品内容——或者属于比较浅显的、历史标识性强的作品，如《天桥》《山村》，或者属于改动不大、较忠实于英文版的他译本如《古韵》，往往缺少了当年国外所具有的特定传播语境和传播条件；三则在国内出版时由于种种原因影响和名气都不大，在国外出版后声誉鹊起，如《秧歌》。至于杨刚的 *Daughter* 和萧乾的 *How the Tillers Win Back Their Land*，前者作家生前未能发表，后者更易被当作报告文学或通讯作品。

质而言之，中国现代汉英双语作家的文化思维具有游走于东西方两种文化中的特点。但由于中国属于话语弱势一方，他们往往更多地去考虑欧美文化的因素，在语言、思想、题材等诸方面必须把英语置于强势位置，从而使其同一题材的汉英版本出现了明显"位移"，这种"位移"既是近现代以来东西方跨文化交流中的常态，也是汉文化输出者必须面对的窘境和尴尬。但正是这种窘境和尴尬，可以促使人们进一步思考中国现代汉英双语作家文化思维的特别之处。

第一，双向沟通的桥梁。众所周知，近现代中国文学向欧美文学的学习主要是从林纾翻译欧美文学作品开始的。他的《巴黎茶花女遗事》《黑奴吁天录》等大量译作的出现，一改中国文坛的面貌，使"林氏翻译"成为时尚。当然，由于其意译方式中主观性过强，不少文本因为被译走了样而为后人诟病，但其翻译开了知识分子翻译外国文学、文化名著的先河。其后包括胡适、鲁迅等"五四"先贤在内的大量知识分子纷纷从事翻译，本书所涉及的这些作家都做过文学报刊编辑（蒋彝、张爱玲除外），同时也都是翻译家。这种对外国作品的"输入式"翻译（译入），对其时中国知识分子了解世界文学潮流、文艺动向，紧跟世界文学发展方向无疑是有极大帮助的，也促使了中国现代文学尽快地完成转型。由此掀起的文艺运动此起彼伏，未尝歇息。同时也要看到，"输入"式的翻译即外译汉仅是单向道的，它可以帮助国人一窥外国情况，但无法帮助外国人深入了解中国。于是，就有了林语堂的 *My Country and My People*、*The Importance of Living*、*The Wisdom of China and India* 等一系列介绍中外文化的著作风行欧美。熊式一的 *Mencius Was A Bad Boy*、*The Professor from Peking* 和 *The Life of Chiang Kai - Shek*，萧乾的《苦难时代的蚀刻》（*Etching of A Tormented Age*）、《中国并非华夏》（*China But Not Cathay*）、《千弦琴》（*Harp with A Thousand Strings*）、《龙须与蓝图》（*The Dragonbeards Vs. the Blueprints*）及叶君健的《无知的和被遗忘的》（*The Ignorant and the Forgotten*）等，也都属于这一类型的作品。这些作品与以前由传教士或短暂旅居中国的异邦人士所写的作品相比有很大不同，最主要体现在认识中国文化和理解中国问题的角度与深度上。

林语堂、熊式一、叶君健、萧乾、凌叔华、杨刚、张爱玲等人的英文小说则为欧美人士打开了另一扇窗户。他们的小说在题材内容上以表现中国近现代不屈不挠的抗争史为主，又善于结合西方人的思维习惯进行创作以适应其阅读口味，获得了相当程度上的成功。这些作品的中文版本回流到国内，在一定意义上也拉近了中国读者和西方读者、中国文化和西方文化的距离。从"对西讲中"和"对中讲西"这两个不同的视角来看，他们无疑是双向沟通的桥梁。一方面通过英文小说加深了特定时期的西方人对中国历史、中国文化和中国人的了解，改善了近代以来大多数西方人对中国的根深蒂固的偏见和谬误。另一方面通过中文小说帮助国内民众了解西方人的言行方式和西方文化的某些层面。同时，也借助其他方式如翻译、著作来介绍西方，比如林语堂的《美国的智慧》，叶君健《开垦者的命运》《安徒生童话全集》，萧乾 1939 年赴欧和杨刚 1944 年赴美后作为《大公报》记者所写的通讯和报告文学作品等。

当然，也不能忽视，他们中的多数人实际上更擅长"对西讲中"，这和前述的思维内化和思维定式不易改变密切相关，即他们旅居欧美融入当地文化圈后，努力用英文思考问题和写作，受众也已设定为当地普通民众；回国后相当长一段时间内无法再与西方联系，也逐渐丧失了"为西方人写作"的动力。尽管因应形势需要他们也会有作品问世，如萧乾的 *How the Tillers Win Back Their Land*，但那也成为配合官方需要的宣传品而非主动适应市场的文学出版物。到他们在中国语境中创作中文小说时，双语思维也就很难再持续地发挥作用而让位为汉语思维了。

第二，文化融合的黏合剂。近代之初，中国对西方的学习与了解处于蹒跚学步的阶段，中国人很难得出一个全面而又恰切的西方形象，他们学习西方更多停留在"师夷长技以制夷"的器用层面，进行观念层面的改造直到"五四"时期由多批次到西方国家学成归来的留学生们以近乎接力的方式基本完成。但毋庸置疑，此时中国"输入型"的文化"海补"在拉近中国与西方固有的差距之时，又会形成新的差距，需要进行新一轮的文化输入，这样就势必使中国永远也无法在一个对等的平台上与西方进行卓有成效的对话。林语堂的文学、文化著作和译作在一定程度上弥补了这种差距，促进了中西文化的融合。以之为代表的汉英双语作家从文化思维上进行的文化融合工作是深层次的融合——他们用英语表达中国人或外国人的所思所想和用汉语表达中国人或外国人的所思所想，比起其前辈无疑是一个巨大的进步。他们有效地黏合了两种文化中最核心的东西——文化传承者之间的距离；显然，站在目的语受众的角度进行创作才能更加深入到各自文化的核心，才可能获得理解。"二战"在拉近中华民族与欧美的盎格鲁－萨克逊民族和美利坚民族的心理距离的同时也拉近了其间的文化距离，这些著作在该时期井喷式的出现恰是对于这一需要的适时和深度的回应，从而促成了中西文化交流史上又一个高峰时期的出现。

第三，中西文学互动的催化物。"多元文化人"的身份使汉英双语作家能够在汉语文学世界和英语文学世界之间来回穿梭，从而促进了中西文学的互动。这主要体现在如下方面。

其一,"多元文化人"的身份使双语作家能够比较从容地对比两种迥然有别的文化思维,吸收优异的方面应用到自己的作品中。于是,很容易看到,*The Bridge of Heaven* 中李大同的行事方式有明显的西方化的特征——不屈不挠、目标专一、为人有冒险精神、光明磊落,但也未偏离中国人的行事轨道——忠君孝亲、不事声张、能屈能伸、识大体顾大局。就连结局也是中西文化融合的结果——"谢天谢地,天桥真是我们这一方居民之福!"① 对民众心声表现和对天桥四周景致的描写,既体现了中国传统小说中"首尾照应"的特色,又有西方式的心理刻画和情感抒发。*The Mountain Village* 中充溢西式思维的当事人对话、被控制拿捏的叙事节奏以及叙述人"我"的时隐时现,*The Rice Sprout Song* 中顾岗偷偷吃饼干和茶叶蛋的精细刻画及金根月香生离死别时的对话描写、意象刻画等,都是对中西方小说思维优势的吸收。这些吸收毫无疑问增加了双语作家的文学智慧,促进了文学创作上的进步,在形成作家的个人风格上起到了不小的作用。

其二,中国现代汉英双语作家与英美文学界人士的交往,加深了相互间的文化理解,促进了对方对自己所代表的文学的熟悉程度,构成了一定意义上的"互哺"。欧美文化、文学名流们作为这些汉英双语作家作品的第一读者,获得了对中国的新认知,他们的作品也为其他普通读者打开了英语世界的中国窗口。这种文化"互哺"极大地拓展了尚且年轻的中国现代文学与西方现代文学圈子的交集,把"五四"时期向西方文学学习的创作实践推进到了西方文学的前沿阵地和大本营,对西方文学的精神领会延伸到了现实交流层面,再由现实交流层面延伸进入文学思维层面,进而搭建起了双方对话的平台。此点在第五章还有详细论述。

其三,中国现代文学思维在中西文学的交流中加速了中国与世界接轨的步伐。可以说,中国现代文学一开始就是通过与西方文学对接的方式来获得营养的。中国新派文学在短短几十年间,一边吸纳近两百年来的西方文化思

---

① 熊式一:《天桥》,外语教学与研究出版社,2012,第 321 页。

潮和文艺思想，一边不断建立自己的领地、开疆拓土，迫使旧派文学退让出固有的"疆域"。这期间，罗素、泰戈尔、萧伯纳等域外文学家访华，诸多知识分子留洋回国成为作家，对中国文学的进步产生了极大的影响。中国现代汉英双语作家在欧美国家"为西方人写作"的理念和实践使他们在事实上具备了真正意义上的对话者资格，即为英语世界的受众用英语讲述一个个中国的故事。与赛珍珠（Pearl S. Buck）的 *The Good Earth* 在欧美世界的出版传播实质上开辟了文学书写的新一页一样，中国现代文学也借此开始了走出"学生"辈和"徒弟"辈的发展思路，加速了与欧美文学对接的步伐。虽然之后由于各种各样的缘由这一步伐被迫多次中断，但总体上是双方走上了不可逆转的互动式发展道路。这些也为新时期中国文学的新一轮发展积累了资源，积攒了人脉，成为以后中国文学发展过程中不可或缺的动力来源之一。

我们或许可以认为，中国现代汉英双语作家的小说思维兼有复合型思维和技术理性思维的特征。前者是对汉语思维和英语思维的组合与交互，它典型地表现在以西方视角为西方人讲述中国故事又融合了中国文化与西方文化的精髓上面，试图创造出一种能够被西方受众喜爱又能够被中国受众接纳（特别是在中文版小说中）的言说方式。它的话语具有源于汉语思维的超越性和源于英语思维的精细性，它在创作语言的运用上既摆脱了言简意赅、微言大义的汉语表达模式的束缚，又摆脱了不少英语文学中意在言先、过度刻画的弊病，试图把中国元素与英语表达进行有机的衔接和处理。这种总体上迁就欧美受众的言说方式是成功的，因为他们的作品毕竟得到了受众和时间的检验。技术性思维是对汉语思维与英语思维基于理性的技术性变革。这可以从熊式一对中国近现代史、叶君健对中国乡村革命史、萧乾和张爱玲对中国当代土改史、凌叔华和杨刚对家族史（个人史）的英语言说上体现出来。① 也就是说，这些作家不约而同地选择了中国历史的某一片段或横截面

① 蒋彝的情况比较特殊，其对欧美风景人文的中式刻画著作主要应作为文化散文来看待。他的"以画代文""画文兼备"的著述可谓开创了中国现代文学史和现代中西文化交流史上的一种新的样态，具有特别的研究价值。其中他的"飞散作家"的中国文化翻译行为也得到了任一鸣等学者较为充分的研究。

来作为小说的题材进行创作绝非偶然，其中有着更加深刻的思维上的原因。这可以从下列两个方面得到说明。

一方面，中国文学具有史传传统的思维积淀。中国文学有着很深的史传思维传统，比如《史记》，它在很大程度上是文史合一的，之后的中国文学沿此路径逐步分化，但对历史的言说一直是其中极其重要的一脉。中国现代汉英双语作家都有浸淫于史书阅读和历史叙事的经历，很显然，把历史言说与情爱言说冶于一炉是他们在整体上都比较擅长的做法，他们也有拿得出手的作品。在英语语境中的创作，撇开他们对题材的感受力度、创作上的冲动和其他外在原因不论，既可以从技术上保证其成功，也可以为自己提供创作上的心理保障，使自己获得创作上的安全感而不至于出现"开门黑"的状况。所以，史传传统的思维积淀在其中起了很大的作用。

另一方面，他们在英文创作的技术路线上的选择也有趋同性。这是指中国现代汉英双语作家无论在其中国历史言说中还是在其他类型的小说中，都做出了充分的研判，不仅注意满足西方读者的"口味"以免引起不必要的麻烦（诸如退稿、找不到出版商等），还根据欧美同行所提的意见进行仔细的完善。总体上看，这些小说都具有故事线索简单、人物性格分明、人物数量有限、言说故事清晰、对话简洁易懂、主题爱憎分明、意识形态及党派性相对模糊的特点。以张爱玲的英文小说创作为例，"其实张爱玲在美国并没有封笔，但她的作品不少都有她所谓的'碍语'。五六十年代张爱玲努力在写《雷峰塔》和《易经》的英文版，故事写完后找不到出版社。她认为被拒绝的原因是美国编辑有他们的政治立场，所以他们不可以接受书中把旧中国写得那么糟，因为这会显示共产党相对来说是更好。60年代张爱玲用英文写《少帅》，但美国人的思维跟不上那些复杂的民国故事人物，结果半途而废"①。从这个角度说，技术理性主义思维路线在他们成功的作品中起到了不小的作用，也就是说，在很长一段时间内，作家们在扬长避短、"投其所好"的过程中，需要吃透受众、出版商、代理人的心理，小心避开各种

---

① 宋以朗：《宋家客厅：从钱钟书到张爱玲》，陈晓勤整理，花城出版社，2015，第198页。

政治上的风险和意识形态上的阻隔，把中国文化的传播与所选择的主题、题材有机且谨慎地结合起来，冲破重重障碍，这样才能够让那些看似寻常的文化交流变成活生生的现实，产生出良好的传播效果。倘若不是如此"迂回"、委曲求全，在中国文化处于绝对弱势的时候，怎么可能有这样一批优秀的汉英双语作家及其作品涌现出来呢？

| 第四章 |

中国形象建构论

中国形象问题，是当今传播学和跨文化交流中的一个基本问题。按照一些论者的理解，国家形象是国与国各要素之间在互动交往中产生的海量数据记录的综合呈现。国家形象是一国国民对另一个国家整体状况的总体印象和看法，带有一定的情感性和主观性。其在本质上是一种信息资源，不是国家构成的物质资源和能源资源。[①] 国家形象在比较中而存在，体现在不同的具体元素上，是让其他国家的国民能够进行感性认知和具体评价的东西。从宏观的角度来看，国家形象是包含多层面、多维度和多种衡量因子在内的一个复合体。但其中最具有能动性的显然是人这个特别的要素；从微观的角度来看，每一个人都可以成为本国国家形象的代言人和建构体。

文化显然是国家形象中不可或缺的一维。如前所述，不仅精神要素、行为要素和制度要素离不开文化，而且文化的内涵、陈述和表达方式决定了文化持久的影响力和生命力。作为思想理念、智慧道德、历史理解和审美思维重要载体的文学，也就天然地具有了形象塑造、感染打动受众、赢得人心的功能。情感与回忆的融汇，更容易让二者借助文本不断传承，不断发挥其特殊的作用。

---

① 李卫东、张昆：《国家形象评估理论初探》，张昆主编《跨文化传播与国家形象建构》，武汉大学出版社，2015，第20页。

中国形象，按照周宁的研究，本是西方现代性自我构建的"他者"。它可以是理想化的，表现欲望与向往、自我否定与自我超越的乌托邦；也可能是丑恶化的，表现恐惧与排斥、满足自我确认与自我巩固需求的意识形态。① 也就是说，中国形象问题主要存在于西方文化视野中，是西方作家"看"中国而塑造出来的，它是一个不同文化互读互动时"视角差异"的问题，更是文化差异、制度差异、政治经济和军事差异的集中表现。西方作家的中国形象塑造随着启蒙运动的结束而发生了根本性的变化，在其后若干年的发展演化过程中，中国形象已经远远超越了塑造者所处的时空环境，不断叠加、变形、翻转、扭曲。

西方想象是西方作家（传教士及其后人、商人、知识分子包括汉学家等）对中国进行的描述和记载。这些描述或记载并非全部谬误，但不少作品中充满谬见，其所建构的中国形象更容易呈现为歪曲态势。中国现代汉英双语作家的中国形象建构是对这一态势的有效反驳。

中国现代汉英双语作家的双语作品相对集中在 1930～1950 年代这一他们创作生命力的黄金时期，在这一时期，他们因为各种原因置身海外，但创作力极其强劲，且多呈现喷涌之势，甚至在 1950 年代之后还时有作品问世，但这些并不影响我们的一个基本判断，即中国现代汉英双语作家的英语作品对中国国家形象的塑造、建构不仅和世界反法西斯战争紧密相关，也和国内的各种运动和斗争相关，和他们自觉借助文学书写以传播中国文化、讲述中国故事的爱国情怀有关。同时，他们的文化理念尤其是跨文化传播理念也在形成和嬗变之中，这构成了他们作品里中国形象建构的复杂性、丰富性、立体性和层次性。

从中国现代汉英双语作家作品中的中国形象建构动机看，有基于爱国主义精神而进行的爱国主义书写，有基于文化融合而进行的求同存异书写，还有基于文化改写而进行的书写。又据他们形象建构的不同方式和目的，可以区分出主体性、策略性和功能性等几个方面，以下将逐一展开论述。

---

① 周宁：《跨文化研究：以中国形象为方法》，商务印书馆，2011，第 4 页。

第一节　基于爱国主义主体性的中国形象建构

近代以来，欧美国家中国形象建构的任务主要是由林乐知（Young John Allen）、明恩溥（Arthur H. Smith）等传教士，埃兹拉·庞德、赛珍珠、埃德加·斯诺、罗素、斯宾格勒等作家来完成的。前者如明恩溥，他的《中国人的气质》等英文著述出版后得到了极高的评价，影响了西方部分受众的中国观，被西方世界奉为经典之作，但"由于文化的隔阂和宗教的偏见，他们仍然不可能对中国问题做出客观的评价或客观的分析"[①]。后者如赛珍珠，她于1938年获得诺贝尔文学奖的小说《大地》，尽管有对中国东部农村的农民和土地关系深情和精细的描写，但"他们的描述中还存在着大量的想象和虚构的成分以及'舞台化的模式'，使得博大精深的中国智慧难以得到真实的再现"[②]。就西方而言，无论是文化保守主义者还是开明人士，或为意识形态所局限，或为一管之见、一孔之知所遮蔽，无法洞悉中国文化表象背后更为深刻的内涵及其历史成因，常常失之于谬贬或谬赞。他们难以真正进入中国文化体系内部，进行深层次的解读。这也就使中国、中国人及中华文化无法被西方尤其是欧美受众真正了解。

熊式一对1930年代前后西方社会中国观感的表述就很有代表性。正是基于对这种谬误"根深蒂固"、作家任意编造的语境的反抗，熊式一改编自京剧《红鬃烈马》的话剧作品 Lady Precious Stream（《王宝川》）中平民下人薛平贵与相国之女王宝川的忠贞爱情故事，是对中国传统婚姻道德观念和英雄观念的极好注脚。有人曾撰文分析了其受到热捧的原因，"大概是因为外国戏剧大都是大同小异的，换换这新鲜口味，所以得人欢迎，但是最重要的原因还是在旧道德观念上，英国人素重保守，自欧战以后，男女的恋爱太

---

① 冯智强：《中国智慧的跨文化传播——林语堂英文著译研究》，中国海洋大学出版社，2011，第27页。

② 冯智强：《中国智慧的跨文化传播——林语堂英文著译研究》，中国海洋大学出版社，2011，第29页。

自由，朝秦暮楚，毫无贞操观念。于是英国一班守旧的老头子同老太太们，大叹世风日下。王宝川能够十八年之久等候其夫，富贵不能移其志，在欧洲是找不出的。平贵回窑尚调戏其妻，以验其操守，很多老太太们看到此地，莫不泪下如雨，手巾都湿透。可知中国旧道德感人的深了"①。而在同时期的英国评论家看来，"不过从艺术家和普通读者的角度来看，熊先生的（这部）著作配得上无限的赞誉。中国戏剧（在欧洲的）知名度还不高，寄望于被特别赋予了该任务的熊先生，（请他）通过创作其他的中国戏剧来满足欧洲大众的需要"②。着眼点不同导致了对该剧评论的明显分野。这在熊式一改写改译的诗剧《西厢记》中同样存在。他尽可能地传达出原作的思想内涵：反叛封建家长制的自由恋爱，以获取功名作为婚姻生活的保证，男才女貌的夫妇彼此忠贞；也尽量还原该杂剧在艺术描写、意象设计、意境营造、情节结构等诸多方面的匠心。时人曾评点说，"译者第一把原书宫调用韵的局面打破，他译唱词不用韵，但读起来却如 R. Tagore 的散文诗，有一种自然谐美的韵味，所谓 Spoken tone，所以这译文的本身，已多少带有些创作性……"③ 熊式一从通俗剧《王宝川》的改写改译向严肃剧《西厢记》的改写改译的转变，无疑是具有特别意义的。这一由俗趋雅的努力看起来更像是一次为中国形象正名的行动，这可以和他抵英不久即创作发表的独幕剧 "Mencius Was a Bad Boy"（《顽童孟子》）联系起来考察。二剧都是对既有故事版本的改写改译，意在以比较纯正的儒家文化伦理精神作为跨文化写作和传播的主旨，但后者的故事设计较为平淡，"孟母三迁"所涉及的相关文化背景显然要复杂和严肃得多，其"戏说"的成分还不足以引起受众强烈的接受欲。与此类似，《西厢记》的接受效果与《王宝川》相比差距极大，在普通受众中反响平平。

之后，熊式一奉"全国战地文人工作团"（1937 年）和"文协"国际宣传委员会（1939 年）之命在英国做中国抗日救国国际宣传的工作，并创

---

① 卫咏诚：《伦敦"宝川夫人"观演记》，见程德培等编《1926～1945 良友散文》，上海社会科学院出版社，2004，第 144～145 页。
② Eduard Erkes, "Books Reviews", *Artibus Asiae*, 6.1/2（1936），p.152.
③ 藏云：《〈西厢记〉的英译》，《图书季刊》1936 年第三卷第三期，第 158 页。

作出版了三幕话剧"*The Professor from Peking*"(《大学教授》),与萧伯纳晚年杰作《查理二世快乐的时代》剧在嘉宾云集的英国文艺戏剧节同台演出。^① 该剧本因为希特勒纳粹空军空袭伦敦而未能连续上演,其影响力受到了限制,也使熊式一雄心勃勃的创作计划部分落空^②。

真正使他在由俗趋雅的创作道路上获得极大成功的是长篇小说 *The Bridge of Heaven*(《天桥》),该小说力图揭示中国革命具有并不亚于英法大革命的进步性以及它与世界民主革命潮流的同步性。小说对中国近现代史上的两大历史事件——戊戌变法和辛亥革命进行了系统的描述,并且把李大同的成长过程与这两大事件的发生过程加以深度融合,同时不忘展现主人公丰富的情感生活,既重义又尚德的君子品质和以德报怨的儒家人格,使李大同及其所代表的新一代青年革命者具有了全新的魅力,使他们足以担负起拯救风雨飘摇中的家国的重任。

几乎与熊式一同时,蒋彝以 *The Chinese Eye*(《中国绘画》)登上英国文坛,一举成名。在该著作中,蒋彝对中国绘画艺术的来龙去脉、艺术技巧、使用工具、类别以及绘画与哲学、文学的关系做出了比较清晰的界定和说明。其中还插入了唐、宋、元、明、清五个朝代的 24 幅名家画作。熊式一在为该书做的《序》中评价道:"现有的关于中国艺术的书籍,全都是西方评论家所写,他们的概念,尽管有价值,但其所做的解释必然与中国艺术家完全不同。我想你们一定会同意,这些中国艺术家,真可惜,应当有他们的发言权。此书作者对绘画的历史、原则、哲学的处理,深入浅出,读者既获益无穷,又其乐无穷。这本书不算厚,谢天谢地,也不是一本学术巨著!蒋先生写出了这么一本毫不枯燥、毫无学究气的中国艺术专著,仅此而言,作者和读者都值得大大庆贺一番。"^③ 该书甫一出版,就有评价说:"《中国绘

---

① 熊式一:《大学教授》,台北中国文化大学出版部,1989,第 1 页。
② 曾有记者采访熊式一,他说:"我的译作剧本,除《王宝川》外还有《孟子》,《财神》,《西厢记》,《大学教授》,《意大利》……"见品藻《熊式一先生印象记》,《新时代》1937年第七卷第四期。
③ Chiang Yee, *The Chinese Eye: An Interperetation of Chinese Painting*, London: Methuen & Co., Ltd., 1935, pp. ix – x.

画》是对过去活跃的文人艺术家和诗人的推论性质的研究，描述了中国主流的绘画与诗歌之间的亲密联系……但这本书肯定会让那些希望了解中国人的绘画态度的读者感兴趣……具有更广泛和更实际的前景。"① 甚至蒋彝自己也在 A collection of Chinese Paintings 一文中力荐该书，"我愿意推荐该书，其价值在于《中国绘画》中的所说艺术兴趣具有共同性而不仅是个别性，我一直觉得除了画具和技巧，东西方艺术没有多少真正的区别。技艺也不具有排他性。绘画艺术各自的构成和着色对另一方也会有所启示……六到十一世纪的中国画是非常现实主义的"。② 蒋彝自该书的写作开始，就有了一种文化传播的自觉，有意识地拉近中国文化与西方文化的距离，重塑中国的文化形象。

这种自觉意识在 Chinese Calligraphy（《中国书法》）中同样有明显的表现，该书副标题"美学与技艺方面的介绍"已透露出它其实是一本介绍普及性质的书，内附插图 22 幅，说明附图 157 幅，可谓图文并茂。蒋彝从中国文字的起源、构成说起，结合书法技法、笔画、结构、练习方式、抽象美展开，再论述它的美学原则及其与绘画和其他艺术形式的关系。其于 1938 年出版后，获评该年度的 50 本最佳出版书籍之一③，有人批评说，"当《中国书法》初版问世时，赫伯特·里德（Herbert Read）先生即告诉世人，他已被这种普通的艺术哲学所震惊，特别是它和现代艺术的某些方面有关联……艺术方法与近代西方的抽象艺术方法很接近，而事实上，不少西方现代艺术家正是汲取了中国书法的艺术方法而进行创作的。"④ 哈佛大学出版社关于该书的宣传网页引用了《泰晤士报》的评语，"这是一部了不起的著作，书里介绍的砚台就足以引起人们的好奇。蒋彝先生是一位自信的名家，以一种实事求是而又充满想象的方式进行写作"⑤。在 A. Bulling 看来，"（该

---

① C. J. H. , "Review", *The Burlington Magazine for Connoisseurs*, 67. 393 (1935), p. 282.

② Chiang Yee, "A Collection of Chinese Paintings", *The Burlington Magazine for Connoisseurs*, 73. 429 (1938), p. 262.

③ 郑达:《西行画记——蒋彝传》, 商务印书馆, 2012, 第 134 页。

④ Jules Menken, "The Spectator Archive", *Spectator*, February 18, 1955, p. 201.

⑤ http：//www. hup. harvard. edu/catalog. php? isbn = 9780674122260&content = reviews.

书）作者公开的目的是向不懂中文的欧洲人解释中国书法的美和技巧。即便那些通晓中文的西方人也很少有人熟悉中国书法的美学原则，更少有人接受过相应的汉字书写的初步训练。作者把读者从汉字的起源及结构引入到不同书写形式、美感构成、毛笔、技巧问题和训练方式上"①。揆诸实际，不难发现，蒋彝对汉字书法艺术与绘画等关系的论述，不仅深化了西方人对颇显神秘的汉字的直观认识，也从中国人的哲学思想源头上对其进行厘清。同时，绘画与书法作为中华文化艺术形式重要的二维和独具特色的艺术手段在"哑行者画记"系列作品中的运用，是蒋彝能够扬名欧美文坛的一大法宝。

The Silent Traveler in Lakeland （《湖区画记》）中，他以游历日记的形式描写了英格兰湖区公园的几个重要湖泊；在 The Silent Traveler in London（《伦敦画记》）中，他对伦敦这个国际大都市从四季景色到日常生活做了细致的描绘；在 The Silent Traveler in Oxford （《牛津画记》）中，他以比较随意的结构和小品式的笔法来书写所见所闻，不再刻意去注重整体面貌的勾勒或做走马观花式的描述，而是意图再现牛津的历史和现实情景。几部书比较，前二者拘谨而线索清晰，后者活泼而内容庞杂。

此时期，蒋彝出版的著作值得注意的还有 The Silent Traveler in Wartime（《战时画记》）和小说 The Man of the Burma Road （《罗铁民》）。前者叙写了战争开始后他的所见所闻和观感，在写法上和《牛津画记》类似，通过对人们日常生活发生明显变化的细节的描绘，来突出战争所带来的巨大影响以及在这种影响下英国人的乐观精神和一国首脑的卓越品质。其中既有对国内抗战局势的牵挂和抗战必胜的信念，也有不少把英国现实人物和中国古代名人进行比照或戏仿的部分。后者主要讴歌了中国人民同仇敌忾、共御外侮的雄心壮志和实际作为。该书出版后，又由作家改写改译成中文，由英国远东情报局在香港散发。从这两部作品中可以看到蒋彝以笔为旗、愿意为国家抗战而呐喊助威的拳拳报国之心。

---

① A. Bulling, "Review", *The Burlington Magazine*, 98.640 (1956), pp. 244 – 245.

　　被誉为清末民初学贯中西第一人的辜鸿铭曾在用英文写就的《中国人
的精神》一书中，把中国人尤其是知识分子的精神归为强烈的同情心等几
个方面，向西方宣传中国传统文化，阐扬中华文明的价值，具有为中国人、
中华文明、中华文化辩护的强烈意味。该书后来被翻译为德文等多种语言，
在西方产生了极大的影响。林语堂深受辜鸿铭的影响，"解开思想的缆绳，
进入怀疑的大海"①，在赛珍珠的邀约下，开始了 *My People and My Country*
等多部传播中华文化作品之创作，又先后完成了 *Moment in Peking* 等作品。
前者可以归为文化散文、随笔一类，通过分析中国文化名人的智慧观、文化
观和生存哲学来阐扬中国的人文主义，宣传推介其"半半哲学"和"抒情
哲学"。② 它们以中国文化为基础，融会贯通中西方文化哲学，然后把这些
生活艺术、哲学观念通过长篇小说中典型人物塑造的书写方式进行形象化的
展示，"林语堂正是站在中西文化融合的高度，以传统儒释道为依托，塑造
着理想中的人物与人性，并企图通过这种人生智慧在西方的传播，成为补救
西方世界的一剂良药"③。亚马逊书店的销售数据表明，《吾国吾民》《生活
的艺术》等作品多次再版，持久畅销至今，其影响力不可谓不大。④ 与赛
珍珠的《大地》相比较，林语堂的系列英文著述立足于更为宏阔的文化空
间和更为久远的文化时间，笔下的中国人不再是蝇营狗苟的偷生之辈，而是

① 冯智强：《中国智慧的跨文化传播——林语堂英文著译研究》，中国海洋大学出版社，
　 2011，第39页。
② 有论者认为，林语堂的"半半哲学"是"一种集感性与理性于一体的情理互动的精神。它
　 以情感为基础，以理性为指导，以实现通情达理、近情明理为目标。在情理交融中解构和
　 融化了理性与感性的对立与冲突，从而升华为一种中国特色的动态平衡的智慧形态，也是
　 中国贡献给世界的最宝贵的精神财富"。"抒情哲学"是"从中国文化的人文主义精神出
　 发，以人和人生作为哲学和其他一切人文学问的出发点和归宿，强调对人类现实幸福的关
　 怀，同时以真实的人生、人生实践和人生感悟作为哲学及其他一切人文学问立足的基
　 点……也被其本人称为'闲适哲学''生活哲学'或'快乐哲学'"。冯智强：《中国智慧
　 的跨文化传播——林语堂英文著译研究》，中国海洋大学出版社，2011，第56～57页、第
　 62页。
③ 冯智强：《中国智慧的跨文化传播——林语堂英文著译研究》，中国海洋大学出版社，
　 2011，第155页。
④ 冯智强：《中国智慧的跨文化传播——林语堂英文著译研究》，中国海洋大学出版社，
　 2011，第180页。

被置换为知识阶层和有闲阶级，中国文化也绝不仅仅是和土地相关的文化，更是以土地文化为基点，建基于高度发达的农业文明之上的成熟文化。其文化底蕴的丰赡、文化品位的高雅、文化韵味的悠长、文化哲学的自成一体都在其著述中得到了比较集中和完整的体现。在辜鸿铭等前辈的基础上，林语堂建构了一个相对系统的文化体系，这一体系的显著特征是以中华文化及其人文精神为核心、为主体，会通中西，把包括西方文化在内的其他文化的精华或者值得学习的东西拿过来，冶成一炉，兼收并蓄，进行跨文化传播。这既足以见出作家创作过程中的灵活性，也充分体现出作为他言说依据和对象的中华文化的包容性。

同时期处在西方文化语境中的熊式一与蒋彝，他们在中华文化传播的主体性的确立上采取了不同的方式和路径。熊式一对通俗剧《王宝钏》（原作为该名，熊式一改写后命名为《王宝川》）的改写改译，有着他对当下的欧美戏剧和欧美受众接受心理的完整体认。"说实话：我最得力的导师，是伦敦各剧院的观众！在这一段期间，凡在伦敦上演的戏剧，成功的也好，失败得一塌糊涂的也好，我全一一欣赏领略，我专心注意观众们对台上的反应，我认为这是我最受益的地方。"① 因而，《王宝川》中古代人物西方化的处理形式，是该剧能够获得全面成功的重要保障，也是其好评如潮的重要原因。在《西厢记》的改写改译中，从元杂剧转为话剧时对中国古诗词意境和曲牌名称的翻译简化或忽略处理，难以得到目标群体中大多数受众的认同，而且文化背景转译的困难和优美曲词在翻译中的意义流失，在普通受众那里再难讨巧。至于话剧《大学教授》，他明显舍弃了取悦欧美受众的表现方式，而是把张教授置于现代的系列历史漩涡的中间，借助人物命运和国家命运之间的关联来言说历史、叙述抗战。《天桥》更进一步，他对近代中国革命规律的揭示，对中国普通民众觉醒过程的论述和对中国革命前途走向的预见性都具有了和欧美资产阶级革命一较高下的意味。换句话说，中国近代资产阶级革命的彻底性、完整性和民众力量的爆发是远远超过英法美诸国的。其中

---

① 熊式一：《八十回忆》，海豚出版社，2010，第 29～30 页。

不断突出和放大地主李明封建、迷信、自私、保守的特性以强化他作为旧时代代表性人物的形象，这与其弟李刚的开明、自由、博学、仁爱形成了鲜明的两极对立，在思维方式上又足以取巧。可见，熊式一的中国形象建构以历史叙述为主。《王宝川》《西厢记》部分是中国人的情感史叙述，是优雅贤淑的古典美；部分是中国人的抗争方式叙述，个人不能简单地屈从于命运的安排，唯有对抗命运，才会争取到个人存在的价值。他们最后的成功显然是这种抗争所给的报偿。《大学教授》和《天桥》基本上联结起了晚清到抗战的历史，有"姊妹篇"的性质。当个人不能掌握自身命运之时，或者去做时代的革命推手，或者自甘堕落而被抛弃，显然，它们的主人公都选择了前者，在汹涌澎湃的时代大潮中逐浪而行，勇敢拼搏，真正体现出了中国知识阶层的骨气、傲气和精神。

所以说，熊式一是在"由俗趋雅"的书写过程中逐渐确立的"由小趋大"的历史书写主题，其中抗日战争所激发的爱国主义精神起到了重要作用，促使他扬弃了惯用的书写方式，从中华文化传播需要和抗战大局出发，改迎合受众为引导受众，改戏说历史（人物）为正说历史（事件），改戏谑幽默的语言风格为规整严肃的语言风格，获得了较好的效果。

蒋彝以《中国绘画》和《中国书法》为代表的文化艺术著作为其赢得了声誉，它们都是从当时英国人的需要出发而完成的。作为中国文化智慧、艺术思维和哲学理念的重要载体，绘画与书法都和中国人的宇宙观关系密切，其独特性不证自明，蒋彝为了方便欧美受众理解而在书中加入了大量的图片信息。他采取的是亲近普通受众的路线，即设身处地进行思考，把复杂问题尽量简单化，以达到介绍普及的目的。同时，他对艺术形式所表现出来的平衡、匀称、优雅、动态、力量等美学原则和抽象理念进行提炼升华，并将其作为中国美学思想的核心，在后续著作中得到进一步表述。显然，创作主客体之间有一个相互激发的过程，有一个内外部环境不断适应的过程。《湖区画记》《伦敦画记》《约克郡画记》《牛津画记》中作家不断回到九江、庐山，回到江南，回到古典诗词的意境中。又借助古典诗词形式写景抒情、咏物言志，借书法作品具象化中国文化精神，借绘画作品来呈现虚实相生的美学境界，这些作品不仅存在一个文化心理中的"思故乡——还故乡"结构，还有一个"化他乡——他乡化（他乡故乡化）"的结构。这还可以通过其著作中诗书画出现的比例得以证明。由《湖区画记》中诗书画几种形式频繁交替出现①，到《战时画记》中诗歌书法出现比例的显著降低，再到《爱丁堡画记》《波士顿画记》中作者对三种元素得心应手的调配，证明了蒋彝在创作中越来越自信、越来越熟练，这也是他的中华文化传播主体性得以确立的过程，他已不再需要对中华文化进行生硬的联想和强行接入，而可以流畅自然地使中国文化精神在文中融会贯通。

其他的现代汉英双语作家也经历过类似情况。萧乾的 *Etching of a Tormented Age*（《苦难时代的蚀刻》）和 *China But Not Cathay*（《中国并非华夏》）二书同样属于介绍普及性质，主要目的是把 20 余年的中国现代文学发展历程、中国国内抗日战争情况做一个跨文化传播，以期望英美人士了解并赢得同情与帮助。*The Dragon Beards versus the Blueprints*（《龙须与蓝图》），由几篇演讲稿汇编而成。该书注重中西文化的比较，借助对英国文学文化对现代中国的影响及二者关系之思考，打通了中国和西方作家之间关联的路径，洞悉其间存在的差异及可资中国现代文学、文化吸取的优秀质素。萧乾自选自译的散文小说集 *Spinners of Silk*（《吐丝者》）也是基于爱国主义精神而对底层民众反抗强权的人道主义和个人主义的表现。另一部书 *A Harp with a Thousand Strings*（《千弦琴》）为萧乾主编，其目的在于借西方人之口或旅居欧美的华人作家之英文作品来言说中国。归结来看，萧乾从需要迁就读者、普及性强的宣传工作逐渐转向融合中西文化、弥合文化鸿沟的桥梁的搭建，不仅关注宣传的广度，也注重宣传的针对性，这同样是中华文化传播主体性确立的表征。但由于系统性的文化思考在战争时期事实上不可能，这些作品的深度显然受到了干扰。或如他自己所说的，"我认为关于一个人的写作真正的评价，应该主要来自本国人。他们知根知底，不猎奇，不

---

① 如《德韵特湖》一节中，2 万余词的文本，有古体诗作 8 首，相对应的书法作品 8 幅、画作 4 幅。

因异国情调和吸引而忘却美学标准。也正因为如此，在外国被捧为'杰作'的，回到本国未必这样。"①

所以，从林语堂到萧乾，他们的中华文化欧美传播的努力，无一不经历了从以中华文化的普及推介为主到以宣传阐扬中华文化精神为主的过程，这也是其在创作中从倾向于照顾迁就欧美受众的"以他为主"逐渐转向引导受众接受中华文化精神的"以我为主"的过程。可见，作家们主体意识的增强和中华文化传播主体性的增强几乎是同步的。

跨文化传播，英文为 crosscultural communication，或者 transculture communication，通常是指不同文化的成员接触时发生的传播，或文化代言人接触时的传播，或在比较不同文化的语境下发生的传播。跨文化传播往往是集体传播，单向，是有诸多计划而系统的互动，一般只有常规化或仪式化的回应。② 即是说，跨文化传播经常是围绕不同文化群体而发生，由代言人来完成的；也经常是一种有组织的文化行为，譬如代表国家对外传播意志的出版社推出系列丛书。为了更为便利地论述林语堂、熊式一、蒋彝、萧乾等中国现代汉英双语作家的传播行为，不妨将这种传播称为文化对话，即身在欧美国家的他们因为某种机缘的触发而在（很长）一段时间内开始了几乎不间断的中国形象建构，自觉自愿地充当了中华文化的代言人，以系列作品来与异邦的文化受众对话，借助对话获得了自我文化身份的某种确认。正如林语堂受赛珍珠的邀约而创作了《吾国吾民》这一在欧美人看来能够清楚表述中国文化深层内涵的作品一样，熊式一受到伦敦大学导师聂可尔（Allardyce Nicoll）教授夫妇的启发和鼓励而创作了《王宝川》，蒋彝受伦敦麦勋书局经理艾伦·怀特的邀约开始了《中国绘画》的创作，萧乾受伦敦笔会中心秘书长贺尔门·欧鲁德的鼓励完成了《苦难时代的蚀刻》，之后他们就开始不断推出新的作品。从这个意义上说，他们的文化对话之所以能够持续不断地发生，与他们第一部作品（文化对话处女作）的切入角度、主

---

① 萧乾：《文学回忆录》，北方文艺出版社，2014，第 284 页。
② 〔美〕迈克尔·H. 普罗瑟：《文化对话跨文化传播导论》，何道宽译，北京大学出版社，2013，第 225 页。

题、表述方式和作品推出后的受欢迎程度呈现正相关的态势。

文化对话要持续有效地进行，又离不开他们选择的与创作题材相关的对话方式、对话策略，可资利用的对话平台和所处异邦的语境氛围。就对话方式来说，起初的迁就读者就带有投石问路的试探性质，在一般的欧美受众中获得一次好评并不是特别困难，但一味迁就很容易产生审美疲劳，同样的题材无法再度引起共鸣。作为文化对话的发出者和编码者，中国现代汉英双语作家设计出合乎需要的话题供给受众（解码者）进行解码，为保持对话的平等性，他们首先要改变自己的文化身份和文化思维方式，其效果直接关系着文化对话能否顺利畅通地进行。

中国现代汉英双语作家的"多元文化人"身份，有利于他们在创作上不断地寻找欧美受众可以接纳的打开中华文化的正确方式，以此为依据来做出了合适的反应。就对话策略来看，他们如果不能在欧美一般受众可以接受的范围内进行持续有效对话的话，势必就成了自说自话。基于此，求同存异就是其时比较好的选择。不妨借用文化的"杂交性"（Hybridity）① 这一概念进行指称。文化的"杂交性"缘于霍米巴巴的论述，后来经过多位学者的演绎，已经具有异质性文化会通的含义。熊式一和蒋彝在创作中各自采用了不同的对话策略。前者在以中国题材为对象的创作中，采用化中就西的对话策略，以戏谑、幽默、简化、对立等技巧进行文本加工，在基本核心要义不变的前提下，添加若干欧美现代文化元素，化解弱势的中华文化面对强势的西方文化所面临的巨大传播压力和传播失败的风险。后者在以西方题材为对象的创作中，采用文化嫁接的对话策略，以联想、引用、借用、点化等技巧进行文本加工，在不断回溯中华文化基本精神的书写模式中，对不同的书写对象嫁接不一样的中国故事或文化元素，成为文化对话可以持续发生和吸

---

① "他（罗伯特·扬）将这个术语单独提了出来，进行了历史追溯，并将其从种族理论发展为文化批评的概念，以之说明 20 世纪文化交汇的状态。罗伯特·扬认为，'杂交性'不同于非此即彼的常规选择的'双重逻辑'，正可以作为 20 世纪的特征，与 19 世纪的辩证思维相对立。"赵稀方：《"后殖民理论经典译丛"总序》，（澳）比尔·阿西克罗夫特等《逆写帝国——后殖民文学的理论与实践》，任一鸣译，北京大学出版社，2014，第 10 页。

引受众的关键。即是说，文化的"杂交性"程度与作家所受的传播压力、对异质文化的融会程度及创作内部驱动力大小关系密切。

对话平台的稳定性在文化对话中起着类似于压舱石的作用。欧美商业出版机制的成熟运作——出版经理人的甄别遴选、排版印刷装帧设计各环节的把握，图书定价权和版税的有无都会对类似熊式一、蒋彝这样的传播者产生极大的影响。一个稳定的传播平台，是作家及其代理人和出版社、评论家乃至普通受众博弈或合谋的结果。有利可图的出版物必然潜伏着容易被普通受众接受的因素，也潜伏着容易被出版商和作家看好的市场前景。稳定甚至不断扩大的受众群体、相对稳定的经济环境也是至关重要的。蒋彝《战时画记》销量惨淡的重要原因之一就是战争时期纸张短缺，恰成对照的是一年后出版的 *A Chinese Childhood*（《儿时琐忆》）在欧美地区多次再版。他与伦敦梅修恩出版公司及纽约诺顿出版公司的长期合作也可以印证该点。

特别值得注意的是作家们所处异邦的对话语境氛围。中国抗日战争全面爆发后，为了赢得战争，夺取最后的胜利，国民政府一方面竭力抵抗战争初期敌人的凌厉攻势，另一方面积极派人到欧美宣传，进行外交斡旋，以争取到国际舆论尤其是欧美反法西斯盟国的同情和支持。萧乾旅英期间就多次进行演讲。熊式一、蒋彝也常常参加各种援华活动。叶君健 1944 年抵达英国后，一年多内演讲 600 多场次，宣传中国人民的抗日战争。凡此种种，都为文化对话创造了有利的语境氛围。萧乾对此深有体会，珍珠港事件后，他乘坐公共汽车时，一个醉鬼知道他是中国人而非日本人后，又是敬礼，又是无限感慨地说，"啊，中国，李白的故乡！""啊，中国，火药的发明者！"每次感叹之后就是握手仪式。甚至作家提前下车后，他还热情地挥动鸭舌帽。"我无限惭愧地想：一刹那间我成为祖宗的光荣和当代中国人民为反法西斯斗争所建立的功绩的化身了。"① 正是在这种有利的对话氛围中，在大的目标——打倒德意日法西斯的统领下，在有良好的底层民意基础的情况下，文化对话双方才能够在摒弃成见、暂时放下历史和现实恩怨的前提下维持平等。

---

① 萧乾：《未带地图的旅人》，《萧乾全集第五卷》，湖北人民出版社，2005，第 406 页。

据记载，美国于 1941～1942 年根据《租借法案》援助中国的资金约为总援助额的 1.5%，1943～1944 年降为 0.5%，1945 年为 4%。1942 年 2月，国民政府申请美国援助的 5 亿美元资金在众议院获得通过。① "在美国的带动下，英国也于 1941 年向中国提供 1000 万英镑的借款和贷款。同时，英国还逐步扩大了对日本的出口管制，以削弱日本的战争潜力。"② 外来援助对全民族抗战最终获得胜利显然是有着极大帮助的。除了战争、军事、外交的努力外，中华文化欧美传播所促成的民心相通也自有其贡献。

总之，林语堂、熊式一借助中国知识阶层代表性人物姚思安、张教授、李大同等进行的历史叙述，建构了与传教士笔下极不一样的近现代中国形象；林语堂、蒋彝借助对东西方的智慧书写和文化书写，阐明文化对话的可能性和途径，证明了同大于异的基本假定；蒋彝、萧乾小说中的农民形象及其具有的反抗性和实践活动，是对顺从、驯服、固化的中国人形象的驳斥；另外，叙述中国传统文化和抗日战争形势来建构中国形象的作品的广泛传播，不仅唤起了受众对东西方文化共通性的认识，也让他们在同情的基础上增添了对中国的了解。基于文化对话的目的，这些人以"多元文化人"身份所进行的文化"杂交性"创作，致力于沟通中西文化，弥合文化冲突，消解东方主义和恩扶主义，在中国形象建构的持续运作中获得主体性，体现出中华文化同化、包孕和吸纳其他文化的强大活力。同时，曾经一度被矮化、碎片化、歪曲化和片面化的中国国家形象嬗变为充满智慧、勇于抗争、不屈不挠、善于应变、民众团结、将士用命的国家形象。

第二节 基于文化融合策略性的中国形象建构

文化是"人类为自己编织的意义网络"③。然而，由于包括语言、思维、

---

① 转引自〔英〕拉纳·米特（Rana Mitter）：《中国，被遗忘的盟友——西方人眼中的抗日战争全史》，蒋永强等译，新世界出版社，2014，第 242 页。

② 步平、荣维木主编《中华民族抗日战争全史》，中国青年出版社，2010，第 343 页。

③ 转引自〔美〕迈克尔·H. 普罗瑟：《文化对话：跨文化传播导论》，何道宽译，北京大学出版社，2013，第 133 页。

制度、地理、历史等诸多因素的限制，不同民族、种族之间的文化并非天然地具有相通性，而是经常会因为文化误读甚至文化阻隔而彼此不能通约。为了达到"意义网络"互联互通、互相理解的目的，就需要在互为异质的文化之间通过"最大化因子"①来确保文化对话的顺利进行。文化（深度）融合，就是文化对话的最终目的和最高理想。文化融合，主观上包含了文化对话、多元文化人和文化嫁接等因素，客观上包括了对话语境、对话愿望（对话热潮）等因素。

一　多元符号书写策略下的中国形象建构

蒋彝的《牛津画记》堪称基于文化融合策略性的中国形象建构最有说服力的代表。该书围绕着自己在牛津镇的所见所闻而展开，记述自己先前多次访问、后为躲避轰炸寓居牛津的情况。现略举二例。

在 *Harmonious Madness*（《和谐的激狂》）一文中，他先引用雪莱《致云雀》中的诗句，以点明题目出处。再顺势说明与云雀相关的牛津景点野猪丘上的乐白园。其间插入了两幅分别题为《鳟鱼客栈的孔雀》和《乐白园的平静湖面》的彩色插图。接下来，移步换景，按顺序描写了乐白园中的兔子（插入一幅题为《一群兔子》的黑白简笔画，兔子神态纤毫毕现、栩栩如生），鸣唱的云雀、松树林中的八哥、湖泊及其旁边的风景，引用华兹华斯描写树林及其中景致的诗歌，再和了一首九十字的五言古风并行书一幅。

在 *Greetings from Birds*（《鸟儿的问候》）一文中，他先叙述自己受人邀约到野猪丘共度圣诞之事，之后便描述所见情景。其间夹有对"二战"前途的讨论，对村庄石桥上的炮眼展开联想，顺势问候故土同胞。仅有两幅简

---

① 按照普罗瑟的解释，文化最大化因子是能确保文化存活的人，他们能确保文化传统和价值观的代代相传，包括教育工作者、宗教领袖、政治家、立法者、法官、媒介控制者，在非常复杂的社会里，常常还包括科学家和工程师。（美）迈克尔·H. 普罗瑟：《文化对话：跨文化传播导论》，何道宽译，北京大学出版社，2013，第135页。显然，普罗瑟是从文化存活的角度来解释的，并未考虑到文化跨国传播的情形。笔者认为，蒋彝、叶君健等汉英双语作家赋予了自己这种角色，使中华文化在西方语境中得以传播。这也显著超出了一国文化传承者的角色范围。

笔插图，一幅为表现名叫汤姆的家伙模仿国王扮相的《汤姆国王》，另一幅无题，是一群乌鸦在树林间边飞边叫的样子。该文没有诗歌和书法作品。

从古诗的优秀标准来看，一首诗歌在内容上应该是有景有情、情景相谐、抒情叙事、相得益彰的；在形式上应该是音韵和谐的；不仅应该"文章合为时而著，歌诗合为事而作"，更应该"情动于中而行于言，言之不足，故嗟叹之，嗟叹之不足，故咏歌之"。纵观蒋彝的古诗，显然有不少并不具有真情实感，而是为作而作，或者说提炼不够，情感与景物之间很有隔离之势。比如七绝《牛津雪霁》，本意在于借助该诗传达一种欢悦的情绪。对雪景（飞花、玉尘）的反复渲染，与自身感受（此身轻、频回首）之间并不存在一个明确的对应关系，即景情的融合度不够，无法更为准确地传达出心情。同时，即兴应景之作也未能具有"言近旨远""言有尽而意无穷"之趣。与"诗者、神之事，非心之事，故落笔神来之际（inspiration），有我（moi）在而无我（je）执，皮毛落尽，洞见真实，与学道者寂而有感、感而遂通之境界无以异（unétat mystique）。神秘诗秘（le mystére poètique），其揆一也。艺之极致，必归道原，上诉真宰，而与造物者遊；声诗也而通于宗教矣"[1]之论相悖不少。

就书法来看。有论者认为："作家主体和书法文本亦为历史文化的'中间物'，文学文本与书法文本化合成'第三种文本'，并成为'中国创造'的艺术文化可持续发展的一股重要力量与一种活力资源；微观细察，亦可领略现代作家与书法文化的融合，体现着文学介入书法、书法传播文学的文化特征以及多种文化功能。"[2] 蒋彝也曾经提出过四条美学原则，即简单、暗示性、想象和普遍性。[3] 又列举了唐代书法风格十九种，即能、妙、精、

---

[1] 钱锺书：《谈艺录》（补订本），中华书局，1984，第 269 页。

[2] 李继凯：《书法文化与中国现代作家》，《中国社会科学》2010 年第 4 期。

[3] "首先是重要原则'简单'：简单的物体形象应当以最少的笔画构成……增添的笔画暗示某种与原意截然不同的新意，因此我们称这条美学原则'暗示性'或'暗示'。第三条美学原则产生于符合逻辑的组合造字。由两个或两个以上简单的形象结合而成的字，其字义不是来自一个组成部分，而是总和整体的意义……这一新的字义可以凭借想象来领悟……每个字都必须是人人一看就明白，所以每个字都蕴含一种普遍的特性和价值……"。参见蒋彝《中国书法》，〔英〕白谦慎等译，上海书画出版社，1986，第 184 页。

逸、稳、放、老、壮、秀、鲁、紧、散、丰、茂、典、拔、贞、润、神。①
金学智围绕"书如其人"的问题，把其分为功力层、气质层、才识层、情
性层等四个方面，认为"书如其人"这一说法合理性与不合理性并存。② 书
法是汉字书写的特殊艺术形式，其美感具体表现在字体、框架、结构、气
韵、神采、风格等诸方面，从蒋彝的书法作品来看，不难发现其偏于行楷而
变化（变体）不够、字体较为拘泥呆板，对宇宙自然"势"与"力"的模
仿多而创造性少和流动性不够等问题，还不足以真正形成他所尊崇的汉唐
风范。

再看绘画。传统中国画由于其独特的哲学（美学）思维、使用工具和
技法以及审美观念，在发展过程中形成了与西方绘画很不一样的风格。东晋
画家顾恺之在历史上首次明确提出"传神论"，认为绘画要以传达所刻画对
象的"神"为目的。在对所画对象的观察、体验基础上，把握其内在本质，
写形是为了传神……顾恺之的传神论影响了后来谢赫六法的出现，以及中国
绘画批评一千余年来对气韵、神采的追逐。③ 换句话说，写形传神是传统绘
画作品的首要任务。不少画作在这一方面确实表现不错，山水人物情态清
晰，布局安排错落有致。

从英文的书写来看，比起创作《中国绘画》《湖区画记》《中国书法》
时需要其学生英妮丝或房东太太的帮助，以便从中文转译为英文或进行润色
加工，创作《牛津画记》时的蒋彝已经具有了比较强的英文表述能力和水
平了。但与纯正的英文表述依然有着差距。

赵毅衡在《这个哑巴太会说：英语散文家蒋彝》一文中认为，"他的
画，有点类似丰子恺的稚拙可爱，英国人可能没有想到……在中国人手下，
变成另一番新鲜……蒋彝的英文，明显是一个东方人写的，句子明快清晰，
用词平易。间或穿插一些中国民间故事，对照英国景色，确实有趣……蒋彝

---

① 蒋彝：《中国书法》，〔英〕白谦慎等译，上海书画出版社，1986，第185~186页。
② 金学智：《形式·符号·主体——书艺本质论下篇》，《文艺研究》1991年第3期。
③ 宫旭红：《中国传统绘画批评理论及其当代意义研究》，博士学位论文，福建师范大学中文系，2013，第7页。

书中还有一些他自己的五七言诗题画诗，自己译成英语。原作很一般（汪涛先生称之为"对课应景之作"），写成英语反而有点意思。这样有意'露拙'，反而让读者觉得是一种'诚实的中国人'风格。"① 此说固然不错，但还有值得进一步分析的地方。蒋彝的诗书画和英文水平皆非一流，却能在英语文化界尤其是普通读者中受到欢迎，建构了中国文化形象，原因就在于所使用的策略。

首先，蒋彝游记散文中多元书写符号混融。蒋彝在伦敦大学东方学院图书馆发现各种书写中国和中国文化的书籍谬误百出、错漏甚多且绝大多数是表现中国人的负面形象后，就希望发现"各民族之间的相似之处，而不是彼此之间的差异或者搜奇抉怪"②，他把中华文化尤其是民间故事、传说、风景民俗融于叙述游历的游记书写，特别把古体诗歌、书法、绘画和英文的书写符号紧密结合起来，取得了不一般的效果。应该说，早先国内有关西方的游记系列作品，如郭嵩焘《伦敦与巴黎日记》、曾纪泽《出使英法俄日记》、张德彝《欧美环游记》等都是在公务之余记下行程，向国内读者介绍欧美各国的。而且作者本人肩负使命，初始以"天朝上国"的眼光来看待所经之处，时有优越之感，但又常会遇到"被看"的尴尬③。近代以来，那些源自西方传教士和文化人、以现代性视野观照中国所产生的各种偏差和谬见，其实正是他们在文明和野蛮两极对立中，把中国对象化为后者、以寻找到自身优越性的实证所致。以此推之，野蛮中国或者东方的存在就是为了印证西方文明的合理性。这样的谬误又进一步导致了文化的隔阂不断加大，终成难以逾越的文化障碍。在不少西方人眼中，中国文化及其符号难以理喻，

① 赵毅衡：《对岸的诱惑：中西文化交流记》，四川文艺出版社，2013，第99页。
② 郑达：《前言》，蒋彝《湖区画记》，朱凤莲译，上海人民出版社，2010，第116页。
③ 1877年2月英国著名的政治幽默杂志 PUNCH 上刊出一幅漫画，漫画中郭嵩焘被丑化成一只猴子，爬上地球的顶端仰望狮子。狮子作为英帝国的象征高高在上、威严雄壮，而郭嵩焘所代表的猴子，头戴清式官帽，留着长辫，手举望远镜，滑稽可笑。漫画下还登出一首打油诗："郭嵩焘，中国佬，/猪样蠢，牛样顽固，/生来瞧不起'洋鬼子'……。"参见周宁《天朝遥远：西方的中国形象研究（下）》，北京大学出版社，2006，第536页、第792页。

因而不具有可接受性。19世纪末20世纪初，辜鸿铭等学者重新诠释中国人的精神气质，与蒋彝同时期的林语堂、熊式一等人从中国文化智慧、中国文化传统和中国经典改写改译等方面入手的创作，对中国形象的重新塑造做出了不小的贡献。蒋彝另辟蹊径，有效结合了自己擅长的各种艺术手段，混融了多种文化书写符号，对英语文学而言，在创作思维和创作手段上，是一种前无古人的革新。他也以此证明了异邦人士对中国文化的无知和诽谤的毫无理据，因为就其本质来说，中华文化和西方文化乃至全人类文化是完全可以相通的。

其次，蒋彝的书写符号具有符号学上的标出性特征。"'标出性（markedness）'是符号学概念，指对立的两项中比较少用的一项所特有的品质，因为有此标出品质，某种符号在与非标出项对比中居于次要地位。任何二元对立都有这个问题，而且文化标出性把二元对立变成三元互动。"[1] 就蒋彝的《牛津画记》等作品来看，其诗书画等文化符号和英文相比，就属于典型的标出项。借助这些具有标出特征的文化符号，作家把中国文化艺术中极有代表性的内容在作品中呈现出来，使其变成文本的一个有机组成部分。同时，这些标出性的文化符号还承载了中国文化艺术的审美特质，如诗歌的意在言外、画面流动和整齐之美，书法的均衡动态无限衍生，绘画的透视方法和以形传神，使得诗歌、书法、绘画与英文四位一体，成为作家状物写景的标准配置且基本上贯串了其画记创作之始终。

当然，蒋彝自《湖区画记》中开始的这种四位一体的标出性符号特征，在《牛津画记》中呈现出弱化的势头。有如下特点。

第一，整幅页面的插画增多，多用于表现一些诸如广场人群、节日活动、庞大建筑群和山川风物等复杂场面和宏大面貌。

第二，诗歌的比例（尤其是自创诗歌）显著减少，增加了一些欧美本土优秀诗人或知名作家的作品。如《爱丁堡画记》中 Mental Intoxication（《心醉神迷》）一节，当作家经过 High Street 221 号旧邮局小巷时，他想到

---

① 赵毅衡：《广义叙述学》，四川大学出版社，2013，第86页。

了苏珊娜伯爵夫人，引用了乔治·罗伯逊（George Robertson）所写的故事。与之相应，他只对自创诗歌或部分中国古诗进行书法表现。《纽约画记》《三藩市画记》中，有若干篇幅甚至没有诗歌和书法。

第三，《日本画记》《重返中国》中诗歌书法作品的增加可以看作是作家自觉文化回归的结果。

"一般情况下，标出性会导致很强烈的自我感觉……有意把异项标出，是每个文化的主流必有的结构性排他要求。一个文化的大多数人认可的符号形态，就是非标出，就是正常。文化这个范畴（以及任何要成为正项的范畴）要想自我正常化，就必须存在于非标出性中，为此，就必须用标出性划出边界外的异项。"① 蒋彝作品书写符号的标出性特征是他基于传播中国文化的目标自我选择的结果。不妨将其与熊式一比较。熊式一在英美剧场连演 1000 多场的话剧 Lady Precious Stream（《王宝川》），在创作中有意识地加入了"吻手礼"等现代文化元素，融入了西方受众容易接受的"空舞台"理念和对话独白，还有超长的舞台说明。很显然，他是有意识地靠拢西方而不是让自己作品作为"异项标出"。在长篇小说 The Bridge of Heaven（《天桥》）中，开篇为了准确描述南昌城外梅家渡地主李明的吝啬，不惜花近一章的篇幅来细细述说他的诸种行为，以达到解说清楚中国传统习俗和普通人日常生活状况的目的。小说还对英国传教士李提摩太进行了重点刻画，对英国殖民侵略的某些内容有所美化。正是诸如此类的一些处理，该书出版后四年内就形成了一个传播的高潮。也就说，熊式一在书写符号和书写策略上都是尽量英国化的。

那么，如何理解蒋彝作品中多元书写符号的这种标出性特征及其变化呢？

应该说，蒋彝自《中国绘画》《中国书法》等作品面世且多获好评后，逐渐找到了西方人能够接受的中国文化书写形式和书写符号。在《湖区画记》中，诗书画三者所占比例较大，文章引用中国古诗的部分较多，如书

---

① 赵毅衡：《符号学：原理与推演（修订本）》，南京大学出版社，2016，第 282 页。

末把白居易的《登香炉峰》一诗全文照搬。诗人和文学评论家赫伯特·里德（在为该书所作序言中）描述蒋彝为"山水画艺术大师"，他的画作是"传统中国画的现代诠释"。他说，蒋彝的书和插图"挑战我们的自满……蒋先生和渥尔渥斯皆清楚表明，所有真实的感受与思维都是相通的"。①2012 年举办了作品展览的伦敦维多利亚和阿尔伯特博物馆的助理策展人吴安娜表示，"蒋彝以独特的风格感受着许多英国最具标志性的景观和地标的新式生活，使它们既可以被立即识别又不同寻常；捕捉到主题的本质，而不仅仅是获得准确的视觉记录。"② 这足以证明蒋彝诗书画这一标出性特征运用的成功，但备受赞誉的是他的画作而非诗歌和书法。"伦敦这本书，如同蒋彝其他的书，无论语言结构、文章内容还是用字遣词，都非常中国化，英文读者读来，必觉充满异国风味。不过，这些读者一定也会为他幽默、智慧、简洁的风格，甚至极具技巧的自贬艺术所倾倒。另外就是穿插文中的迷人的图画和书法了。"③ 郑达的看法是符合其时情况的。在《牛津画记》中，他一改《伦敦画记》和《约克郡画记》试图包罗万象、比较拘谨的结构安排，又改变了《战时画记》中几乎没有诗歌书法的状况，以看似散漫自由的形式来书写。这是更为接近英国式小品文书写的一种方式。从不经意的细节入手，加以点染穿插，适时嫁接中国文化艺术符号，阐扬中国文化精神，在中西对比中显示出了文化融合的可能性和空间。有书评认为，"（蒋彝）以一个陌生人的纯粹好奇和坦诚的眼光来看待这个城市和它的历史悠久的大学。他勾画了一幅关于牛津特殊氛围、仪式和传统的解释性的图画。他混迹于各类学生之中，出入于酒吧餐馆，见证了辩论赛和河上泛舟。对以上情景，他都以轻微的惊喜和细心的眼光对待。"④ 这些书评尽管不都是在其书

---

① 〔英〕赫伯特·里德：《序》（Preface），蒋彝《湖区画记》，朱凤莲译，上海人民出版社，2010，第 21～22 页。

② *Chiang Yee's Visit to the Lake District*，http：//englishlakes. co. uk/chinese/chiangyee/，9/21/2016。

③ 郑达：《前言》，蒋彝《伦敦画记》，阮叔梅译，上海人民出版社，2010，第 6 页。

④ https：//www. amazon. com/SilentTravellerOxfordInterlinkPublishing/dp/156656493X/ref = pd＿sim＿14＿3？ie = UTF8&psc =1&refRID = ZJEH0EGG84JTT5PPGD8F.

出版后就发表的，有的甚至隔了几十年，由于受众的文化心理和接受心理具有一定程度上的稳定性，它们仍有参考价值。

正如前述，蒋彝在创作方法上由晚明小品文式的书写不断向受欢迎、知名度高的英国小品文作家作品的写法靠拢，或中和二者的写法，由日记体的《湖区画记》、拘谨呆板的《伦敦画记》、依照时间叙述的《战时画记》向漫谈式的《牛津画记》转变，其间伴随着书写符号的变迁。可见书写方式的转变是他赖以进入"正常化"的重要保障，标出性特征是他赖以赢取西方受众的一个重要手段。《牛津画记》突显绘画符号的这一特征，该特征此后一直在他的诸多画记中得以保留。绘画作品对受众来说更具有可接受性和可理解性。①

"对立文化范畴之间不对称带来的标出性，会随着文化发展而变化。文化的发展，就是标出性变化的历史。"② 该观点可以在一定程度上解释蒋彝"哑行者画记"中的多元书写符号为何到中后期（特别是 1955 年迁居美国后），绘画作为标出性特征的频率要远远大于诗歌与书法的缘由。因为绘画已经成为蒋彝"哑行者画记"在欧美受众眼中的"正常项"被他们习惯性地、当然地接受下来了。

从传播效果来看，《湖区画记》初版本出版后，虽然蒋彝仅得 6 本样本，但一个月之内即告售罄，出版社立即加印，此后销路不错，一直出版了9 版。与之相较，《牛津画记》出版后虽然受到了资深作家 S. P. B. 梅斯的挖苦，比如其对蒋彝将雨水称为"天上之酒"的不屑，以及一些刻薄的言语，③ 但该书依然获得了极高的关注度。至 1956 年，蒋彝的画记作品，《约

---

① 比如《波士顿画记》出版后，有评论说，"蒋彝是另一位中国优秀画家的儿子，像其父一样，他擅长花卉鸟画。这本有关波士顿的新书的读者们可能首先就会注意到该书中的彩色插页和几乎整页的线条画，会在蒋彝的一幅精美的肖像画中找到自己的身影，和渔舍中的龙虾对视……以四种色彩再现的彩色盘子魅力别具，只有 Rudolph Ruzicka 的画作可以与之媲美：乡村道路上的南瓜堆，天鹅船，公园街教堂，还有特别可爱的路易斯堡广场……" Van Wyck Brooks. Review, The New England Quarterly, Vol. 33, No. 3（Sep. , 1960）, pp. 402 - 403.

② 赵毅衡:《符号学:原理与推演》，南京大学出版社，2016，第 282 页。

③ 郑达:《西行画记——蒋彝传》，商务印书馆，2012，第 200 页。

克郡画记》（《北英画记》）和《牛津画记》各卖出 14000 和 26000 本，《爱丁堡画记》为 26385 本，《纽约画记》为 31253 本，《都柏林画记》为 12184 本，《巴黎画记》出版当年卖了 7500 本。① 《波士顿画记》中的 16 幅彩色插图被雅典娜图书馆以 5000 美元收藏，至 1960 年，（该书）总印数达 20500 册。② 《旧金山画记》1964 年 12 月列畅销书榜达两个月之久。③

1956 年他在哈佛大学优等生荣誉学会发表题为 "The Chinese Painter" 的演讲时特别强调说，"我研究西方文明和现代艺术，虽然我知识有限，但我能看到中国画家在世界文明的演变过程中发挥作用。我演讲的主题，就是考虑中国绘画艺术与未来的世界艺术融合的可能性，以及'中国'一词用于描述画家时仅仅指代其出生地的可能性。"④ 诗书画这些独出心裁的创作要素作为多元书写符号有机地结合在一起，且西方受众不会产生审美疲劳，其更本质的原因就在于作家对诗书画多元书写符号"标出性"技法的娴熟运用，对中国文化与西方文化对接（文化嫁接）可能性的深入探究，也在于他自觉自愿的中华文化传播之努力。

二　革命历史叙述策略下的中国形象建构

所谓革命历史，就是革命成功者及其代言人书写的历史。在革命者看来，革命既是手段也是目的。革命能够通过手段达到目的，其目的就是自由，或为所想要的那种自由。伽达默尔曾经引述兰克的话来阐述历史联系与自由决定之间的关系，"让我们承认历史永不能具有一种哲学系统的统一性；但是历史并不是没有一种内在的联系。在我们面前我们看到一系列彼此相继、互为制约的事件……最重要的事情是：在任何地方都需要人的自由。历史学追求自由的场景，这一点就是它的最大的魅力。但是，自由是与力、

---

① 郑达：《西行画记——蒋彝传》，商务印书馆，2012，第 285 页。
② 郑达：《西行画记——蒋彝传》，商务印书馆，2012，第 316 页。
③ 郑达：《西行画记——蒋彝传》，商务印书馆，2012，第 340 页。
④ 郑达：《西行画记——蒋彝传》，商务印书馆，2012，第 279 页。又参见 Chiang Yee, "The Chinese Painter Phi Beta Kappa Oration Delivered at Harvard University on 11 June 1956", *Daedalus*, 86.3 (1957), pp. 244 – 245.

甚至与原始的力联系在一起的。如果没有力，自由就既不出现于世界的事件中，又不出现于观念的领域内。在每一瞬间都有某种新的东西能够开始，而这种新东西只能在一切人类活动的最初和共同的源泉找寻其起源。没有任何事物完全是为某种其他事物的缘故存在；也没有任何事物完全是由某种其他事物的实在所产生。但是同时也存在着一种深层的内在联系，这种联系渗透于任何地方，并且没有任何人能完全独立于这种联系"①。历史由一系列事件构成和人类历史对自由的不懈追求这两大特性决定了历史的基本特征。从这个角度来看，历史是没有终点和尽头的，它必定会伴随人类始终。叙述者都是处在特定时空中的，其所持立场决定了历史叙述尤其是革命历史叙述的方式和可能性。也就是说，对历史的叙述要基于叙述者的"此在性"，叙述的限度和对叙述对象的把握程度。

叶君健在《山村》之前的小说集 *The Ignorant and the Forgotten*（《无知的与被遗忘的》）中的 *The Dream* 等中短篇小说主要叙述了东北、湖北等地区的底层民众是如何在日寇的猖狂侵略下一步一步走向反抗的过程。作家对这些小人物反抗行为的叙述，其倾向性十分鲜明。在哪怕是极为凶恶、强大无比的敌人面前，中国人尤其是普通民众也绝对没有丧失斗争意志和反抗精神，而是充分利用各种场合与敌人搏斗，中国人向往自由，勇于砸烂任何枷锁。这样，小说叙述就进入一个特别的场域，即底层民众无序、自发、勇敢的斗争。这一方面暗合了"哪里有压迫，哪里就有反抗"的革命真理，另一方面或如作者所说，"我写的这些故事，目的就是要让他们在世人的心中活下来，永远地活下来。这也代表我当时的思想。这种思想也多少染上一点悲怆的色彩——这是当时国民党的统治在我的心灵上所留下的阴影的形象化的具体表现"②。如果说作家在《无知的与被遗忘的》一书中的历史叙述是针对那些基本的生活需要不能被满足者的个体斗争的话，那么他在《山村》中的叙述就是化零为整，化个别为群体，化短暂的反抗为持久的斗争，化片

---

① 〔德〕汉斯－格奥尔格·伽达默尔：《诠释学Ⅰ·真理与方法》，洪汉鼎译，商务印书馆，2010，第293页。

② 叶君健：《在一个古老的大学城——剑桥》，《新文学史料》1992年第2期。

段性还原为局部性还原。

仔细研读《山村》可以发现，叶君健在小说开篇部分所采用的是一种和山村的地理环境封闭偏远紧密关联的贴近叙述的方式。比如，通过家中的老长工潘大叔，"我"和母亲可以感知外部世界发生的各种事情；道士本情可以驱邪伏魔，替村里人祛病消灾；通过母亲和阿兰的动作、对话来描述村中祭祖和过节的规矩；通过"我"的视角来描述村中的人际关系。缓慢的叙述节奏恰好配合了山村日常生活状态的迂缓低回、宁静平和、自给自足、自成一体。人们对更为广大辽远的世界是懵懂的，直到被陌生人及其追缉者的先后到来所惊扰：

> 外面的脚步声在我们邻居的门口停下了。我们听到不停的狂暴的敲门声。有声音在喊："开门，开门！开门，开门！我们是县府里来的侦缉队！"
>
> "大叔！"年轻人降低了声音说，"他们来了！他们果然来了！他们想要杀我的头。他们已经杀死了几十名像我这样的年轻人！"
>
> "跟我来吧，我的孩子！"潘大叔面色发青，松开了这个年轻人。他穿过灶房，向后院走去。"跟我来吧！我将找个地方给你躲一躲。"①

这一对话中蕴含着北伐之后即将展开的两股主要势力的斗争和可能的结局。年轻人作为进步势力的一员正遭受追捕。他逃跑到山村中求救的行为一方面有着将山村卷入复杂险恶斗争的风险，另一方面又有为潘大叔等村民指明道路的作用。这在一定程度上体现了他所代表的共产党人对朴实无华、诚实守信的山民的信赖。潘大叔的举动证明了他配得上这种信赖，这也是他后来能够成为村庄农会和更大的武装反抗组织领导班子一员的重要因素。以此开始，随着革命势力与反革命势力的斗争加剧，山村平静的表面下涌动着的暗流终于变为明河，山村进入了革命斗争的舞台中心。"我"的家事与山村命运相

---

① 叶君健：《叶君健全集·第七卷长篇小说卷（四）》，清华大学出版社，2010，第81页。

连，"我"的父亲、兄弟也成为革命斗争中光荣的一员，他们或死去或逃亡，与革命的艰难复杂性恰成呼应。对农民武装与当局及所辖部队局部斗争的胜利和之后遭受的大失败的叙述，正是充分利用了"山村"这一隐喻。山村的封闭落后决定了它对所处时空中历史进程的参与和关心的程度有限，山村的这种局限是先在的而非后加的，是内生的而非外源的。当它的自处进程被外力强行打破时，它只能努力去适应新的状态，获取新的平衡。地主阶级对农民运动的疯狂镇压成了一个关键节点，山村变得不可靠了，农民们回不去了，于是他们必须找到新的生存途径和方式。尖锐的矛盾促使他们改变自己以适应新的形势——斗争、革命。山村成为各方力量角逐的历史场域，追求自由和进步的农民必须武装自己，做自己的主人。他们在知晓外部世界（县城、大城市）情形的同时也开始向往外部世界，此时的山村跃变为一个开放的空间，这意味着各种可能性都会发生。那些加入进步力量的农民正是在这一个空间中获得了精神上的新生。这样，对历史事件叙述的进步倾向性就在其中表露出来。

《山村》中集中笔力叙述第一次国内革命战争有何命意呢？"但我当时写《山村》还有更实际的考虑。我在英国各地巡回演讲中及与英国知识分子的接触中，我发现他们对中国正在进行的革命存在着许多误解。他们当然不太知道中国共产党领导的革命的实际情况，因为当时有关这个革命的正确报道及论述几乎是等于零——蒋介石的宣传机构倒是报道了不少，但全是抹黑。从理智方面他们知道，中国没有现代化的工业，因而也没有现代化的工人——也就是产业工人……因此我也想干脆通过形象，从实际生活和斗争出发，描绘出一个较生动的在中国农村所发展起来的革命图景，使读者能从中真正体会出中国式的无产阶级革命的特点及其实际意义。《山村》就是根据这个考虑而开始动笔的。"[1] 显然，这和作家的政治立场、书写立场相关联。他求学时代就深受鲁迅影响而志在"为中国那些不幸的人呐喊的——也是向世界其他弱小民族传递他们的声音"[2]，又基于抗战以来国内革命斗争形

---

[1] 叶君健：《在一个古老的大学城——剑桥》，《新文学史料》1992年第2期。
[2] 叶君健：《叶君健全集·第二十卷散文卷（五）》，清华大学出版社，2010，第529页。

势的变化，越来越清晰地体认到国民党和共产党在政策理念尤其对底层民众的态度、对敌斗争策略和抗战胜利以后的国家发展方向等诸方面的巨大分野。这也和他加入国民政府第三厅后在实际工作中受到的革命影响和思想上受到的震动分不开。在抗战胜利的曙光初现之时，国民党当局"积极反共，消极抗日"的态势越发明显。抗战胜利后的一系列事件更是证实了当局"大权独揽"、意图独裁的本质。把历史场域特别安排在第一次国内革命战争的山区，叙述弱小的进步势力在和强大的反动势力对抗中的各种反复，以螺旋式上升和波浪式前进的历史唯物主义哲学观来看待这一历史情势，蕴含着作家对其时革命斗争形势的预判。或者说把预判蕴含在对历史事实的回溯当中，以历史烛照未来。作家意在帮助英国知识分子（英语受众）了解特定时期的中国历史，帮助外界增加对中国共产党的理论及其实践的了解，力图引导英语受众通过所述及的历史场域来获得对中国抗战胜利后的现实认知：能够从山村走向城市、从困境中崛起并不断壮大的中国共产党及其武装力量，必将会从延安走向全国，不断从胜利走向新的胜利。

小说尤其是长篇小说通常都具有回忆性书写的特征。荣格尔曾对"记忆"（Gedächtnis）和"回忆"（Erinnerung）进行区分。认为前者等同于"想到的"（Gedächtes），也就是知识；而"回忆"则让人联想到个人的经验……回忆的进行从根本上来说是重构性的；它总是从当下出发，这就不可避免地导致了被回忆起的东西在它被召回的那一刻会发生移位、变形、扭曲、重新评价和更新。在潜伏的时段里，回忆并不是安歇在一个安全的保险箱里，而是面临着一个变形的过程。① 叶君健在《山村》中所表现出来的文化回忆既有自己青少年时代生活过的家乡的场景，也有后来四处辗转的见闻，更有他身处英国的文化语境中对底层民众叙述的位移。

这至少从这两个方面表现出来。第一，对话中比较浓烈的西方语言风格。"请不要把我的话放在心上吧，潘大叔。我只是说句笑话，并没有那个

---

① 〔德〕阿莱达·阿斯曼：《回忆空间——文化记忆的形式和变迁》，潘璐译，北京大学出版社，2016，第22页。

意思。潘大叔，请你行行好，切记不要把我讲的话告诉那位总管。他能逃脱了，我真感到高兴。那并不是倒霉，而是幸运，非常幸运！"① 这是两个村民——毛毛和潘大叔之间的交流，属于村民之间普通的日常对话。在小说中，不少语气词、祈请词和感叹词的使用，显然大大强化了对话者之间的对立关系，渲染了浓厚的紧张氛围。但连续出现的"请""幸运"和转折词以及说话口吻、语气与近乎文盲的村民身份和文化程度不相符。小说中这样的情形出现不少。第二，对底层人物一定程度上的美化。比如潘大叔带着母牛企图通过漫长的行走回到东北老家这一情节。作为一个比一般人觉悟要高且担任过村农民协会临时主任的农民，缺少较为周全的计划，甚至不考虑个人安危就意图到千里之外去，这显然是不合情理的。尽管作家想趁机表现他被自己人抓住后思想较为彻底地朝革命者的立场转变，而且他也是全书（甚至"寂静的群山"三部曲）中的一个重要人物，但他如此幼稚且毫无章法的出走显然无法与后期的转变有效对接起来。再如阿兰，本是"我家"一个烧火做饭的"童养媳"，革命开始后与老刘结婚，之后性格发生变化，革命觉悟和组织能力有了质的飞跃。这些细节问题或者是由于作家对人物的思想和身份转变做的铺垫不够，或者是由于作家对人物过于喜欢和包容而导致的某种缺陷。除了"母乌鸦"等很少的几人外，山村中的农民基本上没有明显的缺点。

事实上，叶君健的这种在异邦文化语境中表述的位移，我们不妨视其为一种文化融合的努力，这在熊式一、蒋彝等人的作品中都有体现。这一现象既可以解释为作家在异邦语境中书写时必须有的对受众、出版机制等商业因素的考虑，也可以理解为他们必须对自身"多元文化人"角色进行适应并做出改变的结果，还有西方强势语境的约束机制起着作用。

《山村》的中国形象建构极为成功，在欧美英语世界广受欢迎，首先与其革命历史叙述的方式所形成的风格相关联。叶君健使用清新细腻、形象感性的笔触，在英语中"揉进了些我从传统中国文学运用中所发展出来的一些个人的表现手法……他们倒是欢迎某些外来成份，给文字注入一点新鲜感——

---

① 叶君健：《叶君健全集·第七卷长篇小说（四）》，清华大学出版社，2010，第126页。

当然这种注入必须自然、和谐。我把这部作品的最后定稿拿给剑桥的一位英文文字修养颇深的女研究员看，并请她在文字上提意见。除了为数不多的几个词意不准确的地方外，她认为从风格上讲，再没有什么东西值得推敲的了。这部稿子就算这样成了一部成品了。"[1] 即是说，《山村》的风格从语言上看，它是基于英语表述又融入了中国文学元素的、在文法上有所创造的作品；从叙述上看，它充分吸收了西方英语文学中以"人""人道主义"为表现核心的文学思想，采用以小见大（以山村辐射中国）的叙述手法和以第一人称聚焦叙述的视角。与同时期在海外传播中多次出版、获得高评的《天桥》类似，《山村》表现的也是革命的烈火从一个看来不起眼的村庄中开始，最终燃向全国的。

"二战"期间及结束之后，叙述战争的文学作品在欧美文学界呈现上升的势头且形成了西方尤其是美国社会"反法西斯战争"诉说的热潮，"战争文学"方兴未艾。艾略特在《四个四重奏·小吉丁》（1942 年）中就描述了德国飞机空袭英国的惨景。同时期的以"艺术诗"著称的英国女诗人伊迪斯·席特维尔在战争的刺激下转向了现实主义题材，作品变得更为硬朗和深刻。还有伊丽莎白·鲍恩、亨利·格林等知名小说家以及创作了堪称英国"二战"中怀旧文学经典的《旧地重游》的作家伊夫林·沃，沃从 1950 年代初开始创作的"荣誉之剑"三部曲，被小说家安东尼·伯吉斯认为"不仅是沃最优秀的作品，而且是英国作家对于二战文学的唯一主要贡献"[2]。有论者认为，"从总体上看，无论是数量上、主题的多样性上，还是在成熟程度上，二战战争小说都领先于包括一战在内的美国其他时期战争小说。各类战争小说中既有像《细细的红线》这样描写战场上具体士兵的战争经历、战斗场面、心理活动的经典作品，也有像《裸者与死者》（*The Naked And The Dead*, 1948）那样揭露美国军队中官兵矛盾、极权主义，影射、暗中抨击美国社会的寓言性作品；既有后现代主义特征十分明显的'黑色幽默'小说《第二十二条军规》，也有《战争风云》、《战争与回忆》这种描写第

---

① 叶君健：《在一个古老的大学城——剑桥》，《新文学史料》1992 年第 2 期。
② 王佐良：《第二次世界大战与英国文学》，《世界文学》1991 年第 6 期。

二次世界大战的真实的、宏伟的、史诗般的波澜壮阔画卷。可以说，五光十色的二战战争小说形成了一个巨大的万花筒，令人目不暇接。"① 像诺曼·梅勒的《裸者与死者》这样具有代表性的小说，更是"一部集现实主义写作手法、自然主义、神秘主义和存在主义色彩于一身，以战争为背景，同时又超出了战争小说框架而带有一定寓言性与政治思想的战争小说"。② 也有论者提出，"总体上看，欧美战时反法西斯文学侧重在人自身的立场寻找精神的力量和坚持赢得战争胜利的信心。中国、苏联的战时文学侧重于从国家、民族的立场上诠释抗战的意义，从而寻求人生存的价值。"③ 英国作家对本土受德国法西斯狂轰滥炸的感受在小说或其他文学作品中的反映，美国作家对"二战"战争场面及民众"反战意识"的表现，可以视为欧美英语作家"反法西斯战争"诉说与《山村》中革命历史叙述一定程度上的契合：立意在反抗强权侵略，主旨在阐扬对和平与自由的追求。

另外，叶君健的《山村》出版之后得到"英国书会"的推荐并不是偶然的，其与欧美世界正在流行的"中国热"大有关系。

赛珍珠（Pearl S.Buck）的《大地》（1931 年）、英国作家希尔顿的《消失的地平线》、林语堂的《吾国吾民》（1935 年）与《生活的艺术》（1937 年）等以中国为题材的作品的出版在西方世界掀起了"中国热"。尤其是《大地》，1932 年畅销 180 万册，1937 年拍成电影，1938 年获得诺贝尔文学奖，在欧美世界影响极大。《吾国吾民》出版后 4 个月中重印 7 次，又译成了法、德、意等语言，在西欧各国流传广泛。《生活的艺术》是 1938 年美国最畅销的书，先后译为法德意等多国文字。④ 这也在很大程度上改变了西方世界对中国的集体想象。在 1930～1940 年代，美国新闻大王卢斯控制的时代公司大力宣扬当时作为基督徒的蒋介石，"从 1927 年 4 月 4 日蒋介

---

① 王延彬：《美国战争小说流变研究》，博士学位论文，吉林大学中文系，2014，第 101 页。
② 王延彬：《美国战争小说流变研究》，博士学位论文，吉林大学中文系，2014，第 108 页。
③ 陈悦：《二战时期西方反法西斯文学的人文思想》，《贵州师范大学学报》（社会科学版）2003 年第 3 期。
④ 李勇：《西欧的中国形象》，人民出版社，2010，第 256～257 页。

石首次出现在《时代》封面上，到 1945 年底，蒋介石已经七次成为《时代》周刊的封面人物，其次数超过任何一个美国人……《财富》称蒋介石以'令人难以置信的个人威信'和'以身作则'唤起了人们'非凡的献身精神'"。① 对宋美龄的报道主要是在 1943 年她访美期间。宋美龄不仅借助演说征服了美国国会，还访遍美国各州，获得盛赞。在时代公司的包装下，"蒋介石成了中国'国家的象征'……他们被吹捧为'世界上最伟大的一对夫妻'……一个'乌托邦'般的'中国神话'便形成了"。② "中国热"和中国文化成为欧美出版业界和欧美受众一起合谋制造的传播热点，这在一定程度上加深了美国民众对中国的理解，也为叶君健《山村》在欧美的传播提供了一个难得的机缘。到朝鲜战争爆发、美苏两大阵营意识形态冲突加剧和"冷战"格局形成后，这一机缘和海外传播语境就逐渐消失了。

从叶君健《山村》中的"中国形象"建构之成功来看，其策略有如下几点。

第一，作家对英语受众需求的把握程度及对中国文化与西方英美文化"杂交"的熟练表现程度都较深。把握越是准确，作者越是知晓受众需求并可顺势而为；表现越是熟练，越有可能获得成功。这就涉及题材的选择、主题的表现、语言障碍的克服和表达方式等问题。

第二，文化热潮对作家作品的广泛传播大有帮助。叶君健 1949 年回国后，其作品的海外影响力急剧下降，直至"文革"结束。1988 年英国最大的现代派出版机构费伯出版社（Faber and Faber）出版了"寂静的群山"三部曲，并在伦敦举行首发式，西方开始掀起了一股"叶君健热"，延续了"前缘"，其作品才开始重振传播力度和影响力。

第三，革命历史叙述（"红色叙述"）作品在海外（西方）的传播除了有组织的国家传播行为外，作家的叙述风格对西方语境的适应性也非常重要。1951 年创刊的英文版《中国文学》杂志，起初是年刊，由文化部直管，

---

① 姜智芹：《美国的中国形象》，人民出版社，2010，第 295 页。
② 姜智芹：《美国的中国形象》，人民出版社，2010，第 296 页。

后归为新成立的外文出版社（后改为外文出版事业发行局）管理，是一份对外宣传中国革命的文艺刊物。"加拿大的'进步书会'很快把该期（创刊号）刊载的《新儿女英雄传》印成单行本，在北美发行。"① 在 1951 年至 1976 年间，"《中国文学》也有许多作品在国外广受好评，如沙博理翻译的《新儿女英雄传》、《谁是最可爱的人》和《家》，以及杨宪益夫妇翻译的《太阳照在桑乾河上》、《李家庄的变迁》、《离骚》、《屈原》、《阿 Q 正传》、《鲁迅选集》、《宋明平话选》、《关汉卿杂剧选》和《青春之歌》等。沙博理和杨宪益夫妇的译文质量较高，是符合外国读者的翻译规范的。"② 鉴于文学翻译也是再创作，以上所列作品得到欧美等海外受众欢迎也是因为翻译者的叙述风格切合了传播语境。

第三节　基于文化改写的功能性中国形象建构

文化改写，是指现代汉英双语作家借助文学创作，在异邦语境中对中国进行与西方书写或传统书写具有较大差异性的形象建构，以突出中国形象异于前人或同时代其他作家作品所呈现的形象。文化改写能够在一定程度上改变受众对中国（中国人）的偏见，达到或部分达到了消除歧见、谬误的目的。客观上还会达到诸如加强文化交流、推进文学发展的目的。

一　英语著译中文化改写下的中国形象建构

中国现代汉英双语作家 1930～1950 年代的作品，塑造了与西方作家笔下很不一样的中国形象，是对西方精英知识分子和普通民众的中国想象一定程度上的消解或再造。从他们的代表性英语作品来看，其中国形象建构的创作大体上可以分为三个维度。

---

① 骆忠武：《中国外宣书刊翻译及传播史料研究（1949—1976）》，博士学位论文，上海外国语大学，2013，第 78 页。

② 骆忠武：《中国外宣书刊翻译及传播史料研究（1949—1976）》，博士学位论文，上海外国语大学，2013，第 89 页。

第一，林语堂、萧乾等人以表现中国优秀传统文化和现代文化的著译为主的智慧书写。林语堂的著译以 *My Country and My People* 和 *The Importance of Living* 为代表，集中输出了中国传统文化思想。他以自己对中国传统文化的理解，结合欧美英语世界的需要，传播了以哲学为核心的中国智慧，这些著译其实是一剂用以拯救西方资本主义世界的"文明病"和"现代病"的良药，试图以中国人的现世主义、享乐主义、温情主义去根治西方资本主义以紧张、焦虑、异化为特征的现代性病灶，以中国人的中庸之道、仁义礼智信去纠正西方社会越走越偏的极端化倾向。他试图告诉西方受众，西方文明无法治愈的病体可以从中国智慧中获得救治之道。这些带有极强烈的功利色彩的论述，很大程度上符合且满足了西方社会的需要，也从另一个角度证明了中华文化并非像此前很多西方作家眼中的那样一无是处。林语堂中国智慧的跨文化传播建立在一系列实用性基础之上，之后在 *The Wisdom of Confucius* 和 *The Wisdom of China and India* 等"智慧"系列著作中，在 *Moment in Peking* 和 *Leaf in the Storm* 等长篇小说中，他继续了这种阐扬。

萧乾的 *Etching of a Tormented Age* 等著译集中于对中国现代文化智慧的书写和传播，如 *A Harp with a Thousand Strings* 一书，足以形成西方想象中的中国形象和中国人自我认知的丰富图景。他的小说和散文集 *Spinners of Silk* 从人道主义和爱国主义角度集中表现了底层民众的苦难、反抗与挣扎。*How the Tillers Win Back Their Land* 展现了湖南岳阳农村"土地改革"的过程及农民得到实惠后的喜悦。

如果说林语堂致力于向欧美英语受众传达中华文化中绵延发展了几千年的哲学意涵和文化精神及其在古代（或具有古典内涵）的中国人身上的表现和反应，在文化、道德、伦理、日常生活中西对比的基础上凸显中国传统文化的优势，在"文化比较"和"文明经验"的论述中建构起了中国文化与文明智慧的"古典形象"的话，萧乾则是借助对现实状况包括抗战近况的文化智慧描述，突出中国文化的发展主要是源于内部动力和自我革新的主旨，表现其充满活力的一面，建构起中国文化与文明智慧的"现代形象"。

第二，熊式一、叶君健、凌叔华、张爱玲等以叙述类作品为主，辅以个人奋斗历史、家族历史和革命斗争历史的书写。熊式一的代表剧作 *Lady Precious Stream* 借助王宝川与薛平贵的故事改编来阐扬中华文化里郎才女貌的情感坚贞——男子沙场上建功立业、女子苦守寒窑等待丈夫、"以德报怨"的优秀品质。诗剧 *The Romance of The Western Chamber* 亦为改译之作，继续宣扬中国传统文化中奋勇有为、积极上进的儒家仕人品格和贞节忠诚的婚姻要义。如果说以上作品是对个人奋斗终有所成的表彰的话，那么长篇小说 *The Bridge of Heaven* 就是承续了他在三幕话剧 *The Professor from Peking* 中的爱国主义精神，书写了自戊戌变法到辛亥革命的中国革命历史进程，展现了中国人国民性格中反抗、激进和敢于斗争的一面。二者恰好可以佐证中国社会发展过程中的丰富性，即一方面要文明守礼、道德高尚、以诚待人、情感忠贞，这是中国礼教中"仁义礼智信"的具体体现；另一方面又要不畏强权暴政，不惧各种压力，乡野布衣也有家国天下的政治情怀，而且以革命暴力对抗反革命暴力的革命，比英法资产阶级革命更加彻底。

叶君健的小说集 *The Ignorant and The Forgotten* 和长篇小说代表作 *The Mountain Village* 等著译，总体上把笔力对准下层人物，集中书写贫雇农、因反抗而无家可归者以及被侮辱与被损害者的悲哀、挣扎与斗争。尤其是《山村》把鄂东农村里的山民们从麻木、愚昧中逐步觉醒过来加入农民组织和革命武装与国民党反动派进行艰苦卓绝斗争的过程进行了展示。凌叔华的代表作 *Ancient Melodies* 以儿童视角对自己家族的一系列故事进行回忆和展开，重点描述了"我"的成长过程。以"我"为中心和叙述原点，把深宅大院中复杂的人际关系、人事纠葛和作为贵胄而非平民的子女 18 岁以前的见闻较为准确地再现出来。

这些从"小家"（个体家庭）到"大家"（国家民族）、从"小我"（个体）到"大我"（集体）的文学书写，在中国形象建构上有以下特点。

特点一：以（底层的）民众为主要表现对象的画像记录。这些作品深入表现了底层民众的日常生活状态，特别是表现了他们生存的苦难与欢乐。与赛珍珠《大地》中所体现出来的对中国农民某种程度上的"隔膜"形成对照，有重述真相、"现身说法"的意味。同时也足以阐明：麻木愚昧并非普罗大众的天然标配，尽管封建思想贻害极深，但只要有合适的启蒙者、先进的思想进行指引，他们是完全可以变成革命运动主力军的。

特点二：对近现代中国社会流动性的写照。各个阶层之间、阶层内部绝不是死水一潭，而是变动不居、充满活力的，个人借助努力奋斗也是可以向上流动的。中国社会还具有欧美社会所不看重或不具备的特点，即依靠集体力量、团结协作从而达到目的，个人是集体的一员，集体也无法离开个人而存在，这也是中国社会与西方社会相比的特别之处。

从以上角度来看，这些作品既致力于讲述近现代中国最为广大的农村社会、农民家庭正在发生着什么，也包含着对他们将会怎么样的预言。既对已经发生的、足以影响到中国社会进程的重大事件如戊戌变法、辛亥革命、国内革命战争、土地改革是什么样的进行了"还原"，也从现实社会的角度构建了底层民众的生活形象、社会生态，这些无一例外地构成了中国形象的"底层基座"，是社会变迁的文学记录。

第三，蒋彝把中国优秀传统文化与西方自然文化景观进行有机嫁接，完成了民族身份书写。在长达四十余年的海外写作生涯中，"哑行者画记"中的 *The Silent Traveler in Oxford*（《牛津画记》，1944 年）、*The Silent Traveler in Edinburgh*（《爱丁堡画记》，1948 年）和 *The Silent Traveler in New York*（《纽约画记》，1950 年）等，销路好，读者反映也好。这些画记甚至从第一本《湖区画记》开始，就得到了欧美受众的欢迎。这一方面源于他在书中巧妙地嵌入了中国传统文化元素"诗书画"，对眼前的风景、花鸟、人物以中国传统技法加以表现，把中国故事、神话、诗词、歌赋等和游历中的所见所闻进行文化嫁接和融会。另一方面源于他求同存异、以同化异的写法。其类比联想建立在中西文化可以互融而非排他、人心可以相通而非阻隔的基础上，其中贯通了中华儒家文化中的"和而不同""美人之美""美美与共"和道家的"逍遥自在""自由无碍"的哲学思想。其嫁接绝非简单的移植和生硬的互换，而是找到了中国文化输出的理想手段和合理方式，即从异质文化附着性和排斥性极弱的山水花鸟、城市自然景观入手，文化易位感和文化错置感就不再显得突兀和尖锐，进而换得了文化阐释的空间。就此来看，蒋彝这种以诗书画加英文的创作形式和融中华文化片段、零散知识于文本的内容设计模式，包括至 1950 年代已经完成的大多数"画记"作品，比较完整地勾勒出了中华文化与西方文化在哲学思想、国民气质、生存智慧、生活方式、文艺形式、情感表达等诸方面的共通性，极力从文化融合和认知心理上濡染熏陶欧美受众。"通过这些游记，蒋彝试图在西方读者心中重新构建有关中国文化和中国人的民族性格，从而也为自己的民族身份找到一个心甘情愿的归属。"① 他以"化整为零"的方式，建构了中国形象的可亲可爱、可感可触、活色生香的感性层面，这也是中国形象的内蕴外化层面。

综上，中国现代汉英双语作家英语创作在中国的国家形象、社会形象和普罗大众形象的建构上做出的成绩，主要体现在古典中国与现代中国的文化形象层面，从"小家"到"大家"、"小我"到"大我"历史书写的"底层基座"层面和文化嫁接的内蕴外化层面，这些共同构成了中国文化海外传播的基础。

近代以来，自陈季同 Les Chinois Peints par Eux-Memes（《中国人自画像》，1884 年）、Les Plaisirs en Chine（《中国人的快乐》，1890 年）等法文著作和辜鸿铭 The Spirit of the Chinese People（《中国人的精神》，1914 年发表于《中国评论》）等英文著述在西方引起反响开始，胡适、冯友兰、江亢虎等人也借助英文著译纷纷介绍传播中国哲学、宗教、文艺等传统文化②，反响强烈。③ 包括林语堂在内的中国现代汉英双语作家英语创作的加入，使中国形象的建构在文化改写上体现出以下特点。

第一，改写西方社会对中国社会的定势认知。近代以来，中国国家形象、国民形象和社会形象在西方普通受众眼中呈现出了断崖式的跌落和无可

---

① 任一鸣：《蒋彝游记的跨文化语境》，《中国比较文学》2008 年第 2 期。
② 冯智强：《中国智慧的跨文化传播——林语堂英文著译研究》，中国海洋大学出版社，2011，第 6～7 页。
③ 有学者认为，陈季同的"家庭中国"在于表明以家庭制度为核心的中国体现了西方自由、民主、博爱精神，辜鸿铭是在西方基督教传统和浪漫主义的知识谱系中发现了"道德中国"的现代意义，而林语堂的"人文中国"则包含了以西方"现代性"批判中国"惰性"、以中国"人文主义"疗救西方"现代性"的双重蕴涵。参见朱水涌、严昕《文化转型初期的一种中国想象——论〈中国人自画像〉、〈中国人的精神〉、〈吾国吾民〉的中国形象塑造》，《浙江大学学报》（人文社会科学版）2010 年第 6 期。

挽回的颓败面貌。无论是在熊式一所观察到的"普通一般的欧美人士，大都认为中国人多半是心地阴险的怪物，差不多随时可以运用魔术"① 之洋人眼光中的"怪物论"，还是蒋彝所观察到的"还有些人，根本没去过中国，也可以写书。我只能佩服他们的大无畏精神，以及轻易归纳重大事情的本领"② 之洋人"无畏论"，叶君健"但我当时写《山村》还有更实际的考虑。我在英国各地巡回演讲中及与英国知识分子的接触中，我发现他们对中国正在进行的革命存在着许多误解。他们当然不太知道中国共产党领导的革命的实际情况，因为当时有关这个革命的正确报道及论述几乎是等于零——蒋介石的宣传机构倒是报道了不少，但全是抹黑"③ 之"抹黑论"，都反映了中国作家们对 1930～1950 年代西方社会中普遍存在着的"东方主义"之切身体验和难言之痛，这也足以见出欧美知识界和文化界中主流人士和媒体以居高临下的姿态和近乎无效的知识体系来论述中国现状并达到了无知无畏的程度。这种在西方社会中"回头看"中国的经验教训，构成了他们英文创作中要自发地扭转西方眼光和正说中国的一个重要依据。随着这些讲述以英语文本形式进入流通环节，许多新鲜的经验得到传播，甚至以畅销书的形式获得欧美受众接受，这种与西方作家眼光迥异的中国形象建构，在 1930～1950 年代这一特殊历史时期获得的成功，事实上具有改写西方社会对中国社会定势认知的作用。恰如英国著名作家 H. G. 威尔斯在评价熊式一《天桥》时所说的，其"启发性"来自作家把体认到的经验教训融进对近代史上中国故事的讲述。

第二，拓宽了跨文化交流的渠道。正如前述，近代以来，不少中国文化名家为中国正名，主要是基于中国传统文化的诸多层面进行中国文化精神的解读、阐发和宣扬，从而在中西方文化的比较中发现中国文化之美，传播中国文化声音。其优势在于表述方式和西方人的逻辑思维方式靠得极近，容易进入对方的文化视野而被接受和吸纳。中国现代汉英双语作家的加入，使跨文化交流的渠道得以拓展，文化输出的种类显著增加——小说、剧本、童

---

① 熊式一：《大学教授》，台北中国文化大学出版部，1989，第 171 页。
② 蒋彝：《伦敦画记》，阮叔梅译，上海人民出版社，2010，第 11 页。
③ 叶君健：《在一个古老的大学城——剑桥》，《新文学史料》1992 年第 2 期。

话、游记，改写、改译，鸿篇巨制，"文化杂交"① 体，回忆录等。最典型的莫过于蒋彝，他的"哑行者画记"系列更容易被归为"飞散文学"② 之列，因其制造了一种新的"文本形式"③。从根本上说，蒋彝的创作体现出了中国作家融会中西方文化的自觉性和可能性，在西方建构出了中国文化的想象网络，在文化交流中化解歧见，弥合纷争，拉近距离，丰富文化内涵。正如他追求"求同"而非"抉怪"的跨文化交流效果一样，长篇小说《罗铁民》、童话故事《金宝游动物园》的中国题材书写，《中国绘画》《中国书法》的文化普及，*A Chinese Childhood*（《儿时琐忆》，1940 年）等回忆录（还包含售卖出的众多绘画条幅、书法作品），都不断衍生出跨文化交流的新路径，无怪乎在他出国十年后，就有"英国的媒体，视蒋彝为中国艺术的代表人物。"④

第三，更新现代文学的言说方式和内容，有助于中国文学与西方文学的互动垦殖。中国现代汉英双语作家的英语创作，使用的言说方式和内容较之以汉语为母语进行创作的单语作家来说自然更为丰富、多样和复杂，传播效果上更有其直接性和适配性。与其前辈作家相比，他们在比较熟练地运用英语进行创作和言说之余，多寓抽象于形象之中，寓说理于故事之中，寓文化

---

① "他（罗伯特·扬）将这个术语单独提出来，进行了历史追溯，并将其从种族理论发展为文化批评概念，以之说明 20 世纪文化交汇的状态。罗伯特·扬认为，'杂交性'不同于非此即彼的常规选择的'双重逻辑'，正可以作为 20 世纪的特征，与 19 世纪的辩证思维相对立。"参见（澳）比尔·阿西克罗夫特等《逆写帝国——后殖民文学的理论与实践》，任一鸣译，北京大学出版社，2014，第 10 页。

② "从词源说起，希腊词 diaspeirein，前缀 dia 指'散开来'（apart or across），speirein 指播种、散布（to sow, scatter）。可见，这个词最初指植物借花粉的飞散和种子的传播繁衍生长，其寓意丰富，诗意盎然。""在当代的文学创作和文化实践中，飞散成为一种新概念、新视角，含有文化跨民族性、文化翻译、文化旅行、文化混合等涵义，也颇有德勒兹（G. Deleuze）所说的游牧式思想（nomadic thinking）的现代哲学意味。""飞散在当代的语意非常丰富：作为新的视角，飞散体现着超越的逻辑；它以跨民族的气度看待民族文化，以翻译的艺术繁衍家园；它携带历史负面的阴影，却是以肯定生命的繁衍形成性格。"参见童明《飞散》，《外国文学》2004 年第 6 期。

③ "蒋彝把游记作为拓展一种不同的交流手段的模式，制造出一种文本，这种文本是东方主义批评家所呼唤，但却从来没有研究过的。蒋彝比解构西方殖民帝国和后殖民批评以及东方主义批评提前了 40 年。"转引自任一鸣《蒋彝作品研究——文化翻译批评视角》，博士学位论文，复旦大学中文系，2007，第 5 页。

④ 郑达：《西行画记——蒋彝传》，商务印书馆，2012，第 195 页。

精神传达于具体解说之中，寓中国形象塑造于具体论述之中。所采取的平等
而非飞扬跋扈、娓娓道来而非居高临下、真诚而非故弄玄虚的态度，本身就
已蕴含了中国文化的中庸之德、谦和之礼和君子之道。在社会变化剧烈、各
阶层重组分化和国家处于极不稳定的状态下所发生的言说内涵相对于前人的
新变①，体现出了身处 20 世纪的作家们与清末民初的前辈相比在文化视野、
文化观念上的演进。于是，我们看到，即便同在西方语境中创作，后者多以
美好的、浪漫的想象来重建中国形象的"乌托邦"，前者多以自身感受到的
沉重和压迫来重新诉说中国，建构社会急剧转型中的中国形象。

　　同时，中国现代汉英双语作家的英语创作还具有中西方文学互动垦殖的
意义。中国现代汉英双语作家的文化基因、文化记忆和文学渊源都建立在中
国传统之上。到了欧美之后，他们的英文创作呈现出了新气象，各自在所属
创作领域取得了不一般的成就。他们凭借作品所获得的赞誉不仅体现在内容
上，还体现在创作形式、书写语言、创作风格和文学影响上。蒋彝把《战
时画记》和《伦敦画记》的部分内容改写成中文《战时伦敦》出版。叶君
健的《山村》，在欧美批评家看来，是极具西方现代派特色的作品。更不用
说林语堂的"智慧"系列作品建立在东西方文化比较之上又揭示出各自民
族的特点。这些作品中还有一部分流转回国内，以中文版的形式面世。比如
叶君健在翻译安徒生童话的同时，又自己创作童话故事等作品，影响了不少
受众。属于林语堂一脉的作家也不在少数②，林氏幽默也是中国式的，中国

---

① 陈季同提出中国"'平等'和'友爱'这两个伟大的名词，作为构建家庭的基础"，认为中
　国的科举制度是"世界上最民主的制度"，"一套值得全人类景仰的制度"。参见（清）陈
　季同《中国人自画像》，陈豪译，金城出版社，2011，第 7、43、49 页。辜鸿铭认为，中国
　人的精神是指"中国人赖以生存之物，是本民族固有的心态、性情和情操"，参见辜鸿铭
　《辜鸿铭文集》（下），黄兴涛译，海南出版社，1996，第 27 页。有学者认为，陈季同、辜
　鸿铭笔下的中国形象是完美的，参见朱水涌、严昕《文化转型初期的一种中国想象——论
　〈中国人自画像〉、〈中国人的精神〉、〈吾国吾民〉的中国形象塑造》，《浙江大学学报》
　（人文社会科学版）2010 年第 6 期。
② 难怪美国华文作家黄美之说美国华文文学"从林语堂算起，经过黎锦扬、张爱玲、白先勇、
　於梨华、陈若曦、张系国、王鼎钧、喻丽清等，到现在在两岸都很吃香的严歌苓，真是洋
　洋洒洒的一路下来，发展茂盛。"参见陈旋波《林语堂对美国华文文学的启示》，《华侨大
　学学报》（哲社版）1999 年第 2 期。

形象在他们的文化改写中不断嬗变，变得鲜活起来。从这个意义上看，不仅西方文学影响了中国现代文学，使中国现代文学从内容、题材到形式、技巧上都与古代文学相比发生了巨大的变化；中国现代汉英双语作家也借助英语创作成功地融入西方英语文学，这甚至成为他们的一个章节、一个部分乃至一个无法忽视的文学现象①。比起翻译，包括"汉译英"（译出）和"英译汉"（译入），中国作家直接用英语进行中国题材和西方题材的文学创作，显然更有利于中西方文学在交流互动中的深度融合。这对英语世界认识中国文学以及中国文学的国际化也极有好处。

二　遗作中文化改写下的中国形象建构

张爱玲的"自传体"三部曲（更多是出版意义上的②）甫一出版，就受到市场追捧，收到了良好的传播效应。如果深入研究，即可发现，它们并未能在结构的紧凑性、内容的完整性和主题的一贯性上保持一致，但在文化改写目的下的中国形象建构同样存在。为论述方便，本部分主要结合张爱玲的几部遗作进行分析。

《小团圆》围绕着盛九莉的香港学习生活和上海的恋爱婚姻生活等30岁前后的事情而展开，用笔曲折有致，隐喻、隐语、象征、对照等层出不穷，可以说是张爱玲小说中最难读懂的一部。在内涵设计上，包罗了家族往事、父母亲辈的故事以及和自己相关的系列人物故事，当然，核心还是在女主人公这里。在叙事上，《小团圆》使用了回叙、倒叙、插叙等方式，勾连起不同时期的故事，使小说的跳跃性增强，文本张力变大；作者在层峦叠嶂

---

① 国外论者对叶君健的评价见前述。萧乾、凌叔华也和"布鲁姆斯伯里集团"关系密切，深受其成员影响。相关详细论述，可参见后文。又如张爱玲，据1965年起在纽约州立大学任教的於梨华回忆说，"我在州大开的课是英译中国现代小说，材料中必有她的《秧歌》、《北地胭脂》（《金锁记》改写而有英文版的）"。参见於梨华：《来也匆匆——忆张爱玲》，苏伟贞主编《鱼往雁返——张爱玲的书信因缘》，台北允晨文化，2007，第172页。

② 北京十月文艺出版社自2009年起，向台湾的皇冠出版社购买版权，陆续推出了《小团圆》《异乡记》《雷峰塔》《易经》《少帅》等张爱玲遗留作品，并冠以"张爱玲全集"或"张爱玲外集"等出版名号。从商业出版的角度看，这一系列著作之间的联系更在于卖点而非内容。

的意义山峰间百转千回，提供了更多可以诠释的空间。就其书写内容来看，《雷峰塔》描述了主人公琵琶从出生到就读大学前的情况，《易经》与之承续，描述琵琶大学生活包括香港战争的体验。《小团圆》重点放在恋爱、婚姻生活上。

正如不少女权主义者所相信的那样，性别观念并非先天俱来的，而是后天形成的，根源在于文化和制度教化，在于文化控制之下的角色意识。首先是身体。如何描述身体是作家必须要面对的问题，或者说是作家的一种权力。言说方式的选择直接关联着进入身体的方式，比如《小团圆》开头：

> 大考的早晨，那惨淡的心情大概只有军队作战前的黎明可以比拟，像《斯巴达克斯》里奴隶起义的叛军在晨雾中遥望罗马大军摆阵，所有的战争片中最恐怖的一幕，因为完全是等待。
>
> 九莉快三十岁的时候在笔记簿上写道："雨声潺潺，像住在溪边。宁愿天天下雨，以为你是因为下雨不来。"
>
> 过三十岁生日那天，夜里在床上看见洋台上的月光，水泥阑干像倒塌了的石碑横卧在那里，浴在晚唐的蓝色的月光中。一千多年前的月色，但是在她三十年已经太多了，墓碑一样沉重的压在心上。
>
> 但是她常想着，老了至少有一样好处，用不着考试了。不过仍旧一直做梦梦见大考，总是噩梦。①

"大考"显然是令九莉纠结紧张的一个根源，同时也是她自我发现的起点，把"大考"之前的等待与"以为你是因为下雨不来""墓碑一样沉重的压在心上"的月色相提并论，不仅有"一日不见如隔三秋"之幽怨，更有往事历历在目，伤痕累累之感喟。想到"老了"的好处，因为"老了"就逐渐泯灭了性别差异和个性，但也还是会噩梦连连，又可见伤害至深，无可忘却。这种把个人成长从青春直至老境的心理进行勾连，正是张爱玲性别观

---

① 张爱玲：《小团圆》，北京十月文艺出版社，2009，第1页。

念得到凸显的重要地方，也是她文化改写的可鉴之处。女人"内心的月光"是千年来的女性心理积淀，它的"晚唐的蓝色"是海洋和天空般的，又进入了悠远的历史时间，因而是幽静哀愁的，经历的岁月太过久长，被压制者的"墓碑"（石碑）竟已倒塌横卧，累累的忧伤早已麻木了每一个亲历者的内心，她们承受着的"不痛之痛"，无处可诉，九莉感受到的就是这样的历史重压，作家让她代替千百年来的女性诉说，赋予她一重中国女性代言人的身份。

《小团圆》的结尾部分如是说：

> ……之雍出现了，微笑着把她往木屋里拉。非常可笑，她忽然羞涩起来，两人的手臂拉成一条直线，就在这时候醒了。二十年前的影片，十年前的人。她醒来快乐了很久很久。这样的梦只做过一次，考试的梦倒是常做，总是噩梦。大考的早晨，那惨淡的心情大概只有军队作战前的黎明可以比拟，像《斯巴达克斯》里奴隶起义的叛军在晨雾中遥望罗马大军摆阵，所有战争片中最恐怖的一幕，因为完全是等待。①

尽管经历那么多事——悲哀的童年、苦难的监禁时光、香港之战的战栗记忆、恋爱婚姻中的美丽与苦涩、刻骨铭心的情感创痛，但九莉始终无法忘怀她与邵之雍的快乐时光，爱与恨同样强烈。"考试"的"噩梦"，构成了她心灵深处的罪愆，除了等待，别无选择。"手臂拉成的直线"成为进入身体的语言，和"水声""雨""月光"一样，在记忆中无法抹去。正如《色戒》中易先生对王佳芝的感受，"他觉得她的影子会永远依傍他，安慰他。虽然她恨他，她最后对他的感情强烈到是什么感情都不相干了，只是有感情。他们是原始的猎人与猎物的关系，虎与伥的关系，最终极的占有。她这才生是他的人，死是他的鬼。"② 这样的感受会合了女性的一切心理弱点及

① 张爱玲：《小团圆》，北京十月文艺出版社，2009，第283页。
② 张爱玲：《郁金香》，北京十月文艺出版社，2006，第416页。

其特质，会通于女性最真实的欲望花园，是女性真切的感情中最为脆弱的那一面，甚至是一根心弦，它被牢牢地抓住或者说是控制住了，因而说女人是情感的动物。张爱玲以女人的敏锐，沉痛地书写着中国女性身上反复出现的、似乎是不可控的、真实存在的悲剧，表现了作家的悲悯情怀。

《雷峰塔》和《易经》中的开头部分也别具意味：

Lute hugged the curtain around her and peeped out through a fringe of green velvet pompons. The guests were going in to dinner, her father herding in the men, his concubine ushering in the girls. Lute had been four years old when her mother went away and her father moved into the concubine's house, called the small house. Now two years later he was moving back with the concubine. They had brought their own servants but they were short of hands for the housewarming party. The amahs had to pitch in and help. ①

Lute had never seen an artichoke before. Her mother had got to like them in France. After she came back she would buy one occasionally in the Seymour Road market, the one place in Shanghai that had it, cook it herself and sit down before it, a beautiful woman contemplating her favorite cactus plant, plucking a leaf here, a leaf there. Each petal was inserted between her lips for a moment before it was set down on the side of the plate. ②

以女儿 Lute 的视角看，前文中的父亲"搬家"和后文中的母亲"吃千叶菜"各有其内涵。前者以"窥视""偷窥"的方式见证了父亲的新家，幼小的自己是一种异质的存在，她的出现非常偶然、突兀。"裹"本身就是一种自我保护，是安全感的匮乏，这恰和童年母爱缺失、父亲移情别恋相关。"偷窥"也容易让人联想到《传奇》初版本封面上的"女鬼"。快节奏叙述

---

① Eileen Chang, *The Fall of The Pagoda*, Hong Kong: Hong Kong University Press, 2010, p. 1.
② Eileen Chang, *The Book of Change*, Hong Kong: Hong Kong University Press, 2010, p. 1.

中的父亲"搬家"，其实是回家，但家已今非昔比，"暖宅酒"的热闹场景容易消逝，家人间的相处显得艰难。这也为包括私塾学习、被监禁等系列成长事件的展开伏了笔。

后文中，围绕"千叶菜"的细描很有意思。法国做派的母亲在展示吃法以渲染一种氛围和情调。与母亲的相处是全书重点描述的对象之一，但母亲陌生国度学来的习惯与 Lute 的漠然相对构成了对比，母亲无法使之成为 Lute 熟悉的一部分。

还应看到，两个开头自然地存在一种"视角差"，对父亲的家重在外表，以外在的儿童视角进行观察与拒斥；对母亲的家重在内部体认，在内心形成了某种认同。这样就产生了拒斥父亲与（部分）认同母亲的矛盾。这与其在《私语》中的表述有异曲同工之妙："我把世界强行分作两半，光明与黑暗，善与恶，神与魔。属于我父亲这一边的必定是不好的，虽然有时候我也喜欢。"[1] 这样的"视角差"不仅源于观察体会上的年龄差异，更是她自幼时起的心理诉求所致：怨母又恋母，恨父又弑父。在情感上不断重复着幼时记忆的书写行为也指向了身体的文化改写：

"Dose Lute still want to get married or no?" she asked.

"What's the use of studying abroad if she's going to end up getting married?" When this was relayed to Dew and Coral they laughed.

"How can you ask a sixteen-year-old girl if she's ever going to get married." Dew said. [2]

女性身体所负载着的意义内涵是复杂丰富的，可以在许多场合加以演绎。沿袭下来的"贱女"观念瞬间转化为语言实践，在民国的时空里，那些千百年前的女性梦魇依然挥之不去。

---

[1] 张爱玲：《流言》，北京十月文艺出版社，2006，第135页。

[2] Eileen Chang, *The Fall of The Pagoda*, Hong Kong: Hong Kong University Press, 2010, pp. 222 – 223.

　　当然还要看到，张爱玲遗作中的文化改写与其公开出版的著作相比，非但没有弱化的迹象，反而得到突出和强化。有研究者发现，张爱玲作品普遍有着对男性的"弑杀"意味，譬如《金锁记》及其衍生版本中的角色，除姜季泽、童世舫以外的男性几乎都是有姓无名或有名无姓的，《倾城之恋》《花凋》等也类似。女性人物的情况正好相反①。鉴于是否为人物命名、如何命名是作家的权力，往往表征着作家的爱憎，可以判定张爱玲自身的性别（女性）意识是极为强烈的，这也是她经常被归为女性主义作家的重要原因。

　　有关洞穴的寓言或许值得注意。"但是，抛开坡的小说中呈现出来的情节剧意味不谈，我们发现，坡的那句话同样也概括地说明了（即便不是有意为之）身处父权中心文化之下的女性的困境，女性由于拥有了洞穴形状的生理结构，而注定了自己的命运。这位女性并不仅仅像是柏拉图笔下居住在洞穴中的人，是自然的囚徒，她还是她自身的自然属性的囚徒，一位身处无法回避的'墓穴'之中的囚徒，在那里，她变成了一个充满怒气而又虚无缥缈的洞穴本身。"② 洞穴寓言具有毋庸置疑的预见性，它打开了一个关于女性想象和女性书写的意义空间，敏锐地发现女性自身与她的性别意识形成之间的关系。从生理结构到心理结构，从角色赋予到角色意识形成，都与"洞穴"紧密关联。

　　早在 1940 年代的《有女同车》一文中，张爱玲就深刻地觉察到女性"被赋予"性和自觉自愿性之间的相悖特质，并深情地说道，"电车上的女人使我悲怆。女人……女人一辈子讲的是男人，念的是男人，怨的是男人，永远永远。"③ 她在早前发表的《谈女人》一文中就反问过，"女人当初之所以被征服，成为父系宗法社会的奴隶，是因为体力比不上男子。但是男子

---

① 林幸谦在《张爱玲的"无父文本"和女性家长的主体建构》一文中对此做过深入的阐释和探究。特别提出张爱玲对其笔下的男性处理模式分为三种，即"杀父书写"、"去势者"和去势模拟。具体参见林幸谦《女性主体的祭奠》，广西师范大学出版社，2003，第 105 ~ 106 页。

② 〔美〕桑德拉·吉尔伯特、苏珊·古芭：《阁楼上的疯女人——女性作家与 19 世纪文学想象（上）》，杨莉馨译，上海人民出版社，2015，第 119 页。

③ 张爱玲：《有女同车》，《杂志》1944 年第 13 卷第 1 期。

的体力也比不上豺狼虎豹，何以在物竞天择的过程中不曾为禽兽所屈伏呢？可见得单怪别人是不行的。"① 其"被赋予性"来自何方？在张爱玲看来，一者是女性自身，女性心甘情愿地成为父权制社会中男子的附庸，在内心深处已经处于了屈服的位置，无力再昂起头来坐回人的位置；二者是她们已经被制度规训，成为制度忠实的实践者和虔诚的信仰者。父权制作为规训女性的手段，正是充分地利用了"洞穴"的结果。女性的"被赋予性"是在制度的漫长演变中逐渐获得的。

故此，文化改写就是张爱玲对自身感知到的性别观念在行动中的具体实在的表达。《异乡记》中，"我"（沈太太）一路从上海到温州，也体验着、感受着这种差异。"算命的告诉她：'老太太，你就吃亏在心太直，受人欺……'这是他们的套语，可以用在每一个女人身上的，不管她怎样奸刁，说她'心直口快，吃人的亏'她总认为非常切合的。这老妈妈果然点头不迭，用鼓励的口吻说：'唔，唔……'"② 又，"有一个女孩子，已经做了母亲了……她抱着孩子，站在那里，痴痴地看着汽车，歪着头，让小孩伏在她肩上，安全地躲在她头发窠里。她那小孩打扮得非常华丽，头戴攒珠虎头帽，身穿妃色花缎小马褂，外罩一件三截三色的绒线背心。他们这些人只有给小孩子打扮是舍得花钱的，给孩子们装扮得美丽而不合实际，如同人间一切希望一样地奢侈而美丽。"③ 从老太太到年轻的少妇，她们的性别意识是天生就注定了的，所以天然地要服从这种安排，一辈子逃避不了。她们与环境原本紧张的关系，由于自身的退让（合乎洞穴的阴暗、躲避和荫蔽本性）而得到了很大程度上的缓和。事实上，这种缓和又是以她们无限度的付出为代价的。她们原本就不甚鲜明的性别观念也在这种缓和中同时被消解了，无法向《小团圆》中的九莉和《雷峰塔》《易经》中的琵琶一样获得觉醒的机会。前述作品中的两个不同阶层之女性，却共同面临着性别观念和性别意识的问题。或者如《异乡记》中的老妇、少妇，性别观念和性别意识等同，

---

① 张爱玲：《谈女人》，《天地》1944 年第 6 期。
② 张爱玲：《异乡记》，北京十月文艺出版社，2010，第 25 页。
③ 张爱玲：《异乡记》，北京十月文艺出版社，2010，第 84～85 页。

即她们无法摆脱命定观念的束缚，只能以麻木疲惫的心灵来应对生老病死，尽孝尽慈，依靠本能和直觉如蝼蚁一样苟且过活。或者如九莉、琵琶，性别观念大于性别意识，即她们意识到自身的性别与承担的角色，有着千年负载的沉痛感，做出了努力与抗争，但行动上又自我设限，尤其是怯于用更有力量的行动来突破自身的观念局限，最终难以改变命运的安排。

The Young Marshal（《少帅》）中的周四小姐属于另外的类型。她以性意识（欲望）为核心的性别观念发蒙极早，"十七岁她便实现了不可能的事，她曾经想要的全都有了。"①这是她对少帅的爱情幻想得以顺利实现和满足的结果。她的"童话"——得到他的爱并实现了与他结婚的目标，带有罗曼蒂克的味道，也是她性别意识的体认和收获。在她这里，性别观念因为她的出身（大帅好友之女）、受教育程度与交往对象（少帅）获得了小于性别意识的特点。花心的少帅与天真的少女恰好成为对比，少帅凭着身份地位和英雄气质到处留情，最终情归于她，又不乏讽刺意味，因为前面不知累积了多少女性的血与泪、欢与悲。对少帅来说，这是在半真半假中的假戏真做，是满足生理欲求和猎艳以夸饰的需要，亦是尽得其父大帅之风流真传。

故而言之，性别观念与性别意识的三种关系在张爱玲小说中尤其是遗作中表现比较明显，这和她的其他作品稍加比较会更为清楚。《金锁记》中的曹七巧与《倾城之恋》中的白流苏是两种不同类型的女性，她们的性别观念指向也有明显区隔。前者以分家为节点，之前性别观念与性别意识等同，之后性别观念逐渐位移到更为强势的男性角色一边，性别意识与之发生龃龉，进入老境后二者才有混同划一的迹象。后者以离婚为节点，离婚前的性别观念与性别意识基本同一。离婚后（小说叙述的重中之重）与范柳原的周旋（跳舞）、恋爱和结婚，使得其性别观念觉醒，重新找回自己的性别尊严与幸福，性别意识得以张扬，不再是哥嫂眼中的"扫帚星"和"克夫"的角色，跃变为四嫂眼中的榜样。显然，性别观念与性别意识再次保持了同一性。此外，《沉香屑　第一炉香》《花凋》《封锁》等小说中的情形与

① 张爱玲：《少帅》，郑远涛译，台北皇冠文化出版有限公司，2014，第85页。

《倾城之恋》类似，女主人公的性别观念觉醒程度与性别意识保持着基本的同一性。遗作、中篇小说《同学少年都不贱》中，恩娟与赵珏是同性恋，后者也明显具有性别观念男性化、性别意识淡化的痕迹。这并不是说遗作对此有了超越，而是说遗作除《异乡记》外普遍是张爱玲后期的作品而有着较为显著的一致性。

作品中的性别观念受到作家文化视角的左右，这是一个不争的事实。在张爱玲前期作品中，文化视角即有融会中西的特点，这在《谈女人》一文中亦有所表现。她所推崇的美国剧作家奥尼尔《大神勃朗》中的地母形象，就是具有超越性的。亦如她所说，"女人纵有千般不是，女人的精神里面却有一点'地母'的根芽"①。后期作品如《秧歌》中女主人公月香所具有的性格②，《赤地之恋》中的黄绢为了保存刘荃的自由和清白甘愿委身于高官申凯夫、后因难产而死的殉难之举，《色戒》中"顾盼间光艳照人"的王佳芝愿意凭借美貌诱惑刺杀易先生而反被杀害，都和"地母"代众人受苦受难的品质得以接通。

张爱玲在致宋淇的信中说道，"我写《小团圆》并不是为了发泄出气，我一直认为最好的材料是你最深知的材料，但是为了国家主义的制裁，一直无法写……我跟陈若曦在台北的谈话是因为我对国民政府的看法一直受我童年与青年的影响，并不是亲共。近年来觉得 monolithic nationalism 松动了些，例如电影中竟有主角英美间谍不爱国（Michael Caine 饰），所以把心一横，写了出来，是我估计错了。至于白便宜了'无赖人'，以前一向我信上也担忧过。"③ 张爱玲在小说中描写的围绕盛九莉展开的系列事件都可以在"国家主义"④ 这一政

---

① 张爱玲：《谈女人》，《天地》1944 年第 6 期。
② 高全之：《张爱玲学》，台北麦田出版社，2008，第 161 页。
③ 宋以朗：《前言》，张爱玲《小团圆》，北京十月文艺出版社，2009，第 5 ~ 6 页。
④ 张爱玲"国家主义"的表述还可以参考高全之《张爱玲的英文自白》一文，见陈子善主编《记忆张爱玲》，山东画报出版社，2006，第 192 ~ 194 页。在笔者看来，张爱玲所说的"国家主义"至少包含着两重内涵。第一，国家是家庭大的、专制性的替代者。国家对个人有强烈的压迫感，压制个人的（创作与表达）自由。第二，国家政权的更替是权力机构的更替，新的国家政权带来了新的秩序和规则。

治—文化视角下获得解释，包括香港之战中女主人公的各种看似不够爱国的表现，对母亲（二婶）蕊秋的隐私揭示与形象"弑杀"，对汉奸邵之雍的刻骨爱恋，对燕山的无感，寄寓着作家对人性、亲情、爱情、战争、革命、政府、党派的想象及其幻灭。正是在这些幻灭中，九莉才成长起来。

总而言之，张爱玲遗作中文化改写下的"中国形象"鲜明地指向了中国人，尤其是中国女性。第一，对封建传统束缚下的人们尤其是女性的种种重负，试图借助个人家庭、普通百姓乃至少帅一类达官贵人的呈现，以深度撕开中国家族文化中不堪、诡异的面影，揭示出其性别观念中陈陈相因的一面。第二，作者基于"国家主义"对女性压迫的深度思考。这是对数千年来被压抑的人性尤其是女性之命运与家国关系的清理和集中怀疑，更是对国家、政权、党派、制度、社会在个人命运中所扮演角色的一次完整体认，把女性性别观念、性别意识和性别记忆纳入这一关系，具有不同寻常的意义。第三，具有文化梳理的作用。即用隐喻、象征、夸饰、对照及诸种叙述方式，回溯历史，洞察古今，把对女性性别的思考，置放到一个现代性的环境中来展开论述，其意图不仅是烛照现代人的精神面貌，更是要深刻揭示古今之间从未变过的种种联系。

张爱玲遗作在文化改写基础上的中国形象建构，其实就是深度解剖几千年尤其是几十年之间的女性精神变与不变的历史，展现的是中国文化对女性造成的精神重负以及对如何摆脱这种重负的沉重的思考。其试图改写的就是女性的文化命运，意图斩断延续、摧残女性不堪命运的背后"黑手"。

综上所述，如果说中国现代汉英双语作家英语著译中的文化改写对中国形象建构和消解西方想象的作用具体表现在改写定势认知、拓宽跨文化交流渠道和更新中国文学的现代言说方式、促进互动垦殖等方面，并且更多的是借助作品从西方文化内部来形成受众积极向上的认知的话，那么张爱玲的遗作则是从中国文化内部直面其问题所在，尤其从性别观念、性别压抑、性别意识等角度展示父权制下女性问题的严重性，所建构的是一个引人深思、需要不断做出改变的中国女性生存形象。由于作家对中国文化不同的解读和创造方式，它们在中国形象建构上各有其功能，但同样值得肯定。

第五章

中西文学互动交流论

本章，我们将把中国与西方大语种文学互动交流的历史放在一个宏阔的背景下加以简要考察，勾勒出不同文化互动交流的状况及其关联性，着力分析中西现代作家之间文学互动的基本规律，探寻其影响与意义。

第一节　1250年以来中西文学互动交流述略

有论者指出，"特别是总的说来，中国文学对其他文学的影响多集中于古代文学，而外国文学对中国文学的影响却集中于现代文学。"① 此说大体不差，但值得注意的是，中国现代文学与西方文学的互动交流绝非是单向度、浅层次的，也并非只有西方文学对中国现代文学的影响而无反向的回馈。从中西现代文学交流史的角度看，中西文学互动②交往使中国现代文学具有了不同于古代文学又异于当代文学的内涵、方式和意义，且呈现出多样性的特征。

中西文学（文化）互动交往源远流长，往前至少可以追溯到公元1250

---

① 钱林森、周宁：《中外文学交流史·中国—法国卷》，山东教育出版社，2015，第 11 ~ 12 页。
② 出于论述需要，本部分简略引述中国文学与法语（法国）文学、德语（德国）文学和英语（英国、美国）文学的互动交流，其他语种暂且略过不提。

年前后。意大利柏朗嘉宾（Jean de Plan Carpin）的《蒙古行纪》（*Histoire des Mongols*，约为 1250 年）、法国鲁布鲁克（Guillaume de Rubroeck）的《东行纪事》（*Itinerarium ad partes orientales*，约为 1255 年）以及后来的《马可·波罗游记》（*le Livre de Marco Polo*，约为 1298 年）等①，均是传教士游历中国的游记，此后在西方尤其是意大利、法国等地掀起了一股"中国热"。

据考证，就欧洲对中国知识的开掘、拓展而言，在现代欧洲早期历史上有影响的中国著作，基本上都出现在 17 世纪前后……其间重要的中国著述就有金尼阁神父的《基督教远征中国史》（1615 年，汉译名为《利玛窦中国札记》），曾德昭神父的《大中国志》（1640 年），卫匡国神父的《中国历史十卷》（1658 年）、《鞑靼战纪》（1653 年）、《中国新图志》（1655 年），基歇尔神父的《中国图志》（1667 年），柏应理神父等的《孔夫子：中国的哲学家》（1687 年），李明神父的《中国现状新志》（1687～1692 年），白晋神父的《中国皇帝历史画像》（1697 年），郭弼恩神父主编的第 1 卷《耶稣会士书简集》（1702 年，原题为《中国和东印度耶稣会传教士信札》）……西方文化现代精神，就其核心结构和观念价值意义而言，是文艺复兴的精神和启蒙运动的精神，而现代性精神核心的两大思想动机——"东西之争"与"古今之争"，都肇始于 17 世纪……②

与法语文学的交流。18 世纪初叶是法国倾慕中国和汉学发轫的时代，也是中国文学首次引入法国与法兰西文学初遇的时期。中国文学西渐法国，是以法国汉学的兴起和发展为先导的……自 1702 年起，至 18 世纪下半叶，号称欧洲三大汉学巨著的《耶稣会士书简集》《中华帝国全志》《北京耶稣会士中国论集》及耶稣会士李明、白晋、宋君荣、冯秉正、钱德明、韩国英等人的著述相继在巴黎出版，更将法国汉学——传教士汉学推向顶峰，构成了 18 世纪法国（欧洲）认知中国、了解中国的知识总汇和资料库，从而

---

① 钱林森：《第一章　蒙元世纪的"契丹"追寻和"大汗行纪"》，《中外文学交流史中国·法国卷》，山东教育出版社，2015，第 7～15 页。

② 钱林森：《前言》，《中外文学交流史·中国—法国卷》，山东教育出版社，2015，第 3～4 页。

为法国作家、思想家思考中国、描写中国，奠定了坚实的中国文化基础。风靡于 18 世纪初叶的"中国热""中国风"，不仅激发了一些喜好异域情调的戏剧艺术家对中国的想象与灵感，使之相继致力于"中国戏""中国喜剧"的创作，同样也吸引了当时不少热心的编译家、小说家竞相采集中国（东方）题材，编制出一篇又一篇的"中国故事"与"中国小说"。如加朗的《一千零一夜》（1704 年）、拉克拉瓦的《一千零一日》（1710～1712 年），其后有格莱特的《中国故事集——达官冯皇的奇遇》（1723 年）。当然，其中最有名的还是启蒙作家兼思想家孟德斯鸠（《波斯人信札》，1721 年）、伏尔泰（《中国孤儿》《依兰娜》）和狄德罗（《拉摩的侄儿》《盛京赋》）。之后，雨果、瑟南古、戈蒂耶、波德莱尔等人也有描述中国的文学作品问世。[①]

与德语文学的交流。巴洛克文学后期的代表作家哈佩尔（Eberhard W. Happel）的小说《亚洲的俄诺干布》中的俄诺干布就是顺治皇帝；与之同时期的作家哈格多恩（Christ W. Hagdorn）借助小说《埃及——或伟大的蒙古人》演绎了李自成起义、吴三桂引清兵入关和崇祯皇帝覆灭之事。洛恩斯泰因（Daniel Casper von Lohnstein）的历史小说《宽宏的统帅阿尔米尼乌斯》描述了中国的儒、释、道三家。这三部作品多取材于意大利耶稣会士卫匡国（Martin Martini）的《鞑靼战纪》，体现了中德文学关系史脱离想象、进入实录之新阶段的特点。思想家莱布尼茨（Gottfried Wilhelm Leibniz）编撰的《中国近事——为了照亮我们这个时代的历史》一书极为推崇中国的"自然神学"，也是中德文化交流史上的丰碑。18 世纪的启蒙作家哈勒尔（Albrecht von Haller）基于中国文化背景的小说《乌松——一段东方国家的历史》和《阿尔弗雷德——盎格鲁萨克森的国王》对中国的专制主义持批评态度。德国文学的代表性人物歌德和席勒，分别在其《中德岁时诗》和《孔夫子的箴言》中表现了对中国文化某种程度上的欣赏。同时，席勒改编

---

① 钱林森：《前言》，《中外文学交流史·中国—法国卷》，山东教育出版社，2015，第 7～13 页。

自意大利作家戈齐的剧本《杜兰朵——中国的公主》则勉力渲染了所谓的中国气氛。浪漫主义作家海涅（Heinrich Heine）在诗歌《中国皇帝》中，以整日醉酒、独裁横暴的中国皇帝影射其时的普鲁士国王。1910 年诺贝尔文学奖获得者海泽（Paul Heyse）发表于 1852 年的叙事诗《兄弟——一个诗体中国故事》，讲述了卫国国王子季及异国公主文姜的故事。黑塞（Hermann Hesse）继续了印象主义作家比尔鲍姆（Otto Julius Bierbaum）等人取自《东周列国志》中的"褒姒故事"而发展出来的传奇小说《幽王的毁灭》突出了女人参政的后果。奥地利作家霍夫曼斯塔尔（Hugo von Hofmannstahl）的诗歌《中国皇帝说》、剧本《蜜蜂》等作品中都有强烈的中国文化元素，表现主义作家德布林（Alfred Döblin）的小说《王伦三跳》是基于中国历史而写成的，演绎了老庄的"无为"哲学。克拉班德（Klabund）改编中国诗歌而先后推出的编选本《紧锣密鼓——中国战争诗》、改编集《李太白》和诗集《三声》对中国文学、中国哲学及二者的关进行了探讨。托马斯·曼在长篇小说《魔山》中关注与评论了中国文化，布莱希特（Bertolt Brecht）剧作《在密集的城市中》和诗歌《老子西出关著道德经的传说》对老庄思想的阐扬等体现出了其对中国文化的重视。①

与英语文学的交流。哲学家罗吉尔·培根（Roger Bacon）用拉丁文写了《著作全篇》（约为 1266 年）大概是英国人在著述中首次提到中国和中国人。受到《马可·波罗游记》的启发，乔叟（Geoffrey Chaucer）《坎特伯雷故事集》（The Cantebury Tales，1387－1400）之《侍从的故事》（The Squire's Tales）特别述说了鞑靼国王康巴汗（Cambuscan）的故事。英国散文始祖曼德维尔的《曼德维尔游记》（The Travels of Sir John Mandeville，1357）展示了神秘、奇幻、瑰丽乐土的传奇与历史结合的中国形象。莎士比亚的戏剧作品《温莎的风流娘儿们》（1599 年）之第二幕第 1 场和《第十二夜》（1601 年）第二幕第 3 场中均涉及"契丹人"（Cataian）形象。② 哥尔斯密

① 卫茂平、陈虹嫣等：《中外文学交流史·中国—德国卷》，山东教育出版社，2015，第 1～21 页。
② 葛桂录：《中外文学交流史·中国—英国卷》，山东教育出版社，2015，第 3～17 页。

（Oliver Goldsmith）《世界公民》（*Letters from a Citizen of the World*，*to His Friends in the East*，1762），是 18 世纪中国题材文学中最主要的作品，是中国知识的百科全书。他借中国故事、寓言、圣人格言、哲理讽喻英国的政治、经济、宗教、道德、社会风尚等，甚至影响到了拜伦、兰陀、狄更生等人与中国有关的创作。①

17 世纪以降，英国作家笔下的中国形象多呈现负面性和否定性。丹尼尔·笛福《鲁滨逊漂流记续编》（*Farther Adventures of Robinson Crusoe*）及第三编《感想录》（*Serious Reflections During the Life and Surprising Adventures of Robinson Crusoe*）等作品，对中国文明进行了肆无忌惮的讽刺与攻击。②1674 年，伦敦舞台上出现了第一个采用中国故事题材的戏剧——艾尔卡纳·塞特尔（Sir Elkanah Settle）的《中国之征服》（*The Conquest of China*），以清兵入关、明朝灭亡为主题。但该剧作者不清楚中国国情，臆想猜测成分居多③。1756 年，亚瑟·谋飞（Arthur Murphy）根据伏尔泰《中国孤儿》重新完成了同名剧作《中国孤儿》（*The Orphan of China：A Tragedy*）④。汉学家理雅各（James Legge）对中国经典的翻译贡献尤巨。其《中国经典》（*The Chinese Classics*）和《中国圣书》（*The Sacred Books of China*）收入了"四书五经"中的大部分经典，部分道家、佛家典籍和文学作品。⑤ 另外，德庇时（John Francis Davis）的《中国人——中华帝国及其居民概述》《中国见闻录》等著述，对英国汉学做出了极大贡献。其对元代戏曲家武汉臣杂剧《散家财天赐老生儿》的翻译，更具有开创性的意义，其诗歌翻译的传播效果同样显豁。⑥ 翟理斯（Herbert Allen Giles）是英国汉学界承前启后的重要人物，其文学译著《聊斋志异选》（*Strange Stories from a Chinese Studio*，1880）、《古文选珍》（*Gems of Chinese Literature*，1884）、《中国文学

① 葛桂录：《中外文学交流史·中国—英国卷》，山东教育出版社，2015，第 36~37 页。
② 葛桂录：《中外文学交流史·中国—英国卷》，山东教育出版社，2015，第 38 页。
③ 葛桂录：《中外文学交流史·中国—英国卷》，山东教育出版社，2015，第 40 页。
④ 葛桂录：《中外文学交流史·中国—英国卷》，山东教育出版社，2015，第 43~44 页。
⑤ 葛桂录：《中外文学交流史·中国—英国卷》，山东教育出版社，2015，第 50~51 页。
⑥ 葛桂录：《中外文学交流史·中国—英国卷》，山东教育出版社，2015，第 60~66 页。

史》（*A History of Chinese Literature*，1901）、《中国文学瑰宝》（*Gems of Chinese literature*，1923）等，成就举足轻重。其中《聊斋志异选》被认为是其第一部真正意义上的中国文学译著，是《聊斋志异》最为详备的英国译本。[①] 他还在庄子翻译、元代剧作家高则诚《琵琶记》翻译上卓有成就。

1793 年，英国乔治·马戛尔尼使团访华在中英关系发展史上是一个重要事件。此后英国对于中国的知识信息激增，为几十年后的鸦片战争埋下了伏笔。1797 年，《英使谒见乾隆纪实》（3 卷本）出版，作为此次外交使团记录的"官方版本"，其中收录了使团随行人员对新闻媒体发表的各种报告、谈话，彻底打破了传教士苦心经营的中国神话。[②] 随着 18 世纪末"中国热"的退潮，英国人的兴趣转向了印度。只是在柯勒律治诗歌残篇《忽必烈汗》、兰姆（Charles Lamb）《古瓷》（*Old China*）和《烤猪技艺考原》（*A Dissertation on Roast Pig*）、古典作家兰陀散文《中国皇帝与庆蒂之间想象的对话》（*Imaginary Conversation Between Emperor of China and Tsing Ti*）等篇章中对中国进行着异国情调的理想化想象。[③] 华兹华斯的《序曲》、拜伦的《唐·璜》（*Don Juan*）中满是对中国人的鄙夷，德·昆西的《瘾君子自白》（*The Confessions of an English Opium-Eater*）对中国充满恐惧，雪莱抒情诗剧《希腊》视中国为蛮族，狄更斯《德鲁德悬案》《匹克威克外传》有对中国人和中国哲学的偏见。[④] 当然，王尔德（Oscar Wilde）心仪中国艺术和庄子思想，文坛领袖托马斯·卡莱尔（Thomas Carlyle）对儒家思想的文化利用则比较另类。[⑤]

就中国方面来看，谢清高口述、杨炳南笔录的《海录》一书，比较完整地介绍了英国的城市面貌、重商习气、国家实力和欧洲文明。[⑥] 之后徐继畲《瀛寰志略》（1848 年）对世界风土人情、史地沿革、社会变迁进行了

---

① 葛桂录：《中外文学交流史·中国—英国卷》，山东教育出版社，2015，第 68~69 页。
② 葛桂录：《中外文学交流史·中国—英国卷》，山东教育出版社，2015，第 86 页。
③ 葛桂录：《中外文学交流史·中国—英国卷》，山东教育出版社，2015，第 87~91 页。
④ 葛桂录：《中外文学交流史·中国—英国卷》，山东教育出版社，2015，第 87~104 页。
⑤ 葛桂录：《中外文学交流史·中国—英国卷》，山东教育出版社，2015，第 107~122 页。
⑥ 葛桂录：《中外文学交流史·中国—英国卷》，山东教育出版社，2015，第 124~126 页。

详细记录。从 1866 年起，旅居西方的外交官员如斌椿的《乘槎笔记》《海国胜游草》《天外归帆草》，张德彝的《欧美环行记》《随使英国记》《参使英国记》《使英日记》，郭嵩焘的《使西纪程》，曾纪泽的《出使英法俄日记》，刘锡鸿的《英轺私记》，薛福成的《出使四国日记》等作品，对了解西方风俗、弄清国情民意也有较大帮助。另外，学者王韬的《漫游随录》，李圭的《环游地球新录》都带有探索英国等欧洲诸国，睁眼细看世界的意味。①

晚清时期，国门被强行打开，侵略者的烧杀掳掠等强盗行径及对其背后的文化思考成为不少文学作品的表现对象。如张维屏反映广州民众英勇抗英而鄙夷侵略者的诗歌《三元里》，金和的诗歌《避城》，孙衣言的诗歌《哀厦门》等。此外，尤侗、局中门外汉等人的"竹枝词"，对英国等进行了描述。②

陈逢衡、郭嵩焘等人对莎士比亚作品的译介，来华英国传教士宾威廉（Rev. William Chalmers Burns）与中国佚名士子合作对约翰·班扬（John Bunyan）《天路历程》（*The Pilgrim's Progress*）的北京方言译介，蠡勺居士对利顿（Edward Bulwer Lytton）小说《夜与晨》（*Night and Morning*）的译述、沈祖芬对丹尼尔·笛福《鲁滨逊飘流记》的节译等，极大地促进了中国对英国文学、文化的了解。③ 阿瑟·韦利（Arthur David Waley）的译作《中国诗选》（*Chinese Poems*）等中国古典诗歌译作对李白、杜甫、白居易诗歌的翻译，对《西游记》《红楼梦》《金瓶梅》的节选翻译，以及三大诗人传记——《诗人李白》《李白的诗歌与生平》《白居易生平及时代》《十八世纪中国诗人袁枚》，对《论语》《道德经》的研究，无疑使其成为西方现代汉学的一座高峰。④ 此外，埃兹拉·庞德、翟林奈（Lionel Giles）、克拉拉·坎德林（Clara M. Candlin）等人对中国古诗的英译，邓罗（Charles

---

① 葛桂录：《中外文学交流史·中国—英国卷》，山东教育出版社，2015，第 124~133 页。
② 葛桂录：《中外文学交流史·中国—英国卷》，山东教育出版社，2015，第 135~140 页。
③ 葛桂录：《中外文学交流史·中国—英国卷》，山东教育出版社，2015，第 145~150 页。
④ 葛桂录：《中外文学交流史·中国—英国卷》，山东教育出版社，2015，第 165~173 页。

Henry Brewitt-Taylor）等人对《三国演义》的整本英译，庄士敦（Sir Reginald Fleming Johnston）《中国戏剧》（*The Chinese Drama：With Six Illustrations Reproduced from the Original Paintings by C. F. Winzer*）的出版，尤其是哈罗德·艾克敦（Sir Harold Mario Mitchell Acton）与美国剧作家阿灵顿（Lewis Charles Arlington）把流行京剧 33 折合译为英文，结集为《中国名剧》（*Famous Chinese Plays*）出版，既向西方读者介绍了中国文学①，也推进了中西文化交流。

就现代文学而言，1936 年，艾克敦与陈世骧合译的《中国现代诗选》（*Modern Chinese Poetry*）是最早将中国新诗英译的著述。② 该书收录了林庚、卞之琳、戴望舒、徐志摩、何其芳、陈梦家、闻一多等 15 人的诗歌。同年，埃德加·斯诺翻译编辑的《活的中国——现代中国短篇小说选》（*Living China：Modern Chinese Short Stories*）出版，收录了鲁迅的包括《药》《一件小事》在内的 6 篇小说，尊鲁迅为“当代中国文坛上举世公认的最杰出的作家”③，“他的很多作品都是艺术，而且几乎是现代中国所能产生的最伟大的艺术。”④ 1946 年，白英（Robert Payne）编译了《当代中国短篇小说选》（*Contemporary Chinese Short Stories*），在《导论》中介绍中国五四新文化运动，突出了胡适在提倡白话文中的作用，推誉鲁迅为“现代中国文学之父”。⑤

通俗小说作家萨克斯·罗默（Sax Rohmer）自 1913 年起，先后发表了 13 部包括《狡诈的傅满楚博士》（*The Insidious Dr. Fu Manchu*）、《傅满楚归来》（*The Return of Fu Manchu*）在内的以阴险狡诈、恶魔式中国佬傅满楚（Fu Manchu）为主人公的系列小说，影响广泛，妇孺皆知。该形象甚至成

---

① 葛桂录：《中外文学交流史·中国—英国卷》，山东教育出版社，2015，第 175~197 页。
② 葛桂录：《中外文学交流史·中国—英国卷》，山东教育出版社，2015，第 198 页。
③ Edgar Snow, *Living China—Modern Chinese Short Stories*，New York：Reynal & Hitchcock，1937，p. 28.
④ Edgar Snow, *Living China—Modern Chinese Short Stories*，New York：Reynal & Hitchcock，1937，p. 26.
⑤ 葛桂录：《中外文学交流史·中国—英国卷》，山东教育出版社，2015，第 207 页。

为"笼罩在西方社会的不散的阴云",作家表现出了"明显的种族歧视以及对亚洲的敌意"。① 与之相对,迪金森(Lowes Dickinson,又译狄更生)则将中国人作为表达他对西方近代文明强烈反思的参照对象。在以《约翰中国佬的来信》(Letters From John Chinaman)为名的、内收 8 封信的书中,作家表达了自己对中国的理想化的看法,对异文化采取"为我所用"的态度,以拯救西方现代文明进程中的弊端。② 其后他在《一个中国官员的来信》(Letters from a Chinese Official)中借义和团事件延续了这一批判。③ 毛姆(William Somerset Maugham)在戏剧《苏伊士之东》(East of Suez)、散文集《在中国画屏上》(On the Chinese Screen)表现出了极强的文化优越感④,这与艾克敦在小说《牡丹与马驹》(Peonies and Ponies)中的以1920~1930 年代北京为背景反映欧洲人生活的作品很不一样,后者以"小说家之言,形象地反映了二三十年代东西方文化在更深层的碰撞中迸发出的重大思想命题"⑤。

此外,瑞恰慈(I. A. Richards)把语义分析和心理学方法引进文学批评,借助《孟子论心》一书对不同语言之间可通约性问题进行重新认识,其"包容诗"的理念,以及他对朱光潜、萧乾、袁可嘉等人批评理论的影响,都不容忽视。⑥ 乔治·奥威尔(George Orwell)在小说《缅甸岁月》(Burmese Days)和散文《绞刑》(A Hanging)中对"中国元素"的利用⑦,王国维对斯蒂文森(Robert Louis Stevenson)、莎士比亚、培根(Francis Bacon)、拜伦等的译介,林纾(与魏易等人)对哈葛德《迦茵小传》(Joan Haste)、司各特《撒克逊劫后英雄传》(Ivanhoe)和狄更斯《滑稽外史》

---

① 葛桂录:《中外文学交流史·中国—英国卷》,山东教育出版社,2015,第 219、223 页。
② 葛桂录:《中外文学交流史·中国—英国卷》,山东教育出版社,2015,第 230~232 页。
③ 葛桂录:《中外文学交流史·中国—英国卷》,山东教育出版社,2015,第 235 页。
④ 葛桂录:《中外文学交流史·中国—英国卷》,山东教育出版社,2015,第 238~239 页。
⑤ 葛桂录:《中外文学交流史·中国—英国卷》,山东教育出版社,2015,第 248 页。
⑥ 葛桂录:《中外文学交流史·中国—英国卷》,山东教育出版社,2015,第 256~268 页。
⑦ 葛桂录:《中外文学交流史·中国—英国卷》,山东教育出版社,2015,第 271~276 页。

（*Nicholas Nickleby*）为代表的 100 多部西洋作品的翻译①，《小说月报》、上海《新演剧》等刊物对英国作家的集中介绍，文学研究会、创造社、新月社、学衡派对英国作家、批评家的集中介绍和评价，都在很大程度上推进了中英文学的交流互动。

就美国而言，中美两国的文学交流大致上起自晚清，新教传教士裨治文（E. C. Bridgman）和雅裨理（David Abeel）1830 年到中国。前者来华不久即推出了《美理哥合省国志略》，该书直接影响了林则徐主持翻译的《四洲志》、官方编译的《洋事杂录》及魏源的《海国图志》等书对美国的描述。又在广州创办报纸《中国丛报》（*Chinese Repository*），涵盖了 19 世纪前中期中国社会的方方面面。徐继畬的《瀛寰志略》则是在雅裨理的直接参与下集撰而成的。② 该书把美国放在了与中国对等的地位上而非作为"夷狄"之邦进行描述。1872 年，清政府选派陈兰彬、容闳等人携第一批 30 名少年赴美留学，为中国人直接接触"乌托邦"美国的开始，但该计划于 1881 年流产③。从 19 世纪 80 年代开始，黄遵宪的《逐客篇》、林纾（与魏易合作）翻译的《黑奴吁天录》和吴妍人的小说《劫余灰》、散文《人镜学社鬼哭传》中均出现"人间地狱"般美国的描述，抹去了其"乌托邦"的色彩。④

与此同时，中国诗歌在英国汉学家译介后传播到美国，最早见于理查德·普滕汉（Richard Puttenham）1589 年的《英文诗艺》（*The Arte of English Poesie*）一书。⑤ 之后，以英国威廉·琼斯爵士（Sir William Jones）选译的《诗经》《玉书》（法国学者柔迪特·戈蒂叶翻译的中国古诗选集，美国诗人斯·梅里尔转译为英文）等⑥为起始，在 1920 年代前后，中国诗歌对美国现当代诗歌影响的第一次高潮掀起，以庞德（Ezra Pound）和艾

---

① 葛桂录：《中外文学交流史·中国—英国卷》，山东教育出版社，2015，第 303～309 页。
② 周宁、朱徽等：《中外文学交流史·中国—美国卷》，山东教育出版社，2015，第 3、14 页。
③ 周宁、朱徽等：《中外文学交流史·中国—美国卷》，山东教育出版社，2015，第 18 页。
④ 周宁、朱徽等：《中外文学交流史·中国—美国卷》，山东教育出版社，2015，第 18 页。
⑤ 周宁、朱徽等：《中外文学交流史·中国—美国卷》，山东教育出版社，2015，第 26 页。
⑥ 周宁、朱徽等：《中外文学交流史·中国—美国卷》，山东教育出版社，2015，第 26 页。

米·洛威尔（Amy Lowell）为首的"意象派"引领了英美现代派诗歌的先河，他们翻译学习中国古诗，其文化观念开始以相当规模进入美国文学界和文化领域。[1] 其中庞德的《神州集》（Cathay）包含了19首中国古典诗歌的译文，出版后受到很高的评价，这也是庞德诗歌创作接受中国影响而趋于成熟的重要媒介，但其中误译、误解极多。艾米·洛威尔与艾思柯夫人合译的中国古典诗歌集《松花笺》在英语世界产生了很大影响，其努力得到了赵元任、闻一多、施蛰存等人的肯定。[2] 中国翻译家蔡廷干编译的《唐诗英韵》（Chinese Poems in English Rhyme）、W. 宾纳（Witter Bynner）和江亢虎（Kiang Kang-hu）合译的《群玉山头：唐诗三百首》（The Jade Mountain：Being Three Hundred Poems of the Tang Dynasty）的出版，留美中国学生如初大告英译宋词《中华隽词》（Chinese Lyrics）的出版和朱湘英译辛弃疾《摸鱼儿》、欧阳修《南歌子》的发表，都扩大了中国古典诗歌的影响。[3]

美国诗歌和诗学观念也对中国现代诗坛产生过重要影响。"五四"前后，胡适、闻一多、徐志摩和郭沫若等人积极介绍美国诗人如朗费罗、惠特曼、蒂斯黛尔、威伯、洛威尔和米莱等人。1930~1940 年代，施蛰存、郑振铎等人对美国意象派诗人的翻译、评论极多，西南联大诗人群和"九叶诗派"的诗人直接受益于 T. S. 艾略特、奥登等现代派诗人诗歌和诗学理论。[4]

马克·吐温的《唐人街》一开始以迎合受众的方式来描写中国人（中国劳工），后在《该诅咒的儿童》（Those Blasted Children）、《中国佬在纽约》（John Chinman in New York）、《哥尔斯密的朋友再度出洋》（Goldsmith's Friend Abroad Again）、《苦行记》（Roughing It）等文章中，对美国的排华活动和美国人对待华人的方式予以了无情的嘲讽与批判。与之相似，布莱特·哈特（Bret Harte）的《异教徒中国佬》（A Heathen Chinee）一诗里中国人

---

① 周宁、朱徽等：《中外文学交流史·中国—美国卷》，山东教育出版社，2015，第 29 页。
② 周宁、朱徽等：《中外文学交流史·中国—美国卷》，山东教育出版社，2015，第 33 页。
③ 周宁、朱徽等：《中外文学交流史·中国—美国卷》，山东教育出版社，2015，第 30~31 页。
④ 周宁、朱徽等：《中外文学交流史·中国—美国卷》，山东教育出版社，2015，第 29~30 页。

阿新滑稽的外表装束深入读者心中，其相当多小说如《异教徒万黎》（*Wan lee，the Pagan*）、《海盗岛的皇后》（*The Queen of Pirate Isle*）、《四邑》（*See Yup*）、《千里达岛的三个流浪者》（*Three Vagabonds of Trinidad*）等作品固化了华人的形象。① 杰克·伦敦（Jack London）在《白与黄》（*White and Yellow*）、《黄手帕》（*Yellow Handkerchief*）等小说中描写了东海岸中国人的龌龊生活，《中国狗》（*The Chinago*）表现了中国人如同狗一样的低贱生活，《空前入侵》（*The Unparalleled Invasion*）幻想了 70 年后中国人大举侵入西方世界而被彻底剿杀的故事。当然，还有一些比较正面描写中国的作品，如爱德华·格利（Edward Greey）的《水手：海员 J·汤普森在"异教徒中国人"间的历险：航海小说》（*Blue Jackets，or，The Adventure of J. Thompson，A. B. among "The Heathen Chinee"：A Nautical Novel*）及约翰·戴维斯牧师（Eev. John A. Davis）的《中国女奴：一位中国女性的生活经历》（*Chinese Slave-Girl：A Story of Woman's Life in China*）等。

1767 年 1 月，英译伏尔泰的剧本《中国孤儿》在费城上演，"中国形象"早于华人劳工形象一个世纪在美国的舞台上出现。② 1877 年 5 月，马克·吐温和布莱特·哈特合作完成《阿信》（*Ah Sin*）在华盛顿首演，剧本中的阿信仅是一个小小的配角、穿针引线的人物和滑稽者。之后，亨利·格林（Henry Grimm）的《中国人必须滚蛋》（*The Chinese Must Go*）中所塑造的中国人情况与前述类似。③ 译自法文的《上天的女儿》（*The Daughter of Heaven*）以明末清初的清朝皇帝与明朝皇后为男女主人公，表现二者的乱世悲情。《黄马褂》（*The Yellow Jacket*）则是一出类似于《哈姆雷特》的皇子复仇故事，其中尽力模仿中国戏剧的风格。以上二剧均在商业演出上获得了成功。特别值得一提的是奥尼尔（Eugene O'Neill）创作的以元朝为背景的《马可百万》（*Marco Millions*），其男主人公是追求物质利益而忽视情感的马

---

① 周宁、朱徽等：《中外文学交流史·中国—美国卷》，山东教育出版社，2015，第 43 ~ 45 页。

② 周宁、朱徽等：《中外文学交流史·中国—美国卷》，山东教育出版社，2015，第 53 页。

③ 周宁、朱徽等：《中外文学交流史·中国—美国卷》，山东教育出版社，2015，第 58 页。

可·波罗，女主人公阔阔真则相反。作家意图用东方的恬静、纯洁、脆弱与西方的雄强、理性、贪婪做对比，反思西方①。

由以上描述可见出，中西文学互动交流大体上呈现如下特点。

第一，从交流主体上看。西方（主要是法国、英国和美国）文学对中国文学的关注始于以传教士为主体的文化活动，带有为文化殖民和侵略做准备的强烈意味，早于中国文学对西方文学的关注。中国文学界关注西方多起始于晚清，主体是官员和留学生。

第二，从交流内容上看。西方文学（文化）界对中国儒家、道家、佛家经典和古典文学的兴趣相对集中，因而出现了大量的译介和创作。这些以译者、作者判断为依据的文本对激发西方受众的中国想象起着非常重要的作用。中国文学（文化）界一开始对西方的译介和创作主要集中在地理、历史、政治方面，林纾之后逐步转向文学作品和文学理论的译介。

第三，从交流方式和内容上看。西方对中国文学文化经典的译介及中国对西方文化经典的译介占了相当大的比例。创作主要集中在各自以对方为题材的母语作品之中，鲜见以对方母语为创作语言的作品出现。

从上述意义来看，中国现代汉英双语作家所具备的几个特点是以前的文学家（文化学者）所不具备的：

其一，他们具备用英语述说中国题材和西方题材的能力；

其二，其作品能够在西方国家进行传播且收效良好，同一题材的汉语作品甚至也能够在中国国内形成传播气候；

其三，形成了一种新语种的创作方式，开辟了一个新的领域，他们以汉英兼善的创作成为文学史的一个重要组成部分。

第二节　中国现代汉英双语作家的中西文学互动交流活动

我们认为，中国现代汉英双语作家的双语创作，对于丰富中国现代文学

---

① 周宁、朱徽等：《中外文学交流史·中国—美国卷》，山东教育出版社，2015，第61页。

史的内容，改善现代文学的生态，促进文学多样性和多层次性的形成，起着极其重要的作用。翻译介绍、文学创作和文学批评都是必需的手段，上承前述先辈文学文化交往之实，下启后辈作家双语（多语）创作之风。小说、散文（游记、札记）、剧本、诗歌、评论多种体裁的创作，中文、英文不同语种的使用，中国、西方题材的作品，极大地丰富了文学作品的内涵，构成了近代以来中西文学互动交流的崭新景观，也创新了文学互动交流的方式，拓展了中国读者与西方读者的眼界。这些作家以中国化的方式（与西方作家的中国题材相比）参与西方文学史的建构，又以比较西化的方式回归到中国文学，不仅仅起到桥梁与纽带的作用，还起到反向哺育西方文学的作用。

第一，在母语创作上。中国现代汉英双语作家中，林语堂、熊式一、蒋彝、张爱玲分别加入了美国国籍或者英国国籍，但他们的母语是汉语，他们在入籍之前已经有了自己的名山事业，汉语思维方式牢固。在用英语进行创作时，有着思维方式上的（艰难）适应问题。其他的华裔英美籍移民作家，入籍前的成就或许不如这几位，当他们用英语进行创作时，语言和思维优势并不突出，转换/蜕变过程同样较为艰难。在英美出生的移民作家后代，即第二代及之后的移民作家，无论其以华人生活为主要创作题材还是以所在国的白人（黑人）生活为主要创作题材，也不论其以中文还是英文为主要创作语言，其英语思维方式很显然是占据主导位置的。

第二，在文化认同上。与其他的华裔英美籍移民作家相比，中国现代汉英双语作家更容易以著述来认同中华文化。特别是在中华民族处于危亡之际，他们的不少作品都紧密围绕中华文化的海外传播展开，以笔为旗，为民族生存四处奔走，体现出极高的文化认同感。

第三，在文化沟通上。中国现代汉英双语作家在两种语言、两种文化思维之间的穿行游走，以及他们的作品在中西之间的广泛传播，使他们不仅事实上承担了西方的中国文化（文学）代言人的角色，而且还在化解彼此间误会和歧见，化用借鉴中西方文学技法、创作方式乃至文学思想方面，起到了不小的作用。

从更为宏观的视野来看，中国现代汉英双语作家在中西文学互动交流的层次上可以分为如下几类。

第一层次：文学交流现象

这里的文学交流现象指文学家之间的交往、文学家与文学社团之间的交往及文学社团之间的交往三种情况。形式包括了书信、序言、评论、访谈、拜会、笔会和座谈等。

一　文学家交往

本部分将简述林语堂、熊式一、蒋彝、杨刚、张爱玲等人与西方文化（文学）名人的交往，以呈现这些交往对现代汉英双语作家创作上的影响。

（一）林语堂与萧伯纳、赛珍珠

林语堂 1919 年申请了半官费留美助学金到哈佛大学比较文学研究所就读，师从布利斯·皮瑞（Bliss Perry）、白璧德（Irving Babbitt）、契特雷治（Kittredge），一年后，因奖学金问题被迫申请到法国勒克鲁佐勤工俭学，又转入德国耶拿大学就读。获哈佛大学硕士学位后，到莱比锡大学攻读语言学博士学位，1927 年起成为自由撰稿人。1933 年 2 月，萧伯纳应邀到中国访问，宋庆龄、蔡元培、鲁迅、杨杏佛、林语堂等人在上海参与接待。林语堂英语口语水平较佳，据林语堂《萧伯纳一席谈》一文记载，宴席之间，他与萧伯纳主要围绕如下问题进行了闲谈：①为萧伯纳作传的两位作者赫里斯与亨德生的文章，赫里斯在《萧伯纳传》中对萧氏的评价和萧氏在该书中加入的对自己的"苛评"；②英国大学中教授莎士比亚戏剧的一般做法；③对士兵、战争及尚战论者的看法。[①] 尽管短暂，这些交谈增加了林语堂倡导幽默的信心。他还写了与此次会谈相关的文章四篇：《谈萧伯纳》《萧伯

---

① 林语堂：《林语堂名著全集第 15 集·讽颂集》，东北师范大学出版社，1994，第 138～140 页。

纳论金钱》《萧伯纳与美国》《读萧伯纳传偶识》。林语堂曾经评述萧伯纳的"幽默"，"萧之幽默，在于洞达世情，看穿社会的矛盾，而发为讽刺的诙谐。"① 又说，"萧伯纳之幽默，在于认清现实，一班人的信仰，总是受俗见所囿，传统所蔽，很少人肯用脑力去认清事实的，所以有人肯'用最大的苦心，去寻求应当说的话，然后用最放肆的语气说出来'，自然如撇开云雾，重见青天，令人读来心旷神怡，而成其所谓幽默。"② 在谈到自己的"幽默"时，他更为看重其态度和功用。"我们知道是有相当的人生观，渗透道理，说话近情的人，才会写出幽默作品。无论哪一国的文化、生活、文学、思想，是用得着近情的幽默的滋润的。"③ 林语堂主张的"闲适""从容"也与萧伯纳不无联系。王兆胜认为，幽默是林语堂观念、思想和价值体系的核心词，他的许多见解都是从这一点出发的……林语堂不仅在理论上强调幽默，就是在日常生活中他也是非常幽默的。④

事实上，《新青年》同人陈独秀、胡适都发表过有关萧伯纳的研究介绍文章。1918 年刊载过"特别启事"，"英国萧伯讷（G. Bernard Shaw）为现存剧作家之第一流，著作甚富。本社拟绍介其杰作于国人，即以十一月份之新青年为'萧伯讷号'。拟先译《人与超人》Man and Superman、《巴伯勒大尉》Major Barbara 及《华伦夫人之职业》Mrs. Warren's Profession 三剧。海内外学者如有关萧氏之著述，请迳寄本杂志编辑部为祷。"⑤ 1925 年，萧伯纳获得诺贝尔文学奖。萧伯纳在访问中国之前，其势头更是一时无两，上海《时事新报》、《每日新闻》和《申报》等都刊出了欢迎辞和"专号"，进行造势。后来他又到了北平等地，但待遇远不如上海了。

赛珍珠（Peral S. Buck）早年看到林语堂为英文刊物《中国评论》的《小评论》（Little Critic）撰写文章而注意到了他。据林语堂回忆，"由于赛

---

① 林语堂：《欢迎萧伯纳文考证》，《论语》第 12 期，1933 年 3 月 1 日。
② 林语堂：《萧伯讷论金钱》，《林语堂作品新编》，人民文学出版社，2011，第 98 页。
③ 林语堂：《论幽默》，《林语堂名著全集第 16 集·无所不谈合集》，东北师范大学出版社，1994，第 285 页。
④ 王兆胜：《文化理想》，《闲话林语堂》，中国人民大学出版社，2016，第 102 页。
⑤ 《特别启事》，《新青年》1918 年 6 月第 4 卷。

珍珠和她的丈夫理查德·华尔舍,我才写成并且出版了我的《吾国吾民》(*My country and My People*),这本书的推广销售也是仰赖他们夫妇。我们常到他们宾夕法尼亚州的家里去探望。我太太翠凤往往用国语和赛珍珠交谈,告诉她中国过去的事情。赛珍珠把《水浒传》翻译成英语时,并不是看着原书英译,而是听别人读给她而边听边译的,这种译法我很佩服……但是我发明中文打字机,用了我十万多美元,我穷到分文不名。我必须借钱度日,那时我看见了人情的改变、世态的炎凉。人对我不那么殷勤有礼了。在那种情形下,我看穿了一个美国人……但经朋友 Hank Holzer 夫妇帮助,我把一切权利都收了回来"。① 对二人交往之过程,赛珍珠描述的是另一番景象。1933 年,二人相遇后,赛珍珠对林语堂极为赏识。林语堂告诉赛珍珠,他正在写一本关于中国文化的书,赛珍珠听后极为兴奋,回到家中,就给约翰·戴(John Day)出版社写信,恳请关照林语堂。1934 年,赛珍珠在为《吾国吾民》写的序言中道,"它实事求是,不为真实而羞愧。它写的骄傲,它写的幽默,写的美妙,既严肃又欢快,对古今中国都能给予正确的理解和评价。我认为这是迄今为止最真实、最深刻、最完备、最重要的一部关于中国的著作。更值得称道的是,它是由一个中国人写的,一位现代的中国人写的,他的根基深深地扎在过去,他丰硕的果实却结在今天。"② 其推崇之情溢于言表。到美国之后,理查德根据调查结果劝说林语堂写一本反映中国人生活习惯和文化休闲的书,即《吾国吾民》最后一章《生活的艺术》之扩展版。林语堂在研究中文打字机举债时,曾经向赛珍珠求援却未能得到帮助,加之美国出版公司一般向作者拿 10% 的版税,而约翰·戴出版公司却拿走高达 50% 的版税,林语堂后把该公司告上法庭。如此一来,二人彻底反目。当然,还有其他的说法,如他们政治主张和政治意见不合等。③ 王兆胜认为二人有不少相同点,包括信奉基督教、儒学等其中的美好精神,对中

---

① 林语堂:《八十自叙》,《我这一生·林语堂口述自传》,万卷出版公司,2013,第 89 页。

② 林语堂:《吾国与吾民》(*My Country and My People*),外语教学与研究出版社,2009,第 XⅧ页。

③ 郝志刚:《赛珍珠传》,时代文艺出版社,2012,第 86~88 页。

西文化的融合思想，对中国文化魅力的认识和偏好以及女性主义思想等。[①]但无可否认，林语堂《吾国吾民》《生活的艺术》在欧美畅销和赛珍珠是大有关联的。此外，林语堂还和罗素、萨特等人有过接触。[②]

（二）熊式一与巴蕾、萧伯纳

熊式一大学毕业后先后翻译并在《小说月报》第 20 至 22 卷上发表了巴蕾（James Matthew Barrie）的《可敬的克莱登》等八部剧本，翻译了萧伯纳的《"人与超人"中的梦境》（《新月》3 卷 11 ~ 12 期），《安娜珍丝加》（《现代》2 卷 5 期）。翻译完成了 100 多万字的《巴蕾戏剧全集》，其时主持中华文化基金会的胡适答应要出版，还得到过徐志摩、罗隆基、陈西滢等人的赞赏。[③] 其本人正是拿着胡适预付的几千圆作为旅费出国的。1933 年 5月，在巴蕾 73 岁生日宴会上，熊式一向巴蕾介绍自己是其剧作中文译者的身份后，二人结识。巴蕾是英国风俗喜剧（The Comedy of Manners）的代表性人物，这类喜剧源于希腊剧作家米南德的新喜剧，早期代表作有莎士比亚的《爱的徒劳》《无事生非》。其喜剧效果主要体现在机智精彩的对白中——常采取机智应答的形式，即唇枪舌剑、机智的口头论战——以及那些自命不凡的智者、争风吃醋的丈夫、暗中合谋的情敌、纨绔子弟违反社会习俗与体统的可笑行为上。该剧种曾几次销声匿迹，19 世纪末又在 A. W. 平内罗和奥斯卡·王尔德、乔治·萧伯纳等作家笔下得到复兴。[④] 巴蕾戏剧对洪深、黄佐临、丁西林等人的剧本创作和改编都有影响。在与俊克瓦托和巴蕾的通信中，熊式一请他们指教自己改写改译的英文喜剧 Mammon（《财神》），巴蕾回信说："我非常之喜欢《财神》，我曾告诉您我是如此，您的文笔很美丽而且优雅。"[⑤] "我们常常过从之后，又常常通信，后来他才老老实实的告诉我，我在信札中，或者是提到他的作品中的佳句妙语，他全都完

---

① 王兆胜：《文坛恩怨》，《闲话林语堂》，中国人民大学出版社，2016，第 224 ~ 226 页。

② 相关记述可以参见林语堂《我这一生·林语堂口述自传》，万卷出版公司，2013，第 88 页。

③ 参见熊式一《八十回忆》，海豚出版社，2010，第 154 ~ 155 页。

④ 〔美〕M. H. 艾布拉姆斯：《文学术语词典（中英对照）》（第 10 版），吴松江等编译，北京大学出版社，2014，第 111 页。

⑤ 熊式一：《八十回忆》，海豚出版社，2010，第 118 页。

完全全想不起来了！有一次，他劝我写写新闻文学，甚至说我可以写新闻而发财致富。我只好告诉他我虽敬重新闻界的作家，但我绝不重视新闻文学。"①《王宝川》上演后，巴蕾与普利斯特里（J. B. Priestley）、萧伯纳等人共同推荐该剧参加摩尔温戏剧节。《西厢记》出版后，巴蕾还向伦敦西区的西贝考克兰爵士推荐过该戏，邀请熊式一在伦敦泰晤士河畔的高楼上午餐，连声称赞该戏②。熊式一晚年回忆说，"他既不像王尔德那么风流潇洒，善于交际，也不及萧伯纳那样昂昂七尺，口若悬河，见者无不倾倒。他身高不过五尺，其貌不扬，土头土脑，说话脱不了他的苏格兰乡音；全凭他的文字、才能，博到了世界文坛上最高的地位。"③

熊式一和萧伯纳的交往同样始于《财神》。萧伯纳就该文回信说，"中国人对于文艺一事，比任何人都高明多了，而且早在多少世纪之前，就是如此，所以到了现在，他们竟然出于天性而自然如此。可是有利也有弊，您的英文写得如此可喜可嘉，再没有英国人写得这么好，这比英国人写的英文高明多了（普通的英文多欠灵活，有时很糟），我们应当把您的英文，特别另标一样，称之为中国式的英文，就和说中国式的白色、中国式的银朱色等等，诸如此类。等到一天中国把世界各国的各种人类全者吸收尽了，归化尽了，同化尽了，爱美人士理想的天堂就人人可登了……"④ 可见其对中国文化及熊式一的赞赏。他亲口对熊式一说，《王宝川》只是一出不值三文两文的传奇戏。这评论在熊式一看来颇为在理。在改写改译《西厢记》的过程中，熊式一在骆任廷爵士的私人图书楼中艰苦奋战了 11 个月，把该书逐字逐句推敲翻译出来。出版之后，赏识者极少。萧伯纳读了该书后则极力推荐。在《大学教授》出版时，熊式一特地在首页写上"献给萧伯纳"，并写了一封信，其中说道，"我亲爱的萧伯纳：这一出剧要算是你的戏……好几年之前，我们在戴笙泼林先生美丽的花园中，闲着聊天，谈到摩尔温戏剧艺

---

① 熊式一：《八十回忆》，海豚出版社，2010，第 119 页。
② 熊式一：《八十回忆》，海豚出版社，2010，第 122～125 页。
③ 熊式一：《八十回忆》，海豚出版社，2010，第 152 页。
④ 熊式一：《八十回忆》，海豚出版社，2010，第 118 页。

术节时，你说我应该替摩尔温戏剧节写剧本。我说我已经写好了一本戏剧，可是还没有机会上演，那是指《西厢记》，蒙你指教我，不可等着上演，都要再接再厉的再写别的剧本……我便照着你的指教而写了这出戏……我要大众觉得：假如这出戏白白的浪费了他们的时光，这个责任不在我，我就此把它推到你负重致远的肩上去了。可是我知道在事实上，如果这本戏可以获得多少利益，这利益是笔墨的代价，自然完全归我！这种办法也许很不公道，但是这件事全只能怪你，不能怪我，我只好请你原谅你的好朋友。"① 二人此时期感情之深厚或可见一斑。1941 年，萧伯纳介绍身处困厄中的熊式一出演了《巴巴拉少校》一剧中负责端茶倒水的码头工人角色，地位和待遇低下，令其妻子蔡岱梅颇感难堪。②

（三）蒋彝与庄士敦、白山、布鲁克斯

蒋彝通过骆任廷的介绍到伦敦大学面试东方学院远东系教席职位，著名汉学家庄士敦为面试官。1934 年 10 月进入东方学院，1935 年 7 月得到庄士敦支持成为全职讲师。后来他师从庄士敦，准备攻读研究中国佛教的博士学位，后又改为研究中国书法，尽管博士学位一事因为庄士敦去世搁浅，但这为《中国书法》的写作出版创造了合适的条件。

通过约翰·霍尔·维洛克和陈世骧，蒋彝结识了时任波士顿雅典娜图书馆的馆长、著名历史学家沃尔特·缪尔·白山。之后，白山成为蒋彝在美国的文学经纪人，但不取分文，为在美国推介、出版蒋彝作品做出了极其重要的贡献，他帮助蒋彝成功切断了与纽约约翰逊出版公司的联系并要回全部版权，甚至协助他办理了 1955 年由英赴美复杂的签证手续和相关事务以及其后的"美国特需人才"移民配额申请。作为在波士顿文化圈内不断提携新人、扶持旧人的"大师"，白山有着极大的影响力。正是他的倾心帮助，免去了蒋彝个人工作和生活中的不少麻烦，使他可以安心写作。同时，他也为蒋彝作品写过评论，比如在《哈佛校友通讯》上撰文评论蒋彝献给哈佛大

---

① 熊式一：《八十回忆》，海豚出版社，2010，第 60~61 页。
② Diana Yeh, *The Happy Hsiungs—Performing China and the Struggle for Modernity.* 香港大学出版社，2014，p. 97.

学校方的《哈佛校园雪景图》，其中说："某些成分，从哈佛初创期得以传承延袭迄今，只有观察能力极其敏锐的人才能辨认出来，而且只有东方的艺术家才能通过画面传神地表现出来。"①

此外，为《纽约画记》作序的美国著名文学史家和文化批评家凡·维克·布鲁克斯也与蒋彝有过不少交集。除了在该书中对蒋彝做出公正评价外，他和蒋彝早在 1946 年开始通信，称蒋彝为"真正的世界公民……四海为家"。②《新闻周刊》书评引用了布鲁克斯的评价："蒋彝的忠告，'即中国智慧的大忠告'，是头脑冷静……简言之，他善于欣赏，他在他人的心中唤起欣赏之情，仅凭这一点，或许就能保持世界和平。蒋彝谦逊不已，他说：'我不过是一介平民，不值一谈——不过是一个失去了家园的普通人。'他还说，人人都能为自由尽绵薄之力。"③

（四）杨刚与包贵思、埃德加·斯诺和费正清

美国人包贵思（Grace M. Boynton）是燕京大学英文系教授，专教英国小说和英国诗歌。杨刚进入学校后与其相识，之后就成了包贵思家的常客。尽管二人时常争辩，杨刚却成了包贵思最喜欢的得意门生，进而发展为政见不同、信仰不同的朋友。据记载，杨刚的女儿郑光迪就曾被寄养在包贵思家两年。二人时常保持着通信联系，直到全国解放。包贵思在小说《河畔淳颐园》（*The River Garden of Pure Repose*）中对二人关系有不少隐喻性的描述，④比如简是一位女传教士，柳是女共产党员、性格倔强刚强、信仰坚定，有一个女儿等。

1928 年 7 月，埃德加·斯诺来到上海，担任了《密勒氏评论报》的编辑，兼任美国《芝加哥论坛报》驻远东记者。1934 年 1 月，他应燕京大学聘请，兼任新闻系讲师，开设了新闻特写、新闻撰述和旅行通讯等课程。据萧乾回忆，1933 年秋，系里来了一位比我们大不了几岁的年轻教授。第一

---

① 郑达：《西行画记——蒋彝传》，商务印书馆，2012，第 308 页。
② 郑达：《西行画记——蒋彝传》，商务印书馆，2012，第 228 页。
③ 郑达：《西行画记——蒋彝传》，商务印书馆，2012，第 255~256 页。
④ 萧乾：《杨刚与包贵思》，见《杨刚文集》，人民文学出版社，1984，第 537~550 页。

天上课，讲话就很别致，说他不是来教的，而是来学的。斯诺知道杨刚和萧乾常为报刊写稿后，很快就把他们两人拉进《活的中国》的编译工作中去了。① 在该书的《编者序言》中，斯诺特别提到了他与几位中国主要作家之间的合作问题，其中说道："失名女士——她的两篇小说已收入本集。"② 最后仅收入《日记拾遗》。"斯诺夫妇都很欣赏萧乾和杨刚的这两篇作品……海伦在多年后回忆：萧乾的《皈依》是《活的中国》中最受欢迎的一篇，曾在英美等国的广播电台广播，使他在英美得到公认；杨刚的那篇《日记拾遗》，则被内奥米·卡茨与南希·米尔顿收入他们合编的亚非拉丁美洲的短篇小说集《失落日记摘录》，由纽约蓝德姆出版公司于1973年出版。"③以上交往显然对杨刚的创作产生了一定的影响。《活的中国》1936年由英国伦敦乔治·哈拉普出版公司出版，1937年由美国纽约的约翰·戴伊书店出版。该书"为英语世界提供了阅读现代中国作家反映中国社会现实的作品的机会。使斯诺在关心中国问题的美国人的圈子里提高了知名度，但也使他成为国民党的反对派的一个标志"。斯诺在给时任美国驻华大使纳尔逊·詹森特拉斯勒的回信中说道，"他从编译《活的中国》这本书中学到了很多的东西，也许是太多了，在某些方面不能再认为我是温和的，因为在你深入进行翻译作品时，不能不受到作品内容的影响而与其共鸣；也许这是一条改变一个'外国记者'对一个国家和她的人民的观点的正确道路。"④ 不得不说，作为一位不知名的作者，杨刚从《日记拾遗》起步的创作，本身有着很高的起点。

　　历史学家费正清1942～1943年、1945～1946年两次前往战争期间的中国。在他的回忆中，杨刚"是一名左翼分子，但并不是公开身份的共产党员，事实上是一名'编外'干部。共产党敦促她保持党外身份开展工作，

---

① 萧乾：《斯诺与中国新文艺运动》，〔美〕埃德加·斯诺主编《活的中国》，湖南人民出版社，1983，第5～6页。
② 萧乾：《斯诺与中国新文艺运动》，〔美〕埃德加·斯诺主编《活的中国》，湖南人民出版社，1983，第4页。
③ 武际良：《报春燕埃德加·斯诺》，解放军出版社，2015，第116页。
④ 武际良：《报春燕埃德加·斯诺》，解放军出版社，2015，第118页。

避免与共产党建立任何公开的联系。但从她给自己改名便可知她对共产党的忠诚显而易见，她在离开燕京大学时改名'杨刚'，'刚'字意味着有'钢'的性格（斯大林的阴魂！）。对于威尔士（H. G. Wells）的《中国的观点》（*The Chinese Outlook*）以及林语堂的《吾国与吾民》（*My Country and My people*）的看法，我们首次达成一致。正如她在 8 月份写给我的信中提到：'我认为，中国人在生活中的坚持可以解释一些事情……我们中很少有人自杀……也很少有人有懒惰的习性……我们无法轻易而彻底地西化。我们适应但不会全盘吸收……我们重"现实"而轻理论……所有的一切都可以追溯到它的经济背景。''在我看来，如果以上分析都成立的话，他们必须作一些改变……怯懦、麻痹、卑微、缺乏见识，切实讲究实际压倒了富有想象力的现实主义，易妥协而无原则，对傲慢的独裁主义卑躬屈膝。在中国人民真正站起来之前，所有这些恶习都必须被革除。这也就是我所说的，复兴中国，首先需要挣脱我们身上所有的枷锁'……事实上，她是一名严肃认真、专心致志的观察员，审视着中国的旧社会，并致力于对其进行改造。我们继续保持着见面、讨论或是书信交流，她从内部为我分析知识分子的复杂性，包括他们对于当权者的习惯性依附，他们作为道德批评家的职责，他们为保持人格而做出的抗争，以及他们需要一种服务人类的理想。对我来说，种种这些讨论简直就是上天的恩赐。能有这样的朋友实在是一件幸事"①。显然，杨刚与费正清的交往，正是建立在对中国问题的深切了解和意图改变现状而做出反抗的基础上，恰是这一点，使费正清对杨刚及其所代表的那一类人在理解的同时又有着敬佩。

（五）张爱玲与麦卡锡、马宽德

1953 年 3 月，张爱玲自东京返回香港后，经宋淇（林以亮）介绍，到美国驻港总领事馆新闻处（美新处）以翻译谋生。在美新处主任理查德·麦卡锡（Richard M. McCarthy）手下工作，麦卡锡本人对文学不仅感兴趣，

---

① 〔美〕费正清：《费正清中国回忆录》，闫雅婷、熊文霞译，中信出版社，2017，第 313 ~ 314 页。

而且颇有研究。当时的美新处与美国国会拨款成立的"亚洲基金会"配合，负责制造颠覆新中国的政治舆论。有人认为《秧歌》是在美新处支持下才开始创作的"绿背小说"①。麦卡锡在接受高全之访问时说道，"我们请爱玲翻译美国文学，她自己提议写小说。她有基本的故事概念。我也在中国北方待过，非常惊讶她比我还了解中国农村的情形。我确知她亲拟故事概要。"②"爱玲不是美新处的职员。她与我们协议提供翻译服务，翻译一本就算一本……然而香港美新处同仁比较关切出版我们认为是文学类的出色作品。"③1961 年 10 月，张爱玲从美国到台湾，准备拜访张学良，完成《少帅》一书的写作，也与麦卡锡的大力支持和协助有关。1983 年 12 月，张爱玲还写信给麦卡锡，其中提到自己的写作。"我仍然无法寄您《海上花》英译定稿。再度写这封似乎是定期的年终辩解信，我深觉羞愧。此事有些滑稽可笑了。趁台湾书市仍有需求，我为出版两本书忙了一阵子。我才寄出新的小说集给海伦——卖得不错，至少我的书从来没卖得这么好过——明年春季会寄上国语本《海上花》。这个秋季我终于得空修订《海上花》英译稿，想在年底假期之前早早完成打字前的定稿。（前两章已收入宋淇编的，下期的《译丛》。我会寄上。）"④

　　The Rice-Sprout Song 的出版与美国作家约翰·菲利普斯·马宽德（John P. Marquand）的举荐也有关系。马宽德是著名作家，其间谍系列小说"摩多"先生的故事为其赢得了大量读者。1938 年，他凭借《波士顿故事》获得了普利策奖。马宽德的作品 *H. M. Pulham Esquire*（《普汉先生》，又译《朴廉绅士》）中的部分情节还影响过张爱玲的《十八春》的创作，并被借

---

① 袁良骏：《张爱玲论》，华龄出版社，2010，第 124 页。
② 高全之：《张爱玲与香港美新处——访问麦卡锡先生》，《张爱玲学》，台北麦田出版社，2008，第 253 页。
③ 高全之：《张爱玲与香港美新处——访问麦卡锡先生》，《张爱玲学》，台北麦田出版社，2008，第 255 页。
④ 高全之：《为何不能完成英译本〈海上花〉》，《张爱玲学》，漓江出版社，2015，第 307 页、第 309 页。

鉴和吸收①。马宽德与麦卡锡相熟，在后者的介绍下，与张爱玲在香港有过接触。按照麦卡锡的回忆，马宽德访问香港，"我请他与爱玲吃中饭……我交《秧歌》头两章给马宽德，请他评鉴。他说应酬多，大概没工夫看。当晚下大雨，他就在香港半岛酒店房间里读完。次晨打电话来，我刚好不在家。他告诉我太太：'我肯定这是一流作品。'他带了这两章返美，帮助推介，使《秧歌》在美国出版。"② 可见，马宽德的赏识和推介是《秧歌》能够在美国出版的一个极其重要的条件。

二　文学家与文学社团的交往

萧乾、凌叔华、叶君健与20世纪上半叶英国最著名的文学社团——布鲁姆斯伯里集团都有交集，他们的文学活动受其影响极大。

最早于1904年10月，居住在英国伦敦布鲁姆斯伯里（Bloomsbury）的瓦奈萨·斯蒂芬和弗吉尼亚·斯蒂芬姐妹，与剑桥大学的一些年轻人开始了每周四晚间的读书沙龙。大约在1910年或1911年，"布鲁姆斯伯里团体"或"布鲁姆斯伯里文化圈"（Bloomsbury Group）逐步形成。核心成员除了弗吉尼亚兄弟姐妹几人外，还有美学家、艺术批评家克莱夫·贝尔（Clive Bell），作家、政治学者伦纳德·伍尔夫（Leonard Woolf），画家、艺术批评家罗杰·弗莱（Roger Fry），传记作家、史学家利顿·斯特雷奇（Lytton Strachey），画家邓肯·格兰特（Duncan Grant），经济学家约翰·梅纳德·凯恩斯（John Maynard Keynes），小说家、文学批评家 E. M. 福斯特（E. M. Forster），诗人 T. S. 艾略特（Thomas Stearns Eliot），哲学家伯特兰·

① 学者高全之在《本是同根生——为〈十八春〉〈半生缘〉追本溯源》一文中认为两部小说与《朴廉绅士》在叙事时序上类似、人物关系上互通、情节上借用后者、几个关键语句也源于后者。参见高全之《张爱玲学》，台北麦田出版社，2008，第280～283页；学者苏友贞在《张爱玲怕谁?》（见陈子善《记忆张爱玲》，山东画报出版社，2006，第203～204页）一文中认为《半生缘》在两地分离的空间设计，翠芝、叔惠的初恋情感线以及曼桢帮世钧整理行装等细节几乎都是照搬自《朴廉绅士》。这也印证了张爱玲阅读思路开阔，取材不拘一格之特点。

② 高全之：《张爱玲与香港美新处——访问麦卡锡先生》，《张爱玲学》，台北麦田出版社，2008，第253～254页。

罗素（Bertrand Russell）以及诗人朱利安·贝尔（Julian Bell）和其弟、作家昆汀·贝尔（Quentin Bell）等十余人。该团体的聚会活动一直持续到1930年代末期，影响一直延续到当代。

萧乾在1930年代初就结识了时任北京大学教授的哈罗德·艾克敦爵士。在伦敦和巴黎期间，还和艾克敦叙旧，谈论欧洲文化和文学艺术。并且自陈，自己的许多朋友属于"布鲁姆斯伯里团体"。1942年，萧乾就读剑桥大学英国文学专业的研究生，师从乔治·瑞兰兹，正是得力于汉学家亚瑟·韦利和福斯特的推荐。他主要研究劳伦斯、弗吉尼亚·伍尔夫和爱·摩·福斯特三位20世纪英国最伟大小说家的作品。1941年他与福斯特相识后，至1943年，福斯特就有40余封书信给萧乾。1942年10月，他在寄给萧乾的一张索引卡片（类似于明信片）中说道，"我还很高兴地在我的公寓里见到《是中国而不是华夏》一书"，在该年12月的信中又说，"我喜欢《是中国而不是华夏》（即《中国并非华夏》，笔者注），并认为设计、印刷都很考究，它能给人们信息。明天我还会在警察先生那见到另一本这个书，据我所知，约翰·辛普森已经把它作为送给小罗宾·白金汉的圣诞礼物。"① 对萧乾的研究工作，福斯特给予了极大的帮助，他为萧乾讲述了自己的创作思想、见解和相关事迹，还送给他一些在埃及和印度发表的文章，二人就此结缘。福斯特曾经担任英国笔会中心的主席，萧乾还留下了几本与福斯特相关的谈话记录。在萧乾看来，福斯特小说继承了菲尔丁、狄更斯的现实主义传统，在技巧（组织情节，刻画人物，对话隽永俏皮，以至文字富于弦外之音）上，又超过了前人，确实是位大师。在爱德华朝代（二十年代）英国文艺界遗老中，他在思想上也是最接近青年人的。②

在他把对《霍华德别业》（Howards End）的论文寄给作家本人看后，1943年2月，福斯特回信说道，"自从写了《霍华德别业》这本书之后，我对社会改革的希望就荡然无存了。我发现自己如今成了一个无政府主义者，

---

① 《爱·摩·福斯特致萧乾的信》，李辉译，《世界文学》1988年第3期。
② 萧乾：《欧战旅英七年：一个中国记者的二次大战自述》，安徽人民出版社，2013，第111页。

只是我觉得忍受比破坏更容易。我依然抓住人类友情这一主题不放，而这个主题也一直不肯离开我。我看到人们的趣味在逐渐降低，我不喜欢我所生活的这个世界，又觉得我所能适应的那个世界有一天仍将回来，只是我将认不得它了，而且那绝不会是个安格罗－撒克逊的世界。"① 1943 年 5 月，在看了萧乾研究《莫瑞斯》的论文后，福斯特回信道："很高兴能听到你关于此书的见解，也愿意听听中国文学中是否有类似的内容，据我所知，在英国尚无同样内容的作品，我甚至认为像这样严肃的、描写异域的作品准是独一无二的。如你所说，莫瑞斯的一个性格特征是他的成熟，另外一点则是他对幸福的热爱和对自我怜悯的厌恶。如果我以凄哀的情调或悲剧来结束这部小说，那我就根本不会认为此书值得一写。在英国（和法国一样），我们认真研究过许多题目，包括不成熟、令人讨厌的自我怜悯、令人讨厌的目标声明，以及色情——大部分色情文学写得不真切……对这个不大为人所知的题材进行坚实的边缘研究，也许是崭新的……" "你尽可以想象我写过一本关于中国的长篇小说，而且是我们时代里最伟大的作品。然而，不幸的是，在印刷时，书页全粘到一起，因此便无法阅读它了。那位笨拙的小伙子会把它捧在手上，甚至贴在心口上，不过仅此而已。"② 在 1944 年 2 月的信中，福斯特说，"……多亏你的另外两本书，你现在在英国非常知名了。我很喜欢你的这些小说，如你（带点调皮地）所预见的一样！你的小说我已大半都朗读给母亲听了，她也被吸引住了。这些作品读起来朗朗上口，真让人难以想象它们本来不是为英国读者写的。我最喜欢的也许是《篱下》，每个人物都刻画得很好，时间对命运的推进，是不可避免的。当然《栗子》也非常精彩。服从于对双方的尊重，这描写得非常妥帖。《蚕》作为你的创作起点说明前程远大。你确已向我们介绍了中国的北方，在我心目中那是比中国还要大的地方。我总是悲伤地想到一些国家。特别当我读到《栗子》一书中那个集邮家的故事时，就想到，在特殊的经济和政治环境里——正像目前幸福地存在于中英

---

① 萧乾：《欧战旅英七年：一个中国记者的二次大战自述》，安徽人民出版社，2013，第 111 页。
② 《爱·摩·福斯特致萧乾的信》，李辉译，《世界文学》1988 年第 3 期。

之间的情景——当强者入侵时，他们会像君子那样起而奋战，成为英雄，而平时他们却不过是一群小人物。我这是哲学上的无政府主义（巴枯宁或是易卜生）。"① 福斯特对于文艺问题的看法，是对自己一段时间内文艺创作问题的总结和思考，不仅探讨了其创作态度、创作题材和创作理念的问题，也探讨了此时期不少中国和欧洲有正义感的作家需要面对的问题，甚至还探讨了作家的精神危机、与社会及其制度的关系。萧乾从研究福斯特到二人的深度交往，基本上发生在其旅英的作品高产期，可以说，福斯特是萧乾英国文友中对他来说最为重要的一位。正是通过他，萧乾与布鲁姆斯伯里团体紧密关联了起来。

1935 年 10 月初，朱利安·贝尔到武汉大学任教，凌叔华旁听了他讲授的课程"莎士比亚研究"和"英国现代文学"，之后二人先后合译了凌叔华的小说《无聊》（What's the Point of It?）、《疯了的诗人》（A Poet Goes Mad）分别发表在温源宁主编的《天下》月刊第三卷第一期、第四卷第四期。1938 年 3 月起，凌叔华开始与朱利安·贝尔的姨妈弗吉尼亚·伍尔夫通信，前后延续了两年。这些通信对凌叔华在抗战时坚持自己的创作取向，尤其是对《古韵》的创作产生了直接的影响。

1938 年 4 月 5 日，弗吉尼亚·伍尔夫回信说，"我知道你有充分的理由比我们更不快乐，所以，我想要给你什么劝慰，那是多么愚蠢呵。但我唯一的劝告——这也是对我自己的劝告——就是：工作……你是否有可能用英文写下你的生活实录……我觉得自传比小说要好得多……因此，请考虑写你的自传吧，如果你一次只写来几页，我就可以读一读，我们就可以讨论一番，但愿我能做得更多。"② 稍后，又说，"你已经开始动笔，我非常高兴。朱利安常说，你的生活极为有趣；你还说过，他请求你把它写下来——简简单单，一五一十写下来，完全不必推敲语法。"③ 于是，凌叔华有了《古韵》

① 《爱·摩·福斯特致萧乾的信》，李辉译，《世界文学》1988 年第 3 期。
② 《弗吉尼亚·伍尔夫致凌叔华的六封信》，杨静远译，杨莉馨《20 世纪文坛上的英伦百合：弗吉尼亚·伍尔夫在中国》，人民出版社，2009，第 420 ~ 421 页。
③ 《弗吉尼亚·伍尔夫致凌叔华的六封信》，杨静远译，杨莉馨《20 世纪文坛上的英伦百合：弗吉尼亚·伍尔夫在中国》，人民出版社，2009，第 422 页。

的基本构思和初步实践。

几个月后，伍尔夫又在信中说，"但我仍然时常想念着你……我总在盼着你把自传写下去……希望你再来信，告诉我的工作进行得怎样了。请记住，我将乐于给你任何力所能及的帮助，我将乐于拜读你的作品，并且改正任何错误。不过，你怎么想就怎么写，这是唯一的方法。"① 在 1938 年 10 月的信中，伍尔夫说道，"由于某种原因，我将它搁置了一段时间，现在我要告诉你，我非常喜欢这一章，我觉得它极富有魅力。自然，对于一个英国人，初读是有些困难的，有些地方不大连贯；那众多的妻妾也叫人摸不着头脑，她们都是些什么人？是哪一个在说话？可是，读着读着，就渐渐地明白了。各不相同的面貌，使我感到有一种魅力，那些明喻已十分奇特而富有诗意。就原稿现在这个样子来说，广大读者是否能读懂，我说不好。我只能说，如果你继续寄给我下面的各章，我就能有一个完整的印象。这只是一个片段。请写下去，放手写。至于你是否从中文直译成英文，且不要去管它。说实在的，我劝你还是尽可能接近于中国情调，不论是在文风上，还是在意思上。你尽可以随心所欲地，详尽地描写生活、房舍、家具陈设的细节，就像你在为中国读者写一样。然后，如果有个英国人在文法上加以润色，使它在一定程度上变得容易理解，那么我想，就有可能保存它的中国风味，英国人读时，既能够理解，又感到新奇……我感到，唯一的解脱是工作，希望你继续写下去，因为你也许会写出一本非常有趣的书。"②

1939 年 2 月的信中，伍尔夫说，"究竟应该建议你怎样来写，仍然是一个不易回答的问题。不过，我敢肯定地说，你应该坚持写下去。困难之处，正如你所说的，是在英文方面。我感到，如果某个英国人把你的文字修改成正规的英语散文，全书的情趣就将破坏无余。然而，如保持现有状况，英国读者自然是不容易充分领会你的意思。我想，你大概是无法将它口授给一个有

---

① 《弗吉尼亚·伍尔夫致凌叔华的六封信》，杨静远译，杨莉馨《20 世纪文坛上的英伦百合：弗吉尼亚·伍尔夫在中国》，人民出版社，2009，第 423 页。

② 《弗吉尼亚·伍尔夫致凌叔华的六封信》，杨静远译，见杨莉馨《20 世纪文坛上的英伦百合：弗吉尼亚·伍尔夫在中国》，人民出版社，2009，第 424～425 页。

教养的英国人吧？如能那样，也许就能把意识和情趣统一起来……不过请写下去……你高兴写信的时候就写吧，不管发生了什么事，请把你的自传写下去。"① 在最后一封信即 1939 年 7 月的信中，又道，"和你一样，我觉得工作是最好的事情……我把你寄来的各章都归在一起了，我告诉过你，在全书完成之前，我不拟读它。请继续写下去，因为它可能是一本非常有趣的书……"②

笔者之所以不厌其烦地逐一引用六封信中的部分内容，意图说明，第一，凌叔华与布鲁姆斯伯里团体核心人物之一弗吉尼亚·伍尔夫交往的缘起既有朱利安·贝尔的亲情因素，也有凌叔华对英国文学尤其是对伍尔夫本人的崇拜因素。1968 年，在伦敦接受的一次采访中，凌叔华再次说到自己最心爱的西方作家是弗吉尼亚·伍尔夫。③ 第二，弗吉尼亚·伍尔夫对凌叔华《古韵》写作的帮助与指导无疑是真心的，以平等姿态和凌叔华对话，借助创作来彼此鼓励。第三，伍尔夫对凌叔华的指导和帮助主要是从英国作家、英国受众和战时语境出发的，有着自身质的规定性，这既构成了《古韵》乃至凌叔华此时期创作思想的主导，也构成了一定程度上的制约，促使凌叔华在克服语言表达障碍、文化思维障碍和题材限制的前提下去适应作为重要创作背景的西方语境。这也为后来该书在英国的出版创造了条件。

《古韵》的一节《童年在中国》1950 年 12 月 22 日发表于英国《观察家》杂志第 6391 期后，瓦内萨谈了自己的读后感，认为其作品（及画作）相当动人，还曾对自己的外孙女朗读该书稿。之后，玛乔里·斯特雷奇（利顿·斯特雷奇之妹）进行编辑整理，C. 戴·刘易斯（C. Day Lewis）加以审读后，该书稿才交给伦纳德·伍尔夫主持的霍加斯出版社。④ 在《古

---

① 《弗吉尼亚·伍尔夫致凌叔华的六封信》，杨静远译，见杨莉馨《20 世纪文坛上的英伦百合：弗吉尼亚·伍尔夫在中国》，人民出版社，2009，第 425~427 页。

② 《弗吉尼亚·伍尔夫致凌叔华的六封信》，杨静远译，见杨莉馨《20 世纪文坛上的英伦百合：弗吉尼亚·伍尔夫在中国》，人民出版社，2009，第 428 页。

③ 杨莉馨：《20 世纪文坛上的英伦百合：弗吉尼亚·伍尔夫在中国》，人民出版社，2009，第 91 页。

④ 〔美〕帕特丽卡·劳伦斯：《丽莉·布瑞斯珂的中国眼睛》，万江波等译，上海书店出版社，2008，第 434 页。

韵》出版前后直接或间接地帮助过凌叔华的人还有 A. O. 贝尔、奈格尔·尼科尔森、安德烈·莫洛亚、李约瑟（Joseph Needham）等。比如安德烈·莫洛亚就主动把《古韵》译为法文，并联系该书稿在美国出版一事。1947 年，凌叔华到英国后多次举办个人画展，主要也是得力于团体同人的帮助。

　　1935 年，朱利安·贝尔到武汉大学外语系任教时，叶君健恰好是外文系四年级的学生。朱利安·贝尔教授当代英国散文和诗。叶君健回忆，朱利安·贝尔"不是一个'教授'，而是一个诗人。他当时三十岁出头儿，还是一个青年。他所关心的，与其说是'学术'和'文学研究'，还不如说是'人类的命运'和'世界文化的前途'。这也正是当时许多西方的青年作家和诗人所关心的问题，与我所关心的基本上没有两样"①。而且，"在我说来，每次我和他对话等于是交换文艺观点。在这些对话中，他不仅了解了我的思想、观点，也察觉到我的气质和把英语作为一种文学语言的感受能力。我们彼此都发现，我们之间有许多共同点。于是我们的谈话逐渐离题，从散文和诗扯到许多别的问题上去了，包括当时的中国政治、社会情况、青年的思想动态和国际政治、国际的文艺倾向和国际知识分子的动态……因此我们之间的了解就更加深入，并逐渐建立起了友谊。他的视野开阔，也无形中扩大了我对世界政治和文化动向的眼界"②。之后，朱利安·贝尔把叶君健的一些英文作品寄给"布鲁姆斯伯里团体"的成员，请他们安排在 *New Writing*（《新作品》）上发表。在给主编约翰·莱曼的信中，贝尔说道，"如果我有机会，我将把我的一个学生写的东西寄些给你，他是一个真正出色的年轻人。他在不久前出版了一部用世界语写的短篇小说集……"③ 1936 年暑期，叶君健大学毕业，应邀与朱利安·贝尔一起到西康省省会打箭炉，体验红军长征的艰苦。

---

① 叶君健：《我的青少年时代》，《叶君健全集·第十七卷散文卷（二）》，清华大学出版社，2010，第 363 页。
② 叶君健：《我的青少年时代》，《叶君健全集·第十七卷散文卷（二）》，清华大学出版社，2010，第 363 页。
③ 叶念伦：《叶君健和布鲁斯伯里学派》，《外国文学》2001 年第 5 期。

1938 年，叶君健到香港后，还与在岭南大学教授英美文学的美国人、共产党员 Don Allen（堂·阿伦）有过接触，他鼓励叶君健直接用英文进行创作。也正是在他的帮助和推荐下，叶君健的几篇翻译好的中国战时短篇小说，陆续在美国的一些刊物上发表。1944 年 5 月到达伦敦后，《新作品》（New Writing）的编辑约翰·莱曼（John Lehmann）为叶君健举行了一次茶话会，"我无形中步入了英国的文艺界，从过去遥远的通信发展到随时可以见面，交换有关文学创作的意见，这也是促使我用英文创作的一个因素。莱曼的这个刊物在当时属'现代派'的范畴，但这是转换期的'现代派'，也就是从十九世纪末和二十世纪初现实主义向第一次世界大战后新兴的'现代派'转化时期的创作流派，海明威（Ernest Hemingway）、T. S. 艾略特（T. S. Eliot）、安娜·西格尔斯（Anna Seghers）、萨洛担（William Saroyan）、克利斯托夫·伊粟伍德（Christopher Isher Wood）、W. H. 奥登（W. H. Anden）、安德烈·香松（Andre Chanson）、斯蒂芬·斯本德（Stephen Spender）和伊格纳齐奥·西隆涅（Ignazio Silone）（我曾把他的两部作品译成中文）等都属于这个流派。他们有的是共产党员，有的到西班牙参加过'国际纵队'。他们的作品经常在《新作品》上出现。"①

在英国历时一年的演讲期间，与叶君健来往密切的有 J. B. Priestley（J. B. 普利斯特里）。他时常在英国广播公司的全国新闻联播后，向全国人民发表一篇《新闻后记》，激励抗战中的英国军民。普利斯特里（又译普里斯莱）是当时"在苏联享有最高声誉的唯一英国作家。他的剧作经常在莫斯科上演，而他也是经常应邀访问苏联"。在创作思想上，叶君健与他最为接近，"中国人民的抗战和他们所经历的苦难以及英国人民在战争期间所遭遇的困难，是我们最初建立起感情的共同基础，我们有许多共同语言——尽管我们的年龄差距很大"②。同时，还有其他与"布鲁姆斯伯里团体"关系

---

① 叶君健：《我的青少年时代》，《叶君健全集·第十七卷散文卷（二）》，清华大学出版社，2010，第 444～445 页。

② 叶君健：《我的青少年时代》，《叶君健全集·第十七卷散文卷（二）》，清华大学出版社，2010，第 455～456 页。

密切的人物，包括经常邀请他参加茶会的玛丽·赫尔芩（Marry Hutchinson）夫人，属于英国极有名望的罗斯柴尔德（Rothschild）家族，以及文艺风格属于"现代派"却又左倾的首相丘吉尔的女儿。此外还有现代派的倡导人、研究法国文学的评论家柯诺莱（Cyril Connolly），当时很有威望的刊物《地平线》（Horizon）的主编，对中国文学尤其是老子的"道"时常发表一些议论。小说家伊夫林·沃（Evelyn Waugh）是叶君健经常接触的另一个朋友，他曾参军，到南斯拉夫与铁托的游击队取得联系，共同抗击德军。以见解独到、英文漂亮而著称的文学评论家大卫·迦纳特（David Garnett）是《新政治家与民族》周刊的文艺版主编，每周为该版写社论，纵谈英国文艺界新的趋势、新问题和一些新作品的特色，文章为几乎所有的高级知识分子必读。叶君健在武汉大学读书时就每周必去图书馆把这个刊物找来读。在英国融入布鲁姆斯伯里团体后，叶君健就成为他的座上客，可以不拘行迹地与他畅谈文学问题，尽管他们之间有 30 多岁的年龄差，却无形中成了非常投合的"忘年交"。①

三　文学社团之间的交往

（一）布鲁姆斯伯里团体对新月社的影响

早在 1921 年，徐志摩第一次到剑桥大学时，就成为狄更生、达迪·赖兰兹、H. G. 威尔斯、罗杰·弗莱及伯特兰·罗素的朋友，还被介绍给亚瑟·韦利和劳伦斯·宾杨（Laurence Binyon）。他在伦敦学习经济学时，就有"中国的亚历山大·汉密尔顿"之谓，被剑桥大学国王学院录取后，他在花名册上的名字是"Hsu Changhsu Hamilton"（徐章垿·汉密尔顿）。② 1925年，新月社成立，徐志摩把在布鲁姆斯伯里团体中吸收到的文化养分与中国文化传统紧密结合起来，这也可以说是新月派能够与文学研究会、创造社等诸多文学社团分庭抗礼的一个重要原因。回国后，徐志摩在和罗杰·弗莱的

---

① 叶念伦：《叶君健和布鲁斯伯里学派》，《外国文学》2001 年第 5 期。
② 〔美〕帕特丽卡·劳伦斯：《丽莉·布瑞斯珂的中国眼睛》，上海书店出版社，2008，第198～200 页。

通信中说，"我一直觉得我这一生中最重要的一件事就是遇见了狄更生先生。正是由于他的缘故我才得以来到剑桥度过这些快乐的日子，在那里我对文学和艺术的兴趣开始成形，并将保持到永远；也正是由于他，我才得以认识您——您的宽容和亲切为我开启了一个新的视野，一直激励着我走向宽容、美丽和高贵的思想和情感。在您身边，听到您动听的声音，是多么愉快，多么迷人，多么惬意！"①

英国人恩厚之是印度和中国事业的支持者，与景仰中国文化的狄更生、E. M. 福斯特、罗杰·弗莱、I. A. 理查兹等人交情深厚。1924 年恩厚之陪同泰戈尔访华，胡适劝他资助徐志摩到英国学习二三年，以避开国内动荡不安的环境。1923 年，与徐志摩私交较深的凌叔华就与恩厚之相识了。1964 年，在致恩厚之的信中，她还特别提到 1923 年徐志摩旅英归国后送给她的泰戈尔画作和卷轴，"两个都是不同寻常的纪念和珍贵的收藏，它们是徐志摩送给我的！他对朋友的确很慷慨。我很自豪能够拥有它。你到伦敦的话，我将非常乐意拿给你看。"② 可见，徐志摩、胡适等人与团体同人的交往，极大地扩展了彼此的文化视野，使中西文学交流向纵深处拓展。

（二）布鲁姆斯伯里团体与京派的联系

按照严家炎的解释，京派小说是指新文学中心南移到上海以后，20 世纪 30 年代继续活动于北平的作家群所形成的一个特定的文学流派。他们处在周作人、沈从文的影响之下，与北方"左联"同时存在，虽未正式结成文学社团，却在全国文学界具有一定的号召力。其成员包括偏重讲性灵和趣味的周作人、废名（冯文炳）、俞平伯，新月社留下的成员或与《新月》月刊关系密切的如梁实秋、凌叔华、沈从文、孙大雨、梁宗岱等作家，还有清华、北大的师生和青年作者，如朱光潜、李健吾、何其芳、李广田、卞之琳、萧乾、李长之等。在 1930 年代前半期，他们在文学事业上有共

---

① 〔美〕帕特丽卡·劳伦斯：《丽莉·布瑞斯珂的中国眼睛》，上海书店出版社，2008，第 234 页。

② 〔美〕帕特丽卡·劳伦斯：《丽莉·布瑞斯珂的中国眼睛》，上海书店出版社，2008，第 223~224 页。

同的趋向和主张，在创作上也有共同的审美理想和追求，因而形成了若干重要的鲜明的艺术特色。其主要阵地有：①废名、冯至编辑的《骆驼草》，②1933 年 9 月沈从文接手编辑的《大公报·文艺副刊》，③1934 年卞之琳、沈从文、李健吾编辑的《水星》，④1937 年 5 月朱光潜编辑的《文学杂志》。废名、沈从文、凌叔华、林徽因和萧乾可谓该派在小说方面的主要代表。①

由于京派构成的复杂性，其活动组织是松散的。主要形式是沙龙一类的聚会。如周作人"苦雨斋"聚会，林徽因"太太的客厅"、金岳霖"星期六聚会"和朱光潜"读诗会"。萧乾回忆，"一九三五年我接手编《大公报·文艺》后，每个月必从天津来北京，到来今雨轩请一次茶会，由杨振声、沈从文二位主持。如果把与会者名单开列一下，每次三十到四十人，倒真像个京派文人俱乐部。每次必到的有朱光潜、梁宗岱、卞之琳、何其芳、李广田、林徽因及梁思成、巴金、靳以……还有冯至，他应也是京派的中坚。"②费慰梅回忆林徽因说，"其他老朋友会记得她是怎样滔滔不绝地垄断了整个谈话。她的健谈是人所共知的，然而使人叹服的是她也同样地长于写作。她的谈话和她的著作一样充满了创造性……她总是聚会的中心和领袖人物。当她侃侃而谈的时候，爱慕者总是为她那天马行空般的灵感中所迸发出来的精辟警句而倾倒。"③ 这种聚会与布鲁姆斯伯里团体每周四晚上的聚会极为相似，甚至一直延续到了昆明西南联大时期。另外，还有论者指出，"京派"作家对以布鲁姆斯伯里集团为代表的西方现代主义文化的认同与吸纳，主要体现在对西方现代工业文明的批判，对审美追求与现代文学创作观念的认同及对现代主义写作技巧的借鉴等几个方面。④

---

① 严家炎：《中国现代小说流派史》（增订本），长江文艺出版社，2009，第 200～201 页。
② 萧乾：《致严家炎》，《萧乾全集第七卷》，湖北人民出版社，2005，第 634 页。
③ 〔美〕费慰梅：《回忆林徽因》，《百年老课文：品·味 为了忘却的永恒》，哈尔滨出版社，2005，第 115 页。
④ 俞晓霞：《精神契合与文化对话——布鲁姆斯伯里集团在中国》，博士学位论文，复旦大学中文系，2012，第 122～125 页。

第二层次：文学交流事件

在大的形势背景下对文学交流事件做具体的、历史的细节还原与考察，文学事件因应文学交流而生，文学交流史也是一连串的文学交流事件构成的历史，从文学事件去看文学交流，容易从客观上获得局部上的准确性。在文学交流史的大背景下，具体事件可在文学发展脉络的基础上获得整体的把握。

一　熊式一改写改译和导演的话剧《王宝川》

1934 年 11 月起，熊式一改写改译自京剧《红鬃烈马》的话剧 *Lady Precious Stream*（《王宝川》）开始在伦敦西区戏剧中心上演，至 1936 年 12 月的两年之间，共在伦敦上演了 900 多场，是当时演出最多的小剧场剧本。1935 年，熊式一又到纽约百老汇布斯剧场（Booth Theatre），亲自担任导演，指挥排练该剧，开了华人在百老汇自创自导话剧的先河，之后又到美国其他地区演出。

溯其源头，作为晚清及民国时期十分流行的戏剧，《王宝川》见于当时的多种京剧抄本和刊本，《清车王府藏曲本》中即有《别窑》《探窑》《赶三关》《回龙阁》等四出与《王宝川》有关的剧本。在民国初年开始编辑、收录戏曲舞台演出本最全的戏曲剧本集《戏考》中，收有八折与《王宝川》有关的剧本，它们是《彩楼配》、《三击掌》（又名《宝川出府》）、《平贵别窑》（又名《平贵从军》）、《探寒窑》（又名《母子会》）、《赶三关》、《武家坡》（又名《平贵回窑》）、《算粮登殿》、《回龙阁》（又名《大登殿》《斩魏虎》），即所谓的"薛八出"或"王八出"。①

熊式一回忆道，"虽然说这是照中国旧的戏剧翻译的，其实我就只是借用了它的一个大纲，前前后后，我随意增加随意减削，全凭我自己的心意，

---

① 海震：《京剧〈王宝川〉与英语话剧〈宝川夫人〉》，《文艺研究》2014 年第 8 期。

大加改换；最先我就自撰了一个介绍主要角色的第一幕，我又把最后一幕的大团圆也改得合理。总而言之，我把一出中国旧式京剧，改成合乎现代舞台表演，入情入理，大家都可欣赏的话剧。"① 对比剧本也可以发现，熊式一是借鉴了该传统京剧剧目的一个基本纲要，结合需要和实际，进行了大幅度的改写改译。

郑达认为，《王宝川》的成功，原因很多，其中最为重要的应当是熊式一本人的语言文化功力。剧中生动幽默的语言、人物的刻画描述、跌宕起伏的剧情，自始至终紧紧地扣住观众的心弦，使观众随着剧情的变化而哀乐动情。熊式一对中英两种语言驾驭自如，熟谙中西文化的特性，并且对中西戏剧间的表现手法有较深的理解，这一系列的因素，促成了《王宝川》编译的成功。② 也有论者认为，"熊式一对京剧《王宝川》的改编，使《宝川夫人》故事情节更加入情入理，完善了王宝川与薛平贵的故事，对薛平贵形象处理得更为合理，对王允性格的揭示以及对魏虎等人物的夸张，都使此剧成为一部人物形象生动、念白颇具戏剧张力、时有妙趣横生的幽默的西式话剧。熊式一一方面使《宝川夫人》的戏剧情节趋于合理，另一方面通过舞台艺术手段增加异国情调，使其成为一部很受西方观众欢迎的中国戏。"③

这些观点主要从内部解释了《王宝川》成功的原因，但还是忽略了几点。第一，文化语境的规约与适应。该剧在 1930 年代上演，能够获得西方受众的广泛关注，甚至"差不多世界各国都把它翻译了，而且在他们的大都市演出了"④，不仅有剧本本身的语言文化魅力，更有它对西方文化语境规约的巧妙回避和努力适应。熊式一在特定的时间、特定的地点以特定的题材与文体形式，获得了一个重要的文化机缘，成就了他诸多方面第一人的地位，这和中国与西方文化交流的阶段性发展需要紧密相关，也和西方对中国文化、中国文学的理解深度相关。

---

① 熊式一：《八十回忆》，海豚出版社，2010，第 30 页。
② 郑达：《徜徉于中西语言文化之间——熊式一和〈王宝川〉》，《东方翻译》2017 年第 2 期。
③ 海震：《京剧〈王宝川〉与英语话剧〈宝川夫人〉》，《文艺研究》2014 年第 8 期。
④ 熊式一：《八十回忆》，海豚出版社，2010，第 115 页。

第二，英美上演之间的区别与差异。按照熊式一的描述，伦敦是1930年代的世界文化中心，该剧在演出期间共搬了两三次戏院，甚至"搬到萨和爱剧院去演，那儿有一千二百多座位，仍是观众潮涌。这次演出，虽然没有用大名（明）星为号召，所有的演员，都是富有经验，善于合作的好演员……自然演员时时不免有变动……我们这一次一共换了八位女主角……男主角换了多少，我简直的不知道。至于其余的演员，的的确确不知其数。"①据郑达的考证，在纽约百老汇的演出，起自1936年1月27日晚，银行家约翰·摩根的女儿安·摩根（Anne Morgan）等名流云集，他们看后多赞不绝口。1936年3月初，《王宝川》移到附近的49街剧院继续，至4月25日，在百老汇的首演季结束，共演了105场。夏天之后，新的演季开始，又去芝加哥和中西部其他城市演出……《王宝川》的舞台布景、内容、形式，很大程度上保留了中国传统的特色。西方的戏剧往往采用考究的舞台布景，强调逼真与现实，表现手法也多偏于现实主义，而中国古典戏剧，则重含蓄，强调想象的空间和张力，美国的公众因此得到一次崭新的审美体验……剧中特别设置了检场人和报告人的角色。②又据熊式一回忆，《王宝川》在美国连演三季，一共演出500余场。甚至连造型华美的服装都是从国内请梅兰芳订制，选定了名演员海伦·钱德勒（Helen Chandler）扮演主角，她的丈夫、英国演员布拉姆韦尔·弗莱彻（Bramwell Fletcher）演薛平贵。但演出整体上并没有在伦敦那么轰动。为何会有这么大的差别呢？

笔者认为，这既和事先的造势有关系，也和美国其时刚有梅兰芳等京剧大师演出过有关，还和剧场选择有关。该剧完成后，1934年，先由当时财力较为雄厚、在业界有影响力的麦勋书局推出了第一版，当年就重印了两次；1935年麦勋书局再版，有蒋彝插图，拉塞尔斯·阿伯克龙比作序，同年重印了两次。美国利福莱特出版社（Liveright Publishing Corp.）第一次出版，同年重印一次。伦敦小剧场出版了一次。1936年麦勋书局出第3版，

---

① 熊式一：《八十回忆》，海豚出版社，2010，第41~42页。
② 郑达：《百老汇中国戏剧导演第一人——记熊式一在美国导演〈王宝钏〉》，《美国研究》
  2013年第4期。

利特尔汉普顿图书公司出版了精装本。另外还有戏剧脚本的平装代理版、作者签名版等发行。至 1976 年，共有近 40 个版本，铅印《王宝川》剧本售出 20 万册。① 出版次数之多，销量之大，不仅在中国现代汉英双语作家之中，就是放眼中国现代作家，也堪为有分量的现象。

按照熊式一的设计，受众先阅读剧本，再进剧院观演，图书的发行和剧本的上演预告无疑都可以为活动造势。1930 年 2 月 17 日起，梅兰芳访美巡回演出，连演 72 天，剧目有《佳期》《考红》《思凡》《刺虎》《贵妃醉酒》《霸王别姬》《千金一笑》《木兰从军》等，赢得了极高的艺术赞誉。② 都文伟认为，梅兰芳的演出在美国认识中国戏曲的历史中无疑是一个里程碑。包含在他美国之行中的一切——他作为中国最重要的演员的声望，他那完美的表演，他获得的普遍好评，评论家们对他表演中的美学原则的探讨和评价——使美国观众意识到更高层次的中国表演艺术的存在。③ 显然，熊式一之后到纽约导演的《王宝川》，在一些中国剧迷和评论家那里，已经有了一个中国式的参照标杆。在熊式一的坚持下，《王宝川》没有听取康州西港的小剧场主任劳伦斯·拉格纳的建议——先在他的戏院上演，成功后再移师百老汇。而是觉得既然《王宝川》已经在伦敦大获成功，无须再做任何尝试，理当长驱直入，直接上百老汇舞台。④ 也就是说，该剧在纽约的演出并非遵循了在伦敦那种循序渐进、由小及大的原则。亦如论者所言，"在英国使《王宝川》赢得市场、吸引观众的手段，在 1936 年的美国，已经没有了形式上的新鲜感"⑤。

---

① 刘海霞：《熊式一创作研究》，硕士学位论文，福建师范大学中文系，2015，第 24 页。
② 《纽约时报》的剧评家布鲁克斯·阿特金森指出，"事实上，那是古典戏剧一种引人入胜的形式，它在视觉上不追求虚幻，又不带一丝现实主义意味。但其精致美丽有如古老的中国艺术品……你会发现在其虚拟动作的演出风格和服装中有一些极为精妙的东西……"参见都文伟《百老汇的中国题材与中国戏曲》，上海三联书店，2002，第 143~145 页。
③ 都文伟《百老汇的中国题材与中国戏曲》，上海三联书店，2002，第 146 页。
④ 参见郑达《百老汇中国戏剧导演第一人——记熊式一在美国导演〈王宝钏〉》，《美国研究》2013 年第 4 期。
⑤ 江棘：《戏曲译介与"代言人"的合法性——20 世纪 30 年代围绕熊式一〈王宝川〉的论争》，《汉语言文学研究》2013 年第 2 期。

该剧演出后，正面评论很多。如 Erkes 说道，"不管从艺术家还是从读者的角度来看，《王宝川》都理应受到高度的赞扬，它巧妙地将日常生活与奇幻故事结合，是中国戏剧的典型代表，真切地反映了中国的家庭生活和风俗习惯。"[①] 但也有不少负面评论。如 Richard Lockridge 就说，"他们在演出时，似乎总对观众狡黠地微笑，那种气氛就像不断地提醒：难道这不可笑吗？你见过这样新奇迷人、令人难以抗拒的表演吗？"[②] 布鲁克·阿特金森（Brook Atkinson）认为，"观众必须承认表演是令人失望的。在许多年以前，《黄马褂》已经告诉了我们那种所谓中国剧原生态的东西。最近我们从梅兰芳博士的表演中，已可略略瞥见中国戏剧纯粹艺术之惊艳，就在前几年，百老汇的一家中国剧院每晚还在上演精彩的节目。除了几个主要演员，《宝》的表演平淡无奇，有些地方如同吉尔伯特（Gilbert）和萨利文（Sullivan）的讽刺诙谐喜剧一般鄙俗，有的地方又像音乐剧那样粗糙。即便有着梅兰芳式图案和刺绣的精美华服也挽救不了它。"[③] "我已对中国见识足够多了，对于中国戏剧的了解也足够让我认识到：对于中国的一知半解比无知更有害……熊先生在过去转战西方的三年中，打了一场败仗，他没能让我们中的博学者相信他比他们对中国戏剧了解得更多。当他在平静地对中国戏剧做出任何论述的时候，每个西方权威都认为他是在扯谎，并质疑《王宝川》不过是一个友善的欺骗……怀着任何得体的谦逊，我们能够赞美中国戏剧，并带着某种空虚的好奇去凝视它，然而却不可能在匆忙之中真正理解它。"[④]

而且，在温源宁主编的 T'ien Hsia Monthly（《天下月刊》）中，前后发表了 3 篇文章，对《王宝川》（及《西厢记》）进行批评。包括 1935 年 8 月第 1 卷第 1 期 Lin Yutang. *Book Reviews*: *Lady Precious Stream*（林语堂，《书

---

① Erkes E., "Review of Lady Precious Stream", *Artibus Asiae*, 1936: 1 - 2.
② 转引自江棘《戏曲译介与"代言人"的合法性——20 世纪 30 年代围绕熊式一〈王宝川〉的论争》，《汉语言文学研究》2013 年第 2 期。
③ 转引自江棘《戏曲译介与"代言人"的合法性——20 世纪 30 年代围绕熊式一〈王宝川〉的论争》，《汉语言文学研究》2013 年第 2 期。
④ 转引自江棘《戏曲译介与"代言人"的合法性——20 世纪 30 年代围绕熊式一〈王宝川〉的论争》，《汉语言文学研究》2013 年第 2 期。

评：〈王宝川〉》），1936 年 3 月第 2 卷第 3 期：Yao Hsin-nung. *Book Reviews*：*The Romance of the WesternChamber*（姚莘农，《书评：〈西厢记〉》）和 1936 年 4 月第 3 卷第 1 期：W. Y. N. *Editorial Commentary*（温源宁，《编辑的话》）。林语堂在肯定了熊式一了然中西剧作技艺的基础上大胆处理材料的能力，认为其处理更能表现"典型的英国腔调"和种种"令人轻松愉快的表现"①。姚莘农认为熊式一译《西厢记》，是对精美词句"莫名其妙"堆砌，却失去了最重要的东西——诗，甚至将张、崔的幽会翻译成了俗套的电影中约会场景。他指出，语言的鸿沟虽然难以逾越，但翻译不应该以牺牲原著的精神和意义为代价，并因此对熊式一的理解能力提出了"也许是在伦敦背井离乡的生活让他的母语感觉日渐生疏了"的质疑。② 温源宁认为，熊式一"对于英语的轻松自如的运用能力"使得"人物说话的语句如此流畅、自如和明晰，没有丝毫的局促牵强，所有单词都恰如其分"，但这种优点更多的是模仿，对巴里（巴蕾）作品的聪明的模仿，《王宝川》一剧尤其如此，不妨称呼熊式一为"中国的巴里"。因为他的《王宝川》中"几乎每句话都有着巴里的那种腔调"，而"现在有很多人极为强烈的反对巴里的风格：供人消遣的家庭生活，多愁善感的小情绪，用剧中人密友一般的语调传达出来，这在一些人看来，太过谄媚，难以接受……不喜欢巴里的风格中这种'猫气'的人，在看熊博士的作品时，也会很自然地觉察到相同的东西"③。不管是正面或负面的评论，却为《王宝川》一剧的出版发行、赢得销路创造了极好的条件。但也说明，在谁能够代表中国、代表中国文化和如何在海外传播中国文化上，交锋、辩论是难免的，也是必要的，正是不同观点的碰撞，使中西之间的文学交流逐渐走向深入。

---

① 转引自江棘《戏曲译介与"代言人"的合法性——20 世纪 30 年代围绕熊式一〈王宝川〉的论争》，《汉语言文学研究》2013 年第 2 期。
② 转引自江棘《戏曲译介与"代言人"的合法性——20 世纪 30 年代围绕熊式一〈王宝川〉的论争》，《汉语言文学研究》2013 年第 2 期。
③ W. Y. N.，"Editorial Commentary"，*T'ien Hsia Monthly*，3.1（1936）：5 - 6. 转引自江棘《戏曲译介与"代言人"的合法性——20 世纪 30 年代围绕熊式一〈王宝川〉的论争》，《汉语言文学研究》2013 年第 2 期。

二 叶君健的《山村》

1946 年 10 月 18 日，*The Spectator*（《观察家》）杂志发表的一篇题为 *Fiction* 的文章，对《无知的和被遗忘的》进行了评论，其中说道，"叶君健先生一定会被作为用英文写作的外国人中最有代表性的新成员，这源于他的由九个故事构成的《无知的与被遗忘的》一书之重要性，另外，叶先生译笔流畅。"①

1947 年 7 月，伦敦山林女神出版社出版了长篇小说《山村》，该书旋即被英国书会推荐为"1947 年 7 月最佳书"，不久后，纽约普特南出版社（G. P. Putnam's Sons）出版了该书的美国版。此后该书又流传到世界各地，在欧洲大陆即有十四五种主要文字的译本。在东方，印度和印尼也有译本。② 在围绕该书的批评文章中，比较早的是 1948 年 8 月发表在《远东季刊》之《书目注释》中署名为 Alexander Brede 的一篇短评，其中说道，"叶君健《山村》（纽约普特南出版社 1947 年版）的前两章引导读者去探寻近 20 年前长江上游的一个小山村中的田园生活……借助一个小男孩之眼，并从他的视角，围绕着他的家庭，我们看到了中国乡村生活的基本方面，那里的人们和发生的各种事件。作家的风格是亲切和缓的：我们可能陶醉在他的现实主义和客观的故事叙述中而忽略了他对农民微妙的讽刺，尽管他进行了同情式的处理。文中有幽默和感伤，还有一种简单有力的讲述。"③

1989 年，*Third World Quarterly*（《第三世界季刊》）上发表了 Aamer Hussein 的一篇名为 "Simple Martyrs and Unsung Heroes"（《朴素的殉道者和未被歌唱的英雄》）的评论，主要围绕 1988 年伦敦费伯出版社出版的英文版《山村》和叶君健创作、Michael Sheringham 翻译的《旷野》进行的。文中指出，他在两个重要的方面与同时代的作家不同：他熟练地运用中国古典

---

① http: //archive. spectator. co. uk/article/18thoctober1946/22/fiction.

② 苑茵：《关于〈山村〉》，《叶君健全集·第七卷长篇小说卷（四）》，清华大学出版社，2010，第 186 页。

③ Alexander Brede, "Bilbligraphical Notes", *The Far Eastern Quarterly*, 7. 4（1948）：455.

叙述技法，借助长篇小说的形式来准确地呈现暴行的底色。叶君健探索的是超越他本人生活的时代主题……青年春生是"寂静的群山"中的第一个叙述者，故事叙述中穿插了民间故事、典故、神话、仪式和传说……

　　他的小说《山村》（*Mountain Village*）……展现的都是真实的个人经历，他显然是在运用记忆中的家乡大别山区的素材来书写……叶君健的文学成就主要来源于对那些朴素的殉道者和未被歌颂的英雄的记忆和展示。[①]"一幅幅图景就像是一帧帧海报，分开却起到了各自的作用，也不损害总体性。伴随着温雅的开头，进入到不同生活经历和角色的图景中去学习以获得愉悦，但是书中没哪一个角色是多余的。"[②]

　　Kirkus Review（《柯克思书评》）这样说道，"这是一部有代表性的表现人性和同情心的有关中国农村的小说，其中表现了那些农民在共产主义运动初起之时怎样逝去……人们的温雅和传统的约束精神得以刻画出来。不止是萧军《八月份的乡村》提供了我们有关内战的生动的生活感受，本书也带来一种有益的阅读体验。"[③]

　　2015年7月20日至8月底，在剑桥大学国王学院举行了一场文化展览，讲述了中国人和剑桥的文化因缘。其中 Alan Macfarlane 的一篇题为"Yeh Chun Chan and World War II—A Chinese Member of the Bloomsbury Group"（《叶君健和第二次世界大战——布鲁姆斯伯里团体的一个中国成员》）的文章作为展览的序言。其中说道，他是中西双方之间的桥梁，二战中，他把中国的信息带给西方。这缘于1936年的武汉大学他与朱利安·贝尔（克莱夫和瓦雷萨的儿子，弗吉尼亚·伍尔夫的侄儿）之间的友谊，源于他与西方学者之间的合作。反过来，他通过对12种欧洲语言作品的翻译，也把西方信息带到了中国。[④] 这是继2014年的"徐志摩，剑桥与中国影像展"之

① Aamer Hussein, "Simple Martyrs and Unsung Heroes", Third World Quarterly, 11.2 (1989): 189-192.

② https://vkasims.wordpress.com/2014/10/01/chunchanyehthemountain village/.

③ https://www.kirkusreviews.com/bookreviews/chunchanyeh2/mountain village/.

④ http://maa.cam.ac.uk/cambridge-rivers-project/.

后的第二次以亚洲学者为主题的展览。《齐鲁晚报》《欧洲时报》也对此进行了报道。①

对叶君健《山村》的评介离不开其作品内容。今天来看，其对农民觉醒的书写，对中国真实情况的西方传达，以及他富有魅力的英文表达，都成为作品中最具有穿透性的力量。

第三层次：文学创作实践上的互塑共生

作为近现代以来中西文学交往的主要形态，前后辈作家文学作品之间的互文性是一个常见的话题，中西作家作品之间也经常会存在这一状况。但深度的互文性或者说文学作品之间、文学家之间的互塑共生仍然值得去深入探究和考察。

前述的纪君祥《赵氏孤儿》主要是一个复仇的故事，其中贯串着中国人的伦理道德观：舍己为人、君子报仇十年不晚、重义轻利等。最早由法国神父马若瑟（Joseph Henri-Maria de Premare）翻译自杜赫德《中华帝国志》的《赵氏孤儿》（1735 年），其经历了英国剧作家威廉·哈切特（William Hatchet）《赵氏孤儿》（1741 年）、法国作家伏尔泰《中国孤儿》（1755 年）、英国作家亚瑟·谋飞（Arthur Murphy）《中国孤儿》（1756 年）的多次改写，其主题服务于改编者各自的诉求。② 这与其创作初始的主题相比已经大相径庭甚至南辕北辙，但以上可以看作是文学创作实践上互塑共生的极佳例子。借助这样的改写，中国文化的基本内涵和普遍精神得到了一定程度的传播和阐扬，进而促进了中西方异质文化间的对话交流。

比较突出的例子还有如下。（1）查尔斯·兰·肯尼迪（Charles Rann

---

① 可分别参见，《剑桥大学推出叶君健特展纪念中国君子的文化抗战》，https：//read01.com/jNkjOO.html. 和《剑桥大学办特展纪念叶君健为抗战奔走英伦的"中国君子"》，http://www.oushinet.com/news/qs/qsnews/20150731/201015.html.
② 张金良：《〈赵氏孤儿〉在十八世纪英国的改编》，《岭南师范学院学报》（社会科学版）2015 年第 4 期。

Kennedy）改编自法国剧作家路易斯·拉卢瓦（Louis Laloy）源于马致远《汉宫秋》的同名剧本而上演的《汉宫花》（*The Flower of the Palace of Han*）①。（2）改编自元代李行道的杂剧《包待制智勘灰阑记》，有法语、德语和英语多种译本，后被德裔美国剧作家布莱希特改编为《高加索灰阑记》在西方广泛上演，又被改编为京剧回到中国。② （3）高明的元杂剧《琵琶记》，"先后被翻译成拉丁文、法文、英文和德文而传入西方。美国唐人街中国戏曲专家威尔·欧文和著名剧作家西德尼·霍华德合作把中国的《琵琶记》改编成了美国的《琵琶吟》。他们的改编是在安东尼·巴赞（Antoine Bazin）的法文译本基础上进行的。"③ 这些例子同样说明了中国剧本、中国戏曲和中国作品生命力的顽强，也说明了西方对中国作品的改编偏好。

以上列举的中西方文化间互塑共生的情况在中国现代汉英双语作家与西方作家之中同样存在，且该现象有愈发旺盛之势头，主要体现在两个方面。

一 西方作家作品对中国现代汉英双语作家作品的促进与催生

第一，点拨式。这主要体现在西方作家对中国现代汉英双语作家的英语创作进行点拨、指引或者说对思路的支持与引导上，让中国作家得以在英文创作中少走弯路，获得创作上的进步。林语堂《吾国吾民》《生活的艺术》较为典型。正如前述，这两部书的创作和出版都与赛珍珠有极大关系。这一情况与聂可儿教授之于熊式一《王宝川》的创作和演出、麦励书局经理艾伦·怀特鼓励蒋彝写书介绍中国艺术（《中国绘画》之前文本），有着相似的效果。但其间的不同之处在于：赛珍珠（及其丈夫）除了书商/出版商的市场敏感和对中国的特殊感情之外，还有着一个优秀作家的良好品质——对其他作家的提携奖掖，尤其是对优秀作家作品撇开族际、人种和文化观念差异的高度认同，进而予以实质性的支持（抛开其后的经济纠纷而导致的友情破裂不论），这种支持让林语堂能够站稳脚跟，打造出自己的文学天地。

---

① 都文伟：《百老汇的中国题材与中国戏曲》，上海三联书店，2002，第81页。
② 都文伟：《百老汇的中国题材与中国戏曲》，上海三联书店，2002，第98~101页。
③ 都文伟：《百老汇的中国题材与中国戏曲》，上海三联书店，2002，第83页。

张爱玲的《半生缘》与马宽德的《普汉先生》。相较于面对面的交流或书信往来这种直接点拨式，还有一种借鉴方式，即中国作家从西方作家作品中获得启发、灵感或者说有所领悟，进而创作出自己的作品。这可谓间接点拨式。事实上，这种方式确实让不少作家获益。

据林以亮回忆，"《十八春》就是《半生缘》的前身。她告诉我们，故事的结构采自 J. P. Marquand（马宽德）的 'H. M. Pulham, Esq.'（《普汉先生》）。我后来细读了一遍，觉得除了二者都以两对夫妇的婚姻不如意为题材之外，几乎没有雷同的地方"。① 据高全之考证，二书至少在四个方面有关联，即叙事观点不同，叙事时序类似；人物关系互通处颇多，如世钧与哈瑞·朴廉、曼桢与玛纹·卖尔斯；情节片段借用，后书中的世钧在南京与上海之间的奔波，一如前书中主人公哈瑞在波士顿与纽约之间奔波。翠芝对叔惠倾心而与一鹏退婚恰似莫得福特对比利钟情而与宾汉解除婚约等，例子极多。当然，《十八春》还受到《红楼梦》等经典的滋养。但总体上看，《朴廉绅士》不但是《十八春》的蓝本之一，也是改写成《半生缘》的重要依据。② 也就是说，张爱玲在《十八春》和《半生缘》创作中不仅借用了马宽德《朴廉绅士》中的基本构思，而且获得了比较宽广的思路和空间。这样，在写作中就有了鲜明的中西互动色彩，这种形式的互动还表现在其他作家的作品中。吴惠敏在比较后认为，契诃夫的作品如《嫁妆》（1883年）、《在避暑山庄里》（1886年）、《变故》（1886年）分别对凌叔华的小说《绣枕》《花之寺》《小哥儿俩》在题材情节、戏剧式结构和讽刺幽默的艺术风格上产生着重要的影响。③

第二，共进式。这主要体现为西方作家在与中国现代汉英双语作家交往的过程中，给予后者帮助，或者因之获得了自身作品创作的思路与条件，产生了灵感，最终达成了创作上的双赢局面。如叶君健的英文作品《无知的

---

① 张爱玲、宋淇、宋邝文美：《张爱玲私语录》，台北皇冠出版社，2010，第24页。
② 高全之：《本是同根生——为〈十八春〉、〈半生缘〉追本溯源》，《张爱玲学》，漓江出版社，2015，第172~179页。
③ 吴惠敏：《试论契诃夫对凌叔华小说创作的影响》，《外国文学评论》1999年第3期。

与被遗忘的》被伦敦麦勋书局退稿后，"一位威尔斯青年小说家瓦尔·贝克（Val Baker），看了我的这部稿子后感到极大的兴趣——这可能与他作为英国一个少数民族的威尔斯人的心境有关。他对那些受压抑者表现出极大的同情。他把这部稿子拿给出版他的作品的森林女神出版社（Sylvan Press）考虑……他（出版社的老板罗斯奈尔），接受了下来"。① 从文学交谊的角度看，这是西方作家基于共同的情感和心理，对异质文化中的作家作品提供帮助的例证。

新闻记者、作家埃德加·斯诺编选《活的中国》，得到鲁迅、姚莘农、萧乾、杨刚等人的帮助也具有类似性质。当然二者不同处也显而易见，后者是对中国现代文学对外传播工作的一个极为重要的支持举措。在编者序言中，斯诺说道，"读者可以有把握地相信，通过阅读这些故事，即便欣赏不到原作的文采，至少也可以了解到这个居住着五分之一人类的幅员辽阔而奇妙的国家，经过几千年漫长的历史进程而达到一个崭新的文化时期的人们，具有怎样簇新而真实的思想感情。这里，犹如以巨眼俯瞰它的平原河流，峻岭幽谷，可以看到活的中国的心脏和头脑，偶尔甚至能够窥见它的灵魂。"② 足以见出埃德加·斯诺对中国和中国文化的热爱，这也是其后来的成名作《红星照耀中国》的前奏。据萧乾回忆，"每次去斯诺家，总把我们喜欢的作品的情节讲给他听……斯诺总是一边记，一边不时抬起头来用微笑鼓励我们说下去，从不急于作出自己的判断……文字粗糙点没关系，他要的是那些揭露性的、谴责性的、描述中国社会现实的作品。一旦决定某篇入选后，我们就分头拿回去用蹩脚的英文把它粗译出来……从他的加工，我不但学到了新鲜的（非学究的）英文，逻辑，修辞，更重要的是学到不少翻译上的基本道理，还懂得了一点'文字经济学'。四十年代在英国编译自己的小说集时，我也大感抡起斧头的必要。五十年代搞那点文艺翻译时，我时常记起斯

① 叶君健：《叶君健全集·第十七卷散文卷（二）》，清华大学出版社，2010，第474~475页。
② 〔美〕埃德加·斯诺主编《活的中国——现代中国短篇小说选》，文洁若译，湖南人民出版社，1983，第7页。

诺关于不可生吞活剥的告诫"①。由此来看，杨刚聚焦底层苦难的系列小说及其风格的形成，萧乾编选的作品集 The Spinners of Silk（《蚕》）时的编译原则及后来的翻译准则，无不与他们在《活的中国》的编译工作中学习到的东西紧密相关。斯诺又借编选此书的机会，结识了包括鲁迅、林语堂在内的诸多作家和宋庆龄等进步人士。"从一定意义上来讲，也是中国影响了斯诺，是鲁迅、宋庆龄等人促成了斯诺的思想变迁，是中国文化鼓舞了他去发现'中国的红星'。"② 据统计，自 1933 年至 1971 年，埃德加·斯诺出版了11 部书，有 9 部是关于中国的。自 1939 年至 1993 年，其第一任妻子海伦·斯诺出版了 10 部书，至少有 8 部是关于中国的。2009 年，新中国成立 60 周年之际，埃德加·斯诺当选"新中国成立做出突出贡献的英雄模范人物"和"十大国际友人"。③

第三，融合式。这主要体现在西方受众尤其是作家把自己的观点意图通过某种方式、途径融合进了中国现代汉英双语作家的作品，从而有了双方共同创作的意味。

聂可儿教授夫妇、英国受众与熊式一的《王宝川》。熊式一在伦敦大学求学时，莎士比亚研究专家聂可儿教授建议他研究中国戏剧，后来又提议他先去翻译一部中国剧，教授夫人尤其鼓励他写剧本。"说实话：我最得力的导师，是伦敦各剧院的观众！在这一段期间，凡在伦敦上演的戏剧，成功的也好，失败得一塌糊涂的也看（好），我全一一欣赏领略，我专心注意观众们对台上的反应，我认为这是我最受益的地方。"④ 正是如此，熊式一把英国观众的欣赏口味、欣赏习惯、西方习俗和文化精神融进了《王宝川》这一剧作，使其成为中国作家在欧美自编、自导，外国演员排演的第一部剧作，也成为上海卡尔登大剧院上演的第一部英文剧作，在中西戏剧交流史上

---

① 萧乾：《斯诺与中国新文艺运动——本版代序》，〔美〕埃埃德加·斯诺主编《活的中国——现代中国短篇小说选》，湖南人民出版社，1983，第 6~7 页。
② 孙华、王芳：《埃德加·斯诺研究》，湖南师范大学出版社，2012，第 35 页。
③ 孙华、王芳：《埃德加·斯诺研究》，湖南师范大学出版社，2012，第 49、51~52 页。
④ 熊式一：《八十回忆》，海豚出版社，2010，第 29~30 页。

具有划时代的意义。除了观众，创作过程中多人参与，如替他誊正打字的约翰逊太太及其女儿 Pamela Hansford（盼慕娜·汉福）、"王宝川的教母"Mrs. Dawson Scott（道生·斯葛太太）、聂可儿教授夫妇、教授兼诗人剧作家 Lascelles Abercrombie（亚柏康贝）、剧院导演 Sir Barry Jackson（贾克生爵士）及其朋友演员 Scott Sunderland（森德兰）和小说名家 Hugh Walpole（华兰浦）等，他们从正面或反面提出了不少修改建议和意见，使作品体现出了融合性的特征。

弗吉尼亚·伍尔夫与凌叔华的《古韵》。恰如前述，二人的交往促使凌叔华在克服语言表达障碍、文化思维障碍和题材限制的前提下去适应作为重要创作背景的西方语境，可以说，《古韵》的成功，有弗吉尼亚·伍尔夫和伦纳德·伍尔夫等人的明显印迹，凌叔华吸纳了他们的许多意见，并将其融入自己的书写过程，因此该文本也可以视为双方共同完成。

二 中国现代汉英双语作家对西方作家作品的点染与形塑

第一，渗透式。指的是中国现代汉英双语作家的作品作为一种前文本或潜在文本，渗透到了西方作家的创作之中，成为其作品的一个部分或若干部分。包贵思的《河畔淳颐园》与杨刚的《一个年轻的女共产党员的自传》可为佳例。包贵思作为燕京大学英文系的美籍女教授，曾经担任杨刚的老师。据萧乾分析，她的小说 The River Garden of Pure Repose（《河畔淳颐园》）里出现了一个中国女共产党员的形象，"是简在北方一家大学教书时的学生。她的一部分情况是虚构的，也许是包贵思综合旁的学生的经历写的，但也有些情节与杨刚的情况吻合，而且最后也是把生下的一个娃娃委托给简来抚养。看来包贵思在她生平这部唯一的长篇小说中，不但记下了她与杨刚的友谊，而且也一点没回避她们之间在思想信仰上的截然分歧。同时还可以看到杨刚对革命的忠诚曾感动了包贵思，她对杨刚始终是十分敬重的"①。而

---

① 萧乾：《杨刚与包贵思——一场奇特的中美友谊》，见《杨刚文集》，人民文学出版社，1984，第 541 页。

杨刚的英文稿《一个年轻的女共产党员的自传》，是萧乾 1979 年访美时，在印第安纳大学菲立普·魏斯特教授的协助下，从包贵思的遗物中发现的。也就是说，杨刚的这部仅有两节的自传，包贵思是极有可能看过的。而她们之间奇特的友谊，恰好构成了二人各自作品的潜在文本，甚至可以说，是杨刚激发了包贵思的创作兴趣，是杨刚的其人其文渗透进了包贵思的文本，因此才有了后者的作品问世。

第二，批评式。中国现代汉英双语作家对西方作家的作品进行批评，进而在一定程度上影响到了西方作家的创作。萧乾对福斯特作品的批评与推举是其中一例。1942～1944 年，萧乾在剑桥大学王家学院读研究生，研究英国小说，特别钻研了福斯特的小说。"我不但读了他已经出版的所有长篇小说和两卷短篇故事，而且也读过他那部写同性恋的《莫瑞斯》，他从银行保险库里取出来，借给我一个月"[①]，"我曾把论福斯特小说的论文在交给导师之后，也一篇篇地寄给他本人，其中，反映最强烈的是《霍华德别业》（*Howards End*）……我认为福斯特心目中在反对两个敌人，一个是人性上的虚伪，另一个是社会上贫富的悬殊。他对前者熟悉，因而写得真切，而对后者则陌生隔膜。小说的结局给我以虎头蛇尾的印象"[②]。福斯特则在信中对上述问题予以承认并逐一做了回答。萧乾对这一交往总结道，"一个中国文学青年同一个对东方抱有好感的英国作家由于在讲台上邂逅，从而结下友谊；青年刚好在研究这位作家的小说，于是书信往来频繁；作家加深了那青年对西方文化的了解，青年也增加了作家对中国的认识。"[③]

第三，拓展式。中国现代汉英双语作家借助自己的创作，打开了一个或多个新的创作领域，影响到了西方作家与普通受众的视阈，促使他们做出某种程度上的文学思维调整。

蒋彝的 12 本"哑行者画记"，把中国传统文化的精妙艺术形式——古

---

① 萧乾：《我在英国结交的文友》，文洁若、杨美俊译，《萧乾忆旧》，湖北人民出版社，2005，第 258 页。
② 萧乾：《萧乾全集（第五卷）》，湖北人民出版社，2005，第 151 页。
③ 萧乾：《萧乾全集（第五卷）》，湖北人民出版社，2005，第 152 页。

体诗歌、中国绘画和中国书法与英文游记有机地结合在一起，创造了"飞散"文学中的一种独特形式。同时，对国家、城市、风景区等其足迹所至之地进行了精彩的富有中国趣味的异质文化解读，形成了自身的文化风景，构建出了一个个人化的自然、一座座富含文化意味的城市，进而发展出了新的创作景观。

叶君健的《山村》出版后，得到了极高的评价。尤其是其世界语版本，被公认为唯一东方人写的世界语经典文学著作。挪威作协主席、剧作家汉斯·海堡（Hans Heiberg）、《山村》的挪威文译者在序言中说，"这是一本那么朴素、那么优美、也可以说很天真的小说，但它确是非常真实的……它告诉你任何英雄小说所不能告诉你的东西。就我个人来说，我得承认，我每读它一次，我和它里面的人物就更感到接近，更感到亲热。他们是活着的、真正的人……我一直在想找到那无名的、日常生活中的平凡人，那活动在广大群众中、但不一定政治性很强或者具有英雄气质的普通人，那生活在村子里的人，那代表中国、组成中国这个国家的普通人，我终于找到了他们——在《山村》这部小说中找到了他们。读完这部小说后，我似乎第一次真正理解了关于中国人的某些真实和诚挚的东西。我开始更好地懂得了他们的过去和现在，他们所度过的日夜和生活。"① 也就是说，《山村》这样的著作不仅在西方国家获得了广泛的回应，而且对西方作家有关中国的认识和思考起到了极大的帮助，在一定程度上，它构成了中国文化、中国现代汉英双语作家影响西方作家的窗口，拓展了中国作家影响西方作家的创作题材和创作思维之范围。

第三节　中国现代汉英双语作家在中西文学
互动交流中的影响与意义

第一，创新了中西文化交流的形式。正如前述，中国现代汉英双语作家

---

① 苑茵：《关于〈山村〉》，《叶君健全集·第七卷长篇小说（四）》，清华大学出版社，2010，第 187 页。

进入欧美的语境中，就必须面对一个全新的，在文化思维、文化理解、文化取向上与国内完全不同的异质环境，必须进行自我文化调适以应对。这与当年传教士一批批到中国来传教，回国后用母语创作来言说中国和中国文化很不一样，因为其中缺少了非常重要的思维转换环节。这和用母语创作，以国内读者为受众的中国作家也不一样，他们毕竟不需要面对陌生语境进行思维转换。中国现代汉英双语作家的双语创作是进入现代后中西文化交流的全新形式。他们的英语作品，以英语国家甚至世界其他国家的读者为受众，为自己赢得了世界声誉，也为中国文学赢得了声誉；他们的汉语作品进入国内市场后，受众对其进行重新定位、重新认知，原先名气不大者如蒋彝，无疑成为学界新的研究对象，成为受众的新朋友。又如张爱玲，她的几部遗作如汉语版的《小团圆》和译自英语版的《雷峰塔》《易经》《少帅》出版后，重新出现了"张爱玲热"。

故此，笔者认为，中国现代汉英双语作家至少具备了两副笔墨、两种文化思维方式、两种文学表现能力，才能在不同的、差异性极大的文化语境中自由切换，自由进出。其中的英语创作又有书写题材上的差异，比如林语堂、熊式一、萧乾、叶君健、凌叔华、杨刚、张爱玲等人主要以中国及中国人为书写对象，向英语受众传达一个他们所不熟悉或未能了解到的中国；蒋彝主要以英美等国的山川、城市为书写对象，告诉受众一个具有中国文化背景和知识谱系的作家对他们的国度和城市的认知，向受众传达出一个新视阈下的欧美国家的城市形象。同时，他们的汉语创作，也显示出了极大的区别。林语堂的"智慧"系列，熊式一、叶君健的近现代历史题材作品，张爱玲的市民题材和土改书写，萧乾、杨刚对底层人的关注，凌叔华对知识女性的关注，蒋彝对战时伦敦及其周围境况的表达，叶君健对西方人生存境况的书写和传达，都极大地丰富了中国文化和中国现代文学自身的内涵，进而取得了类似于"民族志"、生活志及革命史的书写意义。

第二，促进了中国文学现代化的转型和发展。众所周知，中国文学的现代化转型是一个极其艰难而长期的过程。即便经过 100 年的文学实践，到目前为止，我们也还没有建立起真正属于自己的、属于中国现代文学的文化理论体系、文学批评体系和现代文学理论。其中最为重要的原因在于中国现代文学的两个源头——中国古代文学和西方文学之间存在着高度的不兼容性，我们无法完全通过整合二者来建构上述理论，只能借助现代文学实践来不断剥离、改造、重构、更新现有的文学话语和文学言说方式，进而获得新的、与两大源头有深度关联又有巨大创造性的文论话语。这也成为当今中国现代文学理论的学科困境、机遇与挑战。换句话说，只要我们还对西方文学技巧、文论话语亦步亦趋，中国文学的现代化转型就无法完成，文化自信、文学自信也就无从谈起。

中国现代汉英双语作家的创作无疑成为一个极佳的案例。他们学习西方文学、掌握西方文化，又在很大程度上实现了自我超越。这不仅表现在他们的文学作品而不只是翻译作品赢得了西方受众、得到西方重量级文学家和批评家的首肯上，更表现在他们的文学思维、书写语言和文学技巧的创新上。他们最为出色的作品包括林语堂的《吾国吾民》《生活的艺术》《京华烟云》、熊式一的《王宝川》《天桥》、蒋彝的《湖区画记》《牛津画记》、叶君健的《山村》、凌叔华的《古韵》，都是具有明显的中国特色、中国作风和中国气派的英语作品，它们最大的特点在于作品的生活化、本土化和表达上的西方化，以及内涵上的融合性特征。

1945 年 9 月 27 日的重庆《大公晚报》上发表了一篇杨刚寄自纽约、题为《访问赛珍珠夫妇谈中国近代文学》的文章。"她说：'中国近代文学不行，模仿性太重。他们不注重生活。'模仿性究竟是不是绝对能避免的呢？以近代文学来说，中国还在孩提时代……中国作家们太注重技巧，不讲生活，不讲思想，而注重西洋文学的技巧，技巧好了是空的，生活思想丰富了，技巧就来了。"[1] 赛珍珠此说或许有偏颇之处，但中国现代文学，尤其是 1920～1940 年代的文学作品，不少都有这些毛病，而中国现代汉英双语作家的中西文学互动，恰好在一定程度上弥补了这一缺陷和不足。

可见，进入欧美语境以英语来写中国，以学习的姿态与欧美作家进行深度交流互动，以自身的创作实践来破解亦步亦趋的难题和邯郸学步贻笑大方

---

① 姚君伟编《赛珍珠论中国小说》，南京大学出版社，2012，第 156 页。

的"痛楚"，在扎实的生活观察和潜心的生活积累中来完成创作，以生活和思想的繁复来破解技巧的匮乏和表达上的无力，显然更有助于中国文学的现代化转型和走向成熟。从中国现代汉英双语作家的英语创作中，我们还可以看到，他们获得西方高评的作品，在技巧上普遍比较平实，甚至中国化的特征明显，印证了"越是民族的，越是世界的"这一文学创作的基本规律。

另外，中国文学的现代化转型，体现在作家的思想感情、思维特征、创作心态、创作理论尤其是对现代人关注度的高下上。那些越是能够打动人心的作品，越是把人、把普通民众置于最高和最中心的位置，把他们的悲欢离合、喜怒哀乐和人生百态尽情地加以展示，从而获得了极大的成功。

第三，构成了文学史上的新篇章。如果把中国现代汉英双语作家在中西文学交流中所做出的贡献放在整个中西文学交流史上来看，其不过是沧海一粟，或者说不过是文学大海中的几朵较为惊艳的小浪花而已；但置于中国现代文学史或英美现代文学史的视野中来看，这些贡献却具有不同寻常的地方。

一方面，自 1250 年来，中国与西方的文学文化交流尽管从未中断，但 1750 年以后，"中国形象"的跌落使得这一交流的平等性备受质疑，伴随着一系列反侵略战争的失败结局，中国由彼时的俯视西方变为仰视西方，中国话语、中国文化和中国文学在西方语境中变得无足轻重、不足挂齿。西方也完完全全把控文化、哲学、文学等理论的话语权。偶有惊异之作如辜鸿铭《中国人的精神》的昙花一现，难以产生集群效应。但中国现代汉英双语作家这一（松散）群体的出现，却有了改写西方文学史的功绩。这不仅体现在林语堂、熊式一、蒋彝、萧乾、叶君健等人相对集中的英语创作之上，也体现在他们对西方文学的反哺之上。同时，凌叔华、杨刚、张爱玲等人的英语著作（或遗作），也成为西方文学史、文学作品选①的一个章节或组成部

---

① 譬如，1972 年 10 月，*Anthology of Chinese Literature*（*Volume 2*）：*From the 14th Century to the Present Day*（Edited and with an Introduction by Cyril Birch，Grove Press，Inc..）一书选入了张爱玲英文版《怨女》（The Rouge of the North）第一、二章，章节上的介绍为：A Novelist in Exile（流亡小说家）。1981 年，The Golden Cangue 入选 *Modern Chinese Stories and Novellas*（*1919—1949*）（Edited by Joseph S. M. Lau，C. T. Hsia，and Leo Ou-Fan Lee，Columbia University Press）。

分，进入了大学甚至中学的教材与课堂，这不能不说是中国现代文学对世界文学的一个贡献，一个具有里程碑意义的新篇章。

另一方面，中国现代文学史中长期强调中国文学的外来影响而忽视中国文学的对外交流，忽视了中国文学家作为文化交流使者和文学交流互动事件亲历者、见证人所起的作用，使我们的现代文学史再次出现缺憾。有时又会因为国籍、政治倾向、党派倾向他们被"另类处理"或"打入冷宫"，政治标准代替了文学标准和审美标准。凡此种种，都是中国现代汉英双语作家作品长期无法得到主流文学史肯定的重要原因。故此，应当认为，带有群体性质的中国现代汉英双语作家作品首先是中国的作家作品，然后再来确认其世界属性。他们的作品，尤其是那些在国外产生过持续而长久的影响力的作品，理所应当得到国内学界和文学史家的正视与重视，在现代文学史上占有一席之地。即是说，他们的双语作品不应该受限于书写语言或发表国家，而是要放在一个更为宏大的视野——宏观的历史视野和广阔的全球视野——下予以考量，毕竟，他们曾经进入了西方的英语文学史，反哺了西方文学，他们的许多汉语作品，在中国现代文学史上同样具有特殊的甚至超越时代的意义和价值。

|第六章|
文学价值论

　　放眼当今世界，文学在更大的程度和更高的起点上面临着书写范围的扩大化、创作题材对象的国际化和创作言说方式的普适性等问题。即是说，随着全球经济一体化、政治多元性和文化多样性的趋势越来越明显，"地球村"逐渐变为现实且态势不可逆转，各种国际性的经济、政治和文化组织应运而生，不同国籍的作家创作书写范围从本国溢出的现象越发成为常态，精通并能够用两种或多种语言书写且达到比较高的文学水平的作家大有不断增多的趋势。由于国际交往的便捷化，千山万水已然无法阻隔作家的跨国度旅行，这也催生了作家创作题材的国际化。此外，创作言说方式和创作技巧在民族性和地域性上的不同，并未妨碍作家越来越相互靠拢。互联网科技蓬勃发展，大数据和人工智能技术越来越发达，翻译工具层出不穷，网络成为写作和传播的新媒介，跨语种、跨文化、跨时空的文学交流必将常态化和普遍化，新时代的作家群体在写作方式上具有了超越前人的天然条件。

　　回首1930年代，中国现代汉英双语作家开始登上国内外文坛的时候，无论是否自觉地意识到，他们整体上已处在全球现代化的进程之中。此时期的中国，已经落后了西方发达国家百年以上，又受到日本的野蛮侵略。作为有良知、正义感和爱国心的知识分子，"五四"启蒙者或受惠于"五四"思想启蒙的一代，他们的焦虑、愁苦与忧思无一不借助作品得以表现，他们与时代同呼吸、共命运。林语堂显然是这一群体中比较早地拥有世界眼光的，"讲到思想界方面，今日中国，正处在新陈代谢，中西交汇的时期，是一种极凌厉，极荒芜的现象。所以现代的青年，正在闹着思想界的饥荒，如在风雨晦冥之夕，走入迷径，莫知适从……在文学上，我们依然可以看见上海描写黑幕捧场妓女的文豪，同时又有如雨后春笋的新文学家正在诉述他们震动的心弦及幻灭的悲哀"①。在论者看来，"普世主义的跨文化融合姿态不赞同对中国文化采取虚无主义的态度。林语堂及其同类'海归'知识分子精通英语、熟悉西方文化，回归后反而能够欣赏文化差异，重新认识自己的本土文化"②。林语堂的看法及做法，带有那个时代许多留学（尤其是留学欧美）归国的自由主义知识分子特别是带有内省精神和前瞻思考的知识分子的鲜明特征，他们不拘泥于国外现成的格式，而是努力发掘出中国自身进步的一面和可以与西方文化形成互补或抗衡或引以为傲的成分，用东西方的不同眼光进行审视，从而在文化的边界处搭起桥梁，作为进一步沟通的条件。当然，林语堂早年在美国、欧洲学习的经历与在国内的创作经历，足以支撑起他的精神世界，他对东西方文化的深刻理解，就建立在这种看似圆满的自足性上。这也是林语堂等中国现代汉英双语作家能够不间断地在中西文化和文学之间游走的原因吧。

如果放眼当代的西方文坛，或许只有俄罗斯裔美籍作家弗拉基米尔·纳博科夫③一类的作家可以与他们相提并论。同样是在异邦写作，流亡中的纳博科夫所展现出来的惊人创造力具有极强烈的启示性。

当然，中国现代汉英双语作家作品作为一种特殊的精神文化现象，其文

---

① 林语堂：《论现代批评的职务》，钱锁桥编《小评论：林语堂双语文集（英汉对照）》，九州出版社，2012，第11~12页。

② 钱锁桥：《引言》，钱锁桥编《小评论：林语堂双语文集（英汉对照）》，九州出版社，2012，第29页。

③ 纳博科夫最为擅长的还是叙事文学……他一生用俄文创作了50个中短篇小说，还用英文创作了10个短篇小说，纳博科夫曾将他的英文小说译成俄文，或者亲自参与其俄文小说的英译。在短篇小说创作中，纳博科夫的俄文写作与英文写作是并重互动的。当然，纳博科夫文学上的最大成就还是在其长篇小说艺术上。参见周启超《独特的文化身份与"独特的彩色纹理"》，《外国文学评论》2003年第4期。

学价值需要进行准确的揭示和阐释才会得到比较完整的呈现，其多重意义也可以由此得到发现。

首先，中国现代汉英双语作家作品在一定程度上改写了现代文学批评和理论，使现有的中国现代文学的批评和理论无法对他们进行完整的覆盖。这种缺失导致了中国文学现代化进程中很重要的一个部分——融入世界文学的多样形态和多种努力被遮蔽，对建构现代文论体系而言必然是一个很大的缺憾。

其次，中国现代汉英双语作家作品，包括翻译（汉译英、英译汉）作品，文学（儿童文学、成人文学）创作，文学理论与批评以及其他作品（绘画、书法、新闻、通讯）等四个层面，同时具有汉语创作和英语创作两个维度，所具有的地位、特征和内涵，目前文学史所做的论述，仍然是片面的、零碎的、缺少统一观照的，我们无法清晰、全面地界定每一位作家各自的文学贡献，文学史的欠缺和缝隙得不到有效的弥合。他们的创作从未被视为一个整体，缺少宏阔而有效的眼光对文学史（文化史）进行梳理和整合，我们的文学史成为半部文学史。

再次，中国现代汉英双语作家在创作上有各自的立体图景，建构了一个不同于其他流派、群体和个体的文学世界。这一世界与其他流派、群体或个体相比并不逊色，从文学发展和演变的规律来看，他们的出现绝非偶然，他们的成功也绝非昙花一现，完全有必要对其文学价值在现有的文学制度框架内予以重新评估，以激励后辈作家或文学工作者。

第一节　中国现代汉英双语作家作品与现代文学理论

文学理论，从根本上说，是对文学创作活动的总结与深度思考，进而体系化、科学化的结果，它既是对实践的总结和深化，也可以对实践产生作用。现代文学理论建基于现代文学的创作、评论实践，理应由此发展出独具特色的理论阐释框架和相应体系。但事实上，该任务的完成绝非易事，它需要具有超越性的眼光和特别的理论勇气，更需要深厚的知识积累和宽广的文化视野，进而生发出具有中国特色的、与现代文学发展相适应的理论框架和内涵阐述来。本节试从以下几个方面做出论述。

一　中国现代汉英双语作家作品中的文学理论思考

作家们与文学创作相关的理论思考多半不集中、分布零散，但其意义不容小觑。可以从创作理论与方法、文学接受与传播两大方面进行归纳概括。

（一）创作理论与方法

理论从实践中来又用以指导实践，文学理论也不例外。中国现代汉英双语作家中的不少人通过自序、后记、书信、杂文等方式对自己的创作进行了思考和总结。

1. 林语堂的创作思想

（1）小品文。林语堂早年创作和提倡小品文，在编辑《论语》《人间世》《宇宙风》等刊物时，对于小品文的创作多有思辨。

第一，他明确了小品文与西方文类、中国传统的关系，并对其类型做了区分。"惟另有一分法，即以笔调为主……故西人称小品笔调为'个人笔调'（personal style），又称为 familiar style……亦可译为'闲谈体'、'娓语体'。"在较为清晰地定义"娓语体"的基础上，他对其文字风格做出解释，"盖此种文字，认读者为'亲热的'（familiar）故交，作文时略如良朋话旧，私房娓语"[1]。又补充说，"小品文笔调，言情笔调，言志笔调，闲适笔调，闲谈笔调，娓语笔调……或剖析至理，参透妙谛，或评论人世，谈言微中，三句半话，把一人个性形容得维妙维肖，或把一时政局形容得恰到好处，大家相视莫逆，意会神游，此种境界，又非说理文所能达到。"在点评了英国散文以乔索、贝根为祖的两派散文笔调后，特别承认，"至如当代 Bloomsbury 派之 Virginia Woolf, E. M. Forster, Lytton Strachey，更显然恢复十八世纪风味，追继 Sterne 之宗桃，行文皆翩翩翔翔，左之右之，乍真乍假，

---

[1]　林语堂：《论小品文之笔调》，《林语堂名著全集第18卷·拾遗集（下）》，东北师范大学出版社，1994，第20～21页。

欲死欲仙，或含讽劝于嬉谑，或寄孤愤于幽闲，一捧其书，不容你不读下去。此即吾所谓现代散文大家，余吾不欲观也。"① 在分类的基础上，他明确了小品文的创作特征、方式、题材对象和范围。他结合中国散文大家如苏轼、袁宏道、李渔等散文传统来谈现代散文的源流，尤其推崇李渔的文章，认为其"……尤长于体会人情，观察毫细，正是现代散文之特征……笠翁、子才二人之人生观，又可以说是现代的人生观，是观察的、体会的、怀疑的、同情的，很少冷猪肉气味，去'载道派'甚远。这种怀疑的、观察的、体会的、同情的人生观，最是现代思想之特征，甚足动摇人心，推翻圣道"②。这是对现代小品文的古典文学传统进行挖掘和归宗，也为小品文的现代化走向寻找出路，当然免不了比附之嫌。

　　如果往前追溯，不难发现，现代小品文理论最早源于周作人对"美文"概念的提出与界定，之后得到了王统照（纯散文）、胡梦华（絮语散文）等多人的呼应。1935 年，郁达夫曾说，"自五四以来，现代的散文是因个性的解放而滋长了。"③ 同年，周作人认为，"中国新散文的源流我看是公安派与英国的小品文两者所合成，而现在中国情形又似乎正是明季的样子，手拿不动竹竿的文人只好避难到艺术世界里去，这原是无足怪的。"④ 针对梁实秋、林语堂等人有关小品文的论辞，鲁迅写文章予以回应，"……但这时却只用得着挣扎和战斗。而小品文的生存，也只仗着挣扎和战斗的……'小摆设'当然不会有大发展。到五四运动的时候，才又来了一个展开，散文小品的成功，几乎在小说戏曲和诗歌之上。"⑤ 之后，又有茅盾等人的相关文章对小

---

① 林语堂：《小品文之遗绪》，《林语堂名著全集第 18 卷·拾遗集（下）》，东北师范大学出版社，1994，第 93~95 页。

② 林语堂：《再谈小品文之遗绪》，《林语堂名著全集第 18 卷·拾遗集（下）》，东北师范大学出版社，1994，第 103~104 页。

③ 郁达夫：《〈中国新文学大系〉散文二集〉导言》，刘运峰编《中国新文学大系导言集 1917~1927》，天津人民出版社，2009，第 133 页。

④ 周作人：《〈中国新文学大系·散文一集〉导言》，刘运峰编《中国新文学大系导言集 1917~1927》，天津人民出版社，2009，第 122 页。

⑤ 鲁迅：《小品文的危机》，《鲁迅全集第四卷》，人民文学出版社，2005，第 591~592 页。

品文的改革做出了相关论述①。从理论发展的角度来看，林语堂（包括周作人）的小品文理论由于与整个快速、剧烈变化的社会情势距离过远，未正视现实，受到了多方抨击，"文艺发展到三十年代，已经消解了浪漫主义的自由个人精神，个性解放为社会解放所取代，救亡图存压过了审美的追求。集体观念、决定论的准则，在将阶级、人群凝聚为一个整体的同时，也愈益缩小着一个民族及其个人的精神自由的空间"②。但不得不承认的是，林语堂的幽默、性灵之文风和"闲适"态度对其本人的后续创作及后辈作家影响极大，极为深远。

第二，关于语言风格。"语体欧化在科学文极为重要，而个人笔调在文学上尤有重要意义。大约有两种意义，即（1）遣词清新，不用陈言，与（2）笔锋带情感也……如此人人得尽依其思感，发为文字，属辞比事，变化万端，充量发挥，必成西洋现代散文之技巧……在小品文中，表出此种心境最为可贵，且凡有心境，皆可写成文章。"③ 这一论断，和胡适有关文学革命的《文学改良刍议》之部分意见衔接起来，又有所发挥。周作人怀疑语言的表情效果，"我平常很怀疑，心里的情是否可以用言全表了出来，更不相信随随便便地就表得出来。什么嗟叹啦，咏歌啦，手舞足蹈啦的把戏，多少可以发表自己的情意……死生之悲哀，爱恋之喜悦，人生最切的悲欢甘苦，绝对地不能以言语形容，更无论文字……那么我们凡人所可以用文字表现者只是某一种情意，固然不很粗浅但也不很深切的部分，换句话来说，实在是可有可无不关紧要的东西，表现出来聊以自宽慰消遣罢了"④。二人虽然在"闲适"的文学创作观上有不少相似处，但对文学语言的个人风格及

---

① 方非的《散文随笔之产生》（1933 年 10 月）、茅盾的《关于小品文》（1934 年 7 月）、阿英的《现代十六家小品·序》（1934 年）和鲁迅的《杂谈小品文》（1935 年 12 月 7 日）等都对小品文的改革提出了相关见解。

② 王锺陵：《20 世纪中国散文理论之变迁》，《学术月刊》1998 年第 11 期。

③ 林语堂：《说个人笔调》，《林语堂名著全集第 18 卷·拾遗集（下）》，东北师范大学出版社，1994，第 371 页、第 374 页。

④ 周作人：《〈中国新文学大系·散文一集〉导言》，刘运峰编《中国新文学大系导言集1917~1927》，天津人民出版社，2009，第 125 页。

其作用的看法差异较大。

第三，关于性灵。"在文学上主张发挥个性，向来称之为性灵，性灵即个性也……性灵派所喜文字，于全篇取其最个别之段，于全段取其最个别之句，于全句取其最个别之辞……此自己见到之景，自己心头之情，自己领会之事，信笔直书，便是文学，舍此皆非文学。是故言性灵必先打倒格套。"①所谓"最个别""自己"说的都是创作上的独特性和唯一性问题，只有特别的、个人化的感悟、理解和思考，又建立在情感的真诚和表达的纯净提炼而非芜杂基础上，破除俗套和陈词滥调，摆脱套式的束缚，文章的个性化、独特性才有可能彰显。显然，文学中的性灵问题就是发挥个性，不刻意，不做作，写出真我、真实的问题。至此，林语堂对小品文的文体形式、源流、内涵、类别、风格和题材等有了比较明晰的认识，为小品文的创作理论做出了贡献。

（2）英语文化散文。在阐述《生活的艺术》的创作过程时，林语堂特别提到，"因原来以为全书须冠以西方现代物质文化之批评，而越讲越深，又多论辩，至使手稿文调全非"。对读者群体把握不准，只能另起炉灶。"自五月三日起乃重新写起，至七月底全书七百页，所以在这三月里如文王囚在羑里一般，一步也走不开。然而并不叫苦，反如受军事训练，一切纪律化、整齐化、严肃化。"但进入了状态，不以为苦，"平常也无甚腹稿，只要烟好茶好人好，便可为文。"② 他显然在艰难地探索，在作者和读者之间找到契合点之后，才进入了畅快自然、无所拘束的自由创作境界。

林语堂并不掩饰自己英语文章中观念思想的非创造性及介绍普及性质，"我并不是在创作。我所表现的观念早由许多中西思想家再三思虑过、表现过；我从东方所借来的真理在那边都已陈旧平常了。但它们总是我的观念，它们已经变成自我的一部分。它们所以能在我的生命里生根，是因为它们表

---

① 林语堂：《论性灵》，《林语堂名著全集第18卷·拾遗集（下）》，东北师范大学出版社，1994，第238页。
② 林语堂：《关于〈吾国与吾民〉》，《林语堂名著全集第18卷·拾遗集（下）》，东北师范大学出版社，1994，第300页。

现出一些我自己所创造出来的东西，当我第一次见到它们时，我即对它们出于本心的协调了。我喜欢那些思想，并不是因为表现那些思想的是什么伟大人物"。沟通东西，作为东方思想的西方传递者，跨文化作家必须在前人的思想上思考，走进圣贤的天地。"当我写这本书时，有一群和蔼可亲的天才和我合作；我希望我们互相亲热。从真实的意义上来说，这些灵魂是与我同在的，我们之间精神上的相通，即我认为是唯一真实的相通方式——两个时代不同的人有着同样的思想，有着同样的感觉，彼此之间完全了解。"① 可以认为，林语堂对中国文化及其观念的西方表述，有着极为明显的中国风格，他认为中国文化的精神已经在自己的心中生根，在为外国受众介绍中国文化时，能够如数家珍般地传达出来，并不需要特别的组织与过滤。这与"文章本天成，妙手偶得之"有异曲同工之妙。这一种创作方式，更多地近于前述的"文化对话"，即在不同文化之间构建起对话桥梁，让希腊人、苏格拉底与中国人、庄子进行思想交流，在古今中外的不同时空之间自由切换。

（3）英语小说。对于小说人物，林语堂认为："本书人物纯属虚构，正如所有小说中的人物一样，多取材自真实生活，只不过他们是组合体。"但也不是完全虚构："不过，新疆事变倒是真实的。历史背景中的人物也以真名方式出现。"② 这与他的小说观念是一贯的，"'小说'者，小故事也。无事可做时，不妨坐下听听。本书……只是叙述当代中国男女如何成长，如何过活，如何爱，如何恨，如何争吵，如何宽恕，如何受难，如何享乐，如何养成某些生活习惯，如何形成某些思维方式，尤其是，在此谋事在人、成事在天的尘世生活里，如何适应其生活环境而已。"③ 这里表达了至少两层意思：其一，小说的文体概念和指向；其二，作家的创作态度和作品的主要内

---

① 林语堂：《生活的艺术·自序》，越裔汉译，湖南文艺出版社，2016，第 2~3 页。
② 林语堂：《林语堂名著全集第 05 卷·朱门》，谢绮霞译，东北师范大学出版社，1994，第 1 页。
③ 林语堂：《林语堂名著全集第 01 卷·京华烟云（上）·著者序》，张振玉译，东北师范大学出版社，1994，第 1 页。

容。其目的是要把普通的中国人的生活形态、样式等清楚明晰地呈现在读者面前，构建他们生活的面影。

基于前引，我们不难发现，林语堂同样注重小说题材的真实性，进而组合之。这与鲁迅的小说创作理念有不少吻合之处："所写的事迹，大抵有一点见过或听到过的缘由，但决不全用这事实，只是采取一端，加以改造，或生发开去，到足以几乎完全发表我的意思为止。人物的模特儿也一样，没有专用过一个人，往往嘴在浙江，脸在北京，衣服在山西，是一个拼凑起来的脚色。"① 当然，这种组合装置的创作技法更早源于西方文学。周作人的话可资佐证："《阿Q正传》的笔法的来源，据我所知道是从外国短篇小说而来的，其中以俄国的戈果理（果戈理）与波兰的显克微支最为显著，日本的夏目漱石、森鸥外两人的著作也留下了不少的影响。"②

（4）人物传记。在《苏东坡传》的《自序》中，他看重个性鲜明的人物塑造上，"鲜明的个性永远是一个谜。世上有一个苏东坡，却不可能有第二个。个性的定义只能满足下定义的专家"。他毫不掩饰对传主的推崇："苏东坡的故事基本上就是一个心灵的故事。他在玄学方面是佛教徒，知道生命是另一样东西暂时的表现，是短暂驱壳中所藏的永恒的灵魂，但是他不能接受生命是负担和不幸的理论——不见得。至少他自己欣赏生命的每一时刻。他的思想有印度风味，脾气却完全是中国人。"③ 传记就是要凸显传主的个人特色和人格魅力。在《武则天传》和自传小说《赖柏英》中他均对传主进行了浓墨重彩的表现，在人物生活的复杂性和人物命运的跌宕起伏上下足功夫，进而把人物还原为独一无二的"这一个"。

要之，林语堂在小品文创作上提倡"幽默之精神，闲适之态度"，把"笔调"与书写内容、语体风格、个性化结合起来，以突出现代散文的特征。在英语文化散文创作中极力鼓吹中国文化精神，以此作为对接、改造西方文化，提升中华民族文化自信力的手段。强调小说人物的虚构和小说叙述

---

① 鲁迅：《我怎么做起小说来》，《鲁迅全集第四卷》，人民文学出版社，2005，第527页。
② 钟叔河编订《周作人散文全集2（1918~1922）》，广西师范大学出版社，2009，第534页。
③ 林语堂：《苏东坡传·原序》，海南出版社，2001，第19页、第22页。

题材的真实性，对人物传记注重塑造个性鲜明的传主以使其在作品中复活。

2. 张爱玲的创作理论思考

（1）创作题材。"我发现弄文学的人向来是注重人生飞扬的一面，而忽视人生安稳的一面。"这是基于对现实的观察，"其实，后者正是前者的底子。又如，他们多是注重人生的斗争，而忽略和谐的一面。其实，人是为了要求和谐的一面才斗争的"①。"飞扬"与"安稳"这两种生活和生活书写的状态，本来并不需要去刻意强化它们之间的对立性，但在作家战争年代的书写中却经常成为对立的两极。譬如 1938 年梁实秋的"与抗战无关论"就掀起了轩然大波，引发了文坛持续五年多的争论。

张爱玲从自己的切身生活体验出发，明显偏于后者，其在《金锁记》《倾城之恋》《红玫瑰与白玫瑰》等名篇中不遗余力地书写甚至赞颂人生难得的安稳——市民的苟且偷生、经营眼前幸福的小计谋。也对"妇人性"——日常生活相对于战争的永恒性和超越性进行解释、揭示和赞美。对"安稳"与"飞扬"的关系又进一步予以阐发。在她看来，描写安稳的日常生活具有天然的正义性，其正义性潜藏在对"飞扬"（战争、斗争）的理解中。从更为阔大的眼光来看，战争及其书写并不能获得超越"安稳"的意义。"飞扬——斗争——兴奋、安稳——和谐——启示"，唯有把"飞扬"作为文学作品取材中偶然性、突发性的因素，把"安稳"作为必然性、永恒性的因素，把"兴奋"视为调剂而把"启示"作为恒常，文学作品的生命力才会由此得到保障，即如抗战只是生活状态之一部分而非全部一样，抗战文学也只是整个共时性文学的一部分。

（2）创作风格。张爱玲所区分的壮烈接近于英雄主义式的慷慨悲歌，悲壮接近于英雄主义的末路失势，而苍凉更带有人间烟火气，是合乎张爱玲创作美学中的"平民主义"的。"参差的对照"② 既有适度的距离感，又不失为人物刻画尤其是普通民众生活书写的一个恰切手段。以"素朴"为创

---

① 张爱玲：《流言》，北京十月文艺出版社，2006，第12页。
② 张爱玲：《自己的文章》，《流言》，北京十月文艺出版社，2006，第13页。

作的基本出发点，去还原普通人的人生底色和爱恨情仇，这是在特定的书写背景下，所采取的迂回曲折、足以明哲保身的手法，也可以和"苍凉"构成对应的逻辑关联。

（3）汉英双语的书写规则与差异。在给林以亮的回信中，张爱玲曾说："英文中的 Wen 改成中文姓郭，理由是英文要避免罗马拼音读法为读者歪曲，读者容易读错，而且读出来不是相近的声音，所以取名字如 Wen。译成中文时，如取名温或文，太像一个知识分子。如姓闻，倘使不用引号：闻，容易混入句中其他文字，而中文又没有大写，所以另改一个一看就知道是姓的郭。"① "中文繁，英文简，二篇不同，是因为英文需要加注，而普通英文读者最怕文中加小注。如果不加注，只好在正文里加解释，原来轻轻一语带过，变成郑重解释。轻重与节奏都因此受影响，文章不能一气呵成，不如删掉，反而接近原意。"② 避免在同一人名的英文阅读和中文阅读上产生错误，为了阅读流畅，英文书写尽量少加注释，这一理解无疑合乎汉英语种各自的书写特点。

（4）历史书写。在《洋人看京戏及其他》的开头，张爱玲就提出了"他者视角"和"历史对照"的问题，"用洋人看京戏的眼光来看看中国的一切，也不失为一桩有意味的事"③。这里的看，至少有几重意味：其一，看中国的一切；其二，用洋人的眼光来看，陌生感立刻显现出来了；其三，用洋人看京戏的眼光，即回到表现古中国的戏曲语境中看，再用这一眼光来看当下。而且"只有在中国，历史仍于日常生活中维持活跃的演出。（历史在这里是笼统地代表着公众的回忆）"④。历史在现实中的活跃，成为中国一个独特的文化景观，这也可以从一个角度解释中国作家为何热衷于历史书写。传统借助京戏（京剧）等戏剧形式在现实中得以复活，并和现实构成

---

① 林以亮：《从张爱玲的〈五四遗事〉谈起》，苏伟贞主编《鱼往雁返——张爱玲的书信因缘》，台北允晨文化，2007，第 48 页。
② 林以亮：《从张爱玲的〈五四遗事〉谈起》，苏伟贞主编《鱼往雁返——张爱玲的书信因缘》，台北允晨文化，2007，第 48~49 页。
③ 张爱玲：《洋人看京戏及其他》，《流言》，北京十月文艺出版社，2006，第 90 页。
④ 张爱玲：《洋人看京戏及其他》，《流言》，北京十月文艺出版社，2006，第 92 页。

了一种既紧张又合理的对照关系，"切身的现实，因为距离太近的缘故，必得与另一个较明彻的现实联系起来方才看得清楚"。① 把古代中国的某一部分作为现实的对照，再以洋人的眼光来观察体味，自会察觉出它的特别之处。以此来看，1992 年出版的《对照记》，恰成为张爱玲"历史对照"的实践范本。历史不仅可以成为现实的参照物，也可以变得亲切有味，张爱玲从"耍着花腔"② 念官样文字（官方历史教材）的历史教授佛朗士身上，体悟到了"亲切的历史"书写之可行性，这是张爱玲的另一重历史观念。历史书写要接地气、亲民，才具有可读性，有味道。

　　（5）有关真实性。在 1937 年《论卡通画的前途》中，张爱玲看到了"未来的卡通画能够反映真实的人生……它能够把那些死去了的伟大的故事重新活生生的带到群众面前"③。在 The Opium War（《鸦片战争》）的影评中，对"真实的史事"和"历史真实感"④ 的强调，其目的依然是对生活由形似到神似的模仿之要求。在《论写作》中把普通人——"活过半辈子的人"，"一点真切的生活经验，一点独到的见解"或"无足轻重的一句风趣的插诨"的没有被记录下来，视为"我们文化遗产的一项损失"⑤ 的看法，却显然有夸大误导之嫌。毕竟，文学或文化作品书写的累积性和层叠性正与人类对自身、社会或自然的认识一样，有一个渐进的过程。该过程还有着典型的淘汰性特征，即对无法或无须被记录、被传承、被书写的内容进行自然淘汰，当然，普通平民某一时刻的"灵光一现"的发现，如果不能被记录，是不可能流传后世的。传播手段的有限也限制了这些发现的传播。她与宋淇夫妇的交谈时说过的（《秧歌》中的）"月香、金花、谭大娘都像真的人"⑥ 本身都是对现实主义中真实观的重申，并有意识地对其进行改造，

① 张爱玲：《洋人看京戏及其他》，《流言》，北京十月文艺出版社，2006，第 95～96 页。
② 张爱玲：《烬余录》，《流言》，北京十月文艺出版社，2006，第 38 页。
③ 张爱玲：《论卡通画之前途》，金宏达、于青主编《张爱玲文集（第四卷）》，安徽文艺出版社，1992，第 9 页。
④ Eileen Chang, "The Opium War", *The XXth Century*, June, 1943.
⑤ 张爱玲：《论写作》，《流言》，北京十月文艺出版社，2006，第 191 页。
⑥ 张爱玲、宋淇、宋邝文美：《张爱玲私语录》，台北皇冠出版社，2010，第 49 页。

张爱玲的创作实践只在一定程度上认可无产阶级现实主义文学和文艺的"典型论",即"典型环境中的典型人物"必然是有代表性的、真实的,"典型环境"是对"典型人物"生活状态的真实反映。不必过于推崇英雄人物、正面人物,小人物只要提炼得当,生活环境只要与人物刻画相得益彰,也同样具有时代英雄的气质和感染人心的力量。故此,就必须坚持写熟悉的人和事,所以她在《写什么》一文中明确拒绝写无产阶级的故事。小说《十八春》中被论者讥为"光明的尾巴"的部分,恰是违背了此点。The Spy Ring 与《色·戒》各自的失败与成功①也恰好构成了一对可以互相参照的例子。

总起来看,张爱玲的创作理论思考包括:创作题材上以"人生安稳"的表现为前提,以人物和环境的真实性为手段,以历史书写为核心;创作风格上以苍凉美学为旨归,同时注意到了汉英双语创作中的细节处理差异。她用自己的创作实践大体上建构了一个相关的理论框架。

3. 叶君健的创作理论思考

(1) 翻译与创作的相互影响。叶君健认为自己"中外文的互译和我自己的创作"使得其"文体变得书面化","我的注意力就自发地指向语言的结构和逻辑上去","构思一个句子的时候,主语、谓语等语法成分就在脑子里活跃起来了。我最先考虑的就是语言的内在规律。我用外文写作就更是如此",首先关注语法和逻辑结构是翻译职业惯性使然,与创作之间存在着一个紧张的克服与被克服的关系。刘心武读了《山村》后,"就指出我那描写中国农民的语言不是中国的乡土语言",农民间的对话在中国读者看来是西方化了,但在西方语境中,"农民也只有讲我所用的那样的语言才使人感到亲切"。因为,"国外读者所得到的印象是它充满了中国乡土味"。作家意识到:"这种从翻译实践中演化出来的中文风格,也许太'规范化'了……

---

① 据宋以朗的说法,"1974 年,张爱玲开始想重写 Spyring,就写信给宋淇说出她的想法:'《色·戒》故事是你提供给我的,材料非常好,但我隔了这些年再看,就发觉有很多地方未妥当;例如女主角说话的口吻太似一个妓女,也没有学生背景,跟人打牌说自己没有钻戒,要人买给她,像舞女一样。'"作品在英语世界没有销路,20 年后张爱玲将它归结于写得不好,当中有许多不合理的地方,例如买钻戒时不可能用军票,因为当时的人买卖用金条。参见宋以朗《书信文稿中的张爱玲》,《中国现代文学研究丛刊》2009 年第 4 期。

我现在也改不了，只好让它作为个人风格而存在下去吧。"① 这里说出了一个职业翻译家开始英语创作后受到的语言思维困扰的事实。这一事实从理论上看，是翻译思维占了上风，促使创作向其靠拢而无法得到扭转的结果。这在以翻译为职业，后又进入创作的作家身上表现明显，譬如熊式一。他的《王宝川》中翻译腔较为常见，茅盾的早期创作"蚀"三部曲也有类似的情况。

（2）英文创作。由于思维、语言和文化传统的关系，"用英文写小说不像用中文那样轻松"，其还牵涉到思维转换、文化传统与读者市场考虑等因素，在工作之余进行创作，"所以我写小说的速度很慢，一般得花两三个星期才能拿出一篇成品来。但由于我的作品断断续续地在英国的报刊上出现，我也开始被英国文化界承认是个作家了——一个英语作家"。他的感悟很有代表性："当然英语不是我的母语，自然我用的也不是纯粹的英语，而且有许多造词，受了中国古典文学和诗词的影响，还有很鲜明的中国味——但英国的评论界却认为这不是缺点，而是优点：丰富了英文的文学语言，给它增加了'新鲜感'。"② 既肯定了英语文学对外来词汇和文学风格的包容性，也说明了合理的创造对于文学发展的推动作用。

叶君健在创作理论思考方面以翻译为切入基点，对英语创作和汉语创作的差异进行了归纳。

4. 其他作家的创作理论思考

熊式一曾经对自己的创作过程进行过说明。写《王宝川》是"全凭我的记忆力拼凑而成"，即主要是借助原先京剧的印象外加对其所做的合乎欧美英语受众想象的加工，据此可以把《王宝川》看作是一部表现的作品而非再现的作品；翻译《西厢记》时，"搜集了十七种不同的版本，供我参考"③，对

---

① 叶君健：《后记》，《叶君健全集·第十一卷戏剧、小说、诗歌、翻译卷》，清华大学出版社，2010，第446~447页。
② 叶君健：《我的青少年时代》，《叶君健全集·第十七卷散文卷（二）》，清华大学出版社，2010，第455页。
③ 熊式一：《后语》，《八十回忆》，海豚出版社，2010，第120页。

《西厢记》的翻译纯粹是一种再现的创作，努力忠实于原作而使其文学价值不会因翻译而大打折扣。即是说，他所处理的文学想象和文学真实之间的关系，在不同作品中，方式不一样，他早前《王宝川》的创作其实未能真正感悟到两种不同的体式差别。而创作《大学教授》时，"我的天性太和善了，绝没有资格做一个好悲剧家"之说，部分地道出了作家性格与人物塑造的关系，即自身经历、修养、积淀和文学（悲剧）理解等诸多因素都会影响到作家的人物性格塑造，以致"我所写出来的歹角只不过像一个淘气的小孩子，只需要好好的揍他一顿，严加管教而已"。人物形象塑造上的不彻底在许多作家尤其是知识分子作家身上存在较为普遍。作家不忍或不愿，使得"大学教授并没有死，另找一个人代庖！"① 从作家对作品主要人物的处理上，我们很容易看到作家的悲剧观念和文学态度。这可以看作是他在表现类作品中在（更接近于巴蕾的）悲剧观念支配下处理手法上的一个变迁——对笔下人物过分钟爱，缺少"隔"的一面，往往会使悲剧力量弱化。

同样，在对《天桥》先英语后汉语，即改写改译的创作后，熊式一认为"这才发现文学作品是不能比较的"②。用不同的文化眼光来审视同一题材的作品，得出了"文学作品不能比较"的结论，这根源于作家的文化认知和文学评价标准。在英语作品创作中，熊式一领悟到了"定理例外"："那里边教我，以前我所学的定理，每一条定理都有例外，而且举了许多莎氏（士）比亚以及密（弥）尔顿的名句为例，英国的大文学家多半是不遵守这些定理，常常写例外的文句！"③ 这是对创作规律认识的结晶——任何语种的创作都会有规范性与非规范性并存的情况。

蒋彝与熊式一对文学想象的重视类似："既然我已到过那儿，我就放任自己不断以想象重访湖区。"④ 在拒绝做阅读导游图一类功课的情况下，"放任想象"回到曾经去过的地方，显然是属于情景再现式的创作，在对游历

---

① 熊式一：《后语》，《八十回忆》，海豚出版社，2010，第 126~127 页。
② 熊式一：《〈天桥〉中文版序言》，《八十回忆》，海豚出版社，2010，第 79 页。
③ 熊式一：《后语》，《八十回忆》，海豚出版社，2010，第 145 页。
④ 蒋彝：《湖区画记》，朱凤莲译，上海人民出版社，2010，第 31 页。

的回忆中加上了中国传统文化与风俗民情的内容。蒋彝1956年的演讲词较为集中地阐述了他的艺术观，尤其是中国艺术对人生修为的作用："艺术可以使人生更快乐、更幸福。所以艺术不应该仅是一种意识或潜意识的表达，因为意识与潜意识只能解释人生，却不能增添（色）人生。古今中外，尚无任何文化真正贯通了整个人性。艺术亦复如此。"① 他无意中说出了包含艺术、文学在内的整个人文学科的作用——增色人生，提升人的生活质量与人性境界，使人成其为人而非别的。

继而他围绕自己的绘画主题和技法进行讨论，认为绘画必须反映画家所处时空中的创新与进步，与时代发展相协调。"我并不想一五一十画下景物的外观，我更想掌握景物的基本形貌及内在精神，同时赋予它们自由自在却不抽象的感觉。"② 他从中国艺术写意、"穷形尽相"的角度去认识和把握所看到的风景。

再现就会有对真实性问题的思考和观照。在"哑行者画记"系列的创作中，不断记录见闻成了一种必须的手段："在本书中，我用语言和绘画记录下了自己的印象和经历，只要体力允许，我尽量保存在那些场合中的心绪和感受。"③ 创作思路上体现出了变化："尽管不必要，我还是想让本书更清楚地按照我游览的次数而不是时间顺序进行目录安排。它不是一部历史著作，也不是批评研究著作。"④ 此种变化是基于作家对"画记"这一文类创作的理解和对风景对象化的理解而发生的，"游历时间顺序——既定主题顺序——景观重要程度顺序——熟悉程度顺序"显示了文本结构上的新动向和作者的新思考。

萧乾在《〈珍珠米〉序》中，对人物素描、风景速写、创作、批评各自的功用进行了界定，即素描利于把捉性格，速写有助于练习勾勒自然，创作

---

① 蒋彝：《中国画家——在哈佛大学优秀毕业生荣誉学会的讲词》，刘宗武等编《五洲留痕》，商务印书馆，2007，第22~23页。

② 蒋彝：《爱丁堡画记·多此一举的序文》，阮叔梅译，上海人民出版社，2010，第9页。

③ ChiangYee, *The Silent Traveller in Dublin*, Methuen & Co. Ltd., 1954, Ⅶ.

④ ChiangYee, *The Silent Traveller in San Francisco*, W. W. Norton & Company Inc. 1964, p. 11.

便于抒发感情，批评可以训练分析能力、有效传达信息。① 这是对作家应该具备的创作基本功的体察和感悟。至于创作渊源，他承认，"我的《芥子园》有屠格涅夫的《猎人笔记》，哈代的《还乡》，斯（史）沫特莱的《大地的女儿》，高尔基、契诃夫、曼殊斐尔的短篇，和沈从文、张天翼、巴金、靳以的早期作品。如今又加上福斯特（E. M. Forster）的故事结构，劳伦斯（D. H. Lawrence）描写风景的抒情笔触，吴尔芙夫人氛围心情的捕捉，乔伊思（斯）的联想，赫胥黎的聪明，斯坦倍克的戏剧力，宝恩女士（Eliza-beth Bowen）的烘托，海明威的明快，詹姆士的搓揉功夫。"② 他在小说创作中杂取众长、兼收并蓄，这也和现代文学史上不少作家的创作经历相仿。在 1986 年 4 月 17 日致符家钦的信中说道："弟的短篇小说多写儿童，这与我学的英（如 Katherine Mansfield）美（如 Mark Twain）有关。我译 Tales from Shakespear 时尽量使用儿童语言。在《一本褪色的相册》中，有这方面的自述。英国评我的 The Spinners of Silk 时也多指出此点。"③ 这是他对自己早期短篇小说儿童语言和儿童视角使用较多的一个补充说明。

如何看待作家创作自传性质或类型作品的问题呢？"一个人对自己发生兴趣，这不是应不应该，而是躲不躲得开的问题……身世是一匣随时在增加的卡片，创作之异于自传，也不过在于前者不按次序而又不顺手拈来，是有了个主意才翻查而已。"④ 作家先写自己，就是由最熟悉的事情开始，合乎现实主义的创作观。在长文《菲尔丁——英国现实主义小说奠基人》中，萧乾比较系统地评价了菲尔丁的小说创作，然后指出："在艺术上，菲尔丁坚持以生活本身为创作的源泉，强调作家必须广泛地接触人。""在强调

---

① 萧乾：《〈珍珠米〉序》，《萧乾全集第五卷》，湖北人民出版社，2005，第 381 页。其原话是："我所会的，都是科班里应玩的把戏。人物素描，不过是为把捉性格；风景速写，不过是为了练习一下勾勒自然；写创作是为申诉于情感，写批评是练习分析力，练习把握要点，并把自己的意见传达给读者。"

② 萧乾：《〈创作四试〉前记》，《萧乾全集第五卷》，湖北人民出版社，2005，第 375 ~ 376 页。

③ 符家钦：《记萧乾》，时事出版社，1996，第 95 ~ 96 页。

④ 萧乾：《萧乾全集第五卷》，湖北人民出版社，2005，第 378 页。

'模仿自然'的同时，菲尔丁也强调分析和思考的重要性。""此外，菲尔丁还大力提倡作家应重视文学修养。"① "生活源泉" "模仿自然" 和作家独立的分析思考都应该成为作家创作时的不二法则。在 1947 年所写的《詹姆士四杰作》一文中，他对詹姆士的作品评价说："这倾向，其可贵处是把小说这一散文创作抬到诗的境界；其可遗憾处，是因此而使小说脱离了血肉的人生，而变为抽象、形式化、纯智巧的文字游戏了。"心理小说是从欧美传入中国的，詹姆士 "生活在人心灵上所投的倒影" 式的创作，在很大程度上改变了中国作家不重视人物心理刻画或者心理刻画手法和目的单一的弊病，弥补了中国文学传统的不足，因而萧乾呼吁 "中国不妨有人试写纯心理小说"。②

　　凌叔华在 1935 年所作《小哥儿俩》的《自序》中如是说道："怀恋着童年的美梦，对于一切儿童的喜乐与悲哀，都感到兴味与同情。"③ 这可以视为她对童年有一种深深的怀恋情结，回忆童年，书写童年生活，就是对童年最好的回馈。不难看到凌叔华从《搬家》到 Ancient Melodies 的创作过程中，这种怀恋情结的贯穿性作用。英语创作中如何发挥作家的主体性呢？凌叔华认为："《吾国吾民》及赛珍珠的《大地》时代已成过去，现在再有同样的书写出来，也不会有畅销希望了。"为现代人写作，无论是中国的受众还是西方的受众，都应该以作家自身为主体，而不要过于考虑某一方的受众，在创作技法和创作思想上还要与时俱进。所以她才会直言："赛珍珠近年来写的关于中国的书，她的人物多半像 '无锡泥人，虚有其表' 了。"④ 这也和胡适所提倡的 "一时代有一时代之文学" 观类似，或者说印证了该观点。

　　总起来看，在英文创作中，熊式一对表现和再现两类作品的不同处理方

---

① 萧乾：《萧乾全集第六卷》，湖北人民出版社，2005，第 329~330 页。
② 萧乾：《萧乾全集第六卷》，湖北人民出版社，2005，第 567~568 页。
③ 凌叔华：《小哥儿俩·自序》，中国国际广播出版社，2013，第 1 页。
④ 凌叔华：《二十世纪的中国艺术》，《凌叔华自述自画》，中国青年出版社，2013，第 139~140 页。

式和创作中的"定理例外"论可以为后人提供有效借鉴。对"文学作品不能比较"的误解，也可以成为比较文学研究中的一个参照。蒋彝画记"情景再现"式的创作和对真实性的理解，萧乾对作家创作基本功、"生活源泉"、"模仿自然"和作家独立的分析思考，以及凌叔华对作家主体性发挥的重视，都从实践感性层面上升到理性层面，丰富了现实主义创作理论，为中国作家的英文创作提供了不少的思路。

（二）文学接受与传播

熊式一晚年曾经总结自己作品的海外接受与传播情况，认为《王宝川》打开了通往英语世界文坛的大门，《大学教授》生不逢时，《天桥》"英文版纸贵洛阳，很多年以来都是极受称赞的畅销书"①。这是他引以为傲的："《天桥》在英国美国出版之后，马上就有法文、德文、西班牙文、瑞典文、捷克文、荷兰文等各种文的译本，在各国问世。"② 由谋生到宣传到爱国，是熊式一创作上的几个阶段，意味着他在艰辛的努力和逐渐成熟的思考后凸显了自身主体性。其影响力逐渐得到彰显，所以才有"后来牛津大学出版《王宝川》英文读本，哥伦比亚大学则发行我所译的《西厢记》作中文系教本。英美各大学及比较重文艺的剧团，多半演《西厢记》，中小学及一般通俗剧团，则常常演出《王宝川》，这是很自然的道理"③。换句话说，熊式一的作品在不同的文化群落中有不同的读者反馈和传播渠道，证实了他的成功。读者反馈是作家自我纠偏的一个重要手段，"读者关心史实，不断的询问，我现在只好在这儿作一个总答复：我所写的《天桥》，是一部以历史为背景的社会讽刺小说，并不是正史，也不是想要补充历史中所语而不详，或是遗漏了的事实。历史注重事实；小说全凭幻想。一部历史，略略的离开了事实，便没有了价值；一部小说，缺少了幻想，便不是好小说。不过许多读者，把我的小说当成历史一般去研究，这是重视我的著作，我根本不应该去

---

① 熊式一：《作者的话》，《八十回忆》，海豚出版社，2010，第93页。
② 熊式一：《〈天桥〉中文版序》，《八十回忆》，海豚出版社，2010，第78页。
③ 熊式一：《作者的话》，《八十回忆》，海豚出版社，2010，第91页。

争辩"①。熊式一用"事实与幻想"来对历史与小说进行了区分，注意引导受众的小说阅读观念，这一思考无疑是有益的。

蒋彝毫不讳言自己的作品给读者带来的消遣性和娱乐性："我的书，却是另一类。在观察重大事件上，我一向没有太多自信，因此，我总是随兴浏览一些小地方。这些无所不在的小细节，总能吸引我去凝望、注视、思考，并带给我极大乐趣。正因细小，它们很容易就让人忽略了。这本微不足道的书，或许该称为平日随意观察所得，也许能在睡前或茶余饭后，给一些读者带来乐趣。"② 在《儿时琐忆》的《自序》中，蒋彝解释道："我的这本童年记事，既未按年代顺序编写，而且也不系统。如果不这样做，则其中大部分内容将不能为西方人们理解。"③ 这是为了照顾读者习惯而有意做出的调整。他在《我怎样写日本画记》一文中说："我写的不称'游记'，改称'画记'，觉得有时光用文字不够明白，就加上我速写的素描加彩色来作插图。因要写他们的风景和习俗给读者自己看，得先把事事物物弄得清清楚楚，否则他们很容易指出错处的，他们的人物、衣冠、房屋、山水，不尽与我相同，我也不能用吾国传统的山水、人物、花鸟画去画它，写英文不像写我本国的文字容易，都是我每次写'画记'的困难问题……"④ 这是蒋彝有着鲜明的读者意识所使然。蒋彝真实描述了自己体察到的风景和文化，并将其与中国的山水人文进行比较，把判断的权力交给读者。

萧乾就销量与翻译质量的关系指出："书的册数并不代表书的价值。眼下'功夫'、'侦探'作品销数都很大，最好还是从作品质量着眼，如帅克之反侵略，大伟人之反一切伪善者，Tom Jones 是英国现实主义小说之鼻祖（为 Dickens、Mark Twain 之先师）。用销数来谈翻译，弟不大赞成。"⑤ 谈到自己对福斯特作品的理解："他的信，关于文学的，以谈《霍华德别业》那

---

① 熊式一：《作者的话》，《八十回忆》，海豚出版社，2010，第 81 页。
② 蒋彝：《伦敦画记》，阮叔梅译，上海人民出版社，2010，第 12 页。
③ 蒋彝：《儿时琐忆》，宋景超等译，百花洲文艺出版社，2005，第 1 页。
④ 蒋彝：《我怎样写日本画记》，刘宗武等编《五洲留痕》，宋颖豪译，商务印书馆，2007，第 38～39 页。
⑤ 符家钦：《记萧乾》，时事出版社，1996，第 117 页。

篇最精彩，我是从东方人角度看那本书，有不少歧见。"① 不同读者对不同文化、文学作品的理解，区别是显而易见的。又提到了读者鉴赏力的问题："……像小说，知识也还是需要的。对于'五四'以来中国新文学的演化毫无历史观念的人哪里配安排作品的位置！而批评的工作一部分即在安排。"② 不同层次的受众——普通读者、批评家都需要具备阅读相应作品的知识背景和知识谱系。

张爱玲的读者意识极为明显。她在 1944 年 4 月《论写作》一文中如是说："文章是写给大家看的，单靠一两个知音，你看我的，我看你的，究竟不行。"受众作为一个群体，作家要时刻予以关注："要争取众多的读者，就得注意到群众兴趣范围的限制。""群众兴趣范围"既包括他们的认知范围，也包括他们可能认知的范围："作者们感到曲高和寡的苦闷，有意的去迎合低级趣味。存心迎合低级趣味的人，多半是自处甚高，不把读者看在眼里，这就种下了失败的根。"她强调与读者保持同一性，把自己视为其中的一员。"读者们不是傻子，很快地就觉得了……将自己归入读者群中去，自然知道他们所要的是什么。要什么，就给他们什么，此外再多给他们一点别的——作者有什么可给的，就拿出来，用不着扭捏地说：'恐怕这不是一般人所能接受的罢？'那不过是推诿。作者可以尽量给他所能给的。读者尽量拿他所能拿的。"③ 予取予求，具备鲜明的读者意识，是西方接受—反映批评一贯的主张，但也容易陷入"读者中心论"的泥淖中去。

综上所述，中国现代汉英双语作家普遍具备以读者为中心的文学接受意识，考虑读者需要，在尊重读者的前提下，在作品娱乐性、消遣性和启发性、引领性上努力寻求平衡；注重传播过程中读者反馈的问题，力求提升作品质量并以之为持续传播的基础。但过分迁就读者也可能带来负面效应——无法保持作家自身的创作主体性和独立性，甚至丧失自己的风格特征。

---

① 符家钦：《记萧乾》，时事出版社，1996，第 112 页。
② 萧乾：《萧乾全集第六卷》，湖北人民出版社，2005，第 19 页。
③ 张爱玲：《论写作》，《流言》，北京十月文艺出版社，2006，第 193～194 页。

二　现代文学理论建构探析

现代文学理论必然是基于自 1898 年戊戌变法及其失败后开始的文学现代化进程和实践的。由于受到两种外力的持续作用，它肯定要包含西方文学理论和中国传统文学理论的双重影响，在撞击、质疑、颠覆、借鉴、共融、吸收中逐渐成形，同时又会不断受到新的质疑、颠覆和挑战。随着文学实践的多样化、多元化，文学批评和文学史的构建越来越趋近真相本身，现代文学理论的基础逐渐变得厚实，对文学实践的解释也越发有效，对文学创作的指导也更有说服力，其内涵也得到丰富与发展，生命力也越来越旺盛。

具体来说，现代文学理论至少必须具备这几个方面的内容。

第一，基于一流作家（少数人、卓越人物①）、主要文学流派、重要文学运动等文学现象和文学思潮的文学实践和文学经验之上的理论总结。这是文学理论构成的前提和基础。

众所周知，20 世纪中国文学的主题词或者说关键词包括了启蒙、救亡、战争、革命、改造、运动、先锋和探索等。现代文学作家们是在一片相对荒芜的土地上披荆斩棘、砥砺前行的，在没有路的地方开辟出路来。这就意味着他们借鉴和可利用的资源具有非定向性，能够完成的任务目标具有不确定性，能够规避的风险具有未知性，创造的艺术品格具有不一致性。但在政治、经济、意识形态等强力干预下，在党派斗争的介入下，现代文学的发展消弭了不少的未定性而有了比较明确的方向，并不断朝着这一方向进行持续的努力和奋斗。从文学革命到革命文学，从启蒙文学到抗战文学，从自由主义作家到左翼作家，从解放区文学到共和国文学，从各种论战中的同仇敌忾到分道扬镳，从口语到书面语，从形式到内容，文学史上的分分合合造就了

---

① 按照艾略特在《诗的社会功能》中的说法，"文化的进步并不是要让每个人都常在最前列，这样做仅仅只能让大家跟上而已：它指的是维持这样一批卓越人物，同时大多数更为被动的读者落在后面不超过一个世代左右"。其所指卓越人物就是一流作家，而"次要作家"是要维持文学的延续性。参见〔英〕T. S. 艾略特《艾略特诗学文集》，王恩衷编译，樊心民校，国际文化出版公司，1989，第 244 页。

现代文学的复杂性、多元性、螺旋式发展与曲折进步的历程。中华人民共和国成立后的历次文学运动更是导致了文学与政治的复杂纠缠及其所具有的无法回避的现实性，使政治至今依然深深地嵌入文学的肌体。市场经济兴起后的 20 多年，文学与经济的关联性大幅提升，对经济的依赖性大幅增强，文学很难从经济因素的影响下摆脱出来。

经典作家的定义会随着时代变迁、不同阶段社会发展和民族审美文化心理的迁移而产生某些变化，但总体上看，一流作家的作品在对民族风尚、习性的理解，对时代内涵和民族需要的把握，对人（人类）的生存、生活困境特别是人性幽微暗昧一面的深刻发现，对人与人、人与社会、人与世界关系的理解上具有深刻的预见性和洞察力，在艺术形式与技法的民族化和创新性上有卓越贡献。

文学流派是一个时期作家因为某种共同的文学理想、文学任务、文学目标，借助至少一个相应的平台而集聚，其中还有相对明确的分工，至少有一个名义或事实上的召集者（领头人）、一个理论批评家、一份期刊（杂志）等出版物，能够亮出自己鲜明的理论主张，并有同人去践行的文学社团、群体或组织。文学流派形成了相似或较接近的作品风格，对文学发展产生了实实在在的影响，比如以徐志摩为精神领袖的新月派、以胡风为精神领袖的七月派。

文学运动既有自发的、合乎文学发展内部规律的、在某一时间节点上因应社会形势与历史情势而出现的、旨在推动文学自身发展的运动，如五四文学革命，左翼文学运动，新时期文学中"伤痕文学""反思文学""改革文学""寻根文学""先锋派"等相继出现、迭次发生，也有外来的、强加的、不合乎文学发展自身逻辑演进的运动，如中华人民共和国成立后的历次以行政命令自上而下进行的文学批判运动等。换个角度看，文学运动无论是否合乎文学发展内部进程，它都不可避免地成为文学发展的一部分，其间各种力量撕扯、同化、排斥和重组，竞相整合，从正面或反面构成了文学发展的进步力量或延宕力量，促使文学发展呈现出绝非单一的景观，以此与社会发展阶段暗合。另外，文学运动还内在地蕴含了文学论争、文学对话，文学发展无法离开这些论争、对话而自存。甚至新时期以来的与"热点制造""美女营销"等相关联的出版包装也对文学发展产生了不小的影响。

文学思潮通常是在文学流派或文学运动的推动下产生的，有时是二者合力推动产生的，它能够引领一个时期文学格调或激起一个阶段文学话题与写作热潮的文学发展思想走向，不仅会成为文学发展的重要阶段性标志，也会促使文学在自身的格局、兼容性和理解上出现新的变化。同时，还应注意到，现代文学思潮的层出不穷，与西方文学、文艺思潮的不断涌入有着极大关系，"以西方为师"，现代文学每一次大的发展，几乎都有西方文化、各种西方理论的介入，这也从深层次上形塑了中国现代文学的底色。

作家文学实践的理论总结，是把文学创作中包括作家、批评家甚至翻译家的文学感受、创作经验、理论思考、个人识见和个体文学观进行理论化提升，以使其成为文学理论话语的重要组成部分。

第二，在文学发展与社会发展交互缠杂的背景下，对文学演进规律、文体变迁规律、作家创作规律、文学批评规律等多方面的总结提升。

总体来看，文学演进规律借助文学史的梳理来得以归纳。文学史，无论有多少种编撰方式，都脱离不了文学发展的时间轴、文体轴，而演进规律之种种只有在文学史的整体勾勒和细节凸显中才会被渐次剥离、逐级提升，在宏观、中观和微观三个维度上得以显见，最终构成科学性强、有鲜活生命力的理论。文体变迁规律同样值得深入探讨，它高度依存于文学作品，只有从实践和理论两个维度着手，才足以见出其所具有的既不同于中国古典文学又异于西方文学的风貌特征。譬如前述的散文（小品文）文体的变迁，就可以说明这一点。事实上，文体变迁还受到其他文化形态的影响。这些文化形态包括哲学、历史学、政治学、文化学、社会学、人类学等，借助文体杂交方式而出现了政论文、文化散文、游记。还有从四种文体本身发展而出、综合性强的艺术门类如电影、电视，和文体交叉出现的散文诗、报告文学、诗剧等衍生物。

作家创作规律是从百多年来看似杂乱无章的作家作品中提炼出来的具有普遍性的规律。这包括创作思维规律、创作技巧演进规律、创作风格形成规律和创作语言运用规律。这些规律既是作家创作中带有必然性的理论总结，也是与时代、影响、体验、经历密切相关的，是对作家自身发展的回应，更是作家文学理论思考的结果。它们既带有鲜明的时代特征和民族特征，也具有文学发展脉络上的连续性，承前启后，逐步演进。

此外，作家创作规律还包括中国作家的外语创作规律，其必定包含不同于母语创作的内涵，需要从语言思维、语言运用、创作思想、创作技法等诸多方面给予观照。

文学批评规律是文学批评家对作家作品的解读和理论总结。它需要厘清批评家对文学作品经典化的贡献、对卓越作家的塑造、对文学种类演化的作用、对创作理论的提炼贡献以及与前述文学运动、文学思潮的关联，等等。文学批评规律是文学理论话语建设中不可或缺的一部分。

第三，基于出版发行机制、读者接受和社会反映上的文学传播和接受理论，主要包括文学刊物发行与出版理论、文学传播理论和文学接受理论。这些理论一方面可以厘清文学刊物对作家、作品、文学社团、文学运动的相关性和媒介作用，另一方面也能够厘清文学传播和接受的各要素和相关环节，有助于文学理论的完整性。

结合下列几部新著来做简要探讨。

谢昭新近著《中国现代小说理论发展史》从古代小说理论的历史演进出发，以现代文学的三个阶段为单元，依循时间脉络，对现代小说理论的产生与发展（1917～1927 年）、现代小说理论的成熟与繁荣（1928～1937 年）以及现代小说理论的深化与回归（1937～1949 年）分别进行了比较详尽的论述，自有其贡献。

吴思敬主编的论著《20 世纪中国新诗理论史（上、下）》主要以时间为经、间以空间地域为纬，分别从 20 世纪初至 20 世纪 20 年代、20 世纪30～40 年代、20 世纪 50～70 年代、20 世纪 80～90 年代，覆盖台湾、香港、澳门等地，对新诗发展理论进行了比较完整的勾勒，对其现代性和发展脉络进行了较为深入的认识与思考。

王锺陵在其巨著《二十世纪中西文论史——百年中的难题、主潮、多元探求、智慧与失误》的结语部分提出："我们应进行三个方面的结合：一是西方文论本身内部的协调，二是史感深沉、整体性强的文学史理论与对文学活动的某一个方面作研究的众多理论的整合，三是源自哲学思想的普泛性的理论与文体史的研究的相互补充。我相信，对于建立一个融中西思想文化之长、兼具哲学性与文学的特殊性的新的文学理论，上述三个方面的结合是完全必要的。"① 故此，该书从西方思潮、中国文学、中国戏剧三大方面，以 6 卷 450 余万字的篇幅，"从西方的不同思想流派到中国的不同文体在不同模式下的各异轨道，对一个世纪以来中西方文论发展演变的历史以及内在逻辑进行了梳理，透视出中西方文学思想在一个世纪的得与失、轻与重。研究范围宏大，涉及二十世纪西方的主要哲学与文学流派，以及中国散文、杂文、报告文学、新诗、小说、话剧、京剧、影视等领域，是一部世纪性总结的著作"②，该著作对中国部分的论述以文体史为纲，重点考察分析了 20 世纪新文学的发展轨迹及其变异、分化的过程，打破了"作家——批评家——读者"的论述观念，把作家作品放到文学思潮和文学运动当中，以体现其价值和意义、位置和影响。著者对当前的中国现当代文学理论有着清醒的认识："与追求现代化的进程相一致，20 世纪中国的文艺理论，从总体趋势上说，也是处于西方形而上学哲学与文论的笼罩之中的……我们必须从人文世界的生成与文艺的起源入手，以文艺史的运动规律、具体情状作为文艺理论的重要内容。必须改变从作者、读者、批评家的角度立论，亦即以阐述创作论、阅读论、批评论为文艺理论主要内容的思路；改变文艺的服务观点，树立文艺是人文世界之重要构成的观点；从融合内外的逻辑规定性的展开上，从受动与能动结合而促成的文艺史运动上去建立新的文艺理论体系。这样一个思路与西方各种文艺理论都不相同。这一思路有着强烈的文学史色彩，它是整体的、动态的、文艺的，它的眼界是宏阔深远的。"③ "我们要构

---

① 王锺陵：《新文艺理论体系论（一）》，《苏州大学学报》（哲学社会科学版）2014 年第 2 期。

② https://spu.jd.com/10841002741.html.

③ 王锺陵：《新文艺理论体系论（一）》，《苏州大学学报》2014 年第 2 期。

建的是新形态的文艺理论，所谓新形态其要义有二：其一，它是存在论，并且是新存在论的，因此它必然需要破除创作论、批评论、文体论之类的分列式论述方式；其二，它必须总结新的历史时期，亦即 20 世纪中西文学创作与理论研究中的新的经验，并剖析其失误，找出一些规律性东西，以对属于全人类的文艺理论作出丰富。"①

当然，现代文论的建构仁者见仁智者见智，不必等同划一，不需要人云亦云，而且文论史或文体史本身还不能等同于文论，需要进一步的抽象、剥离、增删和精简，从而对现代文论进行理论化和体系化。

三 现代汉英双语作家作品对中国现代文学理论的贡献

现代汉英双语作家作品对中国现代文学理论的贡献主要体现在如下几个方面。

第一，拓展了中国现代文学的创作思维，从文学体式、创作题材、内涵和文学理念上为中国现代文学扩大了视野、影响和范围。

中国现代文学史上，作家创作的文化资源主要来自西方文化和中国传统文化。就西方文化而论，其获取方式大致有留学欧美、日本、俄国/苏联时学习接触，或者是从欧美、日本、俄国/苏联辗转到国内的版本或翻译本的阅读吸收，或者是消化吸收西方技法和文化思想，在吸收和接受上有着明显的时代特征。尤其是现代文学发展初期，既有生吞活剥、食洋不化的一面，也有即学即用、化朽为奇的一面，在不断模仿、摸索和自主创造的过程中，部分作家如鲁迅、郭沫若、茅盾、老舍、巴金、曹禺、沈从文、张爱玲等才有意识地与原先被激烈批判的中国文化传统对接，在此基础上开始了中国文学自身品格的建构。各种文学流派、文学思潮和文学运动的发生，都是方兴未艾的文学探索行为，从文学革命到革命文学再到救亡图存的抗战文学和自成一体的解放区文学，无不是在时代形势逼迫之下求新求变求生存的结果。从早期作家在"个人主义""人道主义"理念下催生或凝结的"乡土意识"

---

① 王锺陵：《新文艺理论体系论（一）》，《苏州大学学报》2014 年第 2 期。

到左翼文学力求与大众结合进行激烈的阶级反抗，再到以挽救国家民族命运为首要任务的全民抗战的实践，文学进一步在地化、大众化和民族化。面对不同发展情境和社会形势而采取的不同路径选择，包括进步作家在内的广大作家在创作思维方面面临极其复杂的挑战，经历了难以复制的变迁。多种势力的争斗使文学面貌呈现出了许多的不确定性和广泛的流变性。这也使作家们无法获得一个相对长的时间和安稳的空间来沉淀、反思、改造和升华创作思维，以形成既与时代相辉映又能超越时代的创作辉煌。战争、革命、阶级斗争的强势介入，使文学无法按照自己的思路发展进步，且与政治、经济等纠缠不清。

林语堂、熊式一、蒋彝、萧乾、叶君健、凌叔华、张爱玲等现代汉英双语作家对西方文化的深度介入、与"多元文化人"身份的符合、对欧美英语小说及其标准的适应以及对本民族文化的深切理解，使他们的文学创作思维兼容了西方英语文学与中国文学的双重思维特征，他们在创作中进行切换时具有极强、极高的便利性，这种跨文化思维使他们的作品在以西方文学的思维来建构中国题材时，呈现出明显的"溢出效应"——既溢出了西方文学在题材、技法、理论、视野乃至主题上的边界，也溢出了中国文学在言说方式、语言形式、思想表达、内涵、文体乃至政治经济上的边界，一方面确实彰显了中国作家的创造才能和文学思想，另一方面又给中国文学、西方文学带来了新的质素。林语堂的著译、熊式一的剧本和小说、蒋彝的"哑行者画记"以及叶君健的小说就具有特别的价值。他们的创作理念对中国现代文学也极具冲击性，前述诸人英语创作上的包容性，相对于西方来说是一种逆向包容——本来自觉有包容性的西方文学，被中国作家文化"求同"的创作理念下进行的文学实践所（部分）包容，西方文学又以开放的姿态再度（部分地）包容了中国现代汉英双语作家作品。这就形成了一种文学融合、文化汇通的态势，中国作家的文化视野据此打开，文化影响力得以体现，影响范围得以扩大和提升，影响途径从翻译走向创作，从古人走向今人，从经典走向现代，从一点走向多面。

第二，现代汉英双语作家的跨语际写作实践构成了"世界文学"的一个有机组成部分，而且提供了独特和有效的交流样本。

歌德 1827 年首创的"Weltliteratur"（世界文学）一词，提出了不同文化之间以及不同民族国家之间的一种交流观，这一交流观的目的在于通过为数众多的具体现象，揭示出"元现象"（Urphänomen）的准则或者永恒的同一性。正如安东·伯尔曼（Antoine Berman）指出的，对这位德国诗人而言，"世界文学"的概念并非指过去的文学和现在的文学之百科全书式的总和，亦非指已然获得普遍地位，并成为所谓文明遗产的有限的杰作之总和。它是"一个历史概念，关注的是不同民族国家文学或者地区文学之间关系的现代状况"。因此，"世界文学"并不表示各种各样的民族国家文学将丧失个性；恰恰相反，通过准许各国文学进入经济交换以及象征交换的全球系统的等级关系，"世界文学"构成了各国文学……弗里慈·斯特里奇（Fritz Strich）富于启发地评论了文学与经济相辅相成的关系（symbiosis），他认为世界文学"是一场思想交易，是各民族思想观念的交通往来，是一个文学性的世界市场，而不同民族将他们的精神宝库带至那里，用来交换。歌德本人便特别喜欢用取自商业贸易世界的这一类形象，来阐明自己的思想"①。在歌德和弗里茨·斯特里奇这里，世界文学更是思想交换的空间场域和时间场所，它的意义在于不同民族或国家文学瑰宝由此得以集中展现和相互交换，从而获得更高水平的文学交流和对应的结果。

跨语际写作不完全等同于刘禾笔下的跨语际实践即文化翻译的问题，尽管笔者在本书中论述的对象几乎都有文化翻译，而且翻译毫无疑问是一种再创作。跨语际写作更是一种跨民族、跨国家的思想交流和文化属地化（或者可以称作文化（文学）归化）。从言说的角度看，它涉及作家（艺术家）的言说语言使用、言说方式选择、言说思维转化、言说思想转述和言说对象归因等具体问题。从作家的角度看，它涉及作家的文化身份表征、文化地位确定性、文化理解的确切性和文化追求的可能性等问题；同时，它还涉及作

---

① 〔美〕刘禾：《跨语际实践：文学，民族文化与被译介的现代性（中国，1900～1937）》（第2版），宋伟杰等译，生活·读书·新知三联书店，2008，第260～261页。

家在跨语际写作环境中的精神指向与归宿、精神境界与文化联系等一系列复杂的问题。从作品的归属看，用某种语言创作的作品显然就属于对应的国家文学的范畴。无论是旅居还是移民作家，均无例外。但从大文学或广义的文学范围来看，一国作家的书写语言和书写环境有其特定性、自由性及限度，故此，不能够完全以国籍而论。正如赛珍珠、韩素音等人用英文创作了不少中国题材的作品，但依然被认为是英语作家一样。在溢出国界的文学创作和传播越来越普遍的当下，我们更应从作品本身出发对作家作品归属进行论析并予以界定。即，文化归化情况下的作家作品，如果其书写主题、书写内容和文化（核心）思想还是本土（中国）化的，那么，认定其即为本土（中国）的作家作品；如果其书写内容、核心意涵和表述方式完全在地化（"去中国化"、非中国化），但之后又明确地表现出了文化回归的意愿和实践，除去在地化的部分，其作品也可以视为本国而非他国作家的作品。

从世界文学的角度来看，中国现代汉英双语作家的跨语际写作提供了一种极有价值和意义的实践案例——不仅在于他们以异邦语言（英语）来讲述中国故事、传播中国声音、展示中国情怀、交流中国思想，还在于他们提供了世界文学宝库中的一种新的交流样式和不少极具质量的交流文本，在异邦使用异邦语言讲述中国故事却能够赢得异邦受众的喜爱和推崇。与同样因为作品而享誉世界的赛珍珠、韩素音等人的不同之处就在于，后者身为英美人士，使用本土语言讲述中国而获得本国人民的喜爱。两相比较，前者在语言要求上要高出许多，在思想表达的难度上要高出许多。更重要的是，建基于他们自身跨文化和跨语际写作实践的现代汉英双语作家的文学理论，至少有如下两个特点。

（一）致力于东西古今文化、文学之融通汇合，又体现出中国题材、中国问题和中国思考，但也不同于西方文学中的个性扩张或情感泛化，而是在有节制的表达和有力度的社会思考、文化定位中体现出自身的独特性。换句话说，他们能够用来和世界文学宝库中的其他民族文学进行交换和交流的，主要是其文本呈现出来的中华民族自身的独特语言形式和爱国思想情感。

（二）对欧美英语文学和文化的理想和创作追求。文学作品的公共性特征，决定了它不可能被束之高阁而无人理解。近代以来的欧美英语文学之所以能够成为中国现代文学的学习和模仿对象，根本原因在于它们所内蕴的现代性质素、强烈的创造意识和深刻的思想内涵。这些质素中，能够不断推动文学和文化变革的就是以哲学为根基的科学主义文化思潮。几乎每一波科技革命浪潮的推手都是一次次堪称伟大的技术革新，而自然科学基础学科的贡献恰是其最根本性和革命性的力量，它们的每一次重大贡献都会以抽象的形式反映到社会科学尤其是人文学科的哲学、文学和史学中来。作为文化之根的统领和"科学之科学"的哲学，扮演着文学发展"推手"的角色。故此，近代以来欧美文学中层出不穷的主义、思潮、学说，恰好是在物质文明翻江搅海式的进退、顺逆的过程中人类思想光辉的一面。中国作家在这些浪潮中的整体反应无疑是滞后的，这显然拉大了中国文学与西方文学的差距。中国现代汉英双语作家尤其是在英美语境中创作的作家则不然，他们一方面利用语境优势快速缩短差距；另一方面能够在剧烈转换和纷扰繁复的世界中，以创作追求的坚定性来与之对抗，找到创作方向，坚持创作理想，进而获得了宝贵的英语文学创作经验和理论思考。

第三，中国现代汉英双语作家的创作理论与方法、文学接受与传播两方面的理论思考，具有三个明显的特征。

（一）对中西方文学及其理论的吸收与发展。包括林语堂小品文理论，林语堂、熊式一、叶君健、张爱玲的英语创作理论思考，蒋彝的"飞散"文学理论思考，张爱玲的创作题材理论思考、美学观，这些理论既是他们各自独特文学实践的结果，也是把中国传统文学理论和西方文学理论混合融通后用以指导实践的产物。譬如林语堂小品文理论是对苏轼以降的性灵、闲适文人创作和西方散文理论的会通，林语堂、熊式一、叶君健等人的英语创作理论思考，既是消化和吸收翻译对象的思想、技法并加以创造的结果，又是在英译汉基础上展开的文学创作在地化实践。这一发展在蒋彝身上体现得最为清楚，他把中国诗、书、画的艺术形式与英语表达有机结合后创造出英语文学中的新文种，对其无论如何评价都不过分。"放任想象"重返对象地（题材地）的游记创作经验也能够在一定程度上增补游记散文的创作理论。

（二）对现实主义文学"真实观"的深化。现实主义文学理论对真实性的重视是一个不争的话题，中国现代汉英双语作家把其推到了一个新高度。在他们的理论思考中，真实就是不虚构、少夸饰，以自己生命体验的真实性来保证创作上的真实性，所谓"真"也是所见之真而非本质之真，从创作的心理机制上说，真实都是相对的而非绝对的。作家笔下的"真实"更多是一种心理的真实、回忆的真实。相对于中国文学传统中的写神表意，注重主观真实、内在真实来说，客观真实、外在真实作为一个在新文学传统中才得到广泛重视和强化的概念，是与反帝反封建的民族革命斗争紧密联系的。在鲁迅、茅盾、巴金、老舍等人那里，真实作为现实主义的一个基本技术手段得以巩固。现代汉英双语作家则把主观真实与客观真实结合起来，又深化了真实观。《京华烟云》《天桥》《秧歌》在历史事实基础上的适度虚构，"哑行者画记"、《篱下》、《山村》等作品在还原现场、处理情境上的虚实相生，都体现出了这一点。也就是说，这些作品在再现基础上的表现而非表现基础上的再现是现实主义中国化的一个佳例。究其原因，或如有的论者所说，"从十九世纪中期起，帝国主义列强的入侵，中国传统文化与外来文化（主要是西方文化）发生了大规模的冲突和强制交流，艺术真实观方面也展开了中西之间的撞击与互渗，传统真实观中客观真实的因素不断积累滋长。特别是辛亥革命和'五四'新文化运动，先进的中国知识分子大量引进西方文化艺术思潮，进行全方位的比较、选择和'拿来'。就文艺而言，在灾难深重的神州大地上，深深感受着民族危亡之痛的中国文艺家，自然对于正视黑暗现实，予以真实描绘和无情暴露，以唤醒国民灵魂、激发民族精神的现实主义思潮，感到更为切实与有效。所以，在引进西方文化中，现实主义在与其他各种文艺思潮的比较、竞争、较量中始终占着上风。与此相应，现实主义的'写实'、'再现'的真实观也把传统真实观中的客观真实因素提升到主导地位，牢牢地占有优势。传统主情写意、'法天贵真'的真实观在半个多世纪内遭到了冷落……总是主客观的统一，总是在感受、体验客观生活基础上进行艺术创造的结晶，所以，实质上艺术真实总是同时包括主客观两方面的因素……而且中西方的文化交流亦源远流长，并非互相截然封闭的。"① 故此，这种"真实观"的深化，是在欧美英语创作语境中，根据时代需要又结合实际所进行的深化，是把中西两种真实观结合起来的深化。

（三）对读者意识的阐发。"在文学文本的写作过程中，作者头脑里始终有一个隐在的读者，而写作过程便是向这个隐在的读者叙述故事并进行对话的过程。因此，读者的作用应当说已经蕴含在本文的结构之中。"② 隐在的读者既然是作家与之对话的对象，那么就是假定的，有前提的。即这个对象肯定具有自身的能动性，可以在相当程度上与作家互动交流。一旦隐在的读者成为显在的受众，也就是文本成为作品，作家就不再是与自我/隐在读者的对话了，需要直接面对读者。故此，熊式一的"读者指正说"，蒋彝的"消遣说""读者判断说"，张爱玲的"要一奉十说"，其中有着对读者予以充分尊重的意味，要不断在作家与读者（受众）之间构建起一道友谊之桥梁。这对于以卖文为生的职业作家来说自然是很有道理的，它确实能够帮助作家在创作取材、构思、思想主题和语言表达上接上读者的"地气"，而非高高在上。同时，这种读者意识也已经上升到了雅俗文学区分的层面上，即从文学创作的角度看，雅俗文学都需要不断赢得受众，这也打破了新文学作家自命清高、"只管写"而不管销路的识见，这对当今市场化体制下如何提升作品质量并扩大读者群体极有启示性。读者意识的阐发还表现在萧乾的"读者提升说"。我们需要借助系列作品不断提升读者的阅读水平和能力、审美鉴赏力和判断力，使我们的文化传统和文化实践在哲学思辨、文学思想和文学技法上更有创造性，以此来促使更有质量的优秀作品诞生。

此外，中国现代汉英双语作家的读者意识还与当时中西方出版市场中作品出版发行机制有关。唯有读者喜欢、合乎读者需要的作品，才容易被出版商推出。一个相对成熟的市场甄别筛选机制，对于畅销书作家的出现自然是有利的，对于读者意识的萌发和高扬也是有利的，它能够在一定程度上促使

---

① 朱立元　王文英：《中西艺术真实观念之比较》，《学术月刊》1987 年第 1 期。
② 〔德〕沃尔夫冈·伊瑟尔：《隐在的读者》，上海译文出版社，1974，第 78 页。

作家重视读者，找准受众的兴奋点，不断提升自身的创作质量和水准。

不能否认，中国现代汉英双语作家并非专门的理论家和批评家，他们无力对诸多文学现象做出更有说服力和穿透性的解释和揭示，许多思考还停留在感性或亚理性层面，而且在他们创作力最为旺盛、思维最为活跃的时候，面临着内忧外患的考验和巨大的生存压力，生活空间与言说自由也多受限制，无法对诸多现象从理论上加以解释，自然也就无法把自身的实践进一步理论化。从历史长河来看，他们的一大步，或许就是今后的双语（多语种、跨语种）作家前进的一小步，却是值得铭记的一步。

第二节　中西方现代文学史与中国现代汉英双语作家作品的价值重估

一　中国现代汉英双语作家与中国现代文学史

无论是国内还是国外学者的中国现当代文学史的编著（专著），都没有做过对中国现代汉英双语作家的集中描述。他们首先不是被作为一个群体而是被作为个体来看待的，而且年代越久、距今越远的文学史著作，对他们的个体描述和评价就越少。

先看国内现代文学史（断代史）的代表性著作。王瑶的《中国新文学史稿》是"新中国第一部体例完整、资料翔实、见解独到的现代文学史专著"[①]，"是新中国成立后出版最早的一部，也是第一部对新文学整个过程进行阐述的新文学史……出版后不久就受到批评，认为它的政治性、思想性不强。"[②] 该书对林语堂创办刊物的贡献评论说："《论语》《人间世》的销路很大，客观上对青年起着麻醉的作用，于是许多作家都开始攻击了。"[③] 又

---

① 王瑶：《中国新文学史稿》（第一册），北岳文艺出版社，2015，第1页。
② 孙党伯：《中国新文学史初稿·刘绶松先生和他的学术成就》，刘绶松《中国新文学史初稿》，武汉大学出版社，2013，第3页。
③ 王瑶：《中国新文学史稿》（第一册），北岳文艺出版社，2015，第157页。

说："一九三四年九月，进步作家主持的小品文半月刊《太白》发刊了。这是一个以科学及历史与文艺相结合的反映社会现实的刊物；对打击《人间世》之类的杂志起了很好的作用。后来林语堂又编了《宇宙风》、《西风》等刊物，但已逐渐没有读者了。"[1] 这是以"左翼"文学、毛泽东《新民主主义论》中所述及的鲁迅精神为基础的过度解读和评价，时代叙事特征极为明显。

刘绶松的专著《中国新文学史初稿》，具有"布局合理，结构完整；宏观概括与微观分析相结合以及积极探讨中国新文学的创作方法的历史发展进程"[2] 等特点。该书有比较严格的时间顺序，脉络清晰分明；同时话语具有强烈的政治性特征，政治干预文学史叙述的迹象十分明显，把"新月派"和"现代派"诗歌称为"两股逆流"[3] 即为一例。当然，由于其鲜明的时代指向和对其时正在进行的文化批判运动的理解，该书未涉及中国现代汉英双语作家中的任一个体。

丁易的《中国现代文学史略》（1955 年）对林语堂有过如此评价："1932 年，林语堂离开了五四运动的革命文学阵营，加入了国民党反动派阵营并成为一名半官方的御用文人，编辑出版《论语》和（接下来的）《人间世》，提倡轻松闲适短小的幽默文章。"[4] 和前述二著一样，其政治指向也是极为鲜明的。

唐弢主编的《中国现代文学史简编（增订版）》是新时期一部影响较大的文学史著作。在第十章《沈从文和其他作家的创作》的第四节《林语堂等的散文杂文》专门谈到了林语堂的创作。在介绍了林语堂的早期经历后，着重叙述了他创办的《论语》半月刊、《宇宙风》半月刊及其小品文思想，其中有如下内容："一九三六年夏，他携家赴美国写作，竭力向国外宣传中

---

① 王瑶：《中国新文学史稿》（第一册），北岳文艺出版社，2015，第157页。
② 孙党伯：《中国新文学史初稿·刘绶松先生和他的学术成就》，刘绶松《中国新文学史初稿》，武汉大学出版社，2013，第4~9页。
③ 刘绶松：《中国新文学史初稿》，武汉大学出版社，2013，第278页。
④ Ting Yi, *A Short History of Modern Chinese Literature*, Foreign Languages Press, 2010, p. 57.

国文化，写作了《吾国与吾民》、《生活的艺术》，译介一系列中国古代经典著作和文学作品。自一九三八年开始，散文家的林语堂转向长篇小说创作，用英文创作了《京华烟云》（又译《瞬息京华》）。一九四〇年第一个中译本在上海出版，抗战后期曾在中国大后方各地流传。此后林语堂主要从事英文长篇小说的创作和翻译中国古书在国外出版。晚年定居于台北市，出版文集《无所不谈合集》。"① 在该书第十二章《抗日和解放战争时期的文学创作（一）》第一节《报告文学和杂文散文》中对萧乾也有不少叙述，重点介绍了他在抗战时期的作品如《人生采访》《血肉筑成的滇缅路》等，"作者本时期曾到过英、美、印度支那等地，在英国写的《矛盾交响曲》、《血红的九月》、《银风筝下的伦敦》等篇很有特色。这些报告文学作品以绚丽多彩的笔墨，展示了战时英国伦敦的'善与恶'、'好或是坏'相交织的五花八门的景象。作品还多次表现了英国和世界许多国家人民对中国抗日战争的关注和支持"②。第三节《抗日题材小说与姚雪垠、路翎等作家的作品》到了萧乾的《刘粹刚之死》，把其与丘东平的《一个连长的战斗遭遇》和姚雪垠的《差半车麦秸》等作为抗日题材短篇中的名篇。第十三章《抗日和解放战争时期的文学创作（二）》第三节《张爱玲的小说》对张爱玲20世纪40年代的小说成就（主要是《传奇》）进行了概括分析，认为其成就主要集中在"两性心理刻画上具有前所未见的深刻性"、"意象的丰富与活泼传神"以及"和传统的民族形式相结合"③几个方面，并认为"张爱玲的起点也就是她的顶点……五十年代所写的《秧歌》等作品，不但内容上不真实，违背生活逻辑，而且艺术上也平淡无奇，失去光泽"④。该书可以视为国内第一部真正关注到林语堂的汉英双语作家身份和张爱玲的小说成就的文学史著作。值得注意的是，该书是2008年由严家炎等人主持增订的。

　　钱理群、温儒敏和吴福辉三人合著的《中国现代文学三十年》最早于

---

① 唐弢主编《中国现代文学史简编（增订版）》，复旦大学出版社，2014，第259~260页。

② 唐弢主编《中国现代文学史简编（增订版）》，复旦大学出版社，2014，第290~291页。

③ 唐弢主编《中国现代文学史简编（增订版）》，复旦大学出版社，2014，第321~325页。

④ 唐弢主编《中国现代文学史简编（增订版）》，复旦大学出版社，2014，第325页。

1987年出版，曾经被列为"普通高等教育'九五'教育部重点教材"和"普通高等教育'十一五'国家级规划教材"，后经多次修订。该书第十八章《散文（二）》分为四节，第一节《林语堂与幽默闲适小品》，对林语堂的小品文主张及其实践影响进行了较为详尽的描述，并指出，"林语堂和周作人都是现代散文闲话风一派的宗师"。① 除了在该章第三节《"京派"与开明同人的散文》部分提及萧乾外，在第四节《报告文学与游记》中说，"后来，他在第二次世界大战中成为活跃的国际记者。"② 在第二十三章《小说（三）》第三节《通俗与先锋》中，重点介绍了张爱玲1940年代的小说成就，认为"有她本人的天才成分和独特的生活积累条件，也是中国20世纪文学发展到这个时期的一个飞跃"③。在第二十七章《散文（三）》之第三节《小品散文的多样风致》中，还对张爱玲的散文特别是《流言》加以介绍评述，认为其"艺术个性在散文中也得到发挥……张爱玲散文有意与当时文学主潮拉开距离，只注重以自己的感觉去玩味庸常人生，这种审美层次的'玩味'能给读者带来'一撒手'的阅读快慰"④。第二十八章《戏剧（三）》之第三节《沦陷区：职业化、商业化的"剧场戏剧"的繁荣》中，提及了张爱玲把《倾城之恋》改编为话剧一事。

在程光炜等人合著的《中国现代文学史》中，在第五章《现代散文的建立和发展》第一节《"随感录"所开创的杂文》，把林语堂作为"《语丝》最重要的撰稿人"和"语丝体"的一部分加以介绍。⑤ 在第二节《周作人与美文的倡导》"关于闲适小品的争论"中，对林语堂的小品文主张及其与鲁迅的论争加以介绍评述。在第四节《报告文学的兴起与演变》对萧乾的《流民图》予以了肯定。在第十三章《沈从文及京派小说家》第三节《京派文化与京派作家》中，对萧乾的短篇小说集《篱下集》《栗子》《落日》和

---

① 钱理群等：《中国现代文学三十年（修订版）》，北京大学出版社，1998，第306页。
② 钱理群等：《中国现代文学三十年（修订版）》，北京大学出版社，1998，第313页。
③ 钱理群等：《中国现代文学三十年（修订版）》，北京大学出版社，1998，第397页。
④ 钱理群等：《中国现代文学三十年（修订版）》，北京大学出版社，1998，第470~471页。
⑤ 程光炜：《中国现代文学史（第二版）》，中国人民大学出版社，2007，第100页。

长篇小说《梦之谷》进行了介绍与评述，并提及林语堂《京华烟云》汉译本的出版①。该书第十七章《张爱玲、钱钟书及沦陷区作家》第一节《张爱玲与乱世传奇》，对张爱玲早年散文的改写改译进行了简述，又特别关注了《传奇》集子中的作品，并述及其 1952 年离开内地赴香港之事。

严家炎主编的《二十世纪中国文学史》第十二章《李劼人、沈从文等的小说创作》第四节《京派小说》，在对"京派"进行介绍后，特别提到了凌叔华小说集《花之寺》《女人》《小哥儿俩》等三种，认为其"创作态度朴实诚恳，始终保持一个作家的'平静'"。② 对于萧乾，则认为，"在沈从文的培养帮助下，三十年代中期出现的萧乾就是其中重要的一位。"认为其"最初两年的小说创作，京派的韵味相当浓重"③。同时还说，"1935 年以后，萧乾在杨刚等影响下态度更趋激进，从民族意识出发写了侧面反映一二·九运动的《栗子》和一组揭露教会题材的小说（如《皈依》、《昙》、《鹏程》等）。"④ 该书对长篇小说《梦之谷》也有评述。在把京派作家作为一个群体分析时，也常提及二人的作品。在第十三章《三十年代的诗歌散文创作》第三节《杂文和林语堂等作家的幽默小品》中，编者以较大篇幅对林语堂的小品文创作进行了评述。还提及，"1936 年林语堂移居海外以后，作为对外国人讲中国文化的一个重要组成部分，他用英文创作了多部长篇小说。其中，《京华烟云》（一名《瞬息京华》，1939 年）、《风声鹤唳》（1941 年）、《朱门》（1953 年）等三部长篇小说，被称为'林语堂的三部曲'。三部曲之中，《京华烟云》在艺术上略高于后两部，在国外曾获得较广泛的好评，在国内也曾引起读者和评论家的关注。"⑤ 之后对该部小说从内容结构、文化思想到艺术特征和影响做了述评。最后说："这是林语堂在现代跨文化交流中，向西方读者传播中国文化精神和中国人民抗战意志所做

---

① 参见《第十五章　战争时代文学的书写和选择》之《第二节文学创作的基本格局》，见程光炜《中国现代文学史（第二版）》，中国人民大学出版社，2007，第 276 页。
② 严家炎主编《二十世纪中国文学史（中册）》，高等教育出版社，2010，第 32 页。
③ 严家炎主编《二十世纪中国文学史（中册）》，高等教育出版社，2010，第 33 页。
④ 严家炎主编《二十世纪中国文学史（中册）》，高等教育出版社，2010，第 33 页。
⑤ 严家炎主编《二十世纪中国文学史（中册）》，高等教育出版社，2010，第 91 页。

出的一个贡献。"① 该章第五节《游记和报告文学》指出萧乾报告文学的特点是"突出地表现在对社会重大事件的捕捉"②，并举出他的国外采访报道《矛盾交响曲》《银风筝下的伦敦》《南德的暮秋》等为例。第十八章《抗战及四十年代的话剧与散文》第四节《抗战及四十年代的散文》又提到前述几篇文章。③ 第二十章《抗战时期的中国沦陷区文学》第五节《张爱玲及其"反传奇的传奇"》集中笔力对张爱玲的生活经历、创作实绩主要是《传奇》，重点是《金锁记》和《倾城之恋》进行了评述，认为"'反传奇的传奇'在张爱玲不仅是一种别出心裁的小说叙事艺术策略，而且是一种折中浪漫主义和写实主义的创作取向，同时还是一种别有寄托的叙事意识形态"。④ "当年的两大名片《乱世佳人》和《蝴蝶梦》……可以说是张爱玲'反传奇的传奇'叙事的现代性之源。"⑤ 本书还交代了张爱玲的其他情况："1952 年她移居香港、随后又于 1955 年移居美国，间曾迎合西方冷战意识形态，努力写作了反共小说《秧歌》《赤地之恋》，但艺术上并不成功。后来她又回到反传奇的乱世男女传奇叙事上来，可是重温旧梦并不能重获成功。"⑥

比较新的一部皇皇巨著是由钱理群主编的《中国现代文学编年史——以文学广告为中心》（北京大学出版社 2013 年版），该书采用编年体的形式，由文学广告切入，展开对作家作品和文学事件的评述，有突出的史料价值。与林语堂相关的有两则，1934 年 4 月《〈人间世〉的创刊与林语堂的小品文运动》，以《人间世》发刊词和林语堂《我的话》引入，对相关内容进行了较为详细的述评。在"1937 年 5 月"的时间条目下，有《〈文学杂志〉：'京派'的未竟事业》详细交代了《文学杂志》创刊的始末，其间也提及了凌叔华。在"1938 年 4 月"的条目下，有《中国抗战文学的国际联

---

① 严家炎主编《二十世纪中国文学史（中册）》，高等教育出版社，2010，第 92 页。
② 严家炎主编《二十世纪中国文学史（中册）》，高等教育出版社，2010，第 105 页。
③ 严家炎主编《二十世纪中国文学史（中册）》，高等教育出版社，2010，第 309 页。
④ 严家炎主编《二十世纪中国文学史（中册）》，高等教育出版社，2010，第 397 页。
⑤ 严家炎主编《二十世纪中国文学史（中册）》，高等教育出版社，2010，第 398 页。
⑥ 严家炎主编《二十世纪中国文学史（中册）》，高等教育出版社，2010，第 401 页。

系》一节，述及国民政府第三厅时，提到了叶君健。在"1938年7月"的条目下，有《抗战初期报告文学》一节，内中涉及了萧乾的几篇名作。在"1941年1月"的条目下，有《〈京华烟云〉的写作与翻译》一文，对《京华烟云》一书的内容、翻译情况做了介绍。在"1944年8月"的条目下，有《张爱玲的中短篇小说集〈传奇〉》一文，对《传奇》作了述评。

和断代史不同，专题史注重于围绕某一专题展开评述。杨春时主编的《中国现代文学思潮史》第十章《五四启蒙主义文学思潮的历史意义》的第一节《五四启蒙主义文学的思想文化意义》，在列举鲁迅《阿Q正传》走出国门、走向世界后，特别说道："此后，林语堂、张爱玲、老舍、曹禺、沈从文等人的作品接连不断地在海外引起反响，为中国文学冲击世界文坛奠定基础。"① 《后期现实主义文学的发展历程》第二节《沦陷时期：现实主义文学的全盛绽放》述及了张爱玲所发表的作品。第四十章《张爱玲的现实主义写作》专门从创作的思想倾向、创作的艺术特色和创作的历史意义等几个方面进行论述。

值得注意的还有，严家炎《中国现代小说流派史》第四章《新感觉派与心理分析小说》第五节《心理分析小说的发展和张爱玲的出现》专门论及张爱玲的《传奇》，认为其在实践现代主义方面与新感觉派有相通之处，是一个集大成者。② 第六章《京派小说》第二节《京派小说的形成、发展与主要作家》述及凌叔华、萧乾。温儒敏主编的《中国现当代文学专题研究（第二版）》有第七讲《张爱玲的〈传奇〉与"张爱玲热"》，重点评述了《传奇》的内涵、艺术创造性及其接受史，也简单提及她离开大陆赴港及离港赴美后的情况。

综观上述内容，我们不难发现，中国现代文学史叙述整体上呈现"散、乱、少"的文学史书写特征。

第一，散。中国现代文学史叙述是对现代文学史上作家作品的盖棺论

---

① 杨春时主编《中国现代文学思潮史（上）》，南京大学出版社，2011，第298页。
② 严家炎：《中国现代小说流派史（增订本）》，长江文艺出版社，2009，第169页。

定，论者通常是依据作家作品的成就大小来进行界定的。文学史论述的篇幅长短、具体评价内容，有时代语境的要求，包含国家政策、意识形态、社会需要、文学意志，还要考虑作家影响力等因素。体例安排，多半按照编年纪事的模式进行。前述所引文学史著作，无论是断代史还是专题史，其论述多集中在林语堂、张爱玲等知名度较高或评价呈现不断上升态势的作家身上。萧乾、凌叔华仅在论述京派作家时会提及，其余作家几乎从文学史中消失了。

第二，乱。对林语堂、张爱玲等人的论述普遍缺少对在其创作生涯中占有重要地位的英文创作的关注，对其他作家如萧乾、凌叔华的论述也如此。即使关注，也是注重他们的较有名气的作品，而且评价上普遍不够客观，对政治性强的作品，评价显得凌乱和无所适从。

第三，少。不少著作过分注重已有定论或前人、时人论述较多的部分，缺少对林语堂、张爱玲等作为中国现代汉英双语作家创作成就的整体评价。同时，对熊式一、蒋彝、杨刚等近年来在国内新获知名度的作家，没有涉及。

再看国外学者的相关编著。1961 年，夏志清的《中国现代小说史》出版。他在该书中"重新发现"了四个其时被大陆文学史埋没的作家：沈从文、张爱玲、钱锺书和张天翼。在该书相继译为中文繁体版和简体版后，其论断及著作越来越为学人所知。该书第三章《文学研究会及其他：叶绍钧、冰心、凌叔华、许地山》有对凌叔华前期创作的专门论述；第十五章《张爱玲》是对张爱玲的专章论述，重点论述《传奇》。

梅维恒（Victor H. Mair）主编的《哥伦比亚中国文学史（上下卷）》（*The Columbia History of Chinese Literature*）论述了自公元前 2000 年的商朝开始，一直到 20 世纪末的中国文学发展状况。第三十九章《二十世纪的小说》的《二十世纪小说的代表作鸟瞰》一节简单提及了张爱玲的《金锁记》、《秧歌》和《赤地之恋》。

2013 年，孙康宜、宇文所安主编的《剑桥中国文学史》（上、下卷）出版，该书远绍甲骨文时代，一直延绵至 1949 年、以"更具整体性的文化史方法，即一种文学文化史（history of literary culture）方法"①进行叙述。该书下卷第六章《1841～1937年的中国文学》之《现代主义：上海、北京及其它地方》言及张爱玲"最早对《海上花列传》和新感觉派作品中颓废耽美的现代性大加赞赏，并将之纳入创作，在沦陷期间付之实践。张爱玲对西方通俗浪漫文学的偏爱，使她对上海俗世的感受更为丰富。论1940年代的海派文风，张爱玲应是其中的最佳代言者"②。之后关于京派作家的论述提到了林语堂、凌叔华和萧乾。《第七章 1937～1949年的中国文学》之《IV 沦陷北京的文坛》述及林语堂的《京华烟云》、《中国与印度的智慧》及《啼笑皆非》等作品。《V 上海孤岛》对张爱玲《传奇》中的作品《金锁记》《倾城之恋》进行了论述。

二 中国现代汉英双语作家与西方现代文学史

王佐良所著《英国文学史》一书对从五六世纪开始的古英语文学到20世纪文学进行了全景式的扫描。该书最后一章为《英国文学与世界文学》，尽管有专节《世界各地区的英语文学》，但中国现代汉英双语作家作品未被纳入。

常耀信、索金梅主编的《英国文学通史》（三卷本），其描述大致从公元5世纪古英语文学开始，一直到20世纪。以5章的篇幅对20世纪文学按照文体分类做了相对细致、系统的描述。其中未见到中国现代汉英双语作家的身影。

童明的《美国文学史》（*A History of American Literature*）一书勾勒了美国从哥伦布发现美洲大陆开始直到21世纪初期的文学史，其中没有提及中国现代汉英双语作家。值得注意的是，该书第二十六章《当代多种族文学和小说》（Contemporary Multi-ethnic Literature and Fiction）依据"作为一个

---

① 孙康宜、宇文所安主编《剑桥中国文学史》，刘倩等译，生活·读书·新知三联书店，2013，第2～3页。
② 孙康宜、宇文所安主编《剑桥中国文学史》，刘倩等译，生活·读书·新知三联书店，2013，第579页。

文学基本尺度的美学标准"① 专门列出了一些美籍外裔作家，包括 Ralph Ellison（拉尔夫·埃里森）、Toni Morrison（托妮·莫里森）、Leslie Marmon Silko（莱丝丽·M. 西尔科）、Louise Erdrich（路易斯·厄德里克）、Chang-rae Lee（李昌来），著者认为，"众多作家之中仅有这五人是像其他优秀的美国作家一样具有丰富的审美经验。确实，细心阅读其作品能够发现，他们有着不可或缺的美学经验，正如那些经典作家如亨利·詹姆斯、福克纳、艾略特等人一样。"② 在该章中，著者还罗列了 Alice Walker、Maxine Hong Kingston（汤婷婷）、Amy Tan（谭恩美）等多位作家。第二十七章《全球化的美国文学：离散作家》一节对 Vladimir Nabokov（纳博科夫）、Isaac Bashevis Singer（艾·巴·辛格）、Jhumpa Lahiri（裘帕·拉希莉）、Czeslaw Milosz（切斯拉夫·米沃什）、Muxin（木心）等几位作家进行了评述。其对离散作家的筛选标准为："文化位置和有限空间；后殖民空间中的多元历史；国家主义问题；文化翻译；遭遇外国；反对意识形态的同一性；种族文学"③。

就目前的西方文学史来看，中国现代汉英双语作家无论是个人还是集体，都未进入西方文学史编著者的视野，这极大地限制了他们在英语文学史上的影响力。其中，既有西方文学史编著者筛选理念的因素，也有文学作品质量与编写要求不相适应的因素，还有种族、主流话语和文学格局以及编著者文学眼光等因素。

三　中国现代汉英双语作家作品的文学史价值

尽管中外的（现代）文学史均未将中国现代汉英双语作家作为一个整体纳入叙述视野，但他们的文学史价值是无法否认的。

（一）文学实践价值

究其实，任何文学史都无法离开作家作品而存在，而作家作品成为文学

---

① 〔美〕童明：《美国文学史》，外语教学与研究出版社，2008，第342页。
② 〔美〕童明：《美国文学史》，外语教学与研究出版社，2008，第342页。
③ 〔美〕童明：《美国文学史》，外语教学与研究出版社，2008，第366~367页。

史的一个部分确实需要机缘、需要与时代和文学史家的眼光契合。从前述对中国现代文学史书写的梳理中，我们不难发现一个事实，类似林语堂这样的作家，因其作品的数量、质量与传播的关系，他在现代文学史上的位置虽然算不上显赫，但中国现代文学史著作基本上会提及他。又因其自由主义倾向明显、政治立场摇摆，在新时期之前，他多是作为带有负面影响的作家被看待的。张爱玲则由于在香港时期的创作表现，由于《秧歌》《赤地之恋》的存在，在新时期之前完全被忽视，在文学解冻之后才在文学史中占有一席之地。随着影响力的扩大，张爱玲才逐渐在现代文学史的相关著作中得到正视，多占有半节或一节的位置，评价趋于公允。在一些专题史如夏志清和杨义的同名著作《中国现代小说史》中，评价张爱玲的篇幅会更长一些。除了林语堂、凌叔华及萧乾外，其他作家同样鲜被提及。

文学史叙述中，作家们的文学实践既然是一个主要的组成部分，就需要文学史家具有更为开阔的理论视野，站在当今全球化的角度上，以宏大开阔的眼光，进行中观、微观的分析与考察。既要关注历史发展进程中的必然性，也要关注历史发展进程中的偶然性，根据其文学史贡献，决定纳入篇幅的长短、叙述的倾向性等。

毫无疑问，文学实践的内容、手段、方式及影响力尤其是文学作品思想水平的高低是判定一位作家、一个群体和一个流派以何种面貌进入及如何进入文学史的主要标尺。因而，很有必要就中国现代汉英双语作家的文学实践进行一个整体判断，改变以往叙述中的零散、凌乱和琐碎的局面，进而依据其成就做出合乎实际的定位，在现有的文学史视阈里，得到更具有特征性、更合乎文学发展基本规律的思考。基于此，不妨认为，中国现代汉英双语作家文学实践的文学史价值可从以下几个方面体现出来。

第一，中国现代汉英双语作家文学实践的特定性。中国现代汉英双语作家文学实践最为辉煌的一页，集中在 1930～1950 年代。这一时期正是中华民族由有史以来遭受到最为野蛮的侵略和最为深重的苦难转到逐步站起来的时期，也是现代中国文学由向西方学习、以西方为师转到逐步建立起中国作风和中国气派的时期，文学主潮和文学选择由多元化逐渐走向一体化、自主化的时期。反观国外，各种文学潮流风起云涌，先后出现了浪漫主义、现代主义、象征主义、超现实主义、后现代主义等，中国文学在接受上具有后发性，导致了国内外文学实践上的不同步现象。走出国门、进入西方英语国家疆域内进行创作的双语作家，首先以英语作品获得了欧美受众的欢迎，之后如林语堂、熊式一、蒋彝、萧乾、叶君健等人又用自己持续不断的创作和爆发的创作力来赢得更多受众，包括普通市民、白领阶层，以及文学、文化精英人士，稍后又有不少其他语种的译本，可见其影响力之大。"二战"发生后，反法西斯阵营的同仇敌忾为中国作家的英语创作和文学接受赢得了更为广阔的空间，更多的作品被创作出来并在英语国家传播。在国内，这些汉英双语作家如林语堂、蒋彝等人作品的回流也产生了比较大的反响。随着"二战"结束，原来的语境不复存在，这一文学实践发生了明显的转向——由原来的揭示共同性、展示差异性转为对国内情势有限度的暴露与批判，原来以歌颂和介绍为主体的作品很难再获青睐，之后随着国际共产主义运动形势的深入发展，有限度的暴露与批判性质的作品也很难在欧美立足了。直到1980 年代改革开放后，这一文学实践的情势又起了新的变化。如前所述及，辉煌时期的文学实践有着中国作家反侵略的爱国主义情感被强烈激发出来的因素，也有着西方英语受众因为同情和理解中国而愿意亲近中国与中国文化的因素，还有着身处同一阵营的各国民众相互捧场的因素。换句话说，中国现代汉英双语作家文学实践的特定性是在特定时代、特定范围、特定主题和特定文化内涵上，面对特定关系的英语国家受众而产生的。

第二，中国现代汉英双语作家文学实践的有效性。这一点比较集中地表现在双语创作思维、中国形象建构和中西文学互动与交流上。双语创作思维从某种意义上说就是汉语作家对西方文化、西方文学的深度介入。在不同语言文化思维之间自由切换需要作家具有极为深厚的语言文化功力，同时也需要作家能够适应纷纭复杂的时代环境变化，从而与时俱进。他们显然做到了这一点。中国现代汉英双语作家借助作品在相当程度上颠覆了西方人对中国和中国人的部分认知，以及中国人对西方和西方人的部分认知，对抗战时期同一阵营民心的争取、国家形象的重塑和建构、中国文化的西方改写或西方文化的中国传达，其具有的意义和作用都是无法低估的。同样，由于他们的存在，中西文化、文学互动交流更加畅通、更加便利，西方文化和文学进入中国的速度得以加快，而中国文化与文学进入西方的渠道被打通——减少了翻译这一中介环节，西方受众和中国受众可以直接面对中国作家所提供的作品，使中国现代文学不必再像古代文学或西方文学那样因为中介环节的存在而受到阻碍，也使中国作家对西方文化在思想技法的接受和吸收上保持了一定意义上的同步。中国作家与西方作家的直接交流还有利于文化理解和文化互鉴，这是文化相互影响的重要条件。

第三，中国现代汉英双语作家文学实践的集群性。中国作家在一个相对集中的时间段内不约而同地进行汉英双语文学实践，而且带有比较明显的集群性质，在中国文学史上尚属首次。他们除了在语言形式、书写语境、内容题材选择上有相似性以外，在作品主题、文化内涵表述和文化思维上也有不少共同之处，以自己的作品影响了中西方受众。这一集群中各成员的差异性主要体现在意识形态选择、政治立场、文化传达手段、文化视野和对世界的关注点与表现的侧重点上。他们显然没有共同的政治理想和文学理想，甚至一开始也没有明确而坚定的文化信念，这一信念只是在不断的文学实践中才各自摸索总结出来。他们各自所拥有的文化准备和文化资源并不相同，也没有共同的发表（出版）平台，但在文学实践中大多逐渐找到了方向——在跨文化传播中成为交流使者，在中西文学交流史上留下了浓墨重彩的一笔。集群性特征最为鲜明的还是他们的现代汉英双语作品在西方和中国大地上的（广泛）传播，而部分作家的创作生命更是延伸到了20世纪末期。

（二）文学理论价值

第一，文学理论价值体现在前述他们对文学创作经验的思考上。依据自身文学实践总结和提升出来的经验和思考，毫无疑问已经构成了中国作家现代汉英双语创作理论的一个重要组成部分，诸如林语堂的小品文理论、他对英语文化散文和小说创作的思考，张爱玲的苍凉美学、真实观、双语创作思考，以及熊式一、叶君健等人的创作理论思考，都是从自身创作实践延展开去，从文学生产、文学接受和文学传播诸环节上丰富了中国现实主义文学理论，同时从文化思维、语言模式、翻译与创作关系上为中国汉英双语创作提供了理论经验基础，为打破语言带来的思维限制和创作隔阂提供了可能，也是在现代化、全球化的语境中应对全人类共同的精神困境和生存困境而做出的文学努力，势必与其他国家、其他民族基于文学实践的理论一起，成为跨文化、跨语言、跨种族、跨国界的文学理论。

第二，文学理论价值体现在他们的理论思考所涵括的文体论方面。儿童文学、游记、话剧、小说、演说词、通讯特写、古代经典的改写改译，都成为汉英双语作家文学实践所涉猎的方面，也是他们理论经验思考的重要关注点。林语堂在仔细梳理中外小品文理论渊源基础上提出的小品文理论，对明确小品文的来龙去脉、创作路径、风格和特征等显然具有重要意义。熊式一、叶君健、张爱玲对中国作家如何使用英语进行娴熟创作的思考，以及叶君健对儿童文学创作的理解都具有承前启后的意义。蒋彝对独创文体"哑行者画记"诗书画加英文创作的思考，在文体论上有着开创性的价值，甚至因此形成了一个创作高峰。如果从两种语言创作的文体理论分野来看，西方文体理论是在西方文化土壤上的文学实践过程中自然而然地生发出来、开花结果的，与西方的政治、经济、文化和社会进程具有相对的一致性。汉语创作具有后发性、以西方为师的特征，也具有强行移植、断裂重组再寻找渊源的特征。只是西方理论在中国化的过程中，不断结合中国文学创作实践而得以改造、再生和提炼，使相当一部分理论得以本土化。这就包括了林语堂、张爱玲等人的理论思考。

当然，在跨文化接受和传播的过程中，他们的理论经验贡献还体现在借助什么题材的作品、运用什么样的技法、表现什么样的主题去赢得不同受众、获得广泛影响等方面。

（三）创作开拓价值

第一，集体性声音。中国现代汉英双语作家是一个松散型的群体，既在特定年代、特定语境中面对特定人群发出了与众不同的声音，又在一些相似的主题上不约而同。尽管个人的声音还不够洪亮，但众人的合声却影响深远。在爱国主义精神表现、对中国文化精神的传达、对底层民众和弱小者的同情、对中国历史和现状的表现以及对家国情怀的书写上，其一致性更是显而易见的。就此点来看，中国作家在国内文坛上围绕这些主题共同发出声音就是难得之举了，而在西方文坛上能交替或几乎同时发声就愈发不易。

第二，回应与超越。中国作家在西方文坛上的地位彰显先是得力于他们对对象国中的中国社会现实问题、文化艺术问题的回应，之后逐渐扩展到了文学问题、历史问题和政治问题。在接触到一些深层次的问题之后，他们的创作从被动转向主动，从问题回答者变为问题提出者和引导者，不断扩大文学书写的范畴和领域，其书写角度从单一走向复杂与综合，部分作家的身份也从文学家向文化学家转变。从被动回应到主动引领，在一定程度上实现了对自身语境局限性的超越，这从林语堂的智慧书写、蒋彝的游记书写、叶君健的美国题材书写等方面可以清晰地看出来。

四　中国现代汉英双语作家作品的当代价值及启示

在当前国家全面倡导"四个自信""中国文化走出去、走进去"和文化传播的"一国一策""精准传播"的大背景下，在国际交往和民族之间的往来越来越密切、"地球村"越来越成为现实和文化多样性越来越得以彰显的前提下，在文学的跨语言、跨种族、跨媒介叙事，跨文化书写和传播愈发频繁与密切的基础上，在哲学、史学和文学之间的跨国互动越来越便利的条件下，中国现代汉英双语作家作品的当代价值也愈发凸显。这主要体现在以下三个方面。

（一）思想价值

高质量的、优秀的文学作品显然已经超越了单纯技法和形式的层面，要在文学思想上体现出其强大的包容性、统摄性和开放性，既要回应时代提出的深刻而博大的命题，如爱国主义、国际主义、个人主义、人道主义，国家民族命运走向、人（人类）的发展等，也要对"中西之争""古今之争"做出回应并给出如文化相通大于相异、民族之间可以相互理解而非彼此排斥等答案，在一定程度上对抗和消解西方的"恩扶主义""东方主义"，为民族自信、文化自信和激活中国传统文化、东方文化以抵制西方工业文明的蚕食鲸吞提供底气。其文学作品的思想价值就存在于以合乎思想传达的形式所包孕的内容之中，也体现在有自身特色的思想表达形式之中，还体现在他们的文学思想所影响的、作为华裔进行创作的一代代作家的作品之中。

（二）文化价值

这首先体现在中国文化的西方宣传之中，有着在特定时期——抗战时期、社会主义革命和建设时期——对中国"推广营销"的意味；也体现在中西文化融会贯通的努力之中。这是致力于改变中国文化相对于西方文化弱小、底气不足等问题而做出的尝试，又与中国传统文化的核心精神"和合""不争"及隐忍、谦卑的文化人格相关联。中国现代汉英双语作家作品改变了西方世界对中国文化普遍存在的俯视、歧视和低就的姿态，也可以改变中国人的崇洋心理和自大心态，具有文化上的去蔽作用和理念上的扬弃作用。

（三）文学价值

从文学的技法、到思想的淬炼表达，从故事的讲述方式到赢得受众等几个方面来看，中国现代汉英双语作家无疑把文学的认识价值、教育价值、娱乐价值和审美价值借助其作品充分地发挥出来。作家个人的思考和表达与时代语境、人生际遇、文化背景密切相关，他们甚至创造出了最具有现代性的文本。他们尽管还无法从根本上改变西方文化、西方文学强势的状况，但在一定范围内、一定时间段内为中国作家、中国文学赢得了西方话语体系下的赞誉，证明了为数不多的中国现代汉英双语作家也能够凭借自己的优秀作品到世界文坛一竞高下。在文学需要深入交流的背景下，他们的出现正好应和了这一世界性趋势，使这种交流不再局限于语言文本的互相翻译；他们直接使用对象国语言为其受众提供符合需要的文学产品，这无疑是中国文学创作上的一大进步，也是中国现代文学中值得大书特书的现象级事件。

（四）启示

第一，对当代文学而言，要践行"中国文学走出去、走进去"的国家方针和文化发展战略，当代作家需要克服语言障碍、娴熟地使用对象国语言进行中国题材或对象国题材的表达。在文学创作思维上进行转换，以中国文学底蕴与世界文学进行对接，在开放性交流的态势之下和融合发展之中获得对中国文学的自信心，建立起中国文学的世界标准和中华民族的言说方式，从而使中国建构起与国家经济地位、政治地位、文化地位相匹配的文学地位。当代作家还要在重视文学自身主体性的前提下，与其他的艺术样式如电影、电视、美术、音乐等联手，进行跨艺术门类的表达。

第二，对当代文化建设而言，既需要有国家的主导，不断推出合乎西方受众需要的文化产品以助其了解中国、理解中国，也需要鼓励、引导文学家、艺术家学习双语或者多语的创作技能，获取为外国民众讲好中国故事的能力，以求掌握文化话语权，以正面塑造和正面传播为前提，使中国文化的自信心和国际公信力不断提升，使其与中国国际地位、综合国力的提升相一致。

第三，对文学家个体而言，世界文学的使命、责任感要与个体的家国情怀和担当精神紧密结合起来，在不断强化自身表达能力的同时，更要注重个人修养、个性思维对世界文学的适应性。每一个成功的双语作家都有其特定的文化背景支撑，唯有不断塑造自己"多元文化人"和"文化归化者"的身份，并且感受着母语文化的坚实撞击，才有可能真正寻求到中国文化西方表达之奥义和西方文化中国表达之旨归，创作出无愧于当今时代的伟大作品来。

结　语

　　"一时代有一时代之文学"。新时代呼唤新的文化、新的文学。然而，对过去的总结总是有益的、有价值的。"忘记过去就意味着背叛"，显然，我们作为伟大时代的一分子，理所应当为当今的文学建设、文化发展尽一份绵薄之力。

　　作为研究的对象，中国现代汉英双语作家群体是被目前的中国现代文学史和建构中的中国现代文论（史）忽略的那一部分。他们的整体贡献，他们对文学事业的执着追求，在大力弘扬中华文化正能量、倡导中国文化话语权的今天，极不应该被忽视。

　　第一，中国现代汉英双语作家的创作所兼有的汉英双语特质，接续了晚清民国陈季同、辜鸿铭等人有关中国文化的书写，又在创作题材、创作主题、中华文化内涵表现、创作思想、创作技法乃至艺术形式上不断创新。他们的作品不仅有表现中国传统文化内容的著译，如改写改译中国文化、文学经典，在与西方文化对比中介绍普及中国文化；也有介绍中国社会现状尤其是抗战时期中国情况的著译，向同盟国民众推介中国并引导他们正确认识中国文化；更有表现中国历史和社会现实（包括底层民众如何与苦难、与外敌抗争）的著作。他们帮助西方受众找到了理解中国底层社会现实的正确方式。此外，他们的双语著译种类繁多，除了部分翻译著作外，更多的是小说、剧本、文化散文、游记、童话、传记（自传）、新闻通讯和诗歌。尽管篇幅长短不一，却是全面开花，在艺术方法、艺术形式上也有不少创新之作。此外，蒋彝、凌叔华等还凭借画作来赢得受众，享誉海外。他们在西方语境中的英文著译为作家本人乃至中国文化、中国文学争取到了较为广泛的世界声誉，在跨文化传播的过程中，随着不同语种文本的出现，其影响犹如涟漪一般向外扩散，产生了对世界文学的反哺效果。同时，他们的汉语著作对当时及其后的国内外华文世界也有不小的影响。对东西方的双向言说使他们的创作不经意之间成为沟通中西方社会文化的桥梁和纽带。

第二，中国现代汉英双语作家的创作在文化思维、文学思维包括小说思维上自有其贡献。这首先体现在他们的思维适应性上。基于对中西方文化差异的理解，他们转换自己的思维以适应西方文化的思维方式，从思考问题时整体性的直觉综合和观察事物时的散点透视、具象思维，逐渐迁移或整合到西方的个体性、逻辑性分析，以及观察事物时的焦点透视、解析思维。文学创作与其所处的"多元文化人"身份相符合，与欧美英语小说及其标准取得了某种程度上的一致性；他们的创作建立在对中西文化深切理解的基础上，因而能够在中西文学互动交流加快发展的过程中成为独特的、无法绕开的文学存在。第三，中国现代汉英双语作家的英语著译作品客观上建构了中国形象。无论他们是基于爱国主义的主体性、文化融合的策略性还是文化改写的功能性，他们的创作都有着内在的一致性。在他们的建构之下，包括中国国家形象、中国社会形象和中国人形象在内的中国形象已不再是此前西方作家（传教士、学者、旅居者）笔下的那般不堪，他们从正面还原了文化中国、学术中国、古典中国、现代中国及抗争变革的中国，进而把中国形象建构提高到了具有丰富性、多元性和感染力的层次。这种建构由点到面、由片面到全面、由单一到立体、由简单到复杂、由底层到中高层展开。在他们的创作和传播最为活跃的1930～1950年代，他们确实改变了不少受众的观感，赢得了对方民众的认同，起到了"民心相通"的作用，为文化抗战和文化兴国提供了事实上的支持。

第四，中国现代汉英双语作家对中西文学交流互动具有重要意义。中西文学交流、文化互动在时间上源远流长，在空间上辽阔广泛。自1250年起，大规模、有影响的文化交流就绵延不断，即使战争、自然灾害和各种意外也无法阻止这种交流。只是在这一交流过程中，西方对中华文明、中华文化和中华文学的评价呈现出了几乎完全不一样的景观。①，评价的跌落意味着西方对中国评价话语上的整体改变——从"孔教乌托邦"完全滑向了东方专制帝国，西方力图在意识形态上彻底妖魔化中国。"二战"之前，这种"妖魔化"达到了一个新的高度。"二战"开始后，随着中西文化交流的增加，通过包括中国现代汉英双语作家群体在内的各方人士的共同努力，一个相互影响的交流格局逐渐成形，这为中国现代文学作为国别文学成为"世界文学"的有机组成部分创造了极为有利的条件。

第五，对中国现代汉英双语作家作品文学价值的重新评价。这一评价首先以该群体的创作成就为基础，因为他们在相当的程度上改变了中国现代文学"输入型""以西方为师"的状况，能够在"对中讲西"和"对西言中"中取得平衡，甚至创作了不少"输出型"的文学作品，为中国现代文学从西方文学的"学生辈"成长为可以与之平等对话的国别文学奠定了坚实的基础。他们那些作品在西方获得好评根本上还是取决于他们自身的努力。同时，他们对汉英双语创作的理论思考也具有开创性的意义。这些都可以为当代文学提供借鉴，能够为中国现代文学史、为建构中的中国现代文论和文论史的写作提供案例和素材。

总而言之，中国现代汉英双语作家以其文学成就改变了中国现代文学史的格局和面貌，以一种全新的姿态创造出了与西方文学平等交流的机会，在客观上重新建构了中国形象，借助中西文学互动交流促使中国现代文学从观念、技法到艺术形式进行了更新，并以此成为中国现代文学中极为重要的一脉。

---

① 从"孔夫子的大陆""大汗的大陆"到"停滞的帝国""半野蛮或野蛮的帝国"，其间伴随着西方文化、文明与文学强势崛起的现代性进程，从"古今之争"、"东西之争"中逐渐把中国确立为异己的"他者"。周宁：《跨文化研究：以中国形象为方法》，商务印书馆，2011，第44～104页。

参考文献

一 著译类

Diana Yeh. *The Happy Hsiungs—Performing China and the Struggle for Modernity*，香港大学出版社，2014。

Edgar Snow, *Living China—Modern Chinese Short Stories*, Reynal& Hitchcock New York，1937.

Edward W. Said. *Orientalism*，London：Pantheon Books，2003.

Ting Yi. *A Short History of Modern Chinese Literature*，Foreign Languages Press，2010。

Terry Eagleton. *Literary Theory*：*An Introduction*，外语教学与研究出版社，布莱克韦尔出版社，2004。

〔美〕爱德华·W. 萨义德：《东方学》，王宇根译，生活·读书·新知三联书店，2007。

〔美〕都文伟：《百老汇的中国题材与中国戏曲》，上海三联书店，2002。

〔美〕费正清：《费正清中国回忆录》，闫雅婷、熊文霞译，中信出版社，2017。

〔美〕迈克尔·H. 普罗瑟（Michael H. Prosser）：《文化对话：跨文化传

播导论》，何道宽译，北京大学出版社，2013。

〔美〕帕特丽卡·劳伦斯：《丽莉·布瑞斯珂的中国眼睛》 （Lily Briscoe's Chinese Eye），万江波等译，上海书店出版社，2008。

〔美〕童明：《美国文学史》，外语教学与研究出版社，2008。

〔美〕约翰·杜威：《我们如何思维》（第二版），伍中友译，新华出版社，2010。

〔英〕艾略特：《艾略特诗学文集》，王恩衷编译，樊心民校，国际文化出版公司，1989。

〔英〕利维斯：《伟大的传统》，生活·读书·新知三联书店，2009。

鲍霁主编《萧乾研究资料》，北京十月文艺出版社，1988。

步平、荣维木主编《中华民族抗日战争全史》，中国青年出版社，2010。

常耀信、索金梅主编《英国文学通史》（三卷本），南开大学出版社，2011。

陈学勇：《高门巨族的兰花——凌叔华的一生》，人民文学出版社，2010。

陈子善主编《记忆张爱玲》，山东画报出版社，2006。

符家钦：《记萧乾》，时事出版社，1996。

冯智强：《中国智慧的跨文化传播——林语堂英文著译研究》，中国海洋大学出版社，2011。

高全之：《张爱玲学》，台北麦田出版社，2008。

葛桂录：《中外文学交流史中国－英国卷》，山东教育出版社，2015。

辜鸿铭：《中国人的精神》，李晨曦译，上海三联书店，2010。

黄人影编：《当代中国女作家论》，上海光华书局，1933。

姜智芹：《美国的中国形象》，人民出版社，2010。

刘宗武等编《五洲留痕》，商务印书馆，2007。

李保初：《日出江花红胜火——论叶君健的创作与翻译》，华文出版社，1997。

李勇：《西欧的中国形象》，人民出版社，2010。

鲁迅：《鲁迅全集》（1－20卷），人民文学出版社，2005。

钱理群、吴福辉、温儒敏：《中国现代文学三十年（修订版）》，北京大学出版社，1998。

钱林森：《中外文学交流史中国·法国卷》，山东教育出版社，2015。

宋以朗：《宋家客厅：从钱钟书到张爱玲》，陈晓勤整理，花城出版社，2015。

卫茂平、陈虹嫣等：《中外文学交流史中国·德国卷》，山东教育出版社，2015。

王兆胜：《闲话林语堂》，中国人民大学出版社，2016。

王瑶：《中国新文学史稿》，北岳文艺出版社，2015。

王佐良：《英国文学史》，商务印书馆，2017。

王锺陵：《二十世纪中西文论史》（全六卷），福建人民出版社，2014。

谢昭新：《中国现代小说理论发展史》，人民出版社，2009。

夏志清：《张爱玲给我的信件》，台湾联合文学出版社股份有限公司，2013。

严家炎：《中国现代小说流派史》（增订本），长江文艺出版社，2009。

姚君伟编《赛珍珠论中国小说》，南京大学出版社，2012。

杨奎松：《中华人民共和国建国史研究1、2》，江西人民出版社，2009。

张爱玲等：《张爱玲私语录》，台北皇冠出版社，2010。

赵毅衡：《广义叙述学》，四川大学出版社，2013。

郑达：《西行画记——蒋彝传》，商务印书馆，2012。

周宁：《天朝遥远：西方的中国形象研究（上下）》，北京大学出版社，2006。

周宁：《跨文化研究：以中国形象为方法》，商务印书馆，2011。

周宁、朱徽等：《中外文学交流史中国·美国卷》，山东教育出版社，2015。

朱骅：《美国东方主义的"中国话语"——赛珍珠中美跨国书写研究》，复旦大学出版社，2012。

二 论文类

（一）报纸期刊论文类

Aamer Hussein. "*Simple Martyrs and Unsung Heroes*", *Third World Quarterly*, 11.2（1989）.

Alexander Brede. "Bilbligraphical Notes", *The Far Eastern Quarterly*, 7.4（1948）.

Chiang Yee. "A Collection of Chinese Paintings", *The Burlington Magazine for Connoisseurs*, 73.429（1938）.

Erkes E. "Review of Lady Precious Stream", *Artibus Asiae*, 1936, 6.

〔日〕江山幸子:《杨刚:二十世纪中国文化人的生存烦恼》,李家平译,《中国现代文学研究丛刊》1994 年第 1 期。

《爱·摩·福斯特致萧乾的信》,李辉译,《世界文学》1988 年第 3 期。

陈剑晖:《散文文体的传承与创新——比较晚明与现代小品之异同》,《学术研究》2014 年第 6 期。

陈金清:《论感觉的形成机制》,《武汉大学学报（人文科学版）》2003 年第 6 期。

耿强:《国家机构对外翻译规范研究——以"熊猫丛书"英译中国文学为例》,《上海翻译》2012 年第 1 期。

海震:《京剧〈王宝川〉与英语话剧〈宝川夫人〉》,《文艺研究》2014 年第 8 期。

江棘:《戏曲译介与"代言人"的合法性——20 世纪 30 年代围绕熊式一〈王宝川〉的论争》,《汉语言文学研究》2013 年第 2 期。

金学智:《形式·符号·主体——书艺本质论下篇》,《文艺研究》1991 年第 3 期。

林崇德:《思维心理学研究的几点回顾》,《北京师范大学学报》（社会科学版）2006 年第 5 期。

李公昭:《文本与潜文本的对话——重读薇拉·凯瑟〈我们的一员〉》,

《外国文学评论》2007 年第 1 期。

李继凯：《书法文化与中国现代作家》，《中国社会科学》2010 年第 4 期。

陆晓光：《日本现代文学偶像的反战先声——读芥川龙之介小说〈将军〉》，《华东师范大学学报（哲学社会科学版）》2006 年第 1 期。

瞿世英：《小说的研究》（上篇），《小说月报》1922 年第十三卷第七号。

任一鸣：《蒋彝游记的跨文化语境》，《中国比较文学》2008 年第 2 期。

邵迎建：《女装·时装·更衣记·爱——张爱玲与恩师许地山》，《新文学史料》2011 年第 1 期。

宋以朗：《书信文稿中的张爱玲》，《中国现代文学研究丛刊》2009 年第 4 期。

童明：《飞散》，《外国文学》2004 年第 6 期。

王锺陵：《20 世纪中国散文理论之变迁》，《学术月刊》1998 年第 11 期。

王佐良：《第二次世界大战与英国文学》，《世界文学》1991 年第 6 期。

吴惠敏：《试论契诃夫对凌叔华小说创作的影响》，《外国文学评论》1999 年第 3 期。

肖开容：《从京剧到话剧：熊式一英译〈王宝川〉与中国戏剧西传》，《西南大学学报（社会科学版）》2011 年第 3 期。

叶君健：《学习外语和我的文学创作》，《新文学史料》1986 年第 4 期。

叶君健：《在一个古老的大学城——剑桥》，《新文学史料》1992 年第 2 期。

叶念伦：《叶君健和布鲁斯伯里学派》，《外国文学》2001 年第 5 期。

郑达：《百老汇中国戏剧导演第一人——记熊式一在美国导演〈王宝钏〉》，《美国研究》2013 年第 4 期。

郑达：《徜徉于中西语言文化之间——熊式一和〈王宝川〉》，《东方翻译》2017 年第 2 期。

周启超：《独特的文化身份与"独特的彩色纹理"》，《外国文学评论》2003 年第 4 期。

朱水涌、严昕：《文化转型初期的一种中国想象——论〈中国人自画

像〉、〈中国人的精神〉、〈吾国吾民〉的中国形象塑造》,《浙江大学学报
(人文社会科学版)》2010年第6期。

（二）博士论文类

宫旭红:《中国传统绘画批评理论及其当代意义研究》,博士学位论文,
福建师范大学,2013。

骆忠武:《中国外宣书刊翻译及传播史料研究（1949—1976）》,博士学
位论文,上海外国语大学,2013。

任一鸣:《蒋彝作品研究——文化翻译批评视角》,博士学位论文,复
旦大学,2007。

王进:《流亡异邦的中国文学:张爱玲的启示》,博士学位论文,复旦
大学,2006。

王延彬:《美国战争小说流变研究》,博士学位论文,吉林大学,2014。

俞晓霞:《精神契合与文化对话——布鲁姆斯伯里集团在中国》,博士
学位论文,复旦大学,2012。

三　文本类

Chiang Yee. 罗铁民, Methuen & Co. Ltd. , 1942.

Chiang Yee. *The Silent Traveler in Dublin.* Methuen & Co. Ltd, 1954.

Chiang Yee, *The Silent Traveller in Boston*, W. W. Norton & Company Inc. ,
1959.

Chiang Yee. *The Silent Traveller in San Francisco*, New York: W. W. Norton
& Company. Inc. , 1964.

Chun-chan Yeh. The Mountain Village, Joint Publishing Co. , 1984.

Chun-Chan Yeh. *A Distant Journey.* Trans. by Stephen Hallett, Faber and
Faber, 1988.

Eileen Chang. The Fall of The Pagoda, Hong Kong University Press, 2010.

Eileen Chang, The Book of Change. Hong Kong University Press, 2010.

Hsiao Ch'ien. China but not Cathay, The Pilot Press, 1942.

S. I. Hsiung. *The Romance of the Western Chamber*, Methuen & Co. Ltd., 1935.

S. I. HSIUNG. *The Bridge of Heaven*，外语教学与研究出版社，2013.

Su Hua. *Ancient Melodies*, The Hogarth Press, 1953.

蒋彝：《战时小记》，Country Life，1939。

蒋彝：《儿时琐忆》，宋景超、宋卉之译，百花洲文艺出版社，2005。

蒋彝：《湖区画记》，朱凤莲译，上海人民出版社，2010。

蒋彝：《伦敦画记》，阮叔梅译，上海人民出版社，2010。

蒋彝：《牛津画记》，罗丽如、罗漪文译，上海人民出版社，2010。

蒋彝：《爱丁堡画记》，阮叔梅译，上海人民出版社，2010。

林语堂：《林语堂名著全集》，东北师范大学出版社，1994。

林语堂：《吾国与吾民》（*My Country and My People*），外语教学与研究出版社，2009。

陈学勇编《中国儿女——凌叔华佚作·年谱》，上海书店出版社，2008。

凌叔华：《古韵》，傅光明译，天津人民出版社，2011。

凌叔华：《小哥儿俩》，中国国际广播出版社，2013

凌叔华：《花之寺》，上海科学技术文献出版社，2015。

凌叔华：《女人》，天津人民出版社，2016。

凌叔华：《爱山庐梦影》，天津人民出版社，2016。

萧乾：《土地回老家》，平明出版社，1951。

萧乾：《萧乾全集》（1～7 卷），湖北人民出版社，2005。

萧乾：《龙须与蓝图》，文洁若编，外语教学与研究出版社，2014。

熊式一：《八十回忆》，海豚出版社，2010。

熊式一：《大学教授》，台北中国文化大学出版部，1989。

熊式一：《天桥》，外语教学与研究出版社，2012。

叶君健：《叶君健全集》（1～20 卷），清华大学出版社，2010。

杨刚：《杨刚文集》，人民文学出版社，1984。

杨刚:《挑战》，陈冠商译，人民文学出版社，1988。

张爱玲:《流言》，北京十月文艺出版社，2006。

张爱玲:《对照记》，北京十月文艺出版社，2007。

张爱玲:《小团圆》，北京十月文艺出版社，2009。

张爱玲:《秧歌》，香港皇冠出版社，2009。

张爱玲:《赤地之恋》，香港皇冠出版社，2010。

张爱玲:《异乡记》，北京十月文艺出版社，2010。

张爱玲:《雷峰塔》，赵丕慧译，北京十月文艺出版社，2011。

张爱玲:《易经》，赵丕慧译，北京十月文艺出版社，2011。

张爱玲:《少帅》，郑远涛译，台北皇冠文化出版有限公司，2014。

后　记

　　《中国现代汉英双语作家研究》一书是我于 2014 年牵头申报成功的同名国家社科基金项目研究的结晶。自立项到结项再到作品出版，弹指之间，已是七年。人言婚姻有七年之庠，学术研究或许也有吧。因而，做一个简单的回顾是必要的。

　　还记得当年年初申报项目时，我的博士生导师陈方竞先生还尽可能地为我的项目出主意，并介绍了南京大学在研究跨文化创作方面颇有造诣的倪婷婷老师给我认识，后来倪老师和陈雪岭老师伉俪还到蒙自看望我，其人其情，如在眼前；而且多给我指点，廓清迷津。

　　获得立项后，我带着团队成员到云南大学东陆校区北学楼开题，请王卫东老师帮忙张罗，他一见我就说，董（秀团）老师已经为你们准备了许多水果，还亲自拎到答辩教室里去了。在当天下午的开题答辩会上，除了王、董二位老师外，还有谭君强老师、段炳昌老师和杨绍军老师。事实上，他们多是我在读硕士研究生期间的老师。各位在认真审读开题报告的基础上，提出了诸多中肯的意见，包括异域文化语境、形象学、作家作品解读方式和评价，等等。这些意见，在接下来的研究过程中，或者被采纳吸收，或者转化为有用的学术资源，对项目的顺利进行确有裨益。

　　2015 年开始，我和项目组成员冯静洁、沈慧、梁雪梅等组织了读书会，拟定了读书计划，固定好每周一次的时间，先后阅读了冯智强的《中国智慧的跨文化传播》、迈克尔·H. 普罗瑟的《文化对话：跨文化传播导论》及熊式一的《天桥》中英文版。还经常围绕课题讨论论文写作和学术前沿的话题，有时王华荣也会来参加。地点先后在过五里冲茶室、学校文鼎楼的大益爱心茶室，有时也在刚刚修建好投入使用的学校图书馆内。这种方式极大地开阔了团队成员的视野，既补了课，又融洽了团队成员间的关系。

按照分工合作的原则，我给每一位团队成员都分配了任务。当然先是资料查找工作。在该年及 2016 年的暑假，我和冯静洁、沈慧一起，先后到国家图书馆、北京大学图书馆，上海图书馆、复旦大学图书馆，南京图书馆、南京大学图书馆等处，搜罗各种有用的图书期刊和外文材料。熊式一、蒋彝、杨刚等国内名气不大的作家作品就是这样逐渐搜罗齐全的。当然，在资料收集过程中，有不少人提供过无私的帮助和热忱的支持：在北京大学攻读博士学位的同事孙东波老师、访学的张云云老师，曾在复旦大学攻读博士学位的同事黄小平老师，曾在南京大学攻读博士学位的同门师弟许永宁，红河学院本科毕业生、其时正攻读博士学位的魏刚，等等。尤其值得一提的是，冯静洁老师的一位远在美国某大学任职医学教授的表哥，还亲自为我们按要求逐一查找几十年前的旧报刊，并将所有找到的相关资料及时发回来，为项目的不断推进提供了极为有效和宝贵的支援。

之后，王华荣老师对找到的外文报刊资料进行了阅读翻译处理，冯静洁、沈慧、梁雪梅都尽可能地投入项目的研究工作。大家勤勉写作，共同进步。于是有了：王华荣老师有关熊式一的论文在《楚雄师范学院学报》上发表，沈慧老师有关凌叔华的论文也在该刊物上发表，冯静洁老师有关蒋彝的论文在《红河学院学报》上发表，梁雪梅为第一作者研究蒋彝《中国书法》的论文在《学术探索》上发表，我本人先后在上述刊物和《云南师范大学学报（哲社版）》《现代中国文化与文学》上发表了近 10 篇与本课题相关的论文。有的文章还在"西川论坛"年会、"符号与传播学"论坛等以母校四川大学文新学院教师为主体发起和举办的学术会议及"中国女性文学研究会"年会上宣读过，也获得过较高的评价。

当然，研究中的困难和矛盾也是显而易见的。不仅要熟悉文献，熟读相关资料，还要对研究方法得心应手，方能在研究中有所发现，有所探获。而研究时间的保证却是一大难事，大家都要完成教学工作，都各有家庭负担和自身的事情。譬如王华荣属于跨专业攻读博士学位，学业绝对不轻松；冯静洁和沈慧每周课时不少，梁雪梅有一段时间产假和照顾家庭等，我本人还有行政职务，时间琐碎零散，分身极其不易。经常搞得焦头烂额，疲惫不堪。即便如此，我们最终还是顺利地完成了研究任务，按时提交了结项材料并获准结项。这是可喜可贺的。

由于分工和研究基础的关系，尽管上述各位成员都在研究过程中做了不少工作，但无法一一具名。主要是因为该课题的研究和著作的撰写、修改、校对的绝大部分工作都是我本人完成的。尽管有极少的内容和前述诸人的论文稍有联系，但都做了不少的处理。我本人从时间上、体力上和精力上付出极多，几乎没有过完整的休息日，多少日子都是在匆匆忙忙的阅读、思考、写作中度过的。这自然也培养了我严谨、认真、努力、奋进和求实的做事风格。我对此是无怨无悔的。

在该项目的研究过程中，直接或间接地提供过帮助的还有：四川大学的李怡老师，作为恩师之一，他为本书提出的意见极为中肯合理；周维东老师，对本书的结构给出了修改意见并被逐一采纳；杨绍军和马绍玺两位老师，和我交往较久，作为研究西南联大的学者，为该研究材料所提的意见很具眼光和参考价值；河南理工大学的孙拥军老师是我攻读博士学位时期的舍友，为本研究提出了很有见地的改进意见；云南师范大学的李直飞老师，作为师弟，他总是尽量满足我课题研究中的一些合理或"不合理"的要求。此外，本课题的各位匿名结题评审专家，他们本着公正客观的工作态度和实事求是的学术精神，为本课题提出了极为有益的修正意见，这才有了本课题成果的问世。只是由于资料、研究者能力和水平的限制，本成果在不少内容上还有瑕疵，不少分析未尽周延，不少观点还需完善。

应该感谢的还有很多。云南省哲学社会科学工作办公室的领导及工作人员，当我在2020年4月提交专项出版资助的申请书时，是没有把握一定会获得资助的，最终却如愿以偿。红河学院尤其是科技处的同志也是值得感谢的，他们的工作巨细无遗，服务周到贴心。我所在的人文学院的主要领导，无论是早先的路伟教授还是后来的张平海教授，都在项目研究过程中给予了极大的帮助与支持。还有我的家人和朋友们，是你们的无私付出、任劳任怨和不计名利，给了我前进路上的最大动力，这也是我要用一生来守护的温暖港湾！

最后，我还要说，衷心感谢该书的责任编辑张建中先生及其团队，从初步接洽到该书出版，他们严谨认真努力踏实的工作作风深深地感动了我，也使我更加清醒地认识到了自身的不足与可以改进的诸多方面。感谢社会科学文献出版社的各位为了本书面世而辛勤工作过的老师们，正是你们的艰辛劳动，才让该书能够顺利问世！

沉舟侧畔千帆过，病树前头万木春。眼下正是滇南鲜花盛开、灿若云霞的春天，是出发的季节，尽管前方的学术道路漫长而艰难，但我必将奋力前行，尽量在奋斗中实现一次次的自我超越，迎来下一个学术研究的靓丽春天！

该书中许多的不足和缺憾，恳请读者诸君不吝批评指正！

2021 年 2 月 27 日于蒙自激雁阁

图书在版编目（CIP）数据

中国现代汉英双语作家研究／布小继著. －－北京：
社会科学文献出版社，2021.4（2024.8 重印）
ISBN 978 - 7 - 5201 - 8161 - 7

Ⅰ.①中… Ⅱ.①布… Ⅲ.①中国文学 - 现代文学 -
文学创作 - 研究②英语文学 - 文学创作 - 研究 - 中国 - 现
代 Ⅳ.①I206.6

中国版本图书馆 CIP 数据核字（2021）第 055025 号

中国现代汉英双语作家研究

著　　者／布小继

出 版 人／冀祥德
责任编辑／张建中
责任印制／王京美

出　　版／社会科学文献出版社·文化传媒分社（010）59367004
　　　　　地址：北京市北三环中路甲 29 号院华龙大厦　邮编：100029
　　　　　网址：www.ssap.com.cn
发　　行／市场营销中心（010）59367081　59367083
印　　装／河北虎彩印刷有限公司

规　　格／开　本：787mm×1092mm　1/16
　　　　　印　张：20　字　数：305 千字
版　　次／2021 年 4 月第 1 版　2024 年 8 月第 2 次印刷
书　　号／ISBN 978 - 7 - 5201 - 8161 - 7
定　　价／98.00 元

本书如有印装质量问题，请与读者服务中心（010 - 59367028）联系